长篇小说

# 人生归途

余立功 著

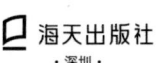

海天出版社
·深圳·

图书在版编目（CIP）数据

人生归途 / 余立功著. —— 深圳：海天出版社，2019.4
ISBN 978-7-5507-2480-8

Ⅰ.①人… Ⅱ.①余… Ⅲ.①长篇小说－中国－当代 Ⅳ.①I247.5

中国版本图书馆CIP数据核字(2018)第227801号

# 人 生 归 途
## RENSHENG GUITU

| 出 品 人 | 聂雄前 |
| --- | --- |
| 责任编辑 | 王　民 |
|  | 胡小跃 |
| 责任校对 | 梁克虎 |
| 责任技编 | 梁立新 |
| 封面设计 | 蒙丹广告 |

| 出版发行 | 海天出版社 |
| --- | --- |
| 地　　址 | 深圳市彩田南路海天综合大厦（518033） |
| 网　　址 | www.htph.com.cn |
| 订购电话 | 0755-83460239（邮购）　83460397（批发） |
| 设计制作 | 深圳市龙瀚文化传播有限公司 0755-33133493 |
| 印　　刷 | 深圳市希望印务有限公司 |
| 开　　本 | 889mm×1194mm　1/32 |
| 印　　张 | 10 |
| 字　　数 | 307千 |
| 版　　次 | 2019年4月第1版 |
| 印　　次 | 2019年4月第1次 |
| 定　　价 | 38.00元 |

版权所有，侵权必究。
凡有印装质量问题，请随时向承印厂调换。

# 1

　　金秋十月,气爽天高,正是出行的好时节。

　　繁忙的京广高速公路,车流滚滚。一辆黑色轿车裹挟其间,随波逐流,一路向北。

　　陈志立双手搭在方向盘上,两眼盯着前方,一副气定神闲的模样。音响里播放着熟悉的柳县花鼓戏《双玉蝉》,他嘴里也不时跟着轻声哼两句。这歌词和唱腔,甚至那"咚咚锵、咚咚锵、咚锵咚锵咚咚锵"的锣鼓声,他都不是一般的熟悉,而是熟透了。

　　柳县花鼓曾经是当地家喻户晓、人人喜爱的地方戏曲。在陈志立的记忆里,柳县的男男女女,有一个算一个,都能随时随地开口,有板有眼地哼上几段经典。倘若真碰到个把唱不团圆的,肯定会被当"苕"盘,让人笑掉大牙。极端的例子,是男女相亲,也拿花鼓戏当考题,男方如果唱得太差劲,那门婚事基本就宣告死亡。有些女子对媒人介绍的对象不入眼,也故意哼几句难度较大的对唱片段。男方灵光些的,要么即时接上,要么找个借口知趣地体面抽身。也有不开窍或者脸皮厚的,便只能等人家下逐客令了。

　　陈志立还没进城时,在田间地头,在劳动中和间歇里,家乡丰泽垸到处飘扬着动听的柳县花鼓戏经典唱段,以及嘹亮的"啊依哟——哟嗬哟嗬哟"的和声。听花鼓戏长大的陈志立,还在大队的文艺宣传队写过戏,甚至扮演过其中的某些角色。而县剧团当时演他现在听的这出戏的演员,他是连名字都叫得上——虽然并不曾和他们谋过面,没见过他们的尊容。人家生活在县城,即使随剧团到了乡下,也是在台上有腔有板地边做动作边引吭高歌,或者如莺鸣低吟。他一个乡下人,只有挤在台下伸长了脖子张望的份。

　　现在的花鼓戏——比如正播的这出,不仅唱腔明显地退化,而且乐器中加了西洋等其他器材,缺少了他记忆里的乡味。正如他在深圳吃热干面,无论如何也吃不出武汉的味道,所以难免会有些扼腕。尽管这样,他还是百听不厌。就是过去在办公室,他也常常把光盘插进电脑,以之作为调动激情的催化剂和解闷的兴奋剂,边工作边听,兴致来了,还跟着哼两句,常常把同事和下级搞得莫明其妙,不知道这拖腔拖调的土玩意儿,怎么就有这么大的磁力,吸引得这领导如痴如醉。

花鼓戏的磁带和光盘,他装了有小半只柜子。这令他十分得意。表弟在县直机关工委工作,堂姐又是曾经的县剧团台柱子,都晓得他只好这一口,所以只要出了磁带——后来是光盘,就买了寄来。磁带现在是用不上了,但即使有的带子都断了,他也舍不得扔掉,一直存放在柜子里,当价值连城的古董一样珍藏。

到了一个高速公路服务区。陈志立下意识地瞅了一眼仪表盘,觉得车和人都得加点油了,早上六点启程,到现在已经跑了将近四个小时。于是打开转向灯,左右瞅了一眼,又望了下后视镜,然后放慢车速,缓缓地把车开上匝道,再缓缓地开进服务区。

服务区内,人和车都不太多,显得有些空旷和苍凉。陈志立给车加过油,开到停车场,再去卫生间方便了一下,又洗了把脸。站在空旷的停车场,掏出一支烟来,一边抽一边欣赏田园风景。

秋色真美!陈志立放眼望去,只见高速公路两侧,虽然树叶开始凋落,但黄灿灿的稻谷在微风吹拂下轻轻摇曳,如即将临盆的孕妇向人们骄傲地展示她圆滚的肚皮;棉叶有些枯黄了,夹杂其间的朵朵棉花有如布满天空的繁星。棉田里有人劳作,应该是在摘棉花吧!他想。

上周办完退休手续,他便是自由身了,可以有充裕的时间享受生活,再不用像过去几十年忙得连放屁的时间都没有。所以,他并不急于赶路。

从工作生活的南方城市深圳回到家乡江汉平原,一千多公里的高速路,他也不准备一口气跑完,想着中途累了就找个旅馆睡一晚,明天再回去也丝毫没关系。至于在哪里打尖,他还没想好,只是计划有这么一站,觉得该休息了,就去休息。这种与过去完全不同的出行方式,令他有一种新鲜感。过去停哪里、什么时候停、停多长时间,还没出门就计划得清楚明白,酒店也订好了。他现在把这些细节都省了,让自己彻底放松,身心彻底自由。就是刚才跑的四个小时,也是谁想超他就让人超的。这跟过去也完全不同,过去只有他超人家的,嗖嗖嗖!一辆辆比他的坐骑高档得多的名车,都被他迅速甩在身后。当然,他也恰到好处地把车速控制在限定范围内。

膀胱清理干净,烟抽完了,而且觉得休息得也可以了,他才不紧不慢地走向停车场，把车再次开上高速公路。

花鼓戏突然停了，蓝牙电话骤然响起。他把手机通过蓝牙连到了音响上。肯定又是老伴田雨的。一路上，除了几个老下级和同学好友来电话，说要为他摆个饯行酒之外，三番五次打断花鼓戏的，就是老伴田雨，基本上半小时一次。

他摁了接听键，果然是田雨。问到了哪里，有没有啥情况？叮嘱他慢慢开，不赶急，困了就休息，反正也不赶时间！语气里透出几十年相濡以沫的关爱。这也难怪，她是坚决反对他开车回家的，更何况他年过六旬，一千多公里的路，连个伴都没有。真要遇到个啥情况了咋整？但拗他不过，他早就想过一把亲自开车回老家的瘾。她不能陪他，小外孙正上幼儿园，女儿女婿都上班，总得有个人接送，并管小外孙的饮食起居。女婿邓辉和侄子大毛要请假陪他回去，他坚决不允，让他们忙自己的事，别跟在老太太屁股后头瞎掺和！他对自己说，他不能一辈子都依赖别人，今后的事情都得自己做，自己的日子得自己过。这个他必须慢慢习惯。

挂断电话，他踏在油门上的右脚稍稍加了点力，车子顿时便轻盈如飞。但他决不让时速超过一百二十公里。他得遵守交通法规。

到下一个服务区，已经是湖南的地界了。他把车开进去，躺在车里眯了半小时。再次上路时，蓝牙电话又响了。

"二爷！应该到我的地界了吧？能否辛苦您多绕两百公里，到我这儿打个尖？风景这边独好噢！"刚一摁下接听键，侄子小毛——大毛的弟弟——就在电话里笑嘻嘻地发出了邀请。

一方水土养一方人，也涵养了一方特有的语言。跟山区十里不同音不同，有近三千平方公里版图面积的柳县，语言基本通用。柳县有人自嘲，说当年讨论以什么语言作为全国标准语音的时候，柳县话只差那么一票，就在全国推广了。这当然只是调侃而已，但也说明柳县话其实是有相当群众基础的。

柳县话虽在柳县通用，然而往往弄得南来北往的人头疼，如果不作进一步解释，便会闹出许多笑话来。比如把祖辈叫爹，大爹、二爹、三爹依次往下叫，一直到他们兄弟辈里最小的那位叫幺爹。祖父的堂弟们也叫幺爹，如果祖父在同辈里年岁长些，他的孙辈便有许多幺爹。为了区分，往往在幺爹前冠上名字，喊某某幺爹。把叔叔们叫爷，叫法跟爹差不多，只不过把爹换成了爷，也是二爷、三爷、四爷依次往下叫，一直到最小的那位叫爷爷（也有叫幺叔的）为止。同样，父亲如果在他们那一辈里年纪大些，他的孩子便有许多爷爷（或者幺叔），再冠上名字，叫某某爷爷或者某某幺叔。小毛叫他二爷，放在普通话的语境里，就是二叔的意思。

最令人挠头的，是在称谓上好像对父母特别不待见，基本不像南方叫爸妈，或者北方叫父母、爹娘。依父亲在他兄弟姐妹里的排行，叫啥的都有，五花八门。比如陈志立兄弟们把父亲喊二爷，把母亲喊大大，而舅父的孩子们把舅父喊大伯，陈志立这些老表们也跟着喊大伯，或者喊舅爷，从未叫过舅父。陈志立的父亲其实排行老大，是独子，下面有两个妹妹，但他却把大爷的称谓给了大妹，把幺爷的称谓给了小妹，自己屈称老二。还有把大嫂叫大姐，把奶奶叫老妈。叔的爱人也称爷，比如二叔叫大二爷，二爷的爱人就叫小二爷，大毛小毛就常常叫田雨"小二爷"。这样的称谓，也许体现了对女性的尊重，以及不把她们当外人待吧。

独具柳县特色的语言还有很多，比如他们竟然把杨树叫柳树，把柳树叫杨树……

一声"二爷"的呼叫，勾起了陈志立的无限联想。而小毛的这个听着受用的邀请，甚至差点就改变了陈志立的行程。

小毛在风景如画的旅游名城人武部当参谋，他一直想去游览，却一直没机会。其实全国的景点，他基本都没去过。北京是他去得最多的，每年都有几次，却一个景点都没光顾，每次来去匆匆，开完了会，或者办完了事，连忙车身打转，总觉得下次还有机会。不承想这一拖，就是几十年。退休之前，陈志立就有个计划，要和田雨一起，开着车一个县一个县地跑，能跑多少算多少，饱览祖国的大好河山。想到这里，陈志立说："这次只老子一个人，去了便宜你小子。下次跟小二爷一块来。从今日起老子有的是时间。再说了，你爹还在家里猴急地等着老子喝酒哩！"

谢绝了小毛的好意，陈志立按原定计划，继续一路向北。

陈志立就这么时而悠闲地听着久听不厌的柳县花鼓戏，时而与亲人好友讲着温馨的电话，到了服务区，便下去放松半小时，吃点啥、喝点啥、解个手、抽支烟，或者坐在车里打个盹。惬意而放松。反正他有的是时间，而且也没准备当天到达目的地。

突然改变行程的决定，是瞬间作出的。这个决定一经作出，他便有些莫名的兴奋。过去出差，他是不敢随便改行程的。一是接待单位不高兴，他经常搞接待，对这个是深有感触；二是工作人员也会有怨言，因为打乱了既定节奏，会弄得大家措手不及。

眼见太阳西斜了，他便想着在下一个出口出去，随便找个地方吃点啥，然后再寻个旅馆睡一宿。可当他瞅一眼电子导航时，发现离家不到三百公里。他突然觉得，一个人睡在旅馆其实也挺无聊的，何不脚下加把劲，辛苦一下心爱的座驾呢？再说了，虽然开了七八百公里的车，却走走停停，也不怎么疲倦。仔细掂量了一下，觉得再跑三百公里，精力是一点问题都没有。何况他每天都是过了午夜才睡得着。现在离午夜还有五六个小时哩！

这样一想，他便决定当晚到家。即便实在到不了，也离家更近些。

作出变更行程的决定后，他把休息时间和行车速度作了调整，车跑得比先前快了，到了下一个服务区，也只下去加个油解个手，连烟都没顾得上抽一支，便又驶回了高速公路。

# 2

美丽富饶的江汉平原，原本是一片泽国，经历岁月的打磨和长江与汉江的共同冲积，慢慢地在长江以北汉江以南形成了这么一片孕育着近两千万人口的人间天堂。

世世代代在这片富饶土地上繁衍生息的勤劳人民，素喜群居，他们依据一定的地理条件，构筑了一个个大同小异的村落，就像偌大棋盘上的一颗颗棋子。丰泽北村，便是这棋盘上的一颗微不足道的小棋子。

晚上九点了，二弟还在路上。陈志民跟老伴刘彩霞，便有如热锅上的蚂蚁，坐立不安。

晚饭早已吃过，桌子也收拾干净，坐在堂屋的两只矮板凳上，两人手里有一下没一下地剥着棉桃，嘴里也有一下没一下地讲些没油盐的话，心却聚集于孤身一人在归途中奔跑的弟弟陈志立身上，张大了耳朵听外面的动静，眼睛也时不时地朝门外张望。

他们只听得见隔壁文化室里传出的"哗啦哗啦"的麻将声。偶尔有车灯从村口照过来，却又没见车子进禾场，都从门前直驶而过了。

讲好了用两天的时间，明天轻轻松松到家的，可陈志立却归心似箭，半路改变决定，打了他们个措手不及。他不是个小孩，何况又是投奔他们而来，所以也不好阻拦，怕他生出别的想法，便只得在电话里叮嘱他注意安全，别再拼命了，毕竟也是过了六十的人。

快十点了，终于有小车拐上禾场，灯柱直射过来，把堂屋照得一片炫白。二人连忙丢下棉桃，起身迎出去。待车子熄了火，里面的人笑呵呵地出来，陈志民和刘彩霞夫妇那颗悬着的心才彻底放回了肚里。刘彩霞舒了口长气，说："饿坏了吧，二爷？我去给你郎做夜饭。"

"快去，快去！这还用问吗？肯定是饿死了。真是的！"陈志民双手对老伴乱挥，语气里透出不满来。

"路上吃过了。"见嫂子像没听见般转身去了后院的厨房，陈志立又对着她的背影喊，"那就麻烦你郎下碗面条得了！"

说话间，陈志民吩咐看热闹的两个后生，帮他把行李搬上了三楼。

陈志立先跟田雨打电话报过平安，又去楼房旁边的平房，跟两桌打麻将的乡亲打招呼，虽然跟他们多数不认识。就这么一会儿，嫂子的面条就做熟了。

"他二爷！真的退了？退得干干净净的？"坐在桌子旁，望着吃得津津有味的陈志立，大嫂两只手相互搓着，几番欲言又止之后，终于忍不住，用发紧的嗓子，小心翼翼地问。

"那是当然呐！退就退个干净彻底，丁点尾巴不留！"陈志立没听出嫂子话里别的意思，咽下一口荷包蛋，回答得非常畅快。

"二爷吃饭，哪儿那么多废话？"陈志民不满地瞪了老伴一眼，制止道。

"大哥大姐，么意思①？"终于听出他们话里有话，陈志立停下筷子，左右瞅瞅坐在方桌两边的哥嫂。

"没么意思。跑了一整天的路，不累呀？抓紧吃了冲个澡，然后上三楼睡觉。再说了，你这次回来是长住，有的是时间唠嗑。"陈志民打了个马虎眼，又瞪了老伴一眼，明显带有警示的意思。

陈志立突然明白了。老虎苍蝇打得这么紧，老是有贪官落马的消息见诸媒体，也难怪他们会提心吊胆。但自己胆子小，或者说关口把得还算严，虽在机关混了快四十年，许多岗位都待过，也依然能够拍着胸脯亮敞说话。想到这里，便朗声大笑，差点把刚才吃的荷包蛋喷出来。

笑够了，才说："大哥大姐尽管放心，二弟我狗屁事没有。其实我比好多人还晚退了两年。难道你们忘记我今年虚六十三了？要真有个么事，

---

① 江汉平原方言："么"即"什么"，有时也指数量，相当于"多少"。下同。

组织上还让我干这么长时间?"

"没事就好,没事就好!趁热吃,快趁热吃!"大嫂心里的一块石头落了地,也连忙催促。

"喂,大哥大姐!有件事我要提前打个招呼,你们可莫怪啊!"陈志立吃完,放下筷子,揩了下嘴巴,掏出烟来,递给大哥一支,自己嘴上叼一支,再把两个人的都点燃,这才迎着哥嫂探寻的目光,嘿嘿一笑,开门见山地说,"你们看我现在也退休了,回来就是躲清净的。在城里忙了一辈子,也该回乡下享受享受了,所以不想惹么麻烦事。而且,我现在跟你们一样,平头百姓一个,也确实不能帮别人么忙了。"

这话是早就想好的。还在退休前,就不断有朋友提醒他,要防止"退休综合征",千万别给自己找难受。他也听说了某某退休之后,仍然放不下领导架子,以至于无所适从。更有坊间流传老婆上街买菜、孙子上学过早都要老头亲自批条的笑话。他早就想明白了,决不做那样的蠢事,他也不明白那些聪明一世的人怎么会做糊涂一时的蠢事。他给自己约法三章:第一,决不过问单位的任何事,决不对新班子的决策品头论足,决不给新来的同志和新班子惹任何麻烦。单位的活动,只参加老干部联谊会的休闲类,且不担任联谊会的任何职务。第二,好好享受最后这些年的人生,不再过问个人养生与家庭之外的任何事,任何托请、商务活动一概谢绝。第三,从联络图上做减法,切断一切不必要的关联,努力与世隔绝,做一回陶渊明。

"晓得的,二老妈白天专门嘱咐过了!"大嫂嘴一撇,接过话头。"你郎放一百二十个心好了,保证不帮你郎揽事。"

"哦!田雨讲过了?那我就不说了。"陈志立咧嘴一笑,像个孩子一样腼腆,心里充满了对老伴的感激。"对了,还有件事!田雨说这次回来不是一天两天,是长住,所以还是要交生活费的。你郎们都是从田里扒饭吃的,也不容易。"

"回到家里还交么生活费呀?只要你不嫌弃。"志民按住弟弟伸进外套口袋里的手,"再说,老房子也有你一份的。"

"这个你就别推了,大哥!为了我吃得舒坦,住得心安理得,生活费必须得收下。再说,老房子早就不见踪迹,有我什么份呐?"陈志立掏出一沓钱来,交给大嫂,"这是到春节前几个月的生活费,五千块。"

"二爷都这么说了,再不收下就显得生分了。但你郎需要用钱时,也记得跟我讲一声啊!"大嫂接过钱,揣进衣兜,又用手把衣兜压了几下,"农村生活便宜,花不了么钱的。你郎这个钱,吃一年都不成问题"。

"对了,大嫂!生活上就别太刻意了。你郎晓得的,我嘴不刁,就是你郎们平常的生活,只不过多放把米,多加双筷子而已。"

"就怕二老妈说我刻薄了你郎哩。"大嫂把钱揣好了,嘴一撇,笑嘻嘻地说,满脸的褶皱如花一样绽放。

"我们现在生活也很清淡的,以素为主,田雨基本不做荤菜了。"陈志立说。

正事说完了,三个人依然坐在桌旁,继续扯些旧时候的事。直到打麻将的人陆陆续续散了,陈志立才问:"农村现在不忙吗?"

"怎么不忙呢?又要收晚谷又要摘棉花。我跟你郎哥哥整天脚不沾地,伸懒腰的工夫都冇得。"大嫂不知他是何意,又补充一句,"再说了,只要想做,一年四季都有得做,总有做不完的事"。

"那些人怎么这么有闲呀?"陈志立指着渐渐远去的人,其中也有青壮年男女。

"该忙的人总是忙,闲散的人总有空。这都是些鬼打架,既不外出打工,家里的事也丢给老人和老婆,自己穷快活。"大嫂朝门外撇了撇嘴,起身走向文化室,"我把场子收拾一下"。

"那你这算不算聚众赌博?这么大张旗鼓,就不怕派出所来封场子?"陈志立感到好奇。

"你别瞎说啊!我这是乡政府挂了牌的乡村文化室,一个村里也只有三家。"陈志民得意地弹了一下烟灰,"建这个文化室,乡政府还给我拨了两万块钱哩"。

"但人家是叫你建文化室,没让你开赌场啊!"陈志立还是不明白,瞪着一双疑惑的眼睛。但他已经知道他们为什么要在三层楼房之外,再盖三间平房了。

"不是赌场,他们也不是赌博,他们是在文化室里娱乐。照你们城市高雅点的说法,这叫'文化消费'。我里面其实还有些书籍,农业科技书还是乡农技站送的。只是看的人不多。"陈志民又纠正了一遍,满脸得意之色,"其实政府也挺聪明的,就是弄个地方,把闲散的人箍起来,省得他们惹是生非、上访告状,既破坏社会治安,也影响地方形象"。

对大哥这种牵强附会或者说强词夺理的解释,陈志立仍然不理解,但也懒得深究,毕竟他自己说过,他是回来享受退休生活的。于是转换话题,说他先给自己放几天假,看看舅爷、姑爷们。然后就跟陈志民下地去,他要把过去在农村做过的农活,完完整整地再做一遍,享受享受劳动的快乐。

"只怕你养尊处优惯了,早就做不来了哦。"陈志民取笑了一句,又说,"也好!念你还没忘本,我保证成全你。"

大嫂收拾完文化室,转来把陈志立吃过的碗筷收进厨房,又把早就烧开了的热水壶拎到堂屋,倒进一旁的盆里,吩咐陈志立先洗。大嫂虽然六十开外了,但动作麻溜得很,丝毫不拖泥带水,如她年轻的时候一样撩将①。陈志立看得欣慰,先谢过了,然后一边洗着脸,一边说该自己动手的事,以后就不烦劳大嫂费心了。

三个人洗漱完毕,就差不多到了夜半,然后各自回房休息。

# 3

躺在有些硌腰的木板床上,陈志立翻来覆去。

人们常讲往事如烟,他发现这话好像不对,或者讲并不尽然。譬如他此刻的感受,是往事并非如烟。不仅不如烟,反倒是顽强地植根于记忆深处,扰得人寝食难安。他的脑子里,尽是些几十年前的事,且栩栩如生,就如烙在了脑海里一般。

他是恢复高考后,从农村考进城里去的。此前他在大队小学当民办老师。那个时候农村考出一个大学生,不亚于登天的难度,所以也比儿子娶媳妇还风光。儿子娶媳妇,家家都做得到,差不多每个男人都有那么一回,有的还不止一回。但上大学,却不是人人都有机会的。这种风光,当然可以想见。何况他是大队里的第一个大学生!

每每想起当时的情景,他都情不自禁地露出舒心而志得意满的笑。因为那是他人生最辉煌的几页之一,也是命运改变的开端。

离开家乡前两天,亲戚朋友、学校教师和大队有头有脸的人都来了,在庆贺酒宴上谈笑风生,花鼓戏也在临时搭起的天棚下唱上了,真的比娶媳妇热闹。那时不叫"状元宴",农村的人比较闭塞,叫不上这么高大上的名字,但做法和影响力差不多。当然,他的路费盘缠和第一学期的

———
① 江汉平原方言:"撩将"即利索、能干。

生活费用,也是亲戚朋友和乡里乡亲凑的。正因为如此,他一辈子都珍惜这些情谊,官当得相当谨慎,生怕给乡亲们丢了脸,给大队——后来改叫村——抹了黑。

大学毕业之后,他回乡就少了。不是不想回,而是工作缠身,事务的确繁忙,何况乡亲们当年敲锣打鼓披红挂彩地用拖拉机送他到公社汽车站去转长途汽车进省城,是寄予厚望的,绝不是要他到省城转一圈,替他们看一遍风景了再回来跟他们滚在一起修地球的。特别是后来的十七八年,他调到深圳,离家更远,肩上的担子更重,就更不能老往老家跑了。

能不能老回是一回事,想不想回又是另外一回事。他一直觉得,从骨子里说,他就是个地地道道的农民,他浑身都透出农民的气息,他为人处世的方式也带有浓重的农民色彩。

他参加工作是在省里,还没去深圳,专司文件起草工作。其间闹过一个小笑话,他每每想起就觉得好玩,就傻傻地乐。省里开会几乎都住宾馆,那次也住在宾馆里。吃罢晚饭,几个人陪一位省领导散步。省领导原来也是搞文字的,也许惺惺相惜吧,也没个架子,跟这帮搞文字的人打得火热,所以大伙都愿意跟他接近。不知是谁起头讲起了出身,领导自豪地讲完"我是农民的儿子",然后问陈志立,"你是什么出身?"谁知小小的副处长竟不知天高地厚地冒了一句:"哎呀!不好意思,领导!我是地地道道的农民。"领导当即就敲了他脑袋一下,笑着骂道:"好你个臭小子,敢占老子便宜!"

正因为念念不忘进城前乡亲们的馈赠,以及厚望,所以几十年来陈志立不敢有丝毫怠惰,依旧满身农民气味。不管是在省里工作,还是后来调到深圳,碰到了乡亲,他都特别热情,有需要帮忙的,他一定在能力范围内倾尽全力。当然,有许多不能办的事,或者他办不了的事,令别人失望,然后讲些不中听的话,甚至背后讲他的坏话,他也一律装作没听见,从不解释,一笑了之。因为,他对于帮不上别人的忙,内心是有愧疚的。他特别不能接受别人失望的眼神,别人的失望就是他的失望,会令他内心特别地难受。

他对农民和农活,有着特殊的感情和特别的眷恋。这也是他选择回老家过退休生活的原因。很小的时候,他就很卖力地在生产队干农活,且一学就会,做得有模有样,也不偷奸耍滑,虽然他那时小,挣不到多少工分,这一点,很受长辈们欣赏。上大学后包产到户了,他每个寒暑假都回去，天天下地帮父母分担些劳动。但后来，他就基本和农活绝缘了。这让他内心生出些惆怅与无奈。所以在退休之前，他就想好了，要老老实实再修地球去，反正自己身体没大毛病。

他很是崇拜父母。他们不仅勤劳善良，而且长于精打细算，所以虽然家大口阔，但在那个困难的年代却没让一大家子人尝到饿肚子的真正滋味。农业学大寨搞新农村建设，父母咬了咬牙，亲自箍了一口窑，自己烧制砖瓦，砍伐了早年在屋前屋后种的杨树、柳树，硬是盖起了五间砖瓦房，说是四个儿子一人一间，他们两老一间。父母的这一壮举，令许多乡亲羡慕。大哥和三弟各自的三层楼房，就是扒了那五间房做地基的。母亲里里外外是一把好手，栽秧、割谷、移苗、锄草、摘棉花，样样走在别人前面，所以挣的工分总比别人多，而且把家里也操持得井井有条，过年的时候每人都能做到一身新——新衣裳、新鞋子。

他现在还有一双没穿几天的半新棉鞋，放在柜子里精心保存着。那是母亲离世前一针一线亲手纳的，怕他在学校里把脚冻着了。没料想，这双由千针万线纳就的土棉鞋，竟是母亲留给他的最后一件也是唯一一件遗物。每每思念母亲了，他便会取出这件唯一遗物，睹物思亲，感慨万千。

最令陈志立不可思议的一件事，就是母亲做媒。老人家一辈子做媒做成了的，陈志立粗略算了算，有三十多对，而且这些人婚后都家庭和睦、幸福美满。

陈志立常常扼腕痛惜甚至为之痛哭流涕的是，二老英年早逝。母亲是在他大四那年，父亲是在他参加工作不满一年的时候，相继离他而去的。

父母在世时几乎一天富足的日子都没过上，当弟兄几个有条件报答时，双亲却不在人世了。"子欲养而亲不待"的苦楚，成为横在陈志立心头一道不可逾越的坎，想起来就难受不已，乃至趴在父母坟头泪如雨下。

回想父母在世时的点点滴滴，他就决定明天去向他们禀报一声。他在城里待了整整四十年，虽说仕途上没太大出息，但秉承了他们的品性，没做伤天害理的事，没整过一个人，也不贪不懒，且为老百姓办了几件实实在在的事，交了一张还算说得过去的人生答卷，对得住天地良心，没辜负他们的养育之恩，没给他们丢脸。他没有好好珍惜他们在世的时光，甚至都没跟他们正儿八经讲几句贴心的话，现在平平安安回来了，可以经常陪他们唠嗑。将来他死了，也把骨灰埋在他们旁边，日日夜夜陪伴和侍奉他们。

他又把自己平淡的人生,像电影一样回放了一遍。这部电影,他已经放了许多回了。他对自己的人生,归纳为一个字——忙。人生真如白驹过隙。一眨眼,六十多年就没了。他从工作生活的大城市,回到了生他养他的这片肥田沃土;他走出烂熟的办公室,回到了魂牵梦萦的田间地头。老天真是不给人丁点喘息的机会,不给人弥补缺憾的可能。在城里这四十年,他虽然成天忙碌,却仍有许多事业未竟,许多愿景付诸东流,他的人生也就留有许多缺憾。从此以后,这些事业、这些愿景,于他而言毫不相干了,接受也好,不甘心也罢,顶多只能默默抱憾,在泛上脑海的瞬间折磨他一下,产生一丝犹如小时候被黄蜂蜇了的痛楚罢了。"江山代有才人出,各领风骚数百年。"这是至理名言。但他这样一个小人物,没想要领什么风骚,也领不了风骚。他只是平庸的沧海一粟,一辈子又能做多少事呢?人生总有缺憾的。

这么一想,他就释然了。既然无法弥补,那就索性放下吧!他想。从此以后,他将以一种新的姿态,全身心投入农村劳动,与农具和庄稼作物打交道,得闲时跟儿时的玩伴唠嗑、喝酒,讲彼此的趣事、揭彼此的短,尽量不去沾惹纷繁琐事,开开心心过好每一天……

陈志立一直翻来覆去,任思绪飞扬。困意终于袭来,却陡然响起了"喔、喔、喔……"的雄鸡打鸣声,此起彼伏,扰得人再也无法入眠。久违了的鸡叫,那是相当亲切啊!立即又勾扯出了他脑海深处的记忆,眼前迅速浮现出一幅群鸡图,仿佛看见一群母鸡中间,有一只硕大的芦花公鸡伸长脖子铆足了劲,威武高傲地引吭高鸣。

再也睡不着,他又没赖床的习惯,便穿衣起床。经过长期高强度城市生活的磨砺,他的生物钟早已调整为六点起床,憋了一夜的屎尿也不让他赖床,都在这个点急着要奔涌而出。他肾功能极好,就是现在六十过了,也不起夜的。

拉开窗帘,立在窗前张望家乡的早晨。刚刚从沉睡中醒来的鸟呀鸡呀鸭呀猪呀狗呀,像开欢迎会,都欢快而恣意地叫唤着,相互嬉戏着,好像生怕他听不到看不见似的,或者晓得他回来了要表达自己的热情似的。它们的声音完完整整地透过不隔音的窗户,传进房间,撩得人心旷神怡。

伫立了一会儿,陈志立离开窗户,取出田雨为他准备的洗漱用品后下楼。这时他又感觉到了些许不便。农村的所谓"楼房",其实就是两三层平房一摞,平房上再搁层平房,只是节约了土地,利用了空间,不怎么考虑生活的方便和布局的完整。比如哥嫂的楼房,说起来有三层,每层有三间,但只在一楼设了个卫生间。当然,哥嫂的房子多,除了这栋楼房,后面还有一间大厨房,今年又连着厨房盖了三间平房——也就是所谓的"文化室"。为解决到文化室进行"文化消费"人们的排泄问题,便在文化室的尽头再盖了一间公共厕所。

出了堂屋,但见大嫂一只手把筲箕夹在腰间,另一只手从筲箕里抓起谷子撒在禾场上。她身旁围满了张着翅膀嘎嘎欢叫的鸭和咯咯欢叫的鸡。偶尔有几只鸦雀或者麻雀飞下来,她便一边嘴里"嗬嗬"地叫,一边用撒食的手在空中有力地飞舞,驱赶得鸟儿们惊散开去。但它们也鬼精鬼精的,并未飞上树枝,只在空中旋了一圈,很快又飞落下来。于是大嫂停止撒食,又嘴里"嗬嗬"地叫,同时用一只手在空中飞舞。如是反复。

"起这么早做么事?昨天开了一天的车,不多睡会儿?"扭头看见二弟从堂屋出来,大嫂问了一声,手中的活并没停止。

"习惯起早床,睡不着了。"陈志立走到禾场上,"大哥呢?还没起床?"

"去大棚了。"刘彩霞把筲箕一扬,里面的稻谷顿时便呈抛物状飞起,然后撒落得满地都是。望着欢快觅食的一群鸡鸭,她又把筲箕反过来,在背面拍了几下,立即就有几颗卡在箆片中间的谷子掉了下来。转身进屋时问:"你郎想吃么事①?你郎哥哥说等你郎起来问了再上街,免得买了你郎不爱吃。"

"我说过的,你们吃么事我就吃么事,别像待客似的。"陈志立笑呵呵地又补充道,"如果要赶我早些走,你们就天天上街,好吃好喝地招待。否则,就照我说的做。"

"那就好!但肉总是要买的。虽说农村啥都不缺,但总不能天天杀猪呀!"刘彩霞说完径直进厨房,把筲箕放在桌上,又提了桶猪食出来,站在文化室旁边的猪圈门口,对着两头摇头摆尾、"哇哇"乱叫的猪,嘴里"啰啰啰啰"直叫唤,然后把猪食倒进水泥槽,欣慰地望着它们把嘴巴拱进去,"吧嗒吧嗒"欢快地猛嚼。

两只草狗——黄毛与黑皮——和它们四只胖乎乎、毛茸茸的狗儿,昨天晚上就跟陈志立混熟了,殷勤地跟在他屁股后头,欢快地摇头摆

---

① 江汉平原方言:"么事"属多义词。这里指什么东西。

尾,甚至用舌头去舔他的皮鞋,极尽讨好本事。

陈志立洗漱完毕,大嫂的一碗荷包蛋就做好了。吃完了,嘴巴一抹说:"我上街去买些纸钱,然后跟二爷、大大①禀报一声。大姐你郎看要买些么菜,我带回来就是了,省得大哥再辛苦一趟。"

"你郎想吃么事就买个么事,但蔬菜就不要买了,大棚里多得是,你郎哥哥一会儿就带回来了。"刘彩霞想了想说。陈志立已经把车子发动了,她又叮嘱了一遍别买多了,放陈了就不好吃了。

早上赶集的人很多,公路上、集镇上到处都是,也有陈志立熟悉的面孔。但他不想坐在车里跟人打招呼,怕人反感,反正来日方长,以后有的是机会,所以车窗也没敢打开,径直买了东西回来。

# 4

丰泽北村有两片相对大些的坟地,一片在村子东头,跟菜园村和丰泽南村共有,一片在村子北边,紧挨着丰泽北河。东边的坟地大多了,大概有一百多亩,北边的这个小得多,只有一二十亩。北边的这片坟地跟村子正好隔着一条刚铺了水泥的乡村公路。活着的人们住公路南边,去世的人们住公路北边。从乡村公路走向两边的路程,也差不多,都是半里地左右。但往南修了平坦的水泥路,往北则是坑坑洼洼、野草恣意蔓延的一条几乎看不见泥土的狭窄土路。这条乡村公路,让阴阳两隔的人们只可以相互眺望,却不得照面,就仿佛是使他们不得聚首的鸿沟,是两个世界的分界线。公路两边的人们即便望穿秋水,也永无相见时日。

陈志立的父母,就埋在北边的这片坟地。这片坟地也以陈姓的先人们为主。在丰泽北村,陈家是大姓。

把车停在岔路口,陈志立拎了刚买的供品,去父母的坟头。

坟地有些拥挤,且极不规则,有如城中村一般。在杂草和低矮的灌木丛中,墓碑树得密密麻麻。一座紧挨一座的坟墓,有的富丽堂皇、雕龙画凤、几可住人,不仅尽显了工匠的水准,也透出后人的富有;有的则除了墓碑——甚至墓碑都没有,只有一座杂草丛生的土包,一看就晓得后人寒碜,日子过得紧紧巴巴。陈志立父母的坟茔,就属于后者。

眼见人家把父母的坟修得像宫殿,靠搞大棚、弄耕整机、养特色鱼

---

① 江汉平原方言:这里的"二爷"即父亲,"大大"即母亲。

在村里先富起来的老大陈志民,前几年就动心思,跟弟弟妹妹们商量,想在坟堆上盖个屋。

他的理由是,兄弟几个不管在农村务农,还是在外面做事,都是受人尊敬的人物,都最有理由给父母盖房子,也最有理由给父母盖最好的房子。但老二志立反对,在大学当教授的四弟志国也不赞成,他们说有个碑,后人找得到寄托哀思的地方,就够了。陈志立说:"你要真把坟墓盖得像宫殿,就表达了你对父母的孝心啦?就显出你的地位啦?他们就真能享受啊?有这个闲钱,还不如老人活着的时候多尽点孝。""可他们活着的时候我们没尽到孝哦!"志民眼圈都红了,反驳道。"其实大哥,我们的心情跟你是一样的,弟兄妹妹哪个不这么想呢?但父母已经去了,你有办法让他们再活过来,给我们尽孝心吗?"志国跟他讲道理。"就是嘛!"志立呼应道。"那就给他们盖个好房子,弥补我们内心的缺憾呐!"志民揩了下有些湿润的眼睛说,"你们怕影响前途,我自己出钱。我一个农民我怕什么?"志立提醒他:"怎么着你还是个党员哩!再说了,你就不怕弄个黑点影响你儿子们的前途啊?我也不是怕丢了乌纱帽,关键是看值不值。"志民的犟脾气上来了,说值不值他都得盖,在这里盖的又不止他一个是党员。志国说,老人住在下面本来安安逸逸的,他却再去大建大修,不是吵得老人又不得安身啦。志民有些生气,说他们两个这是歪扯。人家不都盖了吗?哪家不是好好的?"我没见都盖了哦!盖的还是少数啊!"志立又顶了一句。

实在说服不了,陈志立只得来硬的,把脸一黑说:"你要真敢盖,我就真敢拆。不信我们打个赌!"虽然陈志民当时很激动、很生气,但后来还是没盖,只是把墓碑上有些黯淡了的魏碑体文字用金色的粉描了描。不知他是怕他这个二弟真的行浑,到时闹得不好看,还是自己想通了……

陈志立手提供品和鞭炮,行走在挂满了露珠的杂草丛中,一边走向再熟悉不过的那座坟头,一边回想着往事。他现在老是喜欢触景生情,与往时对比。他蓦然发现,与前年春节回来的时候比,坟地更拥挤了,因为又添了好几座新坟。看那墓碑上的名字,也有几位是儿时的伙伴。这把陈志立的心情,顿时便弄得有些郁闷。

给父母烧完香钱叩完头,陪他们聊了会儿天,也给父母的左邻右舍和一些长辈烧了些纸钱,最后放了一挂鞭炮,陈志立就离开坟地。露水把他的鞋和两只裤脚都打湿了,他管不了太多,只把鞋上的泥巴揩了揩,然后把车开进村子,准备把买的菜交给大嫂之后,就去庙湾村看舅爷。

大哥的屋在北村九组最东头。陈志立刚把车拐进村口,就有两个衣衫老旧的老人从禾场中央蹒跚着迎上来,嘴里直说可把你盼回来了!一看是幺叔陈想生和婶娘贺大姑,陈志立连忙把车开进禾场。刚一出车门,老人就一边一个拉住他,声音哽咽地重复了一遍刚才讲过的话——可是把你盼回来了!

"昨晚上刚回来。还没来得及去看二老哩,实在对不住啊!"陈志立满脸歉意,把老人安顿在方桌旁的板凳上,"刚去了趟坟上,裤子都打湿了半头,我换换就下来"。

从楼上下来,陈志立把一条烟放在陈想生面前。刚一落座,婶娘就叹息一声,不无惋惜地说:"唉!你娘老子要是活到现在,不定有多享福哩。真是该死的不死,不该死的死那么早。"说完,抹了一把眼泪。

"什么事啊,幺叔婶娘?"陈志立给陈想生一支烟,帮他点着,又给自己点燃了一支。

"唉!"陈想生叹了口气,没吱声。贺大姑又揩了把眼泪,接过话头,"你可要管我们哪,志立!"

婶娘红肿的眼睛,好像有白内障,一层黏糊糊的薄膜盖在眼球上。陈志立想可能是长期流泪造成的,心中升起一股怜悯。

"还能有么事啊?生活无着落。"贺大姑满脸无奈。

"志祥呢?他不管吗?"陈志立的语气里充满了诧异。

"你说养个儿子有鬼用啊?他两口子跑到广州潇洒,却把两个上中学的伢丢给我们,生活费老不按时寄。你说我们都过七十了,自己闹口吃的都难哩,哪里还管得了两个半大糙子呀?再这样下去,两个伢还不给他废了,跟他老子一样没出息呀?"贺大姑边抹眼泪边诉说。

"他们不是在福州的吗?啥时候又跑广州去了?怎么没听说起过?也没跟我联系呀!"陈志立又吃了一惊,想了想说,"唉,婶娘,打工也难哩。他们又没个手艺,只能拼点力气活,估计也没赚到么钱。"

"可能也是没赚到钱。志祥先在建筑工地做体力活,你弟媳美枝给他们做饭。后来听说跟人合伙做生意,又让人给骗了,估计就没好意思去找你。"陈想生刚说完,突然又显得有些激动,提高了声调,"可他都四十多岁了啊!孩子他不能只生不养啊!再说了,真在外面赚不到钱,还不如回家种田哩!现在种田的政策比过去好多了,税费全免,糊个口总是没问题的。再搞点副业，农闲的时候到镇上做个小工，也可以管管伢们的开销了。何况一家人窝窝软软在一起，总是好的哩！"

"我看他也是个勤扒苦做的人，对两个伢还是疼的，他不会不管的。肯定是遇到了难处，您郎们也别想太多了。"陈志立劝道。

"也是，他的确是没别的坏毛病。我们的伢我们晓得。"陈想生说。贺大姑也点点头，表示附和。

"等他回来了我问问情况……他们说了春节回来吗？"

"这个还不晓得，还早哩！"陈想生满是褶皱的脸上，又愁苦密布，显得更加苍老了。

"要不，志立！你给村里的王书记说说，帮我们办个低保？"贺大姑换了个话题，瞪着满是期待的雾蒙蒙双眼。

"低保是个什么政策？这个我不知道哦！"陈志立愣住了，抽了口烟，面有难色。

"什么政策？王书记的嘴巴就是政策。他说谁行就办，谁不行就不能办。"贺大姑的嘴巴果如年轻的时候，依旧不含糊。

"还不看舅爷去呀？坐在家里闲聊。"冷不丁陈志民从大棚拎了一蛇皮袋子菜回来，进门就对陈志立嚷嚷。

"听幺叔婶娘说事哩！完了就去。"陈志立答道。

"他郎们的低保办不了，我问过人家王书记！"陈志民放下蛇皮袋，拍了拍双手的灰土，接过二弟递的烟，点燃后补充道，"条件不够。"

"那人家刘大树怎么就办了呢？他儿子还在武汉开厂哩！"贺大姑不服气，"肯定是嫌你的面子不够大。老二去说，就不一样了。官场上混的，哪个不晓得老二？何况他们去深圳，老二还好饭好菜地招待过。他王书记敢不买老二这个账？鬼都不信！"

"好好好！我面子小，办不成事。那您郎当初就不找我啊！老二，你面子大，你去办。但你一定要办成哦！要不然，我看你这张大脸搁哪里！"陈志民被贺大姑顶撞得火星直冒，拎着蛇皮袋进厨房，返回堂屋又叮嘱陈志立，"但你现在还是得先去看舅爷，我都跟他郎说了你回来的事。"

"娘亲有舅爷亲有叔。志民呐，舅爷亲，叔子也亲哩！跟你二爷最亲的弟兄，也就你幺叔一个人了。你让志立先帮我们想想办法。我们现在真是恨不得早点眼一闭脚一伸，死了算了，一了百了。你说该享福的人死那么早，没福享的人又老不死，留在世上受活罪。唉！"贺大姑知道自己说错话得罪大侄子了，便软了下来。

"这样吧，幺叔婶娘！志祥在广州，我一下子也抓他不着。等他春节回来了，我再和他说说。至于低保的事，我只能逮住机会了先问下情况，可能大哥说得有道理，是不合政策，也不光是面子的事。在村里，大哥说句话的面子还是有的。这个我不怀疑。但如果条件不够，我出面也是白搭，大家都睁大了眼睛盯着哩，王书记也不敢坏了政策的。喏！这三百块钱，您郎们先拿去应个急。"陈志立从皮夹里掏出三百块钱来，放进陈想生手里，"我这次回来，一时半会也不走。我退休了，回来养老的。"

好说歹说，总算把两位老人送出了大门。望着两位满头银丝的老人佝偻着蹒跚离去，陈志立心里酸酸的。呆立了一会儿，才连忙跨进车里，去庙湾村看舅爷。

# 5

九十三岁高龄的耿春生，应该算是个有些传奇色彩的人物。

耿春生抗战末期参加革命，到二十世纪六十年代初经济调整时期国家动员城镇居民和部分干部回农村前，他已是地区劳改农场副县级的副场长。

那年地委开完动员大会，各单位便紧锣密鼓地落实回乡人员。动员回农村的人员数量在不同级别有比例要求，特别强调领导干部带头。劳改农场和司法局其实是平级单位，但业务上归口司法局，所以司法系统的下放指标也有劳改农场的份。耿春生当时在上海搞外调，没参加地委的动员会。出差回来，司法局一位副局长找到他，透露局党委决定，说内定他在精减之列，建议他争取主动，写个申请。既然是组织决定，耿春生也就没多想，当即写了申请交给这位副局长，还特别申明永不找组织麻烦。

就这样，耿春生没讲任何条件，注销了一家人的商品粮户口，怀揣组织介绍信，带着在地区供销社当会计的爱人肖腊梅和三个子女，悄无声息地回了原籍杨镇公社庙湾大队。他此时并不知道，他对那位副局长的轻信，给他以及他的家庭留下了终生都无法弥补的遗憾。公社安排他当支部书记，肖腊梅则继续干她在地区供销社的老本行，在小队做会计。一转眼，耿春生这书记就当了二十多年。二十多年里，因为没有任何念想，所以一家人便也相安无事。

二十世纪八十年代拨乱反正，一方面平反冤假错案，另一方面开始纠正包括当年下放城镇人口的错误，落实他们这些人的政策。这本是一件大快人心的好事，没想到却在耿春生家里引起轩然大波。

亲耳听到公社书记传达的上级精神，耿春生当即就乘长途汽车去了地区司法局。可是，司法局在"文革"时期是重灾区，人员换了一茬又一茬，办公地点也变过好几处，早期的档案基本丢失了。耿春生不死心，央求人家把整个档案室翻了个底朝天，也硬是没找到他的档案，连一片纸都没有。没有档案，就教落实政策办公室的人作难了。地委和行署当时的领导大多认识他，司法局和劳改农场的老人也知道他，于是找人写证明材料，包括时任地委组织部长等领导和原司法局长。

老司法局长一见面，就好一阵埋怨，责问他为何要写那个申请。听他学完那个副局长的话，老局长这才恍然大悟，责怪他真是个"苕"啊！"你就不晓得来问我一句？你说你把申请都交了，我还能说啥呢？只得往上报啊！"然后告诉他实情。原来，按当时的政策，最符合条件的是那位副局长，因为他是"半边户"，老婆孩子的户口都还在农村。而局系统确有一个副县级干部的名额，"他是生怕把自己下放了，所以找你去顶替的。"恍然大悟的耿春生虽懊恼不已，但事已至此，知道了真相又能如何呢？

尽管有那么多的证明材料，但没有档案怎么跟①他定级呢？面对他从塑料袋里掏出的一大摞有亲笔签名甚至还摁了手印的证明，落实政策办公室的人仍觉棘手，皱着眉头告诉他会向上级打报告，由领导们去研究。领导们研究的结果，当然是他的政策终于没有落实成。

耿春生没想到他努力了老半天，会是这么一个结局。但自己努力了，却仍然没成，便是命该如此。他除了认命也别无他法。何况他参加革命的时候，举起右拳宣誓入党的时候，就是个乡里人，就是个佃农，只想到闹革命是为了穷苦人翻身，没想到解放了能当个国家干部。而且回乡这么多年，也习惯了当农民，再让他回去当干部，可能也不会当了。肖腊梅虽然生在城里长在城里，因为精减才随他来到陌生的农村，但她先是对耿春生传奇的革命经历崇拜得五体投地，后来相濡以沫几十年，也习惯了对他的任何决定无条件投赞成票，所以也没说什么。在农村就在农村呗！农村又不止他们一家，何况二十多年了，也早已融入了庙湾大队，跟

----

① 柳县人常用"跟"代替"给"。"怎么跟他定级"，意思是"怎么给他定级"。

这里的乡亲和这里的土地有了深厚的感情。

儿女们却不这么想。过去不清楚真相,无话可说,现在别人能回城,他们却不能,这心里的怨气自然升腾,特别是听说父亲返乡并非组织决定,而是傻乎乎遭人暗算,株连得他们都成了农村人这个信息之后。原本是商品粮户口的两男一女,突然间莫明其妙地变农村户口,而刚刚冒出的回城希望又生生地被掐灭,心中有些怨气可以理解。就是耿春生回农村后生的两男一女,也觉得自己是应该有个革干子弟①身份、有个商品粮户口的,如今却不仅革干子弟没当成,甚至连商品粮户口本长啥样都没瞧见过,心里也突然间存了怨气。而且,身份的改变还不仅仅是他们这代人,也殃及了子孙后代。如此一推演,岂不是埋怨不已?他们的埋怨,先是悄悄的,私底下的,慢慢便公开化了,且矛头直指他们曾经崇拜如神如今才晓得竟是如此糊涂的父亲。

一生硬气的耿春生哪受得了子女的背叛?于是把儿子们大骂一顿,继而又动手打了大儿子建党一巴掌。对从未动过他们一根手指头的父亲,儿子们起初任他骂,大儿子建党也任他打,任他怒气冲天。但随着时间的推移,他们心中的怨气不仅没消退,反而继续堆积,后来更是一点就着火,敢于当面顶撞了。耿春生气得要命,宣布和闹得最凶的大儿子耿建党断绝父子关系。

后来孩子们也想明白了,自己就是这个命。诚如父亲所言,他就是庙湾的一个佃农,当初提着脑袋搞革命也没想过要当官,没想过要进城。如果他不搞革命,没进过城,他们就是庙湾的一分子,就是现在这个身份。何况父亲讲,他还从死人堆里爬了出来,并有了这一群儿女,这比那些早已长眠九泉的战友不知幸运多少倍,也应该知足了。于是父子关系有所缓和。但是,梗在耿春生心头的那根骨头还在,所以尽管儿子们表现出改过的诚意,他也仍然坚持独自生活,不跟任何子女住一起。肖腊梅在世的时候,两个老人相互间还有个照应。如今肖腊梅殁了,他也九十高龄了,却仍然只身一个人,住在临时砌的小砖房里。

二十多年支部书记,耿春生没有白当。当时许多大队社员饿肚子,庙湾大队的情况却好很多,社员们基本吃得饱,尽管青黄不接的时候,也

---

① 革干子弟:一种特殊的成份。即革命干部子弟。在那个特殊时代,就同工人阶级和贫下中农成份出身的人一样根正苗红,而在某些时候某些方面,甚至比工人阶级和贫下中农出身的青年人享有更大的优越感。

"瓜菜代"。

耿春生的做法,其实也简单,是他在劳改农场搞过的。他带着大伙大搞农田水利建设,把荒湖、沼泽地开垦出来,把沙田、渍田改造成粮棉优质高产田,不管老天帮不帮忙,总比别的大队收成好。他在外面当过领导,见识比别的大队书记广些,胆子也大些,比如当年打了多少粮、摘了多少棉,都如实上报,一是一二是二,从不摸脑壳瞎报,不为了迎合上面虚报产量,也不想得公社那个跟三衩裤差不多的流动红旗。不像有的地方为了面子放卫星,虚报浮夸,弄得种子都被上面当余粮调走,社员口粮没着落,甚至老鼠都饿死了。

庙湾大队很早就有个砖瓦场,那时候杨镇除了公社,就剩庙湾还有个砖瓦场,而学大寨经验搞新农村建设又如火如荼,所以砖瓦老是供不应求。到了改革开放初期,他又狠抓副业,成立建筑队、养鱼队、铁业队。大队有积累,可以更好地发展生产,社员积蓄多了,孩子们穿得也比别人洋气,弄得周围大队的女孩,都想嫁到庙湾去。

突然在一个秋天,乡政府①一个年轻副乡长带了一帮人来,宣布砖瓦场关停、副业队和铁业队撤销。尝到甜头的队员们当然不干呐,于是发生了言语冲突。年轻副乡长不知道天有多高地有多厚,还以为自己是多大的官哩,还以为自己能够掌控得住局面的,却不承想冲突升级,场面更加混乱。更有一帮激愤的妇女,竟然在拉扯中把副乡长的裤子扒了,一个胖大嫂甚至捏住他的命根子,捏得他龇牙咧嘴就地打滚。

这个祸真的是闯大了,气得乡党委书记大发雷霆,当即派派出所所长带了公安去抓人,同时宣布撤销耿春生的支部书记职务。各大队的书记早就换了人,耿春生也早该退岗,只是庙湾的干部群众强烈要求,加上耿春生在地区和县里领导中的熟人太多,乡党委书记有所忌惮,不敢动他,才拖到了现在。如今好了,趁机把庙湾的班子一并解决了。

耿春生当时不在家里——后来才晓得就是要趁他不在家的时候动手,他带着建筑队队长到地区找老领导,希望承建行署的墙院改造工程去了。等他回来却木已成舟,有十几个人被关进了派出所的号子里。他顾不得长途奔波的疲劳,连夜去乡里求书记,希望把人放了。可怜快六十岁的老人,硬是当着许多人的面,被比他三儿子都小的乡党委书记劈头盖

---

① 人民公社已经改称乡(镇)政府。

脸地好一顿臭骂,却一句嘴都没还,还一直陪着笑脸。等乡党委书记骂得没脾气了,骂得气喘吁吁端起杯子猛灌水了,他再腆着脸提放人的事。然而,在暴跳如雷的书记那里,他尽管低三下四,却哪里会得到宽恕呢?结局是可想而知的。

从乡党委书记的怒骂和斩钉截铁的回答中,耿春生才得知乡里抽的这个"羊癫疯",是给庙湾的搞法套了个集体"投机倒把"的罪名,是早就要拿他们开刀了。

耿春生想他明明是贯彻三中全会精神带领乡亲们致富的,怎么成了投机倒把呢?虽然思想上不通,但他暂时还无暇为大队支部和自己去洗清罪名。十几个村民还在号子里关着哩,得想方设法先把他们弄出来。他过去就是政法战线的,县里的领导和政法系统的老熟人也多,便挨个去求情,希望给鲁莽的村民网开一面。他的工作总算是有些成效,多数人被放了出来,但还是有三个人给判了几年,包括那个胖大嫂。而且,砖瓦场给平了,副业队、铁业队解散了,大队的账也给封了。

原本身材魁梧昂首挺胸的耿春生,有如被霜打了的茄子,顿时萎顿下去,成天蔫不拉叽。不懂他的人,以为是支部书记被撸了,但老伴肖腊梅知道,他是心疼好不容易搞起来的副业无端地给毁了,还有那几个被判了刑的乡亲。

后来包产到户,他安安心心在自己的承包地里种起了瓜果蔬菜,大家都笑他不务正业。然而一年下来,众人这才发现,种瓜果蔬菜,果然比种水稻棉花赚钱。大家笑不出声来了,纷纷跟着种瓜果蔬菜,他却栽上了梨子和苹果树。当大伙栽果树的时候,他却又养起了花。很快,他的田野便开遍了各种各样的鲜艳花骨朵。耿春生种的鲜花,先是自己拖了板车去集镇上卖,后来是乡里的各单位开了小车来他的园里买。当别人开始养花了,他又搞起了大棚,大车小车把打破了季节的新鲜蔬菜送上城里人的餐桌。

试验与创新,的确让耿春生赚了点钱,但他赚来的钱都花在了下一轮的试验与创新上。直到实在干不动了,他的试验与创新才戛然而止。陈志立起初也不理解,直到一次去看他,才明白他的良苦用心。他说:"我现在不能用嘴巴去号召了,但我的行动产生的影响,却可以继续带领大家致富!"

一直对上级忠贞不渝的耿春生,居然会成为"上访专业户",成为令乡党委书记伤透脑筋的刺头,这是谁都没料到的。估计耿春生自己也始料不及。

耿春生上访,没一次是为自己的,而且他还有个怪毛病,就是跟别人偷偷摸摸不同,他每次都向乡里报告,说他要去向上级反映情况了。他解释这么做,是必须遵守组织原则,人家却说他跟组织示威,因为他外甥陈志立在省里领导身边当秘书,乡党委书记奈何他不得。其实他到省里上访,从未通知过外甥,而且生怕影响外甥的前途,从不找他麻烦,比如让他做个介绍或者引荐什么的。

耿春生最初上访,是有原因的:庙湾大队的砖瓦场重新开张,却没按过去的搞法,或者采取竞价的方式选择承包人,而是直接就包给了支部书记的弟弟;养鱼场承包人换了,是支部书记的内弟;支部几个人陪乡里的领导到外面玩了一趟,在大队报销了一万多块,而且他们成天吃吃喝喝,他早年挣下的积蓄,都快被他们败光了。耿春生和几个村民先到乡里反映,乡里不理;到县里反映,县里也不管。无奈之下,村民们凑了些盘缠,七八个村民代表怀揣有两百多户村民画押的上访信,去了省里。省信访办的接待倒很热情,得知带头的是一位有着四十多年党龄的老支部书记,便责成县里严肃处理。可是县里并没"严肃处理",而是把处理权交给了乡里。乡党委书记找他们"做工作",解释支部书记也是为了把村里搞富裕。

"富裕了吗?"耿春生问。

"总得要交些学费嘛!"书记双手一摊,脸上现出些无奈来。

"都学到些啥了?"耿春生又问。

"摸着石头过河,总要走些弯路嘛!"书记又说。

"摸着石头没有?河过了吗?"耿春生觉得明明是打了水漂的事,他却在那里歪嚼,这样的人没法跟他理论,气得拂袖而去。

于是村民们再去省里,每天到省信访办报到,一连坚持了七八天。其间乡里租了个客车把他们接回来过,可过了两天他们又去了。省信访办便派人亲自调查。因为证据确凿,便建议县里把乡党委书记调走,调整村干部。

这次上访的"胜利",一下子又把六十多岁的耿春生搞成了明星人物,其他村里的村民也央他反映情况。他也不厌其烦,一次次往上递上访信。后来,乡里对他的外出采取跟踪战术,发现苗头立即把他堵在长途汽车站;邮局对他寄出的信件,也进行严格审查。

耿春生的身体出奇地好。他是在八十六岁的时候摔得骨折了，才跟他那辆铃铛不响浑身响的破自行车告别的，此前他每天都要骑着它跑十多公里土路。就是现在九十多岁的高龄，除了耳朵有点背，骨折了的右腿有点瘸之外，身体其他部件都好得很。

七八里的水泥路，跑起来很轻松，所以陈志立一路上就有足够的精力，回想着舅爷人生中的一些精彩片断。

# 6

庙湾四组村口的大柳树下，一群中老年人围成一堆，一边晒着暖洋洋的太阳，一边消磨无聊的时光。

中间的小桌上摆了张有些年头、楚河汉界几个字都模糊难辨的破木质棋盘，棋盘上有副老旧的大子象棋。对弈的双方一人镇定自若地跳马走车，一人脸红脖子粗地露出无可奈何的窘相。围观的人很多，大家或坐或站。虽都是些中老年人了，却也忘了观棋不语的古训，吵吵嚷嚷，有嘟嘟哝哝惋惜走了一步臭棋的，也有支招架炮或者出车的，比下棋的人还猴急。

猛然间一辆车子拐进村口，让鏖战正酣的楚河汉界出现了短暂的宁静。人们停止杀戮，扭头张望。站在禾场中间的人们连忙往人堆里挤，为车子通过行方便。车子却停下不走了。有人便朝车里张望，刚好陈志立摇下玻璃，一眼就瞥见了他那刚刚露出的脑袋，又扭过头去，对静静地坐在板凳上的耿春生大声叫唤："老耿！你家志立来了！"

陈志立早从人缝里发现了人高马大的舅爷，他把脑袋伸出车窗，也高声叫喊："大伯。"

整个庙湾村，只有一家姓耿的，就是耿春生和他的儿子们。所以人们喊老耿，够资格答应的，也就耿春生一个人。即便几个儿子都六十左右，大儿子建党甚至年近古稀了，因老父亲健在，也不敢妄自称"老"，人们也还没想到要把这个尊称送给他们。

陈志立自小就在舅爷家打滚，这不仅因为外婆疼他，也因为舅爷和舅妈喜欢他的聪明和憨厚，所以村里的人都认识他。加上这些年只要回去就必定看舅爷，也就都还记得他。年幼时他们逗他："姓啥？"他回答人家："在大伯家里我姓耿，在二爷家里我姓陈。"逗得人们哈哈大笑，直夸他是个机灵鬼。

陈志立拿了包烟对众人晃了晃，递给一个年纪小他两岁的人："大狗，帮个忙！"

"哦！志立回来了？"耿春生耳朵不太好使，但后面的叫喊他还是听见了。他缓慢起身，再把身子转过来，应了一句。陈志立又喊："大伯，上车！"耿春生没接受他的邀请，笑呵呵地让他先去，说他看完了这盘就回。

耿春生的小屋距村口只有两百多米，陈志立一眼望过去，只见家家户户的禾场上全晒着刚扯回来待剥的棉桃，车子其实无路可走，便索性把车子靠后倒了倒，一边下车一边说："就放村口得了，我陪大伯看棋。"

他的棋瘾也挺大的，是看耿春生下棋染上的，后来就缠着跟耿春生下，开始的时候老是输，但他不气馁，反复纠缠。耿春生就喜欢外甥这个不服输的性格，不厌其烦地陪他练。参加工作之后，陈志立也没其他爱好，就是得闲了跟几个同事下下象棋。再回来的时候，耿春生就下不赢了。

大狗挨个发了一遍烟，又把没派完的小半包递过来。陈志立用手一挡："送你了！"

他自小就跟大狗玩得火热，也算是一起打条胯的朋友，所以大狗也不客气，笑着说："那我就恭敬不如从命了。"

耿春生眼睛盯着棋盘，嘴里问陈志立："这次不赶时间吧？"

"不赶了。我现在退休了，有的是时间陪大伯。"

"怎么，你都退休了？"

"老耿！志立都退休了，我们也该死了！"

"是呀！活成精了，七老八十的，只怕是阎王把哥几个忘了！"

…………

听陈志立说他退休了，老人们七嘴八舌议论起来。

"我九十多的人了阎王都没开口要我走，你们一个个倒摆起老资格来了。"人高马大的耿春生讲话，依然洪门大嗓。

大家闲谈间，那盘棋就下完了。陈志立搀着耿春生——他其实走路还算稳健，并不需要他的搀扶——择脚从摊在禾场上的棉桃间走向他的小屋。

耿春生的小屋，被四个儿子的楼房拱卫着，从村口走过去，左边是大儿子、二儿子的，右边是三儿子、幺儿子的。大儿子耿建党的大门关着，他开了家小电器厂，举家去了武汉。二儿子耿建国夫妇正在禾场上剥棉桃，见陈志立搀着老父亲过来，起身打过招呼，就留他吃中饭。陈志立笑着说大嫂正在做,等着他回去吃哩!

耿春生说一起吃吧,他这个月也归老二管哩!瞅一眼满脸狐疑的陈志立,耿春生笑呵呵地说等会边吃边聊。

三儿子建军夫妇和幺儿子建设的媳妇也过来,热情地问陈志立怎么一个人回,田雨没来?又说好不容易回一趟,吃了午饭再走。他们的热情并非客套,这个陈志立知道,但舅爷的态度有些反常,却弄得他丈二和尚摸不着头脑,但也不好细问,只得把一个疙瘩结在心里,跟大哥打电话让大嫂不放他的米了。

二表嫂是个撩将①人,午饭很快就在他们闲聊间做好了。她把午餐做得很细软,陈志立发现舅爷吃得有滋有味,这说明她是用了心做的。但舅爷怎么终于肯端儿子们的碗了呢?他一边吃着,和他们闲聊,一边在心里纳闷。

"他表叔!你郎有多少年没端我们耿家的碗了,你郎还记不记得?"疙瘩还是二表嫂帮助解开的。她接着说:"你郎可能不记得了,但我记得。自从给小伯(陈志立知道指舅妈)送葬那天你郎在耿家吃过硬米饭②,你郎就再没端过了。这一晃,就过去二十多年。你郎每次来,除了塞给大伯钱,陪大伯说会话,就匆匆走了。不说端碗,连杯茶都没喝过哩。"

"你郎这一说,我好像记起来了。但我过去确实是忙。实话说,我每年回来都很辛苦。你郎说假只有三五天,但陈家田家的亲戚又多,都得走动,不然怕人说闲话。所以我的春节,基本是在路上过的。给嫂子赔罪!但我现在是散人了,只要你郎不嫌弃,我老来吵你郎。"陈志立绝不是打马虎眼,而是真心实意的。

"表叔也别这样说。其实你郎不端我们的碗,我们都晓得是为的啥。"三表兄建军停顿了一下,皱着眉头抿了一口酒,"我们也都想明白了,这就是命。命里注定我们是乡下人,怨老人又有何用呢?都是我们做儿子的不好,苦了老人几十年"。

陈志立放下筷子,盯着二表兄瞅了好一会儿。因为他当初闹的动静并不亚于大表兄。建国红着脸,也放下筷子,说:"我们真是不懂事啊,只想着自己的商品粮户口没了,便一股脑地怨老人。这些年老人也真是遭够了罪,一大把年纪的人,还得自己做饭、洗衣服。"说着说着,几个人眼圈

---

① 江汉平原方言:"撩将"即干净利落、能干的意思。
② 江汉平原方言:赴丧宴叫"吃硬米饭"。

都红了。

二表嫂说:"父子哪有隔夜仇啊!特别是你们兄弟几个年年来看大伯,孝敬大伯,对我们的教育其实蛮深的。我们也是养儿养女的人,也儿孙满堂哩。家有老是一宝,这个道理我们晓得,孩子们也这么跟我们说。每次听孩子们这么说,我的心就像锤子敲,就想把大伯接过来。后来这层窗户纸一捅破,就什么事都解决了。去年春节你郎没回,所以不晓得情况。当时我们六家陪大伯在老大家里吃了团年饭,专门讨论大伯的养老问题。如今大伯是我们在家的三家轮流供,一家供三个月。老大和老三、老五[①]不在身边,但也学你们在田家的做法,给大伯建了个养老基金,作日常开支和看病等支出。"

他们谈得很热烈,耿春生却基本没插话,细嚼慢咽,两个儿子不时给他夹菜。舅爷的生计大事彻底解决,一家人又和好如初,而且瞧他吃得有滋有味,脸上的表情自然而满足,开始没喝酒的陈志立,也高兴地要了酒杯,陪两个表兄喝起来。

耿春生吃完了,把筷子一放,用手抹了下嘴,说:"志立,你们慢慢吃。"

"您郎不吃了?没吃多少咧!"陈志立关切地说。

"七分饱就够。人老了,吃多了消化不了,撑得难受。"耿春生答完,又说,"有个事,你帮忙问问。"

"大伯!表弟好不容易有个清净,您郎现在又不是没得吃没得喝。"建国企图阻止父亲。

"你郎让大伯说完嘛!"陈志立放下酒杯,面朝舅爷,"不说一桩事,就是一堆事,只要我能办的,一定办。您郎尽管讲"。

耿春生环顾了一圈桌子上的人,犹豫了一下,然后双手直摆:"算了,不说了。没么事,没么事。"

"您郎怕他们,大伯?您郎是吩咐我办事,又不是求他们,怕他们个么事?您郎说吧,什么事?"陈志立继续追问。

"真没啥!"建国略停了一下,这才替父亲说,"就是那个补贴,有两个月没来了。我们也去问了,人家没有说不给,只是说民政的么电脑系统出了故障,要缓几天,修好了马上补。但他郎老担心是人家拿下了。人老

---

[①] 耿春生的六个子女,依次是老大耿建党、老二耿建国、老三(大女儿)耿建秀、老四耿建军、老五(二女儿)耿建芬、幺儿子耿建设。

了,就老惦记自个儿那点事,跟年轻的时候完全不一样了。"

原来,耿春生的政策并非没落实成,只能说落实得不够彻底,或者说主要的部分没落实,但还是给他落实了一点。就是承认他是新中国成立前参加革命的老同志,每个月发些生活补贴,开始是六十元,后来加了些,近两年涨到了三百元。

陈志立问:"是这个事吗?那我得催催。"说着掏出五百块钱来,说这是他孝敬大伯的。耿春生说:"又给钱呐,老用你们的钱呐!等我哪天眼一闭,你们兄弟就解脱了。"陈志立说:"瞧您郎说的!我这钱孝敬得高兴。只要您郎活着,我就一直孝敬,您郎活一天我孝敬一天,活一百年我孝敬一百年。"耿春生笑了,说:"那还不成精了?"

喝了点酒不能开车,加上为舅爷一家人冰释前嫌和好如初高兴,陈志立没马上回,陪舅爷及两个表兄聊天。实际上是三个老人听一个更老的人慷慨激昂地海阔天空。耿春生眼睛看不清报纸上那么小的字了,耳朵也退化不如过去好使了,但他仍然坚持戴了助听器听收音机,所以对上面的政策了如指掌,谈起现在的政策津津乐道,特别是对狠抓党风廉政建设赞不绝口。

这么大年纪的人,思路依然清晰,思维依然敏捷,一点不糊涂,真是少有啊!陈志立暗自惊叹。

耿春生毕竟上年岁了,只跟他们谈了一会儿社会形势,便去他的小屋休息。三个知天命年纪的人,又摆起了象棋。一如年轻时斗气,落子的时候把个破棋盘砸得山响。

三个人正砸得天昏地暗,陈志立的手机突然不知趣地直响,他瞟了一眼,见是杨镇乡赵书记的号码,便从桌上摸过来放到耳边。赵书记说想请他去乡里,晚上为他接风。陈志立说我现在是平头百姓了,不能干扰你们的工作,接风的事就免了吧!客客气气把赵书记的邀请回绝了。又突然想赵书记这个来电,可不就是瞌睡碰到枕头了?于是顺便问舅爷补贴发放慢了的事。赵书记说耿老现在是乡里的宝贝哩,新中国成立前的老党员没两个了,哪敢忘了呢?只是县民政的电脑系统出了故障,才拖迟了。他请陈志立放心,一旦县民政拨下款来,立马派人送过去,决不让它过夜。

过去二十四小时都保持手机处于开机状态的陈志立谢过了,破天荒地关闭手机,三老表继续把棋盘敲得山响。

# 7

陈志立早出晚归,先后去了两个姑父家,就近看了几个叔叔,周末又去县城看岳父岳母。

有退休工资的岳父岳母自不必说,身体和经济状况都好。就是老让他挂念的姑父姑妈,情况也比他预料的好。身板都还硬朗,虽然田里依然刨不出钱来,但凭着他们的勤扒苦做,衣食还是无忧的。他事先没打电话,而是开了车直接就闯去的。所以,他们挂在脸上的幸福感,谈吐间对目前和未来的乐观豁达,应该不是装给他看的,而是真情表露。这让陈志立心情愉悦,成天乐哈哈的,一家给几百块钱。

他每天依旧起得很早,到户外运动。早晨的农村,空气真是清新,一如他小时候感受的一样,温润而香甜,真正的沁人心脾,令人神清气爽。

他的运动其实很单调,就是穿着运动鞋,打一遍新学的太极八段锦,然后踏着露水去田野的小径上行走。陈志民的两只狗——黄毛与黑皮,就像两个忠诚的保镖,形影不离地护卫着,时而跑到他前头,时而跟在他后面,欢快地嬉戏。陈志立在外面待多长时间,它们就陪他多长时间,从不迟到,也不早退。

那些沟沟坎坎,仍是他儿时的记忆,几十年了也没大变。当然,也有令他怅然的,比如农田水利设施,不如过去的好。屋后和田野里原本一人多深、清澈通畅的大小水沟,被各家各户截成一段一段的养鱼池,或者藕坑,或者稻田,犹如一条条美丽的鳗鱼,被一个初学烹饪的粗心徒弟剁得乱七八糟,然后随随便便地码在餐桌上的盘子里。长期不清淤,屋后的养鱼池里杂草丛生,池水仅没脚背,偶见几条小鱼,都把圆圆的嘴巴伸出水面艰难呼吸。由稻田挖出的一口口形状大小各异的鱼塘,情形也好不到哪里去,水草密布,水色如酱油。

更教他忧心如焚的,是遍地的塑料袋和一次性塑料饭盒。一些已经跟泥土混为一体,露出的边边角角甚是扎眼,另一些刚丢弃的塑料袋则随风起舞,恣意飞扬。他以前在家的时候,没见过这些难分解的化学产品。人们上街买东西,都拎着竹篮去再拎着竹篮回,现在是空手去,拎一堆花花绿绿的塑料袋回,用完了随手就扔得到处都是;那时候吃饭用瓷碗,甚至缺口破边了也舍不得扔,请一次客都有专门的帮工洗碗,现在用一次性饭盒,也省了请帮工的开销。于做事的人家的确方便了,却把环境搞坏了。

有些揪心的陈志立,又挂念起了排灌渠,那可是丰泽垸东边这一片上万亩良田的生命河啊!

早年的丰泽垸十年九涝,人们常常流离失所。民谣"丰泽柳县州,十年九不收;收获那一年,狗子不吃锅巴粥",就是生动的写照。既唱出了丰泽垸这片冲积平原的肥沃——倘若收获了狗子都不吃锅巴粥,何况是人呢?也道出了人民的辛酸,常常背井离乡。柳县花鼓、三梆鼓和采莲船等民间文艺,就是人们讨米要饭的手段。

丰泽垸的人们固执地认为,要饭不同于乞讨。要饭是生活所迫,乞讨是好吃懒做。所以他们耻于不劳而获的乞讨,而以自己的演唱等形式付出劳动,换取别人的给予,这是一种对等的取予,有别于普通的端个破瓷碗挨家乞讨。

为了根治丰泽垸旱不能灌、涝无法排的痼疾,新中国成立后,丰泽垸人民肩挑背驮地大搞农田水利建设。"大跃进"的时候,硬是把一条弯弯曲曲的小河裁弯取直,修成排灌渠,又在渠的两头修了两座闸,连接丰泽北河和南河。垸子里缺水了开北河闸门,北河的水便汹涌澎湃奔流进来;水多了,或者放进来的水够用了,就关上北河闸门,不再让多余的河水进来,同时打开南河,排走垸子里的渍水。

但这种自流灌溉的方式,缺陷还是显而易见的。因为垸子和北河南河都是一个老天爷管的,往往垸子里缺水,北河的水位也低下去了,并不能流进来多少;而垸子里渍水,宽阔的北河南河也滔滔了,北河的水一如既往地往里灌,南河却顶托得再不能排。也就是说,它仍然无法调剂垸子里的人畜和庄稼对于水的需求,仍然得看老天爷的脸色。于是地区从有限的财政硬是挤出些钱,把北河南河的排灌闸改成了排灌站,实现机电化操作,并不断地对排灌渠疏浚拓宽,即便冬天枯水季节也能保证舟船畅通无阻。排灌渠和排灌站的修建,改变了丰泽垸人看老天爷脸色吃饭的状况,实现了旱涝保收。就是一九九八年发大水,也没有减太多的产。

说起排灌站,陈志立还有点小小的贡献。排灌站老旧了,人们便想着要整修,县里也给地区打了几次报告,却一直批不下来。后来是陈志立帮他们把材料递给了省领导。省领导对丰泽垸的情况不仅熟,而且有着特殊的情感。抗战时期他在这里打过游击,"四清"运动在这里搞过社教,后来当地委书记了也在杨镇乡驻过点。于是破天荒地把报告批给省水利厅,还亲自带着水利厅的人现场调查。专家们一看,确实应该重建了,于是批准立项。

陈志立从北河排灌站起头,沿着排灌渠走到南河排灌站,再回到北河排灌站,整整一个来回,越走越心焦。

两座排灌站的机房都破旧不堪,好几块墙壁的砖头被人撬走,露出几可钻人的豁口。好在"丰泽垸北河排灌站"和"丰泽垸南河排灌站"几个魏碑字还依稀可辨,但也犹如饱经沧桑、风烛残年的老人的额头,斑驳陆离。

比排灌站更惨的,是排灌渠。陈志立一路走一路想,这还是条"渠"吗?原本一竹竿打不到底一口气游不到对岸的排灌渠,如今像根可怜的鸡肠子,两岸——甚至渠中心——长势茂盛的蒿草和芦苇,比堤外的稻谷高出一大截,随风摇曳,肆意张扬,示威般地宣告自己重新占领这条河流的胜利。偶有几只水鸟和野鸭在芦苇间艰难寻觅。几头水牛在仅没脚背的浊水里打滚,把自己弄得浑身污泥。它简直是条废河了,怎么发挥排灌的功能?更甭提行舟了!好在这几年风调雨顺,不然的话,不说再发生他抗过洪的二十世纪八十年代、九十年代那样的大水,就是稍稍多下几天雨,丰泽垸可能就是一片泽国,垸里的庄稼只有淹死的份了。

陈志立的心情愈发沉重。索性,他开了车,顺着父母坟地后面丰泽北河的河堤溯流而上,走走停停,一口气跑了三十多公里。那条在他记忆里宽阔无边、波涛汹涌的北河,如今也只剩下条羊肠了,河床两边不是分段拦截围成了许多鱼池藕塘甚至稻田,就是淤积得干涸见底。

车到刘市镇,已经过了午饭时间。侄子陈新文在镇里当书记,但他没去找,而是在街边吃了碗柳县小吃鳝鱼粉丝泡锅盔,再原途返回。途中他特意去寻曾经就读的初中学校,以及旁边的那口比陈家潭大多了也深多了的名叫倒口潭的深潭。在他的记忆中,倒口潭深不可测,从未干涸过,有一年两个大队的六台抽水机不停歇地整整抽了五天五夜,也没见到潭底是个么样。他水性好,丰泽北河能够一口气游过去,却很少敢游倒口潭,即便下了水,也只在岸边溜溜,生怕一不小心沉下去了连尸首都捞不上来。

从车里钻出来,眺望学校旧址,他百感交集。学校已被夷为平地,种上了棉花。此时他眺望到的,是专心致志摘棉花的一对老农。而昔日的琅琅读书声和活泼欢快身影,早已经销声匿迹。陈志立叹了口气,然后下公路，绕倒口潭行走一圈。倒口潭也早失去了往日雄姿。原来的浅水部分被围起种上了水稻，如今稻叶枯黄稻谷金黄，正低着沉甸甸的头等待收割。陈志立简直不敢相信，眼前的这个比水缸大不了多少的小鱼池，就是曾经带给人们无限神秘和想象空间的倒口潭。

如明珠一般坐落于长江北岸的江汉平原，特色是水，缺点和优点都是水多。因为水多，所以物产丰富，人畜兴旺；然而一年四季雨水常泛滥成灾，灾情严重的年份颗粒无收，人们不得不背井离乡，讨米要饭。如今，陈志立却发现水乡名存实亡，见不到多少水了。难道是地壳有了裂缝，盛水的器皿破了，漏掉了？但是，假如哪天老天爷发神经，把天捅出个窟窿了怎么办？天上掉下来的水用啥来盛？

与水的无缘无故减少同时发生的，是水质的恶化。农民们不怎么爱惜滋养他们生命的水，甚至图省事把乌七八糟的东西——譬如黄麻和秸秆——沤在水里，不仅弄得鱼虾全死，而且臭气熏天。陈志立清晰地记得，过去劳动的时候，他们是在河里沟里用手捧水喝的，而且甘甜得很。现在哪里还找得到可以直接饮用的天然水呀！就是自来水管放出来的水，也是浑浊的，或者有浓烈的漂白粉味道，根本不能直接饮用。

一连几天，陈志立的心都不能宁静，他很想把亲眼所见跟乡里县里的领导说说，提醒他们一下。但他又有些犹豫，一是人家天天在这片土地上转悠，情况应该了解得更透彻，他去提醒，会不会让人有打脸的感觉。二是与他回来的初衷相悖，他回来就是要把过去干过的农活重新拾起，同时好好享受人生，不问一切世事的。

# 8

陈志立是心里藏不住事的人，喜怒哀乐写在脸上。所以他的心事，很快就被人戳穿了。

这天吃罢晚饭，刘彩霞碗也不着急洗，三个人一边剥棉桃一边聊天。刘彩霞快人快语，开门见山地说："二爷怕是有心事哩！"

陈志立骇了一跳，把刚剥的一把棉花扔进筐里，极力否认："没有呀！我开心着哩！"

"你郎这都写在脸上了，还敢说没有？真是没一点城府，也不知道你郎这几十年的官是咋个当的。还不如我这个农民。"志民也把棉花丢进筐里,掏出烟来给自己和二弟点上,笑着说。

见瞒不过,他便把看到的情况以及憋在心里的犹豫,和盘托了出来。没想到,大嫂一脸的不屑,大哥说他少见多怪,问他,不是回来养老的吗?怎么,也看不过去了?大嫂劝道,养老就养老,别管那些个闲事。她嘴巴一撇,特地强调了一句:"管不过来的!"

"我也不是想管闲事,就是心里面憋闷得慌。"陈志立咧嘴一笑,又抓过一把棉桃。

"看多了,习惯了,就不憋闷了。"大嫂劝道。

既然话匣子打开了,陈志民索性跟他讨论起来。他举了个例子,说比如清淤,国家还是真金白银花了的,大前年把所有河流沟渠,都专门组织机械化队伍,浩浩荡荡地清理了一遍。

"那很好啊!"陈志立脱口而出。

"是很好啊!但正如你郎们干部常常挂在嘴边,讲起来溜溜的'最后一公里'没解决好呀!"迎着弟弟探询的目光,陈志民咧嘴一笑,接着发出了一连串的反问:"光清淤有鬼用呢?清完了后面还有一大堆养护措施要跟上才行啦!否则,那真金白银还不是打了水漂?这不,才两年光景,就又同没清过一样了?"

陈志立没听太明白,希望他讲具体些。

刘彩霞接口说:"具体的例子就多了。比如秸秆不准焚烧,就是个治标不治本的笨办法。"

"焚烧秸秆污染环境哩!"陈志立说。

"你是离开农村久了,跟那些制定政策的人一样,只看到了其一,没看到其二。"陈志民把剥好的棉花又扔进篾筐,满是不屑的语气。突然,就好像是陈志立不准农民烧似的,提高声调,连珠炮般发泄自己的不满:"焚烧秸秆的确是污染了空气,但你应该知道草木灰是多么好的农家肥料啊。秸秆不准焚烧,农家肥便没了。再说了,就算是不准烧,你也得给一个不准烧之后的解决办法呀!你不能只是堵啊!就好比是说,这个地方不准拉屎拉尿,那你得告诉人家哪里可以拉呀!总不至于把人屁眼门子钉个楔子,把人尿道缝起,都给堵死吧?"

不等弟弟回答,他又继续说:"过去稻草棉梗都是当柴烧的,所以水稻基本平地收割,只留一个浅蔸在地面,棉梗也扯得干干净净。现在农民大多烧煤气,不要这么多稻草棉梗了,收获的时候便只割稻穗,棉花也是摘完了把棉梗留在田里。稻草棉梗留在田里怎么办？只得翻耕的时候埋在地下。然而它们的腐烂也有个过程呀，不是埋进土里就能当肥料的。因为没做任何处理，不仅不能当肥料，对土壤的改良和作物的生长也没太大益处。再说了，把稻草棉梗埋在地里，病虫害也沤不死，只得来年猛打农药。这就形成了环境、土壤以及整个农业生态的恶性循环。这是不是你们所说的'最后一公里'的问题？"

陈志立没想到大哥能讲出这么一套深刻的道理，不由得暗暗佩服。想了想，说："说到肥料，我也想到了一件事。我看那些沟沟坎坎里牛粪到处都是，家家户户的猪圈也不怎么清理了。这在过去可是不曾有过的事情哩！"

"过去是没肥料，所以把牛粪猪粪当宝贝，一大早便挑着筼箕跟在牛屁股后面，生怕刚刚拉出的粪被别人抢走了。现在牛少了，人们也没那个闲工夫一大早去捡牛粪了。"

"是啊！过去连鸡屎鸭屎都舍不得浪费，都用小铲子铲回来沤在茅坑里。每年农闲的时候还铲很多地皮草发酵了作肥料哩！"陈志立的脑海闪现出过去劳动的情景，发了一声感叹，随即又说，"人粪总还是要用的吧？上好的碘肥哩！我记得过去人们有了屎尿，都憋着，生怕拉在外面浪费了，紧跑慢走也要拉进自家的茅坑。那时候生产队把家家户户茅坑里沤的肥收集起来，仍然不够用，还组织社员挑着粪桶跑到集镇上去买的。"

"拉屎吃屎，不吃饿死！"陈志民顺口讲了句那时候农村流行的顺口溜。

"粪桶早成古董了！你郎在村里转了这么些时，看到谁家里还有粪桶啊？都劈了扔进灶里当柴烧了。"刘彩霞瘪了一下嘴，想起一个情况，随后又说，"前年有个城里的人发神经，估计是钱多了烧的，跑来村里收旧农具，指着要买粪桶，出的价钱比一张犁还高。只可惜，他一只都没收到。"

"现在种田基本不用碘肥，都撒化肥，撩撒①。这个我知道。"陈志立说。

"的确是这样。除了自己吃的粮食蔬菜，不说猪粪牛粪不用了，就是人的屎尿也只有拖尾巴蛆和绿头苍蝇惦记。地皮草更不用讲，早就不铲了，所以野草想怎么长就怎么长了。"刘彩霞说。

---

① 江汉平原方言："撩撒"即省事。

"那化肥难道只长庄稼不长杂草啊？现在也不精耕细作了，粗放式的种植，基本上一半作物一半杂草。养鱼也是，鱼塘的水草比鱼长得还快。都是化肥惹的祸。而那么多秸秆，烧了是多么好的肥料啊！却不准烧，懒人当然便任它们自生自灭，勤快些的则割了扔到沟里河里和路上。反正那地方是公家的，也没人管，正好用来当垃圾场。如此一来，那刚刚清理了的沟河湖渠，是不是又恢复了原样？而且，对环境和地力的破坏，是不是更加的严重？"陈志民好像对不准焚烧秸秆耿耿于怀，又把话题绕了回来。然后把烟屁股放在脚下使劲地碾，做完总结，最后反问二弟。

陈志立愣了一下，没接他的话，稍后反问道："县里不是有三座垃圾焚烧厂吗？我记得刘市镇就有一座哩！近得很呐！"

"真是个书呆子哟！"陈志民哈哈大笑，笑过之后问："谁送过去呢？谁来收割和收集呢？不要成本哪？农民一亩田还收不到一千块钱，谁舍得再花那个钱去做这赔本的买卖？照你这么讲，把秸秆打碎了压到地里也可以哩——只要不连骨头带肉一起活埋，怎么处理都可以！但也得花成本呐！这不又是一个你们口口声声讲的'最后一公里'的问题呀？"

陈志立一听还真是这么回事，便不再吱声，继续听他讲。

"烧当然是最省事最简便的办法。但既然烧影响空气质量，那就只有放弃了。然而是不是也得找个既不影响空气质量又不污染土地和水质的办法呢？"弟弟不吱声，陈志民干脆把话一口气说完，省得他心里七上八下，"其实出路和办法还是有的，就看你去不去想。这里面最大的问题在于经济利益怎么处理了。你让农民贴本自觉去做，肯定行不通了。可惜呀！制定政策的人不到农村来调研，知道怎么解决'最后一公里'问题的乡村干部，又不敢向上级汇报。"

陈志立拿目睹的情形在心里验证，觉得他说的的确是有道理。正要开口时，大哥却不想继续讨论了。他望望外面的天色，已经不早了，便说："你不是要重温劳动的过程吗？晚稻要开镰了。正好明天有人请我去收谷，我带你去试试。"

"你不是说你是用收割机吗？那个我可能摆弄不好。"陈志立用手象征性地指了指外面，那里有一个简易车棚，里面摆放着两台拖拉机，以及收割、耕整的农具。

"现在都用这个，哪个还用镰刀啊？"刘彩霞应道。

陈志民又点燃一支烟，安慰道："很容易学的。明早我教你，保证一教就会。"

"既然是这样,那就抓紧洗澡了休息,养足了精神明天正式开始劳动。"陈志立明显来了情绪,两眼一亮,一扫满脸的阴霾。

# 9

吃完早饭,陈志民去整理收割的机械。与他一起整理的,还有他的一位战友跟战友的儿子。陈志民一个人开不了两台拖拉机,农忙时便请人来帮忙,每天管酒管饭,另付两百元工钱。

陈志立一早锻炼回来,见他们正在忙碌,连忙抓紧洗漱、吃早餐。他刚放下碗筷,大哥就把一个布袋扔过来:"喏!工作服,抓紧换上。虽说活路比当年轻,但粉尘很大,别把你那高档衣服弄得脏兮兮了,让二奶奶想着都心疼。"

陈志立打开一看,里面有一套帆布工作服、一顶"狗钻洞"①、一双棉布手套和一副墨镜。拎出"狗钻洞"当即就笑了,心里说怎么跟电影里日本鬼子的帽子一样啊!刘彩霞正好经过,说:"可别怪我没提醒你郎呀!就你郎哥哥,天天做事的人,做一天也喊腰酸背疼,何况你郎这细皮嫩肉!""放心!我不会让你郎看笑话的。"陈志立说着摘下帽子,把工作服套在了身上。

他们是十点下的田。陈志民说早晨露水大,收了的稻谷要更长时间去晒,不如让它们在田里多待会儿,反正两台机器,四五十亩田一下子就收完了。

陈志民吩咐他战友父子俩开一台,由早就等候多时的赵同洲带去他的地里,他们兄弟俩则开着另外一台,跑了三四里路,才驶进邻村的一片稻田。

拖拉机是由陈志立沿机耕路缓慢开到田边的。他过去开过手扶拖拉机,也开过"东方红二十"。开手扶拖拉机的劳动强度自不必说,因为全靠臂力驾驭,所以那时虽然年轻,但开一天仍会胳膊红肿,两手发麻。何况路况也差,坑坑洼洼的,手扶拖拉机又轻,在路上并不能算真正的"行驶",说是"蹦跳前行"可能更贴切些。这让两片屁股很遭殃,被硬

---

① 江汉平原方言:把两边各一只类似于狗耳朵,图方便只留两只眼睛、鼻孔和嘴巴四个孔,且从头顶往下直套到脖子的帽子叫"狗钻洞"。

木座板震得红肿，浑身也像散了架子，晚上洗澡屁股都不敢擦，生疼。有时候他甚至不敢坐了，猫着腰站在踏板上开。"东方红二十"是机械制导，比手扶拖拉机进化了不止一个档次，人也轻松许多，但那方向盘也不是一般的重，要费很大的劲才能在颠簸的土路上把它开顺畅，所以侍弄一天手腕也会酸疼。今天他开的这台拖拉机，是靠油液传导的，打方向跟小车差不了多少，这样他很快就能熟练地驾驭它了。

东家早候在那里了。双方一见面，才晓得男的是初中同学，叫黄大吉。陈志民说："你们老同学先聊聊，同时你也仔细观察我是怎么操作的。"言毕，便戴上那顶怪异的帽子，把袖口裤脚扎紧，驾驶拖拉机缓慢下田。随着陈志民手上脚上几个熟练动作做出，稻谷便成片地被拖拉机吞进了肚里，然后就有稻秆从下面吐出来，齐刷刷倒在地上，粉碎的稻秆稻叶则被鼓风机吹得四处飞扬。

因为不是一个大队，后来大公社又一分为二分变成了两个公社，所以分属两个公社的陈志立读高中起，就很少见到黄大吉。屈指算来，两个人有四十多年没见了。陈志立的印象中，瘦如猴子的黄大吉满嘴跑火车，老是荒腔黄调地没个准头，应了的事也不落个听，同学们都叫他"黄大泡"[①]。不知这个毛病他改了没有。但他的外貌完全变了，已经成了一个满脸爬满褶皱、背都有些驼了的老头，声音也不再响亮，而有些浑浊了。假如不是大哥叫他黄大泡，陈志立还真不敢认他。

两个人坐在准备装谷的空麻袋上抽烟、闲聊，偶尔用眼光关照田里吞吐稻谷的拖拉机。他老婆子则在一旁站着，默默无语地听他们讲话，眼睛跟着田里的拖拉机移动。

黄大吉告诉陈志立，现在的生产方式跟年轻的时候完全不同了，农民比过去轻松多了，再不用弓腰驼背、面朝黄土背朝天老黄牛一般做了，耕整、栽种、收割、运输，都请机械帮忙。反正出点工钱呗！再说，糊得住个嘴巴，也就得了。半截身子入土的人，还指望攒个么钱呐？

"看来，你的幸福指数蛮高哟！"陈志立递过一支烟，感叹道。

"跟你们城里人不一样。农民没么盼着，也不指望靠几亩薄田翻多大个身，发好大的财。哪里都像你哥哥，恨不得攒座金山，但也得把自己累个半死。"黄大吉对渐行渐近的拖拉机努了努嘴，嘻嘻一笑，"我们的

---

[①] 江汉平原方言："泡"读pān，轻声；"大泡"即讲大话、吹牛。

想法很简单。白天,米缸里有舀的;夜晚,裤裆里有捣的,就知足了。"

他老婆听他说这个,满是褶子的老脸顿时羞得像红花绽放,啐了他一口:"老不正经!"

"知足就好!知足常乐哩!"陈志立由衷地附和。

黄大吉咧嘴一笑,又自我解嘲:"再说了,现在年纪大了,没捣的力气,也就更好满足了。"

三人说话间,陈志民在田里已经跑了两圈,然后把拖拉机停在他们身边。黄大吉夫妇连忙起身,抓起麻袋跑过去,张开袋口接在收割机旁边的漏斗下。陈志民按一下按钮,一麻袋的稻谷就装好了,黄大吉把装满了的麻袋挪到一边,换了空麻袋再接。把收割机肚子里的稻谷都吐进了麻袋,陈志民才跳下驾驶室,问陈志立要不要试试。陈志立扔掉烟头,照大哥刚才的样子把穿戴扎紧,然后进了驾驶室。陈志民还是不放心,坐在旁边指导。

毕竟是生手,陈志立一上去,拖拉机就慢了许多,且行走的线路歪歪扭扭,惹得黄大吉在田埂上指指点点,嘲笑不已。陈志立不清楚他指什么笑什么,猜到肯定跟自己的技术生疏有关,但也无暇理会。收割机跑了两圈,陈志立也开到黄大吉跟前。黄大吉拎着麻袋上前,用嘲讽的口吻说:"你看你弄得,像狗子啃过。"

陈志立扭头一看,可不是嘛!大哥开的时候,那稻谷断面就像墨线弹过的一样笔直,而自己跑了才两圈,就弄得如锯齿了。不由得嘿嘿一笑:"新手上路,请多关照!"

"抓紧接谷啊!"陈志民在车上大叫。黄大吉打住玩笑,赶紧跟老婆子一起牵了麻袋伸向漏斗。

突然,陈志立兜里的手机响了,连忙掏出来接听。

"喂,陈主任!真作秀去了?"村支部书记王涛在电话那头嚷道,"别鬼闹了,快回家里来!"

"一个平头百姓,作鬼的秀啊?作秀给稻谷看?我是真的在劳动,真正体验劳动的快乐。"陈志立笑呵呵地应道。

"哎,我说!你就是个贱三爷,睡着不烧爬起来烧。人家劳动是为了糊口,狗屁快乐?如果劳动快乐,你为啥要拼了命地考出去呀?别拿我们农民开涮了。"王涛笑嘻嘻地又说,"我现在命令你,以最快的速度回家!"

"我才割了两圈谷,正在兴头上哩,哪儿那么快回家!么事?你电话里说吧!"

按乡里七弯八拐的辈分,支书王涛比陈志立高一辈,所以向来以这种不着调的长辈口吻跟他讲话。陈志立虽然年纪大他一轮,且当过他几天老师,也从不跟他计较。

"赵书记来了。可以当我是空气,但怎么着也得给赵书记个面子吧?"王涛将了他一军。

陈志立没想到赵书记会亲自找上门来,此前他打过几次电话,又派政协联络组主任来接,但陈志立一律婉拒了,一次都没去。陈志立不知赵书记亲自登门,会有啥事,便略怔了一下。这时,电话那头换成了赵书记的声音:"陈老!是我,赵向军!几次请您,您都不肯去乡里,我就和方乡长一起来看您了。"

"你好啊,赵书记!我真是回来养老的,真不敢干扰你们的工作。你看你这搞得多不好意思。好!我马上回。"陈志立没办法再拒绝,只得对正要出发的陈志民说:"不好意思,大哥!赵书记来了,我得回去一趟。"

陈志民知道他不想去乡里吃饭,便说:"你郎让大嫂准备中饭吧,菜家里都有,就请他们在家里吃。再有个把小时,我就搞完了。一完我马上回。"说罢,把拖拉机又开进了田里。

陈志立又跟黄大吉夫妇打了声招呼,便转身回村子。

# 10

丰泽垸并不全是丰泽北村的。丰泽垸属于三县交界处,养活着十几个村庄的两三万人。丰泽垸呈铁锅形状,四周高中间低,偏南还有一个丰泽湖。南村和北村在东边的尽头,连接处便是菜园村。是菜园村把南北两个村子跟杨镇乡的集镇连成了一体。换句话也可以说,是菜园村把丰泽南、北两个村跟杨镇分割成了集镇和农村。

北村在丰泽垸的北边,北靠丰泽北河,南面是一望无际的丰泽垸,由九个自然村组成,原本居住得很分散,农业学大寨时期搞新农村建设集中到一起,形成了现在前后三排很整齐的格局。几十年过去了,这个格局没大变,除部分人搬回祖台,大多数村民只是扒了父辈盖的平房,在原址建起各式各样的两层或者三层楼房。

陈志立刚过中间一排房子,便看到他的车旁边多了一辆黑色小车。

另有一群人，坐在禾场上喝茶谈天。

黄毛与黑皮好像早有预见，或者嗅到了他的味道，他还没露头，便兴奋地奔跑过来，在他身上嗅个不停，然后围着他欢愉地跑前跑后，像迎接凯旋的战友。禾场上的几个人纷纷起身，跟在黄毛与黑皮身后，快步走过去。一见他的穿戴，众人大笑不止，然后跟他握手。王涛甚至笑话他武装到了牙齿，活脱脱一个日本鬼子进村。赵书记笑着说，看来老王的这次判断是失误了，陈老这是真的要再做一回农民哩。可钦可敬！陈志立原来不认识方乡长，方乡长拉着他的手自我介绍来自县委办公室，早就听闻了陈老的大名，可惜没机会晤面，今天算是有幸见到心中的偶像了。政协联络处许主任检讨自己工作不得力，几次都没能把陈老请到乡里。

陈志立先去换了身衣服，工作服绑在身上实在不太舒服，也太多灰尘了。换好衣服后他去厨房找大嫂，转告大哥的交待。刘彩霞坐在小凳子上，剖着已经揭开了背壳的脚鱼，说："噫，要他吩咐！你郎看，鸡杀哒，从鱼缸里捉的一条黑鱼和两条鲫鱼剖好哒，在池子里捉的这只脚鱼也弄得差不多哒。"

"知道大嫂懂我，也知道大嫂能干。那就麻烦大嫂了！"陈志立瞅一眼案板上准备上蒸笼的各种生菜，话语里充满感激。

"自家兄弟，生分不生分？二爷你郎尽管放心陪他郎们说事，我这边做好了喊你郎们吃饭！"

陈志立刚回堂屋，赵书记就从板凳上起身，说是专程来请他去乡里为他接风的。陈志立说大嫂已经准备得差不多了，你们也就在这里吃吧！赵书记又说其实吃饭只是个由头，他们还有事情要请陈志立帮忙。陈志立爽朗地问什么事。他一个退休养老的人，也不定能帮上他们什么忙。

王涛以地主的身份，也帮着留客："他大嫂的手艺比乡里马师傅的还好些，也给我个陪他吃餐饭的机会。"边说边给众人上烟。赵书记摆了摆手，示意他不抽，说："那哪儿成啊，这么多人！再说了，我们到深圳也没少给陈老惹麻烦，而且陈老还为乡里的发展做了那么多贡献。怎么着也是党委政府的一片心意！"陈志立一边给他们的茶杯续茶，一边笑着说："书记客气了！过去的那些，也是我该做的。但今后，真的不一定能帮得上忙了。"

陈志立实在不肯去，众人没辙，便找板凳重新落座。又客套了一回，赵书记才直入正题："是这样子的，陈老！您看现在各地新农村建设如火如荼,周边的乡镇也都发生了翻天覆地的变化,而北村却像在冷水缸里,跟您离开时没啥两样。这也是该我们作检讨的地方,没帮您把家乡建设好。但我们也努力了,无奈……"

"志立呀!"门外忽然响起了婶娘贺大姑的声音,吸引了众人的目光,也打断了赵书记的讲话。

"你看乡里村里的领导都来了,趁这个机会,也帮我把问题解决了吧!"陈想生一边直截了当地说着,一边和老伴一起跨进了门槛。

陈志立起身递上一支烟,跟他们打商量:"乡里的领导来说正事。你郎们的事,回头再说。好吗?"

乡里的人不认识他们,便拿询问的目光瞅王涛。

陈想生和贺大姑却没走的意思,寻条凳子坐下了。贺大姑说:"你们说的是正事,难道我们的事就不是正事?跟你说了有半个月了,你跟王书记讲了没有啊?"

王涛一听提到他,心里一紧,连忙问:"贺姐!什么事?"

"什么事?对他,对你,都是小事,但对我们两个老家伙,却是天大的事。"贺大姑抬起右臂,用袖子把白内障糊着的眼睛擦了擦,说:"要活命哩!"

"我们真在说正事,婶娘!您郎就别打岔了,回头我一定跟王书记说,好吗?求您郎了。"陈志立伸手去扶,想送他们出门。

"今天不解决,我们就不走。"贺大姑挣脱他的手,赖在板凳上不起来。

赵书记把探询的目光盯在王涛脸上。王涛一脸无辜,说不晓得。陈想生接口道:"我们想申请个低保!"

陈志立说:"低保国家是有政策的,幺叔!符合政策,村里自然给,不符合政策,说也是白说。这个道理,您郎应该晓得呀?"

"原来是低保呀!"赵书记松了口气,对陈想生说:"老人家,这真不是个大事。您郎不用找陈老的,我现在就当家。给!"又批评王涛工作不细,竟然把这样的优抚对象漏报了。

王涛给人当面打了脸,刚才帮着留客的兴奋一扫而光,脸上红一阵白一阵,心里的火直冒,又不好发作,只得连连点头应允:"抓紧就报,抓紧就报。贺姐!"

王涛的脸色极不好看,陈志立就想着帮他解个围,笑着打圆场:"赵书记你不能这么没原则啊!该给不该给,上级有政策,王书记也熟悉情况。不要有人一闹你们就瞎给。如果都这样,村里的工作怎么做啊?"

"这话我不爱听,老二!什么狗屁政策?王书记的话就是政策!王书记想给谁,就符合政策,王书记不想给谁,就不符合政策。"贺大姑用手指着赵书记,说,"老二你还不如一个外人。人家都说了给,你却教训人家讲政策……感谢你啊!请问怎么称呼?"

本意是要帮王涛圆场的,不承想弄巧反拙,勾引得贺大姑说出如此难听的话来,弄得王涛愈加难堪,恨不得找个地缝钻进去。陈志立立即后悔多嘴了,再不敢开言,生怕引出更难听的话来。

"不谢!应该的,老人家!是我们工作没做到位,您郎批评得对。应该跟您郎做深刻检讨。"赵书记满面笑容地把话接过去,又脸色一变,指着王涛,严肃地说,"首先是老王你要做深刻检讨,看你把北村管理成个什么样子了!"

见赵书记和蔼可亲,贺大姑越来越兴奋,指指陈想生,又指着陈志立:"他是他嫡亲叔伯的幺叔哩!今日不请清白人①评理,就请赵书记你给评评,难道这关系假了不成?你说人家当官的哪个不把亲戚朋友照顾得窝窝软软?他可倒好,不照顾也就罢了,还掰着指头往外撇。有他这样做侄儿的吗?"

众人一听全乐了,笑得前俯后仰,连难受不已的王涛都笑得揩眼泪,然后盯着赵书记看。赵书记嘿嘿干笑了两声,解嘲地说:"老人家,您郎这个理,都不敢评的。"

贺大姑好像也悟到自己的话讲敞了,骂人家赵书记不清白,甚至一竹竿扫了一屋的人。转念一想,反正自己的目的达到了,赵书记同意给她办低保,也就不管那么多了。但她还要给钉下的钉子回个脚,侧身问赵书记:"那我们什么时候能拿钱呢?"

"很快的,老人家!明年元月就可以领了。"赵书记笑容可掬地回答完,又吩咐王涛:"申请材料村里抓紧报,正好赶下一批。"

王涛唯唯诺诺,答应下午就去整材料。

贺大姑满脸的褶皱都因高兴和激动如鲜花怒放。揩了一把模糊的双眼,拉了陈想生往外走,声音有些颤抖地说:"谢谢你呀,赵书记!那我们

---

① 江汉平原方言:"清白人",意思是明白人。

就等到元月。我们走了,不干扰你们说正事。"

望着两位老人颤巍巍离去的背影,众人又拿贺大姑那句"不请清白人评理,就请赵书记你给评评"的话,取笑了赵书记一回,这才又进入正题。

陈志立很快就听明白了。原来,他们是希望通过他到深圳去招商引资,搞农业开发和新农村建设。改造丰泽垸的想法,与他这些天心中的忧虑是何其吻合,这令他欣慰,顿时便与他们讨论起来。但有关招商引资的事,他还是不敢贸然答应。第一他确实不想再管闲事了,第二他担心把别人拖进坑里,害了别人的同时也把自己的名声搞坏了。所以,一直是赵书记喋喋不休地宣传他的主张和政策,方乡长偶尔插句话。

下午一点多,陈志民才回来,大家便抓紧吃饭。赵书记端起酒杯向陈志立敬酒,直接提了朱同民的名字,说洽谈多次了,也都有意向,但朱总却丢了一句话给他们——陈老师说可以投资,他就投资。因此,希望陈老再帮忙烧把火,把事情促成了。

陈志立当民办老师时,曾教过朱同民,关系一向很好,在深圳常有往来。但他们的关系,仅限于师生感情,陈志立从未插手过他公司的事,所以当即就笑了:"老板是人家朱同民,公司的决策当然也是朱同民。他想拿自己的钱干什么,怎么干,甚至当瓦片去打水漂,跟我这个局外人有半毛钱关系呀?怎么还要我同意呢?这个话你们也信?"

"千真万确!我也在场。"王涛已经从被贺大姑弄坏了的情绪阴影里走了出来,不失时机地附和着,给赵书记当证人。

"肯定是你们把人家逼得没路走了,才找我这个挡箭牌来敷衍你们的。"陈志立分析道。

这顿边吃边聊的饭,一直吃了快两个小时。临别时,几个人再次拜托陈志立看在家乡的分上,跟朱同民做做工作,或者推荐其他的老板来投资。

# 11

客客气气送走了赵书记一行,陈志立上三楼去打了个盹。起床时太阳都快下山了,刘彩霞却还没开始做饭。活动室的麻将搓得哗啦哗啦响,也有些嘻嘻哈哈的声音夹杂其间。陈志立无所事事,又去丰泽垸的田埂上转圈。黄毛与黑皮照例当保镖,在他身边跑前跑后。

放眼望去,成熟的稻谷随晚风轻拂有节律地时起时伏,在夕晖映照下,犹如一片无垠的金色海洋,一如他四十年前离开的时候。触景生情,他回想起了跟乡里一帮人的谈话,他不知道这片养育了丰泽垸人祖祖辈辈的田野会被改造成啥样。

赵书记反复提朱同民,他没明确表态帮他们做工作,也没说不帮,的确是处于矛盾的心态。回过头来仔细想想,其实是为村民造福,如果能助一臂之力,也算是在有生之年又做了一件利民的好事。即使这个忙帮不上,自己努力了,心意尽到了,既可以有个交待,自己也不落下什么遗憾。他太了解农村这些干部的耐心和韧劲了,只要是他们看准了的事,被他们盯上了的人,你便无处遁形,逃不出他们的手掌心。他们会把拳头攥得越来越紧,动用各种关系,不择手段地死缠烂打,不达目的不罢休。但是,这跟自己回农村来的初衷的确相悖。何况他们接触了这么长时间,朱同民一直不松口,肯定也有不松口的理由。而一旦自己贸然开口却又被他堵了回来,这面子也不知该往哪儿搁了。

到底如何是好呢?面对这个两难抉择,陈志立挖着脑壳陷入了沉思。想过去想过来,又觉得试试也无妨,大不了丢一回面子蚀一回人①。四下瞅瞅,无人,便掏出手机打过去。

朱同民问他在老家过得是否舒心。陈志立笑呵呵地卖了个关子:"毛主席教导我们说,欲知梨子的滋味,还须亲口尝一尝。"

"不敢尝啊,老师!"

没想到朱同民的回答这么直截了当,弄得陈志立打好的腹稿瞬间作废,诧异地问了句:"为什么?"

"唉,一言难尽!"

"说来听听。"陈志立迅速调整好情绪,没等朱同民回答,又说:"跟你讲啊!赵书记一直约我去乡里,我都婉拒了,但他今天到家里来,我不好再不见。见面之后才明白,他是要我给你做回来投资的工作。因不了解你的想法,所以我没贸然答应,没讲是帮你们撮合,还是不帮。"

"谁又不恋乡情呢?可他们的条件实在太苛刻了。您说,我是个商人,没利润我怎么干?这又不是做慈善。再说了,我还有董事会,也不是我一个人说了就能算的。"

"那就跟他们谈呗——我是说如果你真有意向的话啊!谈得拢就

---

① 江汉平原方言:"蚀人"即出丑。下同。

做，谈不拢也明确告诉人家，免得人家作指望啊！"手机那头没回应，陈志立稍停又说，"你说没说过我说能做就做的话？人家是当真了。我估计你一天不回个准话，人家会一天不停地往我这里跑，好像我是卡在你们合作中间的一道坎似的。你这是把我往墙角逼哩，同民！搞得我倒成了冤大头。"

"嘿嘿！这也是没办法了才让您替我背这个黑锅的，老师！您老可别往心里去啊！"朱同民也老实，嘻嘻一笑，随即又叹了口气，"唉！您说他们是父母官，我得罪不起，也不想得罪，但凡有一丁点可能，我肯定就做了。我的爽快，您又不是不晓得。"

"我觉得，你们还是谈得拢的。"陈志立斟酌了一下，接着分析道，"你看啊！他们三番五次找你，说明是真有诚意；而你呢？也想为家乡做点贡献。这可不就是有了共同点？至于细节问题嘛，你是商人，谈判的能力比我强，相信也不用我教你。"

那边没有声音，估计仍在犹豫，陈志立又说："要不你春节还是回来，跟他们见个面？"

陈志立好说歹说，总算是把朱同民说得同意回来跟赵书记见面了，这才有心情回家吃晚饭。

中午吃得太好，拉得时间也长，所以晚饭便很简单，稀饭加几盘腌菜。助食的话题，自然是延续中午跟赵书记他们讨论过的——

"喂，二爷！你郎说要是朱同民把村里的地都买去了，农民们怎么办？喝西北风啊？那可是我们的命根子哩！"刘彩霞满脸疑惑，把筷子戳在碗里，都忘记往嘴里扒了。

"地是集体的，不可能变成私人财产。就是说，他如果来开发，是属于租赁性质。合同肯定会规定租赁多少年，不可能永久归他。当然呐，租赁到期了，他可以选择续租，也有优先权。"陈志立解释道。

"那你说我这两台拖拉机，还有家里的其他农具，不是都没用处了？"陈志民也担心。

陈志立思忖片刻，才接着说："大哥！从全国各地新农村建设的做法看，方式是多种多样的。朱同民如果来开发，到底会采取哪种方式，因为还没开始谈，所以我也不知道。但有一条是可以肯定的，那就是一定能给大家带来更多收入，大家的生活一定会比现在更好。如果真搞得大家都出局了，搞得没得事做没得饭吃没得水喝，乡亲们还不揭竿起义，跟

"头次革命"①一样打了他的土豪造了他的反,甚至剐了他?党和政府也不会准许他搞得大家没得吃没得喝呀!至于具体的做法嘛,比如他可能成立一个股份公司,大家以确权了的土地和农具入股,只不过他出大头,所以由他来管理。这样你的拖拉机和农具就可以入股了。或者你不愿意入股,他需要的时候也可以租呀。就跟你现在的搞法是一样的。"

刘彩霞想了想,又问:"那农民怎么办?大家都没地了哩!"

"办法总是有的,大嫂!比如换个身份去当工人,他那地难道不要人种啊?加上他会搞些旅游观光项目,还需要一些管理人员,年纪大的也可以安排做清洁工。或者松散些,不完全成为他公司的人,而是他那里有事了就去帮他做工,没事了做些自己的。村里许多人有手艺,到时候来旅游的人多,这些手艺人就有用武之地了。比如你有这么大的房子,就可以开旅馆,或者凭你天天跟人家整酒的手艺,开个农家乐。观光的人难道不要吃不要住啊?他玩累了会饿着肚子回去?当然喽,你们也可以选择啥都不做,按入股的土地分红,相当于城里的退休工资。所以说,他只不过是把分散在各家各户的土地,集中起来搞农场式管理,而大家的分工会更细一些。假如农场真的办起来了,那些后生就不用背井离乡,就可以回来安排工作,或者到他公司打工。你们说,是不是很好啊?"

"唉!你郎说的这个倒是真的。伢们在外打工,也挣不了多少钱,确实是造孽。一个人在外,整家人都跟着遭罪。而且……"刘彩霞瞅了一眼丈夫,把要讲的话咽了回去,"算了,不说了。"

"而且什么?"陈志立打破砂锅问(焖)到底。

"你是回来的时间不长,长了你就晓得了。你大嫂的意思是说一些家庭出现了问题,有的孩子也废了。"陈志民补充道。

"唉!要是外出的人回来能挣到更多的钱,一家人还窝窝软软在一起,那当然是好哩!"刘彩霞叹了口气,但她没顺着这个思路往下讲,而是提出了新的疑问,"那不跟过去大队的搞法一样?"

"形式上差不多,因为把土地集中起来了。但实际上太不一样了,大嫂!它只是集中了土地,但生产方式绝对不是过去的一大二公。具体的不同,也不是一句话两句话讲得清的。比如它搞集约式农业,采用现代科学种田技术和管理手段,能够降低成本,也可以提高单产,剩下的田他可以搞

---

① 头次革命:柳县人把土地革命(即第二次国内革命战争)称为"头次革命"。这个时期柳县的一部分曾经是红军根据地。

些商业和旅游项目。农民就变成了农场的工人，跟城里人一样领工资，还可以享受跟城里人一样的医疗和养老等待遇。我这说的也只是个大概。总之是跟过去有许多不同。"陈志立也没往他们打住了的那个方向深究。

"老二！你这个饼画得很美，但我估计他搞不成。"陈志民若有所思地说。

"为什么？"陈志立停住筷子，诧异地问。

"你看啊！田都在农民手里，他们还有自主权，虽然富不起来，但也饿不死。如果把田交出去，他却突然变卦了，那农民不是干瞪眼呐？我估计都不会答应。"陈志民想了想，补充道。

"当然了，如果大家都不同意，也确实是搞不成。但把道理跟大家讲清楚，我相信你们会转过这个弯的。而且，这个也不是他的发明，全国已经有了好多成功的例子。"陈志立显得信心满满，又问，"首先你们说说，假如村里来征求意见，你们同不同意？"

陈志民和刘彩霞对望了一眼，犹豫片刻，才说："我们啊？随大流吧。只要大家都同意，我们也没必要梗在中间。"

"这不就结了？我相信多数人会是你们这种想法。只要把收入预期告诉大家，人人都是会算账的。如果大家一算账，觉得划得来，收入比现在高，肯定就同意了。"

"算了，走一步看一步吧！一会儿集体，一会儿单干，一会儿又要搞集体，真是看不懂。反正人家怎么搞我们就怎么搞。随大流，再坏也坏不到哪里去的。而照现在发展的这个架势，我相信日子只会越过越好，不会越过越坏。不然，干部们干吗那么热心地想搞啊？再说了，你也不至于把我们往火坑里推的。"陈志民吃完了，把碗一放问陈志立，"明天收谷，你还去不去？可别像今天，割了两圈就跑了，丢下我一把老骨头在那里硬扛！你要是不去了，我好找个帮手。"

"去呀！怎么不去呢？今天不是情况特殊嘛。"陈志立也吃完了，递过去一支烟，应道。

"那就早点休息。说实话，虽然现在的拖拉机好摆弄，但真要搞一整天，还是蛮吃亏[①]的。明天是三家，地比今天多了一倍不止。"陈志民吸了口烟，吐出浓浓的烟雾。

---

[①] 江汉平原方言："吃亏"这里即辛苦的意思。

## 12

生于斯长于斯,陈志立对肥沃的丰泽垸有着天然的热爱。这里的一草一木、一泥块一沟壑,都那样熟悉,并深深地烙印在脑海,且时不时于睡梦中把他唤醒。重新回到这片故土,陈志立有些淡忘了的乡情,迅速得到恢复,年轻时的记忆和梦中的场景,又渐渐从心灵深处翻腾出来。而人们对他,也由有些生疏,到慢慢地开始接纳。

此次回乡的心境,迥异于过去。

以前回来,虽说都有亲情的牵挂与呼唤,但总跟完成任务似的,回也匆匆,返也匆匆,好像回来就是为了离开,是为离开做铺垫,或者说是离开的序曲,是长期在外漂泊的一个插曲。因为没有回来,就不存在离开。所以他每次都很程式化,千篇一律地重复着相同的过程,以及相同的场景:年饭快熟的时候匆匆赶到大哥家→换上等得火起的兄弟们早已备好的套鞋去给父母上坟→大哥家的年饭桌上吃饭喝酒→赶往岳父家吃年饭→看望长辈→跟亲人们道别→赶往返深的火车、飞机。每一个环节都不敢疏忽,都耽误不起。时间安排得紧,心里的弦绷得更紧,就像上了发条的钟,一刻也不停歇。而且,不仅他的神经高度紧张,也把家里人的神经弄得高度紧张,紧张地做着迎接他们的准备,随即又转换成依依不舍的紧张欢送。

这次却是要长住的,是把丰泽垸当归宿的,没有了紧张的日程安排,心里便相当地放松。

陈志立将自己长期养成的作息时间,作了些微的调整:起床仍是六点,也去户外散步,但早餐时间依大嫂的准备而定,一般是九点。然后跟大哥有时开了车去帮乡亲们收割、耕整,有时去他的大棚翻整土地,或者下种、移苗、摘菜,有时去鱼塘喂食。午饭大概是下午两点。吃过午饭,他就不再下田,搬两条板凳和一张小桌,拎一只泡着几片七匹半①的泥壶,摆几只搪瓷杯,优哉游哉地坐在大哥禾场左上角、与禾场仅一路之隔的老柳树②下,临着曾经宽不见边深不见底、如今变成浅浅鱼塘的徒有虚名的陈家潭,跟儿时的玩伴唠嗑、下棋,直到有人家里喊"吃饭

---

① 七匹半:当地的一种大树茶叶。
② 柳县人把杨树叫柳树。这棵树其实是杨树。

啦"才依依不舍地散伙。偶尔去钓鱼,但都在大哥的鱼塘。野水里他也钓过几次,但正经没啥鱼可钓了。这令他有点遗憾。小时候都在野水沟和渠里湖里钓,鱼肉那叫一个鲜美!

这颇有些当年农闲时的味道。

过去每次来去匆匆,无暇与人交往,人家也没时间搭理他,或者担心他不搭理人家而自讨没趣不敢搭理,毕竟他在外面"做官"哩!及至天天混在一起,相互间熟络了,他便有了一直就在乡亲们中间的错觉。大家不再拿他当生人,不觉得他是个啥"官"了,于是家长里短甚至个人的烦恼事,也愿意跟他叨叨。

最先搭理并愿意陪他闲聊的,还是过去就熟得不能再熟的老人和儿时的玩伴。低头不见抬头见,发现他不像有些当官的自觉高人一等,成天端着个官架子,开口闭口"啊""啊""嗯""嗯"地拖腔拉调,把他当人他做鬼吓唬人。于是便坐到同一条板凳上,从同一只茶壶倒水喝,从同一只烟盒掏烟抽,并慢慢拣起些往事来。有了共同的话题,关系自然就拉近了。

随着时间的推移,他交往的范围不断扩大,乃至从未谋面的孩子,虽还叫不上名字,也渐渐地知道谁是谁家的了。他们也一样,虽不清楚他在外面几十年都干了些啥,突然回来又是为了个啥,但也晓得这个个头不高、头顶秃得只剩一圈黑白相间鬓发丝、脸庞依旧红里透白、挺直的鼻梁上架副无框眼镜、身板还算笔挺、走路不疾不徐、讲话慢条斯理、成天乐哈哈的斯文老者,也是他们北村人,而且就是祖辈父辈时常挂在嘴边引以为骄傲的陈二爹了。

当然,也闹过一些笑话。比如好几回,都有邻村的人拿探询的目光,问跟他熟络的人:"这位是……"每当此时,他的内心便自然而然涌上贺知章的《回乡偶书》,感叹果真是"少小离家老大回,乡音无改鬓毛衰。儿童相见不相识,笑问客从何处来"呀!

有一天他突发奇想,说:"喂!我们再凑个戏班子如何?"

"好啊!好久不唱了,嗓子也怪痒的。你这一说,就把瘾虫子勾上来了。"陈志家眼睛一亮,大腿一拍。当年他就是大队唱花鼓戏的主角,且虽是男身却擅长花旦。陈志家觉得光这么响应还不过瘾,扫了大伙一眼,"吭吭"清了清干燥发痒的喉咙,吐出一口浓痰,张口便捏着嗓子哀怨地来了句女腔:"风吹呀啊啊——杨柳哟哦哦——条条——噢噢噢——

线哪啊,雨洒呀啊啊——桃花哟哦哦——朵朵哦哦哦——鲜——嗯嗯嗯……"

这是柳县花鼓戏《站花墙》的精彩选段,也是女主角王美蓉触景生情,内心情感的倾诉。

陈志家刚开了个头,便有些接不上气了,咳嗽起来。大伙慌忙接上去:"春风哟哟哦——不入呜呜——珠簾嗯嗯嗯——里,美蓉呀啊啊——何日哟哦哦——转——笑噢噢噢——颜"。

随即,又有人哼起了男主角杨玉春的唱词。

老柳树下猛然响起的浑浊歌声,顿时便引得村里人朝这边张望,不晓得发生了么事,也引得一帮小孩围拢来,像看猴把戏盯着这帮老爹爹们瞧。

唱了一会儿,便有人叹息:"可惜呀,这么好的戏,现在是听不到了哟!""是啊,快绝迹了哩!""也是该绝迹了。除了我们这帮老家伙,年轻人谁还哼这个?"

"那我们把它再搞起来,行不行呢?"陈志立探询的目光在老哥们脸上扫了一遍,语气里充满了期待。

"锣鼓家伙、京胡二胡板胡都没有了,人也老的老死的死,怎么搞呀?"陈志家显然信心不足。

"家伙可以置嘛!人有多少就是多少嘛!我们又不靠它谋生,乐呵乐呵而已呀!"陈志立却信心满满。

北村有过戏班子,且乡下的人对花鼓戏情有独钟,谁都能哼几句。杨镇乡一带甚至流传过"头疼发烧不吃药,要听凤姐的哟哎哟",把凤姐吹得神乎其神。凤姐叫陈志凤,也是北村人,县剧团唱正旦的头牌、台柱子。在那个缺少娱乐的时代,也难怪人们这么巴心巴肝地捧凤姐了。

陈志立说到做到,把老三志兵们跑龙灯的锣鼓家伙清理出来,又专门去县城找堂姐陈志凤出面,花三千块钱淘了些县剧团报废的乐器,把一帮老家伙乐得老泪直在眼眶里打转。

短短两个月,大伙就跟他无话不谈了,他对乡里的现状,也有了深入的了解。

农村的最大变化,也是令他欣慰的,是生活普遍好过了。这个变化,决不是从地面滚上芦席只高那么一簾片,而是天翻地覆的。比如,过去的平房土坯房,普遍变成了至少两层的楼房,有的还在外墙贴了瓷片或者马赛克，装饰得跟城里的房子一样；过去为温饱发愁的家家户户，大多有了冰箱、彩电、摩托车，手机基本人手一部——尽管多是在外打工的人淘汰的二手乃至三手货，有的家里甚至买了小汽车；耕种收获，不再拼体力人力，基本是出钱购买或租借机械来完成，耕牛都很少见了；以前过年或请客时餐桌上才有的鸡鸭鱼肉，现在天天可见、家家都吃得起了。人们面色泛着红润，话里满含喜悦，显得精神焕发，而不像过去那样一律菜色，蔫头耷脑，满脸愁云。套用一句时髦的话，叫幸福指数普遍提高了。

陈志立还发现，在付给陈志民收割和耕整的工钱时，向来精打细算的乡亲们，也大方、洒脱多了，不再抠屁眼哐指甲①。而每当人家满怀歉意地说"不好意思啊，老陈！最近手头紧了些"时，大哥也哈哈一笑说，没关系，零头就抹了！

当然，他偶尔也生出些惆怅，涌出些复杂的情感来。村里基本不见壮劳力，农业生产的主力，是典型的"6038部队"，偶尔也有"61部队"助阵。壮劳力——甚至大姑娘和年轻媳妇——都外出打工去了。这种情况他听人说过，也从相关材料里读到过，然而亲眼所见的事实，还是强烈地揪疼了他的心。背井离乡的情形，全国比比皆是。虽然丰泽坑田地相对宽阔且肥沃，种什么长什么，人们的文化水平也高些，懂得如何种粮食棉花养高档水产，这比他扶过贫的那些穷乡僻壤，不知要好多少倍，却也仍然箍不住人们的心。人们一到打得动工的年龄，就主动——或者被父母赶着——外出打工去了。大嫂说过，只要收入差距不是太大，人们还是希望一家人窝窝软软拢在一起的。问题是外出务工能获得更多经济收入，相应地也能更好地改善物质生活条件。这也是市场经济使然。既然打工能获得更高的经济收入，为何还要死守着这片收入微薄的土地呢？人往高处走水往低处流哩！再说了，还有"603861部队"（指60岁以上老人和妇女、儿童）做后盾，能保证一家人衣食无忧啊！这样一想，他就又略微有些宽慰。

更令他不能释怀的，有三件事。

头一件，是孩子们的教育。村里的小学早就停了，孩子都去乡里或者邻村上学，而女孩能读到初中毕业就算是不错了。每每想到这里，他心里就不是个滋味。

---

① 江汉平原方言："抠屁眼哐指甲"，意指抠门。

前些年,他专程去小学看过一次。这一看,顿时便使他伤心地落泪,甚至差点骂娘。但见杂草丛生的操场上,鸡飞兔窜;破败不堪、摇摇欲坠的三层楼房,一楼养猪和兔,二楼、三楼养鸡。原来,这里早就承包给别人做养殖场了。

学校办不下去,个中缘由说来复杂,既有决策失误和瞎指挥,也有人们对教育的漠视与无奈。当年办教育的思路,想必就没考虑过计划生育这个因素。一个村十来个计划生育指标,哪里凑得齐办一所学校的人数?办个幼儿园都够呛。村里办不起学校,只得送孩子们去乡中心小学,或者邻村读书。父母在外打工,爷爷奶奶也管不住,孩子们想去就去不想去就不去,反正读书也没啥用,读完了还得外出打工。那次看过之后,他再没去过那片伤心之地。

这与深圳形成了天壤之别。深圳是年年建学校,可学位年年都是紧缺资源,年年都是"两会"的热门话题。城市跟农村,岂止是经济条件的差异啊!

第二件事,有个别留守少妇不甘寂寞,跟人处"桥子"①,且不以为耻反以为荣,有的还不分年龄和丑俊,只要给吃的喝的穿的消费的,随时跟他上床。在外务工的男人知道,或者听到传闻了,回来提着凶器便打上门去。

大嫂警告他不要跟年轻妇女随便搭讪。对大嫂的警告,陈志立不以为然,心想我一个退休的糟老头,哪个看得上呢?可是不久,还真让他碰上了一回——

那天傍晚,他在丰泽垸里的田埂散步,迎面来了个穿着还算体面、容颜也还过得去的少妇跟他打招呼:"陈二爹,遛弯呢?"

"遛弯!"这个少妇他不认识,随口应了一声,继续朝前走。

不承想少妇笑容可掬地自我介绍是对面南村的,想拜他为师学花鼓戏。陈志立一听就乐了,说:"你想学戏好啊!但我没本事教你,你该去县城的剧团请老师。"少妇撒起娇来,嗲声嗲气地说她只想拜二爹为师。陈志立霎时记起大嫂的话,以及听到的传闻,严肃地说他不收徒弟!说完便要离开。少妇却伸手拦在他前面,笑嘻嘻地说:"做个忘年交的朋友也行呐!我是真的仰慕二爹您。"边说边把一只小手伸过来。陈志立顿觉

---

① 江汉平原方言:"桥子"即情妇。

人格受到了污辱，用鄙夷的目光盯着她，气愤地说："你看我是你想象的那种人吗？让开！"然后带着黄毛和黑皮，目不斜视地朝前走去。

事后有一天去二组黄理文家串门，没想到竟意外跟她碰面了，她却像啥事没发生一般，没任何羞耻或不好意思的表现。这次碰面，也让陈志立弄清了她的身份，她根本就不是什么南村的，而是黄理文的儿媳妇。黄理文是他小时候打条胚的玩伴，也是花鼓戏班子里的朋友。这层关系，他儿媳妇肯定是听说了。陈志立气愤地想，简直是肆无忌惮，这个女人连底线都没有了！

第三件事，也令陈志立忧心忡忡。即便是清末和民国初年吸食鸦片盛行的年代都没人敢碰鸦片一口的丰泽垸，居然有极个别年轻人精神空虚，为寻刺激竟吃摇头丸，几次送进戒毒所也没戒掉毒瘾。

这些情况，陈志立瞧在眼里，内心纠结得不行，也使得他想帮村里发展经济，吸引青壮年劳力回乡的愿望变得炽烈。何况，地方经济发展了，他所忧心的那些环境污染的问题，便也有能力解决了。

# 13

自从二弟回来，陈志民的禾场上，就时不时有小汽车光顾。有时候他的禾场摆不下，还摆到三弟陈志兵乃至其他乡亲的门口去。

这天下午三四点钟，秋高气爽，和风轻拂，柳树上的枯叶沙沙作响，并纷纷扬扬地飘落下来。北村的一帮老哥们一如往常，在老柳树下坐的坐站的站，坐的把锣鼓家伙敲得山响，站的把花鼓戏唱得有板有眼、有腔有调。老妪稚童则围在旁边听得有滋有味，如痴如醉。

一辆面包车由村后的公路驶近了村口。村里有车的人多，都从村后的公路上驶来，然后在陈家潭分道扬镳，或者左拐往八组去，或者右拐到九组来，所以大家伙都没太在意，仍把精力集中在吹拉弹唱和评头品足上。不承想，这车却停在了他们身后。

"嗬，好一个现代版的陶渊明呐！"一声洪亮的感叹随着车门打开，炸雷般响起。锣鼓声顿时戛然而止，齐刷刷扭头张望。摇头晃脑地把个二胡拉得欢快悠扬的陈志立也抬起头来，顿时便眼睛一亮——这不是"诗人"李得水吗？连忙撂下二胡，起身相迎。李得水胖胖敦敦，长着一张明显与年龄不相称的娃娃脸，见状也紧走几步，情不自禁地张开双臂，跟他来了个亲热的拥抱。

李得水也是柳县人，比陈志立小四五岁，现在在省科技厅当副厅长。陈志立老觉得不可思议，组织上怎么会把一个历史系出身的李得水安排到科技厅去当副厅长。专业跨度太大了，隔行如隔山哩！然而却听说他当得相当称职，工作如鱼得水，跟他的名字一样。

"我没说错吧，厅长？您看陈老这退休生活，过得是不是挺惬意？"一个漂亮女人紧随下车，讲话嗓音圆润。

"你好！"陈志立轻轻推开李得水，笑呵呵地把手伸给他身旁的漂亮女人，一边拿眼睛望李得水，"请问这位是……"

"哦！柳县科技局局长，胡莱同志。"李得水性情开朗，兴致所至便激情澎湃地吟诗诵词，逮着机会还爱开个玩笑，此时更不忘再调侃一句，"人家是莱茵河的莱，可不是你老哥胡来的来啊！"逗得所有人都哈哈大笑。

陈志立来了客人，人们打过招呼，收拾起物件，就纷纷散去。

"继续！继续！不要扫了大伙的兴啊！也让我解下思乡的馋嘛！"李得水伸展双臂，笑嘻嘻地想阻拦。见大伙真的一哄而散了，又收回双臂，双手抱拳，对着众人的后背嚷嚷，"多有得罪，多有得罪呀，乡亲们！"

坐会儿？陈志立指着空出的板凳，征求李得水的意见。大嫂说哪有让客人坐外边的道理？还是请到屋里去呀！陈志立介绍说"我大嫂"，李得水点下头说"谢大嫂"。然后率先坐下，兴致勃勃地指着陈家潭以及更远处，说这里山清水秀，景色斑斓，多惬意啊！

"终于表错一回情了吧？老弟！这里是田园风光哦！水秀是自然，景色亦斑斓，然山清在天外哦！"陈志立也喜欢跟他打嘴仗，不失时机地调侃了他一句。文人之间的嘴仗，自然也有些酸腐的味道。

"错了，错了！老哥批评得是！是没有山。这里是丰泽秀丽，物华天宝，人杰地灵。这个表达准确了吧？"李得水却不计较他的态度，始终笑呵呵的，又指着身旁的柳树问，"这就是你老提起的那棵百年老树啊？"

"是啊！丰泽垸过去老是发大水，十年九淹，所以没么值钱的文物。但它就不一样了，生命力顽强着哩！"陈志立指着树上的一个小牌牌，骄傲地说，"那上面记载着哩，一百二十年历史了！"

"哇！真是个奇迹哟，一棵柳树居然能活一百多年。超级老寿星，历史悠久咧！"李得水起身抚着裂开豁口的粗糙树身，很认真地把眼镜扶了扶,仔细盯着那个小金属片,由衷地发着感叹。同行的人们也凑近了,细致地一边抚摸一边感叹。

"那还是假的不成?当然有历史咧!"陈志立自豪地说完,又笑呵呵地问,"你不会是来兴师问罪,看我撒谎了没有的吧?"

李得水没接他的话茬,而是扯开话题,眼眺远方问陈志立:"如果在柳树旁盖个小棚子,棚子前面搭个跳板伸到鱼塘,棚子里面品茶,棚子旁边唱花鼓,跳板上钓鱼,你闭着眼睛想想,是不是很有诗意呀?"

鱼塘承包户陈新桥顿时来了兴致,说他早就想在潭边盖个棚子,放饲料、歇脚,都方便。可离家太近,大伯说他是穷烧钱,所以就没敢。如今二爷要搭棚子,谅大伯也没话可说了。

精瘦如猴的陈新桥是陈志家的幺儿子,陈志立的本家侄子。跟许多人一样,也叫他爹大伯,叫陈志立二爷。

陈志立斜睨了一眼陈新桥,半开玩笑半认真地说:"那怎么着也得几千块钱吧?你大伯不同意,肯定是心疼钱。晓得你小子花花肠子多,但别拿老子当枪使,打着老子的旗号招摇撞骗,闹得你大伯对老子有意见。"陈新桥大嘴巴一歪,笑嘻嘻地应道:"当个挡箭牌的胆子都没有啊?还在官场上混了一辈子!"陈志立环顾了一下,说:"现在这样不是挺好的?别追求那个花架子。没必要!"想了想,又对陈新桥说,"老子在你塘边唱戏,在你塘里钓鱼,别赶老子走就行了。钓起的鱼归你,或者当场放生,老子只是过个瘾而已"。

李得水突然双手伸向天空,充满激情地大吼一声:"啊——"

听他把个"啊"字拖得老长却像噎住似的没有下文,陈志立连忙抓过桌上的手机,笑着说:"等会,兄弟!等我把录音开了。"

李得水不理他的调侃,紧接着就抒起情来:"美丽富饶的丰泽垸,你是母亲长江浇灌出的一片神奇沃土,也是孕育了无数生命的伟大母亲。曾几何时,你两眼饱含热泪,听凭洪水泛滥却无能为力,默默承受着妻离子散的痛楚,见证了家破人亡的世间悲剧!现如今,眺眼望,但见金灿灿的稻谷,银皑皑的棉花,在你宽阔的怀抱里轻轻地摇曳,向世人述说丰收的喜悦……"

李得水正慷慨激昂地抒发情怀,陈志民开着拖拉机回来了。把车倒进车棚,工作服也脱了,过来跟客人打招呼。接过李得水递的烟,他自个倒了碗凉茶,坐下时对李得水说:"你们哥俩难得见一面,一会儿好好喝两盅啊！老婆子应该在准备了。"

胡莱的脸上始终挂着笑，一听便笑吟吟地说乡里已经安排了。陈志民说，到了家里不吃饭，像个么话？乡里的饭你们去吃，得水兄弟留下来。陈志立在省里工作的时候，陈志民去他家时跟李得水照过面，所以说话也兄弟长兄弟短的，不拿他当厅长看。

"喂！你不是来看老兄我的？"陈志立扭过头，问得李得水先是一愣，随即哈哈大笑。

胡莱依然笑容可掬地帮他解释，说厅长是带专家组来县里搞科技项目论证的，开完论证会其他人都回了。厅长说今天是周六，一定要来看陈老，顺便也到乡下做个调研，就没一起回。陈志立拍着李得水的肩膀说，老弟还是蛮讲感情的嘛！李得水嘴巴一咧，不客气地应道，那是！陈志立又说，但你既然专程来看老兄我，就不是因公了，是兄弟情谊。那么，怎么着也得喝两盅不是？

"也是，啊！"李得水应了一声，转头催胡莱给乡里打电话。胡莱收住笑，面露难色，嘴里"哪哪"了两声。李得水是个急性子，没容她"哪哪"出下文，便调侃道："一个女汉子，装什么婆婆妈妈的斯文！"

胡莱一下子闹了个大红脸，这才说本来张书记要陪厅长吃晚饭，顺便讨论科技兴县的事的。但厅长要来杨镇而他下午又有个会，便只得委托了政协的胡主席，杨镇是胡主席的点，正好也在杨镇搞调研。胡莱最后说："张书记和胡主席都特地嘱咐过，要请陈老一块去乡里的。"

陈志立摆了摆手，笑呵呵地说乡里他就不去了。接着调侃道："一个普通老百姓，跟在厅长屁股后头蹭饭吃，成何体统，传出去都有损厅长的面子！你说是不，胡局长？"李得水抢在胡莱前头，笑着说："又被你挖苦了一回不是？"回敬他满是烟味的臭嘴就吐不出个香来。陈志立没再调侃，一本正经地说："既然胡主席等着，你不去好像不太好。要不咱们就此别过，谢谢你来看我。"说着起身送客。

陈志民说来的都是客，干脆请胡主席也到家里来。胡莱又望李得水，她现在不敢自作主张，也不再把笑始终挂在脸上了。李得水好像就等这句话，急不可耐地说那就恭敬不如从命！想想，又对胡莱说，去乡里吃饭是公务，得守规矩，在大哥家里吃饭是亲情，能陪着老哥喝两盅。你说是吧？

胡莱更没办法了，只得给政协主席胡勇打电话。胡莱没想到，胡勇一口就答应了。胡莱其实不知道胡勇这么爽快的原因。他跟陈志立也熟得很，几次去深圳招商，都是找陈志立帮的忙。

大约过了半个小时，乡里的杨书记就到了。出乎大家意料，他竟带了乡里的厨师和准备好的菜。得知胡勇和李得水要在陈志民家里吃，精明得很的杨书记马上作出了这么个安排。

"还自带干粮啊？"陈志立跟杨书记开了句玩笑。杨书记笑着应道："已经备下了，不带来也得记在厅长的名下。"

他这讲的倒是一个实话。陈志立早年当纪检委员时，在一个企业查到一笔账，说是招待县委书记，买了三百斤西瓜。事后他讲给那个书记听，把书记气得恨不得吐血，说："老子就吃了他的半块，却记老子三百斤，好在老子没在那里吃饭。不然的话，老子吃他几片肉，还不把整头猪都记老子名下呀！"

刘彩霞准备的菜也确实不够这么多人吃，陈志民便让送进了厨房。

胡勇到得晚些，打电话的时候他还在驻点的村里研究事情。但他把时间掐得很准，正好饭菜做熟，天也差不多黑了。

虽是挤了满满两桌，但刘彩霞准备的菜，加上乡里带来的，还是挺丰盛的。

席间最活跃的，仍数李得水。几杯土酒下肚，他的诗兴便一发不可收拾。他时而以筷击桌，抑扬顿挫地吟诵古人的经典诗词；时而起身，激情澎湃地朗读自己的即兴作品，把气氛不断推向高潮，活脱脱一个文艺青年。

杨书记趁敬酒的当口，又跟陈志立提改造丰泽垸的事。杨书记话没讲完，就被胡勇打断了："喂！小杨你是不是就记得你那点破事，不谈工作开不了口啊？吃饭喝酒！吃饭喝酒不谈工作。"

一句话噎得杨书记直翻白眼，陪着笑脸说，不谈工作不谈工作！然后把酒一饮而尽，又依次给省里、县里的领导，包括陈志民敬了一遍，这才打着酒嗝，摇摇晃晃地归位坐下。

几个乡干部也都是人精，见杨书记碰了钉子，都绝口不敢谈投资的事，只一门心思敬酒，或者在李得水结束朗诵一首诗后鼓掌。

这是陈志立回乡之后，吃得最热闹的一餐，所以他同大伙一样，也喝了不少酒。送走了客人，陈志立人有些晕晕乎乎，于是连澡也不洗了，倒头便睡。

## 14

陈新桥果真说服了他老子陈志家，从窑场拖了两卡车砖，又买了些石棉瓦，在鱼塘边砌了墙，搭了间像模像样的棚子。还打了七八条长矮板凳，在里面摆了张方桌，上面放两只土茶壶和一些塑料杯子。他不用另外再搭间拉屎拉尿的茅屋，因为跨过村道，就是堂叔陈志民的文化室，旁边有厕所。而且，这地方也窄了点。

棚子搭起的下午，天虽然变凉了，却并不十分冷，田里也没啥事做，几个老伙计又聚在陈家潭边唱花鼓戏，庆贺"大厦"落成。这次是一本正经地演练《十三款》的精彩片断《省城听审》。《十三款》讲的是穷秀才柳丙元为民请命，状告知州罗登银和刑名师爷王庄生狼狈为奸，欺压百姓的十三条罪状。

正当饰演柳丙元的赵同洲憋足了气，唱得义正词严的时候，陈志文的老婆子郑月娥气呼呼地上来，一把夺过陈志文手中敲得"哐哐"直响的小勾锣，狠狠地摜在地上，边骂边把他从板凳上拎起："真是个老不成球的东西！天天玩天天玩，也不怕玩死你！一大堆事，想把老婆子我一个人累死啊？跟我拌猪食去！"

乐器和锣鼓家伙声戛然而止，赵同洲也把唱了一半的戏文噎在喉头，傻乎乎立在人群中间。众人见怪不怪，有几个还冲着陈志文挤眉弄眼，看热闹的孩子们甚至学着郑月娥的腔调说，老不成球的东西！有个半大的孩子脱口而出："陈老头，不成器，瞒着婆娘唱大戏。揪耳朵，跪踏板，看你下回敢不敢！"

陈志立目瞪口呆地望望企图挣脱的陈志文，再望望怒气冲天的郑月娥，尴尬地说："是我对不起你郎了，嫂子！我不晓得你郎家里还有事。你郎也不要怪志文哥，他是不肯来，是我让人硬拽他来的。他的小勾锣敲得太好了，全村找不出第二个。"又对陈志文说，"回吧，哥！等你有空了再来玩。"

大庭广众之下，六十几岁的陈志文脸上哪里挂得住，他挣脱老婆子的手，说唱完这出了就回。这一弄郑月娥脸上又挂不住，喋喋不休地骂他越老越不像话，越老越懒，越老心越野了。几个老伙计和孩子们看戏不怕台高，又瞎起哄。

陈志立没想到郑月娥老了都没改脾气，还跟年轻的时候一样气盛，一点也不给陈志文面子。

老实巴交得石磙都压不出两个屁来的陈志文，大陈志立几个月，娶的老婆却小他四五岁，人也漂亮，做事又能干，真正的女汉子，向来昂首挺胸。特别是那张利嘴，讲起话来像打机关枪，更是他这个闷葫芦比都不敢比的。陈志立清晰地记得，他们的每次争吵，窝囊透顶的陈志文都只有埋头挨骂的份，根本没昂首还嘴的力。明明占理的陈志文，往往就突然没理了，就蔫头耷脑不吱声了。有伙伴为他鸣不平，"义正辞严"地告诫他，女人是要管的，志文！你总不至于惯得她上房揭瓦吧？撺掇他做回真正的男子汉。陈志文每回都嘿嘿一笑，却从未听从怂恿，而真正教训他老婆一回。

夫妻争吵本没有谁对谁错，也不讲有理没理，只要一方妥协了，战争就了结了。这个道理，陈志文和郑月娥其实也懂。所以，他们两口子的战争，永远都是以陈志文的蔫头耷脑而偃旗息鼓。大小事情，陈志文都让着郑月娥，尽量不去招惹她生气。以至于她越发强势，倘若陈志文真把她惹恼了，她是敢揪着他耳朵当众骂街的。也听人说起罚陈志文跪踏板的事，只是没亲眼见过。踏板是摆在房里床边的，这跪踏板的事，多是夫妻俩关起门来上床前进行的，外人一般见不着，所以也只是猜测而已。

陈志立担心因为玩的事，让陈志文受更多的窝囊气，闹得他家里再燃硝烟，便息事宁人地宣布："今天就到这里吧，大伙也累了。"

"我说郑婶，家里有多大的事呢？大叔好不容易玩一把，就让他尽回兴呗！何必闹得志文兄弟下不来台，闹得大家扫兴呢？"站在人堆里瞧热闹的刘彩霞挤到中间，对郑月娥说。

"唉！伯娘你郎是不晓得，家里一堆的事。他一听人叫，魂魄就被勾走了。等我从田里回来，两头猪饿得嗷嗷叫，剁了一半的猪食却还在盆里原封不动。"她跟年轻的时候一样，还是有些怵这个妯娌，松开了拽着陈志文衣领的手。

"要我说啊，郑婶！你郎跑来找大叔的工夫，猪食都拌完了，猪也肯定不嗷嗷叫了……何必呢？就当是放大叔一回假，让他在勾锣上敲两槌，过过瘾，难道会死人啦？"刘彩霞继续劝。

"就是！"陈志文嘟哝了一句。

"就是个鬼呀就是！"郑月娥怵刘彩霞，却不怵她老头，气得瞪了他一眼,跺跺脚说,"你跟二爷比呀?二爷有退休工资,不愁吃不愁穿,吼完了大嫂自会做饭给二爷吃。你狗屁都没有,你是敲得来吃的还是敲得来穿的?你也不怕饿死你!"

"我们也跟志文一样,没退休工资,也吼不来吃的吼不来穿的。你这不是一竹竿扫了一船的人?"

"你是故意出挺①,存心要闹得家家不得安宁!"

…………

陈志文骇得不敢吭气,老哥们看不过身,围攻起了郑月娥,既给他帮腔打气,也为自己鸣冤叫屈。

"你们的老婆子能干呐,家务事做完了还能跟你们管饭呐!"郑月娥一点也不示弱,把嘴一瘪,气呼呼地舌战众人,"我没她们能干。他不做,饿死他!"

"郑婶!你郎就卖我个面子,让大叔再敲几下,吼两嗓子。你郎看我老头不也在这里吼吗?又没做个么坏事。大叔晚上的饭,不要你郎管。"刘彩霞又劝了一回,将了郑月娥一军,对陈志文说,"今晚你郎来我家里,陪二爷喝两盅"。

郑月娥惹了众怒,瞅一眼刘彩霞,又用眼睛扫一扫众人,便败下阵来。老头她管得住,别人可不买她的账。没辙,只得瞪了老头子一眼,一甩手,又跺了下脚,气鼓鼓地走了。临走时撂下一句话:"看我晚上怎么收拾你。"

惹得众人哈哈大笑,有人趁机又调侃了一句:"志文!不会再让你跪踏板吧?一把老骨头,可别跪散了。"

"刚才唱哪里了?接着唱还是从头来?"饰演李制台的陈志民问。

"今天就算了吧,改天继续。好不好?"陈志立没了兴致,征求大伙的意见。

"不抓紧排练,春节哪里来得及演出?"又有人提出了疑问。

早先陈志立跟大伙商量,抓紧排练,争取春节唱几出,给村里增添点热闹的气氛。经郑月娥这么一闹,他感觉可能是自己离开家乡久了,对农村的情况还是陌生。说不定还有人也跟陈志文情况类似,只不过老婆子没郑月娥抹得开面皮,没当面来闹。而来的人,也说不定因为是打条胯的

---

① 江汉平原方言:"出挺"即出洋相。

伙伴,一起演过唱过的好朋友,虽然家里也有这样那样的事情,却不好拂了他的面子,而并非自愿的。

"看情况再说吧!"想到这里,陈志立便说。然后笑着对陈志文说,"回吧,哥!我也不是怕嫂子怪我,我是心疼哥晚上要跪踏板。你郎把责任都推我身上,让她郎要怪就怪我好了。"

陈志文一听这话,脸又红得像热锅里煮熟了的虾子,嘴里嘟哝了一句,"哪有的事!"引得大伙又一阵哄笑。

大伙见他心意已决,把锣鼓家伙收拾进陈新桥的棚子,然后散伙。

陈志立心里头有些失落,便跟大哥一起回禾场,拉条板凳坐下,帮大嫂择菜。

"唉,郑婶也真是的!"陈志立刚坐下,大嫂就气不忿地说。

"几十年过去了,郑嫂的脾气一点也没变?"陈志立问。

"那是志文弟兄太窝囊!"刘彩霞气咻咻地又说,"你郎看你郎大哥,他么时候怕过我?"

"那是!"陈志民以为是表扬,高兴得咧咧嘴巴,抢了一句。

"那是个鬼呀那是!你以为是说你能呐?"刘彩霞横了老头子一眼,把择好的菜扔进筲箕,变戏法般又笑嘻嘻地说,"要表扬也只能表扬你老婆子刘彩霞。那是刘彩霞识大体,懒得跟你计较,晓得给你面子。要是刘彩霞也跟郑婶一样,胡搅蛮缠,看你有什么办法"。

陈志民被呛得不吭气了,也把菜扔进筲箕,掏出烟来递给陈志立一支,自己嘴上叼一支。

"他们一直这样吗?就没好过的时候?"陈志立问这个,既是顺着自己的惯常思路,也是帮大哥解围。

"唉!可不就一直这样,窝囊了一辈子。"陈志民把烟点着,喷出一口烟雾,好像忘记了老婆子的抢白。

"窝囊不窝囊,得由志文讲。志文不觉得窝囊,那就是不窝囊。"刘彩霞还是抢白了老头一句,起身端起筲箕,自个儿去厨房。末了又丢回来一句,"其实郑婶对志文还是挺好的。"

陈志立找了扫帚和撮箕,把择剩的残渣败叶扫起来倒进垃圾桶,然后又沿着机耕路,向丰泽湖垸子缓慢走去。大黄和黑皮知道他又要遛弯了,也赶紧起身,欢快地摇着尾巴,跟在他屁股后头。

## 15

农村的文化生活还是太单调,尽管比起他在家里的时候,强了百倍不止。

当年纸牌都不让玩,也没钱玩,更别说麻将了。麻将他是参加工作以后才开的眼界。观看"八个样板戏"和电影《地雷战》《地道战》《南征北战》,是文化生活的主轴,甚至用专讲柳县方言的柳县花鼓唱"样板戏"。用柳县方言唱"样板戏",如今想来更像滑稽剧,人们当年却听得有滋有味。只要听说哪个村演戏放电影,甭管多远,也甭管当天多辛苦多累,收工后都会赶夜路去看。人们另外的一种文化生活,便是在劳动的间隙,在田间地头相互取诨号,"刁子""胖头""泥鳅""鳝鱼""鸭母""母猪""公狗""麻秆""藕肠子""漂亮苕""狐狸精""六指""斜眼""对眼""瞟眼""睁眼瞎""矬骨头子"等乱叫。诨名虽五花八门,却往往能让人产生联想,对号入座。

现在农闲了,人也闲了,无所事事的人们有些手足无措。一到晚上,家家户户传出很大的电视声响,或者把麻将搓得"哗哗"山响。这跟过去相比倒有很大变化,过去可没这么多闲的时候。往往田地的事情一忙完,或者稍有空闲,公社、大队都安排水利任务,特别是岁修,把人们赶到了工地上。如今人们闲下来,好像想不起还可以做点啥,只想到看电视搓麻将。

另外的一个变化,是土话渐渐消失。人们碰了面,不管蹩脚不蹩脚,都讲一口浓重丰泽垸口音的普通话,再没人笑话他洋不洋土不土,更没人骂他"东山的驴子学马叫"。传统的称谓也在悄悄变化,比如喊父母为"爸爸妈妈"、喊祖父母为"爷爷奶奶"的多了,听的人不再浑身起鸡皮疙瘩,应答也顺溜多了。

记得那年在北方当了三年兵的朱同洲复员回来,卷着舌头喊他老子叫爹,喊他姆妈叫娘,喊他大伯叫大大,喊他小伯(大伯的婆娘)叫大娘,可是把全村的人笑话死了,把他姆妈羞得无地自容,更把他正在扬谷的老子气得差点扬起扬锹就照他的脑壳砍下去。

唱花鼓戏北村是有基础有传统的,新中国成立前就有专门的戏班子,之后发扬光大,还出过像陈志凤这样全省闻名的花鼓戏名角,陈志立就想,何不趁着老伙计们还在,能做一点是一点呢?既延续花鼓戏的寿命,传承历史文化,而且听说柳县正在申遗,说不定还可以为申遗做点贡献哩!或者说不定年轻人里有个把爱好者,就培养出接班人了。花鼓戏是要用方言唱才有那个韵味的,这也能唤起人们潜意识里的方言情结。

这些跟他回家养老的初衷完全相悖的念头冒出来的时候,陈志立丝毫没觉出危险,也没感到不妥,跟几个老哥们一讲,没想到一拍即合,大家极力赞同。这给了他信心,专门去县城,找在县直机关工委工作的表弟和堂姐陈志凤要了些剧本和光碟,花钱添了些乐器,便在陈新桥的鱼塘边开唱了。

大家积极性本来蛮高的,还准备春节搭台子唱两出哩!如今郑月娥这一闹,陈志立便感到问题来了,比他当初想的复杂多了。郑月娥说得没错,他有退休工资,衣食无忧,便有大把的闲暇来做这件事。但他的退休金不够给大伙开工资,而他也不能强迫人家天天来当义工。何况大伙乐呵的事,也不该他来开工资。然而都不是闲人,家里的事,田里的事,还有照顾孙辈的事,完全丢给婆婆们,也确实于心不忍。如果经费的问题不解决,大伙的热乎劲过了,或者该给他的面子给了,这伙就散了。

怎么办呢?行走在排灌渠旁的水泥路上,陈志立愁眉紧锁。两只狗却不管他的心事,一如既往地在他身前身后撒欢。

身后传来小车的声音。陈志立下意识地往边上靠了靠,方便小车通过。小车却熄火不走了。随着车门打开,一个熟悉而又有些陌生的声音,在他身后陡然欢快地响起:"噫!这不是志立哥吗?哎呀!真是志立哥呀!"陈志立以为又如上次碰到了个跟黄理文儿媳一样的"牛打鬼"①,便没理,继续走。那人却不依不饶,再喊了一声,"志立哥!你不记得我了?"

陈志立这才缓缓地转身扭头。这一转身扭头不打紧,顿时便惊讶得嗓子眼发紧,张大了嘴巴合不拢。

站在面前的,居然是自他上大学起,便再没见过面、也没打听过情况的朱同秀!虽然岁月在她的身上留下了痕迹,比如脸上有了些浅浅的皱纹,身子微微发福,但总体变化不大,依稀还是记忆里的那个模子,人却比当年更有韵味了,穿戴得高雅富贵。愣怔片刻,陈志立才反问道:"你是同秀?"

"哎哟!几十年不见,你居然还能认得出我是同秀!"朱同秀高兴得

---

① 江汉平原方言:"牛打鬼"指不正经或者不务正业之人。

如同孩子，差点跳了起来，兴奋地说，"早就听说你衣锦还乡，归隐田园了。如今一看，果不其然哪！"

陈志立和小他三岁的朱同秀，本该是有些故事的。可惜他们的故事刚刚开头——严格说只是有那么一点苗头，就被人生生地掐断了。他们都是大队文艺宣传队的骨干，陈志立在学校教书，业余写剧本，朱同秀沿着已经去了县剧团的陈志凤的脚步，或者说接了陈志凤的班，是文艺宣传队的台柱子。平心而论，陈志立觉得，朱同秀其实比凤姐更出色，她唱的悲腔如诉如泣，任你是再硬的汉子，也会被她的歌声软化，陪着她的歌声落泪。

她原本进不了宣传队，因为家庭出身是富家，她爹是长期上台挨批挨斗的角色。成份不好的人，在那个年代只能做两件事，一是闷声不响下地干活，二是老老实实挨批挨斗，绝无开口讲话的权利。无奈她嗓子实在太好，圆润细软，天生就是唱花鼓戏的料，又能把人物表演得惟妙惟肖，而她爹也实在没什么引起共愤的劣迹。群众强烈要求让她进队，大队支部慎重研究，并报告了公社革委会，才破格批准她加入。陈志立有时候突发奇想，倘若朱同秀也进了县花鼓剧团，那根台柱子还是不是堂姐的，都很难说了。

一个帅气的小伙能写能拉能唱，一个俊俏的姑娘唱得深情忘我，可不就应了"郎才女貌"那句俗话？加上常常聚在学校里切磋剧本和排练节目，所以互相都有些好感，但谁也没敢起头挑明，更没什么非分举动，连手都没有拉一下。

主角尚未粉墨登场，事情尚未有实质性进展，却惹得一些旁不相干的人察觉出"苗头"不好，竟替陈志立着起急来。先是校长警告，要他站稳阶级立场。接着是大队书记谈话，要他别耽误了前途，威胁他再不悬崖勒马，就把朱同秀调出宣传队。大大也提醒，他是订了娃娃亲的人。在农村，娃娃亲基本就是亲了，如果不出天灾人祸，一般到了年龄便会滚到一张床上去的。否则，陈世美的骂名，就会背一辈子。

朱同秀是不是也听到了风言风语，或者受到警告，陈志立不得而知，但他明显感觉到，朱同秀同他的接触越来越少，即便接触也越来越拘谨了。比如不再单独跟他讨论他写的剧本，排节目的时候不主动跟他搭讪，甚至他跟她讲话，也有意躲避了。他到武汉上大学之后，听说她嫁到邻县一个很远的地方去了。从此便杳无音信，似人间蒸发了一般。

"喂！瞧这个样子，发大财了吧？"打量着朱同秀保养得与她年龄不相称的容颜，和浑身不俗的装束，陈志立无话找话。

"还凑合吧！"

"在哪里发财呢？"

"喂！我说你也太不关心人了吧？连小妹在哪里讨饭吃都不晓得？"朱同秀一改过去讲话的口气，多了调侃的味道。

"这你都没告诉，我怎么晓得呀？"陈志立搔了下头，语气里有些尴尬。

"唉！人哪，真是容易变啦！"朱同秀叹了口气，停顿一下，又说，"但你的行踪我却了如指掌。比如，你回来快两个月了，现在又把宣传队的人拉在一起，天天排节目，还准备搞演出哩！我说得没错吧？"

"唉！可能搞不起来了。"陈志立也叹息了一声。

"为什么？"朱同秀有些惊讶。

"年纪都大了，也不像过去那么单纯了，家家都有忙不完的事。"陈志立实话实说。

"要不我也加入，说不定还搞得起来呢。"

"你加入？你的生意不做了？"陈志立的语气也显出惊讶。

"这个不用哥操心的。有人帮我打理，我遥控指挥就行了。"朱同秀说得轻描淡写，底气却十足。

交谈了一会儿，陈志立便慢慢晓得，朱同秀当年嫁了个裁缝，虽是瘸子，但脑袋瓜子灵活，手艺也不错。改革开放后，他们就办了个缝纫厂，生意出奇地好，又把厂开到了广州。经过一段时间打拼，生意越做越红火，规模也越来越大。朱同秀要照顾读书的儿子和生病的公婆，留在了家里。后来听乡邻传出些风声，便专程去了趟广州。这一去，发现还真不是别人诬陷诽谤的，她老公是真的跟小三滚到一个铺上去了。她没哭也没闹，主动结束了这段婚姻。也算她老公还有点良心，给了她二十几万元。二十几万，在那个年代不是小数目。她不服气，拿这二十几万也开了个服装厂，后来又开了家外贸公司，专接来料加工的订单。这样，她的实力慢慢就超过她前任老公了。她现在是两家公司的董事长。

"你生意那么忙，哪有时间唱戏呀。"如果朱同秀能够加入，那是再好不过，一则他们确实差个花旦，陈志家毕竟是男身，而且也老了；二则朱同秀过去也确实唱得好，基础和底子摆在那里。但陈志立想了想，觉得根本不可能，便试探了一句。

"跟你一样，刻到骨子里去了。"朱同秀不仅自己常常唱，还在公司培养了几个年轻人，有空了就在内部搞点表演什么的。

"你什么时候回来的？怎么也跑到垸子里来呢？"

"刚回来。"朱同秀狡黠一笑，话里带着讥讽，"丰泽垸又不是你家的，兴你来怀旧，就不兴别人来思春呀？"

陈志立手机响了，大哥叫他回家吃晚饭。抬头看天色，也不早了，便邀朱同秀同去。

"不了！我回来谈一笔投资，还得赶到县里去。"

"那你什么时候跟我们一起唱呀？"

"明天吧！我明天下午回来，你把大伙约好。好多年没见了，也是怪想的。"

陈志立不好再坚持，便各走各的路。陈志立返身回村子，朱同秀则躬身进宝马，然后一溜烟地朝南村方向奔去。

# 16

陈新桥搭棚子的这个地方，应该说是北村相对理想的聚集场所了，因为再找不出更宽敞的位置。不像过去，大队有运动场般的大禾场，各小队有几个篮球场大的小禾场，学校还有一个装得下全村人的操场。那些宽敞的晒场与操场，如今都变成了庄稼地。

除了相对宽敞，位置也适中，正好在村子的中央。正对陈家潭的，是村子与外界连接的水泥路，水泥路尽头，是连接县城与杨镇乡、刘市镇等西部几个乡镇的县级公路。经过一条土路往北延伸，便是那片坟地，坟地北面紧挨丰泽北河。陈家潭边还有一条横路，在第二、第三排房子中间，也铺了水泥。如果由丰泽北河算起，加上两条横和一条直的公路，正好是个"王"字。假如把陈家潭当作一个"点"，就变成了"主"字。这个棚子，就在最上面一横和点的空隙处。

陈新桥嫌地方还是狭窄，便把紧挨路边种鱼草的地——有五六分田吧——也平整出来，顿时便宽敞了许多。人们也不敢奢望像过去有个学校，天晴时在操场，下雨则把教室里的课桌板凳一擦就去排练。有这样一个场子，就很知足了。大家对陈志家父子感激涕零。

第二天下午，天气依然晴好，阳光暖洋洋地照着，微风轻轻地吹着，一些老人和孩子早早地聚到了陈新桥新搭的棚子前，等待表演花鼓的开锣声。

恰在此时，朱同秀来了。

"喂！大家一直哀叹缺个花旦。我今天就请了一位来，试唱一下，看合不合适。"等朱同秀来到大伙中间，陈志立介绍说这位是朱总。大家鼓完掌，陈志立又把众人一一介绍给朱同秀，"这是陈志家，这是周想生，这是朱同洲，这是黄理文……"

陈志立介绍一个，朱同秀就忍住笑，大大方方地跟那人握下手，嘴里说新来乍到，请多关照！

陈志立突然找来一个大家朝思暮想的花旦，且还风姿绰约，大家自然都喜不自胜，精神为之一振，心想怎么着也得好好表现，可别掉链子丢了北村的人。场子上也有些窃窃私语，却都没敢朝朱同秀身上想——尽管陈志立暗示她姓朱，也没人当面指认出来。

锣鼓家伙很快就比过去更卖力地响了起来。随着大锣"哐"的一声响，又戛然而止，王美蓉那如诉如泣的凄美歌声便从朱同秀的嘴里飘出："风吹呀啊啊——杨柳哟哦哦——条条——噢噢噢——线哪啊，雨洒呀啊啊——桃花哟哦哦——朵朵哦哦哦——鲜——嗯嗯嗯。春风哟哟哦——不入呜呜——珠簾嗯嗯嗯——里，美蓉呀啊啊——何日哟哦哦——转——笑噢噢噢——颜"。

《站花墙》里这几句哀怨的经典唱词一出，霎时便震慑得全场哑然，京胡、二胡、板胡都忘记拉了。人们想不到，这朱总竟有这么好的嗓子，唱得这么地道，再配上那恰到好处的做功，跟当年的凤姐和朱同秀如出一辙。冷场片刻，响起了雷鸣般的掌声。

只一曲唱罢，陈志立便笑问大伙能否通过。人们有些怯场了，面面相觑。有人红着脸说好是好，但好过头了，就怕他们配不上。"那你是个么态度，朱总？"陈志立扭头问朱同秀。

"大家的功底怎么样，我是晓得的。而且，我们就是娱乐而已，并不是选秀或者比赛，一定要比个水平高低的。所以，大家不要有顾虑。"朱同秀面带微笑，男子汉般跟大家拱了拱手。

"那么，你到底是谁，做个自我介绍吧。"陈志立实在忍俊不禁，只得对朱同秀说。

朱同秀笑了笑，落落大方地说："我是朱同秀啊！"

人群先是短暂失声，随即"啊"的一声炸了锅，蜂拥过来仔细地瞅，然后嘈杂声一片——

"我就说是同秀嘛！可他硬说不是。"陈志家站在朱同秀面前，指着黄理文。

"我也觉得像，可是不敢认。哪有几十年过去了还保养得这么好的？我还以为是同秀的女儿哩！"黄理文红着脸，分辩道。

"也是！你自从出嫁，几十年了也没回过一次，就是觉得像也不敢认呐！"

"这些年你都干吗去了？也不回来看我们一眼。"

"后来你父母和小弟去了，也一直没回，所以就断了消息。"

…………

婆婆姥姥也加入围观和议论的行列。她们有的比她年纪还小，却感觉可以做她的娘，便都感叹人跟人就是不一样，有钱就是好，哪里看得出她是快六十岁的人哪！如果有钱，她们也会去保养，不至于跟老太婆似的。也有人叹口气，感叹她年轻的时候，跟个富农爹，真是吃尽了苦头。又有人反驳说亏她出身不好，在村子里嫁不出去，不然不会嫁那么老远，也就不会有发大财的机会，不可能保养得这么好了。

最后有人总结了一句："说一千道一万，这都是命。我们就是穷命、苦命，一辈子造孽的命。同秀就是享福的命。"

既然说开了，没啥悬念了，朱同秀便吩咐一个女孩——大家很快就晓得她叫夏助理，从车上取出礼物，分给在场的乡亲，见者有份，搞得场面更加喜气洋洋。尤其令老戏迷们激动不已的，是她居然带了一堆他们梦寐以求的全新戏服来。这些戏服，比他们当年自己缝的粗布烂衫，不知要好上多少倍。

又唱了一会儿，朱同秀依依不舍地告辞。众人自是不肯，留她吃晚饭。朱同秀笑着说，她在县城的工业园投了个项目，这段时间一直在柳县，得空就回来跟大伙排练。但今天不行，她晚上有个饭局，顺便把一些事情敲定。既然人家有正经事要办，大伙不好再强留，只得说这里是她的娘家，叮嘱她有空就回来，然后目送她钻进面包车绝尘而去。

陈志立没想到，朱同秀的出现，会掀起一阵波澜。而按常理，他其实是应该想到的。

散场之后，陈志立又去丰泽垸。他现在每天晚饭前都去。过去工作上的事情压头，他很少运动。现在没了工作的压力和烦恼，便坚持每天早晨打一遍八段锦，晚饭前后散步。散步于身体的好处，他过去没体会，现在却尝到甜头了。加上空旷的原野空气清新，他感到精力更充沛了。

散完步，天已经黝黑了。吃晚饭时，大哥小心翼翼地问他是否跟朱同秀一直有联系，怎么过去从未听他提起过。陈志立是个实心眼，没觉出大哥话里有话，便如实把昨天见面的事告诉他们。"你不觉得有些怪吗？"大哥问。"怎么怪了？"陈志立觉得他的问话倒是有些怪，把一口饭塞进嘴里，含糊不清地反问道。

"你看啊！你一上大学，她就嫁人了，而且嫁那么远，几十年了都没回过，这地方对她来说应该是个伤心地。可你前脚刚回，她后脚就跟来了，而且还在你散步的时候就碰到了你。你不觉得蹊跷？"陈志民耐心地启发。

"这有什么好蹊跷的？过去她嫁那么远，六七十公里，回来一趟当然不容易，或者有其他原因，就碰巧没回来。后来到广州当老板，就更没时间了。现在她在县里搞投资，想回老家看看。老了的人都是恋旧的，我不也回家了吗？她去丰泽南村，却正好碰到我也在那条路上。我去美国时到一家中餐馆吃饭，还碰到过一位在北京工作的大学同班同学哩！这很蹊跷吗？"他绝不是危言耸听，故弄玄虚。他不仅在美国的那家中餐馆邂逅了大学同班同学，还在巴黎的凡尔赛宫巧遇过一位十几年未见的老同事。陈志立把饭咽下去，露出奇怪的表情。

"听说她离婚了？"刘彩霞问。

"她老公跟小蜜混到了一起，离了好多年了。"陈志立漫不经心地又答。

"那她为什么没再找个伴呢？听说还是单过。"大嫂问。

"那我哪里晓得呀，那得问她自己。"

"嗯！二爷就没问问？"大嫂好像对这个很感兴趣。

"那是人家的隐私。我问这个干啥？有毛病呀？"陈志立听出了点味道，问："你们这么关心朱同秀，到底为啥？"

陈志民夫妇对视一眼，又犹豫了一下，大嫂这才小心翼翼地说："听了些风言风语，怕二爷犯糊涂，就想提醒一下。"

"我一辈子都没犯糊涂，六十几了还有什么糊涂好犯的？"陈志立吃完了把嘴巴一抹，掏出烟来点上，喷出一口烟雾，轻松一笑，"而且我相信人家朱同秀，也不是你们想象的那种人"。

两人都说没有就再好不过了，但提醒他还是少来往，毕竟有过那么一段经历，而她又是个单身，怕人嚼舌根。人言可畏哩！

"我跟朱同秀有什么经历呀？那些经历都是无聊的人嚼舌根嚼出来的，都是捕风捉影的人胡说八道！"

"也不是我们要捕风捉影，二爷！我们也是为你郎好。你郎看倘若真弄出个么事来，我们怎么跟二奶奶交代呢？"听陈志立语气硬邦邦的，知道他生气了，大嫂忧心忡忡地解释道。

"跟田雨怎么交代，那是我的事，我自会交代得清清楚楚，就不劳大哥大姐费心了。你们应该相信我有分寸的，该怎么做，我自己把握得住。至于别人怎么嚼舌根，那是别人的事，我管不了，任他嚼去好了。身正不怕影子斜，你们尽管放宽心。"陈志立也感觉先前的话有些生硬，惹哥嫂多心了，便缓和了一下语气，但依然讲得明明白白。

陈志立的话，等于是把跟他讨论问题的大门关死了，大哥大嫂不好再叮嘱他什么，闷声不响地低头吃饭。

## 17

时间过得真快，转眼就到元旦了。

朱同秀也不怕人家嚼舌根，隔三差五来跟大伙配戏，她那地道的柳县口音和韵味十足的"哟啊哟"，好像快把大家的魂摄走了一样。只要天气好，一到那个点，不管是戏班子的人，还是其他的老头老太太和孩子们，甚至年轻人和隔壁村的人，都蜂拥而至，魂不守舍地伸长了脖子翘盼。朱同秀唱到动情处，众人也都跟着和"呀依哟——哟荷——哟荷——喂"，把演唱推向高潮。

朱同秀不怕，陈志立当然也不怕，该怎么交往还怎么交往，该怎么唱还怎么唱。

现在却唱不成了，因为天冷了。都是一把年纪的人，陈志立担心露天唱歌，把谁冻病了都不好。虽然传说"哟啊哟"能治头疼咳嗽，但也就是说法而已，表达喜爱之情，并不真能治病的。倘因一件原本好玩的事，搞得有人眼泪鼻涕肆意流淌，头疼发烧打针吃药，那就是他的不是了。何况春节的时候还真不能演出。不说大家都忙,打工的孩子们难得回来一聚,就是找块场地都难,总不至于在冰天雪地里演出和观看吧?现在看来,是当初把事情想简单了。于是陈志立放弃过于理想主义的初衷,让大伙把锣鼓家伙和朱同秀送来的戏服收拾好,等明天开春了继续排练。

元旦这天,一个堂妹嫁姑娘,陈志立跟大伙去吃喜酒。陈家是大姓,又处得亲密,谁家有红喜事白喜事,或者嫁出去的姑娘家有红喜事白喜事,往往成群结队地去一大帮人。

陈志立开始不想去,准备如过去一样让大哥带个人情就算了。田雨心细,老家的客情往来,都让大嫂先帮忙垫上,春节回来算总账,一并还她。嫂子说过去你们不在家,人不到别人不会怪。但你郎现在回来了,嫁外甥女不去,别人会讲闲话的。

陈志立转念一想,去去也好,反正也没别的事,去了可以见些好久不见的亲戚,大嫂也少做两顿饭,放她一天假。虽说自己有言在先,让她尽量随便简单,但她还是怕他吃不好,所以做饭炒菜也挺辛苦的,毕竟也是六十多岁的人了。他怕人日白①他显摆,且路程又不远,几里路走走也挺好,便邀大哥一起走,没像其他人骑车或者开车去。两兄弟把时间拿捏得刚好,到后只寒暄几句,就开席了。

娘亲有舅,爷亲有叔。舅爷来了,当然得坐主桌。但在排座次时,却闹了点小插曲。陈家堂兄弟多,去的就有七个,都安排坐主桌当然没问题,再派个本家弟兄作陪,正好八个人一张八仙桌。但主桌的座次也有讲究,特别是上把位②只有一个。

知命③是堂妹夫的堂弟,在学校当老师,便想搞点革新,安排陈志立坐上把位。他的理由是,陈志立是嫂子娘家到目前为止引以为傲的最大的官,又长期在外,这是他荣归故里第一次正正规规走亲戚。而这个殊荣,没赏给别人,却独独赏给了堂哥堂嫂。不把上把位给他坐,情理上讲不过去。

陈志立的到来,的确让堂妹和妹夫好不惊喜,堂妹甚至泪都流了出来,讲话也语无伦次,拉着他的手唠叨个没完没了。然而安排他坐上把位,却是他们不曾想到的。

---

① 江汉平原方言:"日白"含有鄙视、轻视等意思。
② 江汉平原方言:"上把位"即首席。
③ 江汉平原方言:"知命"即通常所说的主事。

堂妹夫面有难色,拿眼睛瞅陈志雄,他才是老婆的亲弟弟,孩子的亲舅爷。这个上把位,如果不是知命自作聪明,便当仁不让地归他坐。堂妹自告奋勇地说,我去跟志雄讲,委屈他一回,让给志立舅爷。自从我嫁到方家,志立舅爷就没来端过我的碗。相信志雄想得通。

陈家兄弟并不知道他们讨论的事,已经按亲疏远近自觉坐好,陪客的方家堂弟也把酒斟上了,就等知命一声令下,锣鼓喇叭唢呐停奏后开吃。

这时堂妹过来,把志雄拉到了一边。禾场很大,天棚里就摆了十几桌,所以乱糟糟嘈嚷嚷一片,加上锣鼓喇叭唢呐声震耳欲聋,陈志立听不清姐弟俩讲啥,但看他们都瞧往这边的眼神,感觉跟这一桌有关。俄顷,志雄就被姐姐说通了。回到桌旁,说:"志立哥,我们换个位置。"

"上把位理所当然归你坐,志雄!再说了,我跟大哥坐一起,也挺好的。"陈志立笑着推辞。虽说出门在外几十年,家里的这些老规矩,他还是记得清清楚楚的。

陈志雄是一根筋,前面他当仁不让一屁股就坐到了上把位,现在被姐姐说通了,又硬是要换过来,甚至动手扯起堂哥来。

"我真的就坐这里,志雄!你快坐回去吧,要上菜了。"陈志立掰开他的手,不肯挪屁股。

"既然志雄舅爷一番好意,志立舅爷,你就给个面子吧!"知命过来打圆场。

"知命最该讲规矩的,怎么和起了稀泥呢,兄弟!"陈志立一句话就把知命打发了,又把头扭向陈志雄,"你的好意我心领了,但你也别让我把规矩破坏了。快去坐吧!"

陈志立死活不肯换,陈志雄索性坐到次桌上去了,赌气地说:"就让上把位空着吧!"

"上把位空着算个么事呢?志雄!你要这么拧,我就回去,得罪姑爷姑妈①了!"陈志立说。

老僵着也不是个事,陈志民便打圆场,对志雄说:"这是家里,不是官场,志雄!所以老二是对的,他坐上把位确实不合适。就是志家哥坐,甚至我坐,都比他合适。"

来的这帮兄弟,陈志家年龄最长,陈志民排老二。陈志雄没办法,又

---

① 江汉平原方言:妹夫叫姑爷,嫁出去了的妹妹叫姑妈。

坐回上把位,但却嘟哝了一句:"大哥发了话,我也就没办法了,总不至于我们在这里推来推去,弄得席都开不成。但这个位置我就坐中午,晚上我肯定是不坐了,志立哥你必须来。"

酒刚开始喝,黄大吉不知打哪一桌跑过来,跟陈志立敬酒。

因为刚来就排座位,客人也多,陈志立便没发现黄大吉,此时见到他,脸上有点诧异。坐一条板凳的大哥察觉到了他的疑惑,介绍说他老婆子是方姑爷的堂姐。陈志立一听连忙起身,端起酒杯碰了一下。黄大吉附在他耳边,嘻嘻一笑:"我是特地冲你来的,不是冲舅爷①,也不是冲舅侄女。吃完了老同学好好聊聊。"

"特地冲我?"陈志立又有些疑惑了,指着自己的鼻子问。见黄大吉点头,这种场合又不便多问,便答应一声,继续跟其他人喝酒。

待黄大吉离开,大哥又附在他耳边小声提醒,他跟方姑爷尿不到一个壶,好多年都不讲话了。今天来,肯定是找你有事的,你要有心理准备。

吃了约莫半个小时,锣鼓喇叭唢呐声骤然响起。这是宣告这一拨人饭局的结束,也提醒下一拨人要开吃了,是两拨人吃之间的过门。农村吃酒摆流水席,一拨人不能无限制地吃下去,必须尽快让位子,后面还有人空着肚子哩。看来这个乡俗没改。陈志立起身离席,在心里想着。

陈志立刚走出天棚,黄大吉就尾随过来,点燃他递的烟,问他打不打麻将:"要不凑一桌混个时间?"他摇了摇头:"不会!"

两人还没聊上几句话,就陆陆续续有人过来打招呼。壮劳力都外出打工去了,吃酒的多是老人、妇女和小孩。其实所谓的"老人",也不过跟陈志立上下年纪,只是他没觉出,以为别人比他老。这些人里,许多都和他熟。

不断有人打岔,黄大吉便不好开口讲自己的事,于是拉着陈志立走过两家禾场,这才闪着一双有些混浊的眼睛,说有个事要他帮忙。

"你说,只要我帮得上!"既是老同学,又沾亲带故的,如果能帮陈志立就准备帮他一把,尽管自己早就决心不管闲事了的。

"是这样子!我那大孙子,今年二十二岁,算命的王先生说他是当官的命,但会有些波折,必须贵人相助,还说这贵人今年就能遇到。所以大学毕业了一直在城里复习,到处考公务员,可惜都没考上。你看这新年

---

① 江汉平原方言:妻子的兄弟叫舅爷。

第一天就碰到你了,可不就真有贵人相助嘛!王先生说的可不就都对上了!"黄大吉被酒精浸润过的老脸泛着红色,两只浊眼放出光芒,显得很亢奋。

黄大吉大他两三岁,农村结婚又普遍比较早,他孙子有二十二岁,这个陈志立倒相信,但考公务员的事,旁人怎帮得上忙呢?心里这么想着,嘴里便直说:"你孙子想考公务员,那是好事啊!走正道哩!"

"但是王先生说了,必须贵人相助呀!"

"怎么相助?找人帮他复习?"陈志立有些不解。

"我估摸着,光靠他硬考,只怕是有难度。"黄大吉痛苦地摇了摇头。

"那考公务员是非大非小的事呀!不硬考还能咋考?过五关斩六将哩!你以为呀?"

"靠伢儿硬考,还找你个屁呀!……你看这样子行不行?"

"你说。"

"你跟搞考试的人打个招呼,把伢儿招了算了。"

"你知道考公务员有多严吗?不说我帮不上,就是天王老子也帮不上。千万别跟孩子灌输这些想法,把孩子害了。"

"帮不上?"黄大吉脸色顿时黯淡下去,露出失望来。想一想又心有不甘,"要不让他接你的班?你的班交给谁,你说话总是算数的吧?"

陈志立没想到他对干部制度如此无知,差点把刚吃的酒菜喷出来。本想调侃他一句的,但看黄大吉一脸真诚,就忍住了,说:"我的班早被人接了。"

"哎呀!哪个这好的命呀?真是可惜,好事都给别人了。早知道,提前跟你说就好了。"黄大吉显得无比遗憾。

"提前多长时间说都没用,大吉!我这个班,是组织安排的,接班的人,也是组织安排的。跟个人没关系,我说了算不得数的。"

正说着,手机响了。陈志立掏出一看,是连襟李想打来的,刚放到耳边,脸色就变得惨白。原来岳父病得有些重,住进了县人民医院。岳父田达德八十好几了,陈志立觉得,这么大年纪的人,经不起折腾的,再小的病也是大病,也必须高度警惕。

陈志立急忙跟堂妹堂妹夫告辞。堂妹夫一听也觉得非同小可,央个有车的客人赶紧送他回丰泽北村。

## 18

喝了酒不能开车,陈志立便喊一个会开车的侄子送他。

从丰泽北村到柳县城关,四十多公里的路,侄子紧赶慢赶,也硬是开了一个多小时。他没去小舅子田地家,而是让侄子把车开进了县人民医院,直奔住院部三楼的泌尿科。刚出电梯,就看到了躺在走廊简易病床上打吊瓶的岳父,以及焦急得搓脚捻手的小舅子田地和两个姨夫李想、周大斌及姨妹田蕊、田穗。这让陈志立吃惊不小。

田地在柳县应该算个人物了,李想老开玩笑叫他地头蛇,说在柳县就没地头蛇搞不掂的事了。然而,他八十好几的老父亲病得这么厉害,这个地头蛇怎么连个病床都搞不掂呢?居然就躺在走廊里!

陈志立顾不得多想,连忙奔过去,只见还算刚强的老人像听话的孩子蜷缩在病床上,满脸蜡一样的黄,两眼无神地望着他,插着针头的手无力地抬了抬,又放下了。他还是忍不住,问,怎么会在走廊呢?这里人来人往,又是个风口,教老人如何休息呀?别吹感冒了雪上加霜。又盯着田地问,你不是地头蛇吗?

田地尴尬地一笑说,病房住满了,走廊里加床还是找了人的。主任来看过几次,答应一有空床便优先安排。

陈志立想想也没有更好的办法,便把几个人叫到一边问病情。

原来岳父是胆结石发作,其实已经几天了,他担心给孩子们添麻烦,便一直瞒着没讲,连天天睡一张床的岳母都不知道。今天是实在疼得不行了,才主动说要上医院。核查过后,医生说好在今天来,不然的话,可能连命都不保了。因为结石卡在胆囊口,早就化脓了,如今那脓都溢到了腹腔。

几个人正在楼梯口讲话,一个护士走到老人的病床前问家属在哪,他们连忙答应,疾步过去。护士说刘院长组织几个专家会了诊,准备安排进重症监护室,然后今晚做手术,让家属去交钱、办手续。又批评他们太大意,病成这个样子了才送来。

"再拖下去,只怕是你们要准备后事了。"护士最后说的这句话,他们听得出来,并不是恫吓。

几个人吓得冷汗直冒,四个男的连忙帮着把老父亲田达德推进重症监护室,两个女的接过护士手中的一摞单子,到缴费处交钱。

护士的话，陈志立完全相信，知道决不是危言耸听。就在他办理退休手续之前，他还参加了一位老同志的追思会。那位年仅七十五岁自诩还打得死老虎的老同志，患的也不是什么要命的病——感冒而已，但随后引发了肺炎。即便是肺炎也没被他当回事。老同志仗着自己几十年部队生涯打下的好底子，硬扛着不去医院，及至家属强行把他架到医院时，已经并发了败血症，所以终于不治，带着他还没完成的许多心愿，抱憾地离开了人世。

岳父目前的情况，跟那位老领导何其相似！

手术是吃了晚饭就开始做的，由院长——县人民医院的"第一把刀"——刘伟亲自主刀，进行了差不多有五个小时。

自从老人进了手术室，几个人就在走廊里惶恐不安，无头苍蝇般走来走去，不知道会发生什么情况。手术室的大门终于打开，刘伟一行人刚一露面，几个人便蜂拥上去。

刘伟神情比较轻松，他一边走一边说，没想到八十多岁的老人身体各方面机能还能如此之好。手术总算是及时，要是拖到明天，可能就真的要准备后事了。停顿了一下，指着护士提的一桶脓水让他们看，说这就是从病人腹腔清理出来的，这么多脏东西在腹腔，哪个受得了啊？进到重病监护室，刘伟指挥他们把病人转到病床上，又叮嘱说脏东西是清理出来了，但病人很虚弱，危险期还没过。如果四十八小时不出事，便不会有事了。所以家属要好好配合，一是悉心照料，二是认真观察病人的状况，有情况及时跟医生护士讲。然后刘伟指着田达德下体的一根管子说，尤其要二十四小时观察这根导管，别让它堵塞了，影响腹腔的脏水顺利排出。吩咐完毕，刘伟最后指着一个中年人，介绍说他是科里的魏主任，他会安排医生随时观察的。

魏主任笑着说："你们放心，这个病人我直接管。"

千恩万谢地把刘院长等人送走，几个人接着商量陪护的值班表。

毕竟都是五六十岁的人，熬通宵谁也受不了，假如再累倒一个，可真是雪上加霜。何况还不知得熬几天，得作打持久战的准备。他们的孩子们都在城里工作，没法回来顶替。商量的结果，是四个男的轮流值班，三个女的——包括田地的爱人向荣——负责生活和后勤，有空时白天来替换一下。

商量完了，陈志立赶他们回去，说你们辛苦一天了，头个班我来值。

但大家都不肯走,于是作罢,一家人守在老人身边到天亮。

为方便腹腔的不洁物顺利排出,刘伟给田达德的腹部留了个小口,接出一根导管。大家都感到恐怖和不可思议的是,从这个导管源源不断流出来的血水,第一个晚上——其实也就半宿时间——竟然装了大半盆子!

正如刘伟所言,田达德的身体机能很好,活下去的意志力也很旺盛,所以他只在医院躺了七天,就坚持出院了。这让所有人吊到嗓子眼的心,终于复归原位。

为犒赏辛劳的男同胞,也庆贺老父亲拾回了半条命,这天向荣拉上几个姑姐,去买了一堆菜,摆了一大桌子。

一家人其乐融融地围在一起吃晚饭时,老父亲田达德也坐上了桌子。幺女婿周大斌夹了块鸡肉,在岳父田达德的碗前直晃,笑嘻嘻地问:"吃一块吧,爹爹?""不吃不吃!你们吃!"田达德摇着筷子,一迭连声地说,声音还是显得虚弱。"是您郎说不吃让我们吃的啊,别怪我们没孝心!"周大斌补了一句,放进了自己的嘴巴。"你们吃你们吃!把我那份都吃了!"田达德又说,音量依然很小。李想又逗老岳父:"吃的吃看的看,心里还不像钻子钻?"田达德又应道:"不像钻子钻呐!你们吃了就等于是我吃了"。逗得众人哈哈大笑。

自此之后,一向对自己的身体引以为傲的田达德,从来口无禁忌的老人,变得十分谨慎小心,医生说不能吃的东西,别人再怎么劝,他也绝对不碰。不仅不碰,甚至瞧都不瞧一眼。这当然是后话。

田达德吃了几口素菜,喝了小半碗鱼汤,放下筷子,说是吃饱了。然后由田穗搀着,移步到沙发上,看儿子女婿们闹酒。

"喂,田地!那医生护士记得去感谢人家一下啊!毕竟我这半条命是人家帮着捡回来的,而且今后可能还要麻烦人家。"田达德坐在沙发上,突然对儿子吩咐道。

田地端着刚要放到嘴边的酒杯,说:"您郎放一百二十个心,已经感谢过了。"

"怎么感谢的?"田达德不放心,追了一句。

"刘院长、魏主任、医生护士,所有人,我都当面谢过了。"

"就这样子打发人家?不行,不行!感谢得有诚意。柳县的情况你又不是不晓得。"田达德否定完儿子的做法,又不客气地反问了一句,"你还是个伢,什么都要我教?"

"那要怎么表示？医院有规定哩！"几个人都有些茫然。

向荣想到了包红包，陈志立立即反对。他说："一分钱的红包都不行！那样等于是害人家。别人救了咱爹的命，咱再去害人家，情理上说不通。"

"我也没说要害人家呀，陈哥！"向荣把夹菜的筷子停在半空，话语间显得委屈。

"舅妈肯定不是这个意思，你别瞎猜。舅妈的意思跟爹爹一样，是感谢要表现出足够的诚意。"田雨打了一下陈志立的手，又对向荣说，"是吧，舅妈？不过，虽然陈哥表达不准确，但是包红包肯定也是不行。要不这样，我们摆一桌酒，好好地慰劳他们一下"。

这个主意一出，立即获得一致通过，且都说宜早不宜迟。

俗话说老人在家就在，老人走了家就散了。老人是子女们维系关系的重要纽带。在他们心里，只要老人愿意活、能够活，都竭尽全力帮他们多活几年。除非他们自己活得不耐烦了，或者阎王等不及了。田雨姐弟五个，父母前面生了四个姑娘，最后生的老幺田地。大姐田天早就定居德国了。老二便是田雨，远在深圳。住在县城的是老三田蕊、老四田穗和幺弟田地。所以二老的照顾，就全指望在县城的三位了。田天和田雨虽然离得远，但也隔三差五来电话，还建了个老人基金，保证有足够应急的钱随时可以提取。得知老父亲生了这么大的病，田雨把外孙丢给女儿女婿回来了，田天也买机票拉洋老公一起飞了回来。

但不管怎么说，老大、老二还是远水解不得近渴，二老的身体出了任何状况，以及平时饮食起居的照料，还得依靠在县城的三位。特别是幺儿子田地，别看他平时咋咋呼呼，粗门大嗓，其实心可细了，对二老体贴入微，关键的时候关键的事情都指望他。

"凤凰酒楼的李老板我熟，现在就订座。"李想说完，又问田地，"地头蛇！订多大的包间？"

"那我得问问来几位。"田地这次的回答老老实实。

陈志立虽不同意，但老人开了口，且大家都赞成，也不好再坚持，怕把正在恢复期的老人急出新的病来，便想了个折中的办法："喂！我们搞个家宴如何呢？"

"家宴？就我们这水平？"向荣把嘴巴张得老大，左顾右盼。

"人家会不会嫌小气呀？"田蕊也担心。

"我说搞家宴，是有底气的。第一，姨妈、舅妈们的水平，决不比五星级酒店大厨差,这点我心里有数,大家就别谦虚了;第二,搞家宴人家不会顾忌个啥,所以敢来,请客不就是要把客人请到吗?告诉人家去酒店,说不定也不敢去哩!"

既然这样,那就事不宜迟,田地抓起手机打给刘伟。没想到刘伟一口谢绝了,说救死扶伤是医生的本分。田达德听说人家不来,就有些着急,怪田地不会说话,没表达清楚意见,搞得田地左右不是,说:"我的个爹呐,好在电话是当您郎的面打的。"

在这件事上一直不怎么开口的大姐田天,终于开口了。她说:"我记得以前人们喜欢送锦旗,就不知道现在还兴不兴。"

田地眼睛一亮,说:"管他兴不兴,就依大姐的,送锦旗!"

田达德想想,也没有其他办法,便叮嘱田地别只图嘴头子快活,要送就抓紧办。这等于是默认了,是一锤定音。于是,一家人欢天喜地地吃完喝完了去准备。

第二天,就把锦旗送到医院,了却了老人的一桩心事。

# 19

一转眼,就听得见春节的脚步、嗅得到年味了。

所有商家不论大小都张灯结彩,但凡有丁点空闲的地方都搭起顶篷,琳琅满目的食品、用具、年画与对联等过年物资壅塞其间,引来川流不息的人。

县城的人,乡下的人,不约而同地忙碌起来,天天上市场商场采买,大包小包地拎回来,然后猫在家里腌和卤鸡鸭鱼肉,炸玉兰片炸麻花炸花生米。

田家自然也不知不觉地加入了这忙碌的行列。

陈志立发现,人们准备年货,已今非昔比了。除了在家里腌、卤、炸之外,其他都从市场商场买,虽然劳动强度减轻了,但那种期盼与乐趣却荡然无存。

每年春节前最令他难忘的,是熬糖和打豆腐。

熬糖一般是过完小年之后。之所以这么晚,是因为没那么多的粮食拿出来熬糖。如果熬早了,还没到春节,就被嘴馋的孩子们偷吃光了,过年的时候就没东西招待客人了。

过完小年,中午把熬糖师傅请到家里好酒好菜地招待一餐,然后就升火洗锅,开始伟大的熬糖工程。熬糖必须耐着性子,不停歇地搅啊搅啊,直搅到鸡叫头遍才能出糖稀,而把熬好的糖稀再和上炒米切成麻叶子,天已经放亮了。

他那时小,任务是搬条板凳,陪姆妈坐在灶门口,机械地往灶膛里添柴火。但他不经熬,很快就眼皮子打架,继而又合上了。姆妈知道他的心思,并不送他去床上,而是放在码满棉梗和稻草把子的柴火堆里。灶里柴火噼里啪啦地烧,也暖和,不怕把他冻咋样了。鸡叫头遍了轻轻地摇醒他,告诉他糖稀熬好了。他会一个激灵从柴火堆里爬出来,猴一样迅捷地端起灶台上的半碗糖稀。

糖稀真甜!他好想喝一满碗,所以喝完了总是盯着正冒着金黄色泡泡的大锅。姆妈说每个人只能尝个鲜的,都喝了,便没有麻叶子吃了。他问为啥不多熬些糖。姆妈说熬糖费粮食哩!一斤糖得好几斤大米才熬得成,这样就一年都得挨饿了。见没指望了,他双手捧起还没放下的碗,跟狗一样用舌头舔得干干净净,直到瓷碗只剩原味。自此开始,他便再也睡不着了,等着锅里的糖稀熬稠,流着口水想麻叶子的味道。

他很佩服父亲和熬糖师傅,他们能把切麻叶子剩下的糖,扯成明金晃亮的麻糖。父亲和师傅轮换着,先是像揉面团一样死劲揉,继而双手端起来扯,像绞麻花那样,再把麻糖箍在一根粗壮的木桩上——有时候用扁担当木桩,在寒冷的冬天光着膀子扯,直扯得大汗淋漓,扯得麻糖黄里泛白,最后僵硬如铁。

当年只准土壤肥沃的丰泽垸种水稻和棉花,所以人人都爱吃的黄豆很少,家家只有过年时才从粮所换些黄豆回来打豆腐。

那时候真是恶性循环。全国集中了所有肥沃的土地种粮食,且采取了套种、连种等各种可能和不可能的措施。然而,这种过度且不科学的掠夺式种植方式,使得本来肥沃的土地,像再无生育能力的母猪,任凭种猪如何使劲,它那皮松肉软的干瘪肚皮却再也鼓不起来,因此总也改变不了人们挨饿的现实。

打豆腐一般也是在晚上,因为白天还有生产队里的更重要的事情要做。其实何止是打豆腐,农民自家的活大多晚上做,年货也基本上是晚上准备的。入冬后,白天要搞岁修,且都是分挡面下有任务的,必须男女老少齐上阵,起早贪黑地紧赶慢赶才能在春节前完成,根本不容许农民白天猫在家里做私活。可以说，现在发挥作用的一些农业设施，特别是水利系统，大多是那个时候修建的，是农民们作出了巨大牺牲才换来的胜利成果。也正是应了那句"前人栽树后人乘凉"的老话，如今的风调雨顺和连年丰收，某种程度讲是建立在前人为修建水利工程所作出的巨大牺牲上的。或者更直接地说，祖辈父辈们修建的水利工程，到子辈孙辈们手上作出了不可估量的贡献，让他们不费吹灰之力就能坐享丰收。

年幼的时候，姆妈推磨，他坐在板凳上喂磨，就是把浸泡好的黄豆连水一起一勺一勺地喂进磨眼。磨子转两圈喂一勺。磨出的豆汁，则流进了接在磨子底下的一只垫了两层白纱布——有时是准备过年用的床单——的江盆里。稍稍有些力气了，他体谅姆妈的辛苦，改为他推磨姆妈坐在板凳上喂磨。

别看喂磨不费力气，却是个需要耐心的细活。机械地重复一个简单动作，时间一久，他便开始打瞌睡，拿勺的手便会被推杆碰一下，惊醒了继续喂。而推磨呢，他瞌睡的时候就停住了，要姆妈提醒他该继续推了。

虽然吃的时候嫌豆腐和霉渣粑太少，但磨豆浆时却老在心里嘀咕姆妈泡那么多黄豆干吗！往往磨了好长时间，感觉脸盆里的黄豆并没减少，还跟开始的时候一样多。

磨完浆，姆妈和他将江盆从磨子底下拖出来，把早已按照一瓢黄豆六瓢水的比例烧好的开水冲入江盆，一边冲一边搅拌。眼看着搅拌得可以了，再把白纱布（或者新床单）四角拎起，分别系到吊在屋梁上的两根扁担绑成"十"字的四个角上，然后反复摇晃，使豆汁沥进接在下面的江盆里。

如果只是简单过滤，也太糟蹋黄豆了。姆妈的做法，是往白纱布或者床单里再加水，再摇晃。当白纱布或者床单里的确只剩豆渣时，便解下来包裹好，不停地挤压。挤压干了，打开再加水、再挤压，反复三四次，直到丁点豆汁都滤不出来，才把豆渣倒进筲箕。

然后，把榨出的生浆舀进锅里去煮，也不盖锅盖，煮得锅里咕嘟咕嘟响，直冒白泡。姆妈站在锅旁，一手拿锅铲，一手拿半边葫芦做的水瓢，不停地撇去表面上的泡沫。此时他便改行，往灶里添柴火。添柴火也有学问，也不是糊里糊涂就做得好的。灶膛里火要大，但不能太猛，防止豆浆煮沸了溢出。而且，温度不够或时间太长，都影响豆浆质量。所以，姆妈会不停地提醒他：

"多加点柴火!"

"多了,等一会儿再加!"

"换棉梗!"

"稻草把子就可以了!"

…………

豆浆煮好了,姆妈会盛半碗,再加点白糖奖励他。

最后也是最关键的一道工序,决定着豆腐的好坏。搞得不好,便会前功尽弃。那就是点卤。

姆妈点卤,是在江盆里铺上厚厚的草木灰,再把白纱布铺在上面,把煮好的豆浆舀进去。然后把事先烧好并碾成粉末的石膏,用清水调成浆,冲入刚出锅的豆浆里,用勺子轻轻搅匀。眼见豆浆凝结成豆腐花,姆妈便把纱布的四个角对折起来,牢牢地包住豆腐花,上面盖上木板,吩咐陈志立搬来磨子压在木板上。

直到此时,姆妈才会出一口长气,疲倦的脸上露出喜悦,心满意足地宣布大功告成。因为后面的工作,就交给时间去完成了。

豆腐短期内是吃不完的。姆妈会在第二天,留足过年吃的,剩下的全切成小块,用盐腌好,还撒些胡椒末在上面,铺在簸箕或者晒田[①]上晒成半干,然后装坛子。蔬菜淡季的时候挑出几块来,一家人闻着臭,吃着香。

豆渣也不能扔了,姆妈舍不得。她把它们搓成小团,放在稻草里发霉。等霉菌长出了,再切成一条条的,搬出去晒干。这便是霉渣。霉渣焖腊肉,可好吃了!

回忆起这些陈年旧事,再望望岳父那张曾经苍白如今渐渐泛出些红润的脸庞,陈志立便想,岳父不再需要他照顾了,田家这边也帮不上忙,不如再回北村,既帮大哥大嫂做些过年的准备,也再体验一次艰辛劳动中的酸甜苦辣。何况田雨这次还没去乡下,也该去去了。田雨也觉得是,二人便开车回乡下。

行走到半路,天飘起了雪,先是硬邦邦的雪籽砸得车顶砰砰作响,不一会儿又是鹅毛一样的雪花满天飞舞。好长时间没见大雪了,陈志立有些兴奋和激动。但随之,他又变得紧张和谨慎起来,因为雪下得也忒大了,能见度骤然降低。

---

[①] 江汉平原一种用麻秆编的晾晒农具。

一路上总算平安。抵达杨镇乡时，他发现俗称小汉口的集镇，其热闹并不逊色于县城——甚至比县城有过之而无不及。人们把商铺移到马路上，整条县道都成集贸市场了，仅给过往车辆留出一条羊肠般小道。摆放在商铺边上的音响里当红歌星扯破嗓子地叫唤，人们讨价还价的嘈嘈嚷嚷与汽车刺耳的喇叭声混成一体。尽管大雪濛濛，赶集的人们却不急于撤离，继续挤在水泄不通的马路上。

　　陈志立小心翼翼地驾着车缓慢穿行，时而拿眼睛左右张望，只见过年所需物资，应有尽有。感觉乡下的年味，好像比县城要浓一些。瞅见一个缩在商铺深处的不起眼的文具店时，他突发奇想，找了块空地泊好车，着田雨照看，然后从人堆里挤进了文具店。

　　陈志立买了八瓶墨汁、三支毛笔、一把裁纸刀、一本春联集锦。他还要买红纸时，店员问是不是写对联，然后告诉他写对联的人早就不买红纸自己裁了，是买已经印好了方格或者边框的对联纸。他"哦"了一声，随后一口气买了两百副不同款式的对联纸。

　　兴奋地抱着买的东西回到车里，把田雨着实骇了一跳，问他买这么多是要去卖吗，小心别人笑话！陈志立说以前他年年给乡亲们写春联，可惜家里穷，都是别人买好了纸来找他。离开了这么多年，就想感谢家乡的养育之恩，给乡亲们送春联。田雨想了想，领首微笑，称赞这是个好主意。

　　回到大哥家里，天都黑了。车刚停好，黄毛和黑皮便围着车欢快地蹦来蹦去。及至他们下得车来，黄毛和黑皮更是跳起蹭到了陈志立身上。他拍了拍它们的头，打开后备箱取出田雨带的礼物，以及他买的笔墨纸砚。在深圳工作的大侄子大毛一家三口和老三陈志兵的几个孩子前几天就回来了，连忙过来帮忙。

　　陈志立把东西拎上三楼再下来时，刘彩霞跟大媳妇胡芳已经把做好的菜端上了堂屋的方桌。陈志立事先通报过今天回来，加上一路上手机联络不断，大哥三弟两家人也都没吃，等着他们。陈志立先把脸盆放上水，把三支毛笔浸在里面，然后才坐到桌子上。

　　"书法家是要创作，还是手头紧了想捞点年货钱哪？"大哥调侃道。

　　田雨望着嘿嘿笑的老公，替他回答："他说他要写春联。"

　　"春联已经买了，不劳书法家费心。"大哥一边往酒杯里斟酒，一边继续调侃，"再说了，书法家的字，是要拿到拍卖会上拍大价钱的。贴到一个农民的门上，是不是太糟蹋了？"

"我数了一下,你和老三家都有十几扇门,每扇门上不都得贴一副呀?过年了,喜庆啊!"老二笑嘻嘻地应道。

"也是啊,喜庆!"大嫂端进来一碗蒸茼蒿,放在桌子中间的同时,插嘴说,"你郎哥哥懒得很,每年只买两副贴大门"。

"他哪里是光跟你们两家写呀,他要给乡亲们每家送一副。"田雨笑着继续补充。

"嗯,这个想法好!到底是当领导的,心里时刻装着群众。我保证乡亲们喜欢。"大哥思忖片刻,讲出的话仍有调侃的味道,不过也投来赞许的目光。

肚子都饿了,菜上齐了,酒也斟好了,于是赶紧围上桌子吃饭。听着文化室里显然比往日嘈杂得多的声音,陈志立问:"他们还那么闲哪?不备年货吗?"

"备呀!但谁还自己动手啊!街上么东西买不到?"刘彩霞把一口菜嚼完了,解释道,"在外面辛辛苦苦一年了,回到家里还不可着劲地玩啊!都急巴巴地想显摆,但又不好明说,便在牌桌上较劲。谁打的牌大,谁就发了财呗。"

"打得大的也不见得都发了财,也有发泡的,打肿脸充胖子。"三弟志兵呷了一口酒,纠正道。

"你们也不准备自己动手做?"陈志立虽然关心打工者们是否赚到了钱,但他更关心备年货的事。参与年货的准备,也在他把曾经做过的事情重做一遍的计划之中。

"明天上街买。自己做,太麻烦了。"志兵的回答简单干脆。

"明天你郎哥哥也跟大毛上街,把要买的都买回来。顶多,我们就卤些卤菜,而腊货早就腌了。"大嫂没觉出他的情绪,撇了撇嘴又补充道,"自己做,费事费时间,味道也不见得比买的更好。"

陈志立没再说啥,毕竟各是各的家。哥哥嫂子的家,当家的当然是哥哥嫂子;而三弟的家,当家的也当然是三弟两夫妇。

# 20

既然准备年货他帮不上忙,而大雪又纷纷扬扬下个不停,出门访客也不方便,所以接连几天,陈志立一心一意趴在大哥堂屋的方桌上写春联,把他的墨宝摆得到处都是。

写了两天,他买的春联纸和墨汁都不够用了,便托上街采买的大哥父子又买了两百副春联纸和几瓶墨汁。

得知他免费送春联,乡亲们原本要上街买的不去买了,只准备贴一两副意思意思的也多要了,就连邻村上街路过门口的,也进来讨两副,从文化室离开的人更理所当然不忘捎带两副回去。更有甚者,说是帮外嫁的姑娘要几副。一时间门庭若市。反正不要钱的,农村人也不讲究字的好坏,贴两张红纸,添些喜庆而已。何况他的字并不比街上买的差。

腊月廿八吃罢早饭,他让大毛和昨天到家的女婿邓辉把方桌收拾干净,拉开架势专心致志写起来。正当他的毛笔在纸上龙飞凤舞时,帮他牵纸的邓辉突然惊叫起来:"哇!爸,你成新闻人物了!"

"安安心心做事,别老玩手机。你看这副写坏了吧!"陈志立把笔往笔架上一顿,懊恼地教训女婿。原来邓辉这一惊叫,牵着对联纸的手便抖了一下,扯得他把正在写的一横变成横折了。

围观的人们拥向邓辉,欲知具体内容。邓辉却不理会众人,端着手机绕过桌子,一点也不为弄坏了岳父的一副对联愧疚,也不为被岳父在众目睽睽下教训难堪,兴冲冲地把手机递给陈志立:"爸!您看。"

陈志立一看,还真是的。不知是哪位新闻爱好者,或者正读新闻系回来休假的学生,也可能是个普通农民也未可知——反正现在自媒体很发达,人人都是新闻发布源——在"我爱我家"社区网发了个帖子,标题是《身退心不退——老干部陈志立为乡亲送春联500副》。他从桌边拿起眼镜戴上,大致浏览起来。

帖子的大意,是说他退休了仍心系群众,以送春联的独特方式,把满满的正能量送到了丰泽北村的家家户户。虽然有些夸张,没有五百副,但基本还是事实。正文中间,还夹杂了几张他伏案挥毫的照片及摆满了堂屋的春联。典型的自媒体风格。他往下翻,跟帖还不少,从内容看,正面表扬者居多。当然,也有骂他退休了仍不甘寂寞不忘作秀的,或者有几个钱了作烧的。

陈志立有些意外,他没想到自己的一个简单做法,居然被有心人发到网上,还引来这么多人点赞。但几十年的仕途生涯,早把他磨炼得宠辱不惊,把手机还给女婿,示意他把写废了的对联纸放到一边,又指着神龛上的一堆对联纸:"抓紧些。把这些写完了,就完工了。"

了解到帖子是发在"我爱我家"社区网的,人们也纷纷掏出手机,搜索起来。搜到了的,也如邓辉一样发出一声惊叫:"哇!搜到了,搜到了!"甚至有人受到启发,也拿手机拍起来。

　　陈志立对周围的骚扰充耳不闻,气定神闲地在邓辉重新铺好的对联纸上,继续挥毫泼墨。

　　桌角的手机响了。陈志立再次搁下毛笔,虽然是陌生号码,他还是把手机放在了耳边。手机里立即就有动听的女声传出,自我介绍是柳县电视台的记者宋薇薇,正在赶往丰泽北村的路上,准备采访他。陈志立骇了一跳,望望门外漫天飞舞的雪花,说这冰天雪地的,你们可千万别来!再说了,我有什么事迹值得采访呢?对方说您给乡亲们送春联,就是传递了满满的正能量啊!弘扬了主旋律哩!陈志立说,我就是还乡亲们一点欠了多年的债,值不得劳师动众,浪费宝贵的社会资源。对方说这是政治任务,她必须完成。而且,已经到杨镇了,很快就到丰泽北村。

　　面对新闻记者和摄像镜头,陈志立本是不怵的,他过去常被他们的长枪短炮包围,司空见惯了。但今天,却突然觉得事情变得复杂了。尽管他一生好脾气,且早过了爱生气的年纪,竟也莫名其妙地生起闷气来。他先是生好事者发帖的气,也不经他允许就在网上乱发帖子,继而生电视台记者的气,人都快到了才通知,如果不是不懂规矩就是搞突然袭击嘛!最后生自己的气,本可以过个清净年的,却自己弄得不清净了。

　　他的气还没生完,电视台的车就到门口了。从车里钻出来一帅哥一美女,帅哥肩扛摄像机,美女手握话筒,径直进堂屋。满怀期待的人们蜂拥而上,团团把他们围住,连文化室的人也停止娱乐,左邻右舍的人也纷纷前来。堂屋挤不下,便站在禾场上张望。这些从未上过电视的人,都想看看他们是怎么把别人弄上电视的,而且自己也最好能分享到个头像。

　　"陈老好!我们是柳县电视台的记者,我叫宋薇薇,这位是我的同事江华。"美女记者挤开人群,开口就银铃般的再次自我介绍,然后不等陈志立回答,接着又说,"县领导从社区网看到了您的感人事迹,批评我们没有新闻敏感性,指示尽快采访,今晚的新闻要播,所以时间很紧张。您看我们的采访可以开始了吗?"

　　陈志立尽管心里不高兴,但也不好当这么多人的面发火,瞅一眼已经架好了摄像机的帅哥,叮嘱他别开机,又对美女记者说:"小宋同志!真没啥好采访的,没啥高大上的动机,也没啥惊天动地的事迹。你叫我说啥呢?我总不能说假话骗你们吧?我就是真心实意地回馈一下生我养我的这片土地,以及这里的乡亲。我看你们还是别费那个劲了,把镜头多对准普通老百姓吧!"

"陈老!您这一说,我们就更要采访。您说您没高大上的动机,但您这一开口就是高大上的动机。陈老!我听说您一直很爱护记者的,跟很多记者都是好朋友。您看我们人都来了,总不至于让我们冰天雪地里白跑这半天吧?而且,晚间新闻已经留出时段了,又是奉了县领导的指示,您要不配合,我们的任务完不成哪!那可是要扣奖金的哟!您不会希望我们真的被扣奖金,年都过不好吧?求求您,就几分钟时间!"

美女记者手持话筒,笑容可掬地软磨硬泡,伶牙俐齿地一通机关枪,甚至打起了悲情牌,弄得陈志立左右不是。要说她讲的不是实情,陈志立也不相信,类似的情况他也碰到过。但他确实不想接受采访,不想再抛头露面。他想了一想,笑着说:"小宋同志!你看是哪位领导布置的任务,你把他电话给我,我来跟他讲,保证他不为难你,也不扣你奖金,让你们高高兴兴过年。"

"真来不及了,陈老!您就别难为我们了,好吗?就几个问题,不占用您多少时间的。"陈志立始终不同意,宋薇薇也笑不出来了,不停地看腕上的表,语气里有些焦急。她采访过那么多人物,还真没碰到一个不愿上新闻的。这可是她当新闻记者的头一回。好多人可是配合得很,甚至削尖了脑袋想对着她的话筒讲两句哩!

"你看你看,倒打一耙了不是?明明是你们为难我这个老头,倒成老头为难你们了。小宋同志,真没啥好讲的。要不你们也的确辛苦了,我请你们吃个中饭再走,好不好?"

"任务没完成,哪有心情吃饭呀,陈老!"美女记者虽然始终保持着对他的尊敬,但语气中透出了无奈。

围观的人觉得他们的对话听着过瘾。他们也不明白还有不愿上电视的,又不是反面报道,是宣传先进事迹哩!他们更没想到全县闻名伶牙俐齿的美女记者宋薇薇,居然会拿陈志立毫无办法。许多人举着手机,照片视频拍个不停。

电视台的采访还没答应,乡党委宣传委员王新林又打来电话,兴奋地说他陪着县报社记者也快到了。陈志立当即就回绝:"小王啊!你们打转吧,我不接受采访!"

他的这个话众人都听出了生硬,王新林更是吃了一惊,忙问:"为什么?"

"一点小事,哪值得宣传?还不让人笑掉大牙?劝报社别浪费版面了。你们还是回吧!啊!"陈志立也觉出自己刚才的话语有些生硬,所以这次缓和了一些语气。转头对美女记者说,"你看,报社我也让他回去了,你们也回吧!"

宋薇薇又着急又委屈,眼泪都要掉下来了,正和江华商量怎么办,县报社记者就到了。新闻部主任从车上一下来,宋薇薇就像遇到了救星,眼睛一亮,心想他是老油子了,满脑子鬼点子,肯定有办法,便停住脚步不走了。

陈志立把对宋薇薇讲过的话,又对报社新闻部主任重复了一遍,说区区小事,何足挂齿!

王新林拦在新闻部主任前面,恳切地说:"陈老,跟您讲个实话。杨镇乡这些年经济没搞上去,在县里的排名一直往后滑,已经是倒数第三了,所以老是挨批。像这样由县主要领导直接批示要报道的事,几年没出现过了。您说就连搞个新闻报道的任务都完不成,那乡领导这个年怎么过啊?我也没办法交代呀!您就体谅体谅我们做下属的辛苦吧。再说了,宣传也不是为您个人歌功颂德,是为我们这个社会树立正面典型,弘扬主旋律,传递正能量。您说呢,陈老?"

"小王啊!你说的也不是完全没道理,我也不是不体谅你们。但就这么个不足挂齿的小事,哪里值得大张旗鼓呢?"陈志立也面露难色。

"陈老!事情虽小,但它见着精神哩!县领导这么安排,肯定有他的考虑,说不定是要谋划一件大事呢!再说了,记者风天雪地大老远地跑一趟,任务却完不成,空手回去怎么交差呢?您就体谅体谅我们基层的难处吧!"到底是管宣传工作的,王新林讲起来还真一套一套的。

"你这是将我的军哩,小王!好像我就不是从基层干起的,好像我就爱搞官僚主义,爱摆个臭架子似的。跟你说,我在城关镇当纪检委员的时候,你还没出生哩!"陈志立苦笑一声,摇了摇头。

王新林连忙否认,说他不是那个意思。

陈志立点燃一支烟,笑着说:"我知道你不是那个意思,我是跟你开个玩笑。但我的想法真的是很简单,两句话就说完了的事,哪里值得他们兴师动众呢?"

"那您就讲两句话。"县报社新闻部主任把录音笔往前送了一下,不失时机地将了他一军。

被人劝小媳妇上轿一样劝了老半天,陈志立没办法,就把他当初跟田雨说过的话重复了一遍,也算是完成任务。江华连忙摆好摄像机,宋薇薇及时送上话筒,县报社新闻部主任也把录音笔伸到了陈志立嘴边。但都没想到他只讲这么简单。宋薇薇见陈志立终于开了口,但也太简单,实在不甘心被敷衍,便趁热打铁地说:"陈老!再问您一个问题。"

"没有啦!竹筒倒豆子啦。"陈志立双手一摊,面露无奈,"再说就是瞎编了,那可不符合新闻原则哟。是吧,小宋同志?"

陈志立再不肯开口,县报社新闻部主任转而采访起身边的乡亲。他这一招,也提醒了帅哥摄像师和美女记者,跟着他忙前忙后起来。陈志立也懒得管他们,但春联是写不成了,何况也被他们吵累了,于是上三楼去休息。

# 21

倚靠在床头,陈志立微闭双眼,立即就发出了轻微的鼾声。虽然年过六十了,他的睡眠质量却一如既往地好,甚至比过去更好,特别是回到家乡这几个月,身体天天在动,有时劳动强度还有些大,所以脑壳只要挨着枕头,便能酣然入梦。

然而他刚睡了一会儿,就被邓辉摇醒,告诉他来客人了。陈志立揉了揉惺忪的双眼,整理一下睡皱了的衣服,跟邓辉一起下楼。

在客厅刚一露面,黄大吉就迎了上来,大大咧咧地说:"老同学啊,我也来讨一副墨宝喽!你不会不给吧?"

"是大吉呀!"陈志立递上烟,手指对着搭在椅子上板凳上的对联一划拉,"随便挑"。

"走的时候你随便给几副,只要是红纸黑字就成,图个吉利,对字的好坏我不讲究。"黄大吉也不客气,接过烟,嘿嘿一笑,开门见山地说,"但我讨对联事小,另有件大事要找你讨个主意"。

"马上过年了,你还会有什么事啊?"陈志立有些茫然。

"那天你老丈人病了,你急着走,我也没拦你。但话不是没说完呢嘛!今天我把孙伢带来了,也让你看看,然后把没说完的话说完。"黄大吉点燃烟,拉条板凳坐了,跟他身边的小伙子说,"祖娃!这就是我老跟你说起的陈志立,爹爹小时候打条胯的朋友。他比我们运气好。我们那时候都不读书,就他读,还笑他书呆子,没想到书呆子读成了气候。他要是一直在农村,可能连饭都弄不到嘴里去。可他考上了大学,又做官了,是蛮大的官……叫陈爹爹!"

黄大吉的连环炮,让陈志立恍然大悟,原来还是为他孙伢考公务员的事。于是拿眼睛瞅他身旁的小伙子。

小伙子瞅了陈志立一眼,叫了声"陈爹"。不等陈志立答应,也挨黄大吉坐下,随即掏出了手机。陈志立正要跟他讲话,不承想他很快玩起了手机里面的游戏。陈志立又瞅了一眼,发现小伙子人长得倒是不赖,高高大大,白白净净,金丝眼镜戴着,比黄大吉年轻的时候帅气多了。但他待人接物的这个劲头,让陈志立心里不舒服,心想这要是到了机关,怎么跟人相处呢?又怎么可能把老百姓的事办好呢?便不露声色地皱了下眉头。

陈志立这个下意识的表情,恰好让兴高采烈的黄大吉瞅见了,便对孙子说:"祖娃,别老是玩手机呀!跟陈爹说说你的情况和想法。"待他孙子心不甘情不愿地把手机终于装进衣兜,又对陈志立说,"跟你说啊,志立!我家祖娃还是遗传了我的聪明,成绩一直都好。你说那会儿我要是一直读到高中,参加高考肯定能考上,也肯定比你上的学校还好,说不定当的官也比你还大。你说是不是呀?"

"噢!也许吧。"陈志立没想到他竟说出这个话来,愣了一下,才模棱两可地应了一句。然后眯缝起眼睛,盯了黄大吉一会儿,笑着问,"原来你还是这么泡啊?"

喜欢讲大话吹牛皮的人,柳县人叫"泡皮",讲大话吹牛叫"发泡"。黄大吉从小就爱吹牛,人们便送了他个"黄大泡"的诨号,以至于都不叫他黄大吉的大名了。

"别口无遮拦,在晚辈面前瞎说八道啊!"被揭了老底,黄大吉一下子弄了个大红脸,瞥一眼孙伢迎上来的目光,不好意思地提醒道。随即,又言归正传,求陈志立帮他想办法解决他孙伢当公务员的问题。

"开玩笑,开玩笑啊!别往心里去。"陈志立哈哈笑了两声,然后正色说道,"元旦的时候我记得跟你说得很清楚了呀!考公务员的事,真的是谁都帮不上忙,只有靠孩子自己。我要说我能帮上忙,或者旁的什么人说他能帮上什么忙,那都是瞎话,骗你的。别在这个上面花心思了,会耽误伢儿的。真话!"

不待黄大吉开口,陈志立把脸转向他孙娃,继续说:"我说的这个情况,耀祖应该是晓得的。陈爹没瞎编吧,耀祖?"

"别尽整些没用的!我八百年不找你一回麻烦,好不容易找你一回,你却跟我东拉西扯。哪里像打条胯的朋友啊?真是官当大了就忘本。你还记不记得那年我们偷黄大富家里的桃子来着?要不是我机灵,教你跳进排灌渠,还不被他老子抓住打死了?反正我今天得讨个实信。你要跟上次一样耍赖皮,我就在陈老大家里赖着不走了,跟你们一起过年。"黄大吉扭头便对着厨房大叫,"陈老大!嫂子的饭做熟了没有啊?我要陪发小喝两盅!"

摊上这么个不清不白又脸皮厚得一针扎不出血来的发小,陈志立只得自认倒霉。他倒是听说过厉跋黄浑①的,没想到黄大吉不仅发泡的毛病没改,而且也学会了厉跋黄浑,让他真正领教了一回什么叫无赖。跟不讲道理的人,他也不好发作,而且他早就极少发脾气了,于是陪着笑脸,说:"你要喝酒,跟我说得了。在大哥家里,喝酒这个家我还是能当的,何必喊老大呢?"

"你看你看!在陈老大屋里吃饭的家你能当,为我孙伢谋个差事的家你却不肯当。你还是只有你兄弟亲嘛,还是不把朋友当朋友嘛!"黄大吉把烟灰弹到地上,说出的话还是那么刺耳。

马上就要过年了,已经被前面的事闹得不愉快,陈志立不想再惹得自己更不愉快,何况又是在大哥家里。再说了,他铁了心地要找他,把孙娃都带来了,也得给他个台阶下,给他在孙子面前留点颜面。想到这里,便问年轻人哪个学校毕业的,什么专业,为什么要考公务员,考了几年了,总结了失败的教训没有,如果一直考不上怎么办,有没有尝试做其他的工作,等等。

不知何时又掏出了手机的小伙子,一边漫不经心地回答问题,一边眼睛紧盯着手机屏幕,手指仍不停地在上面触摸。

陈志立耐着性子,劝道:"其实人生并非只有一条道可走的,它可以有多种选择。你看你考了三年,全国各地哪里招你就到哪里去考,可你连面试的机会都没捞到过一次。你是否该总结一下其中的教训?你要这么一条道走到黑,还不是把青春白白浪费了?建设法治国家,各方面

---

① 江汉平原方言:"厉跋黄浑"即既撒泼耍赖又不明事理。

都需要法律人才。那么,你有没有考虑过其他选择?比如进个事务所,专门做律师,或者到企业的法律部门去工作。我认识一些法律界和企业界的朋友。如果你愿意,我倒是可以帮你去推荐的。"

"打住啊,志立!我们家耀祖除了当公务员,其他的就是金饭碗他也不端的。你可别胡说八道,蛊惑孩子了。"小伙子还没开口,黄大吉却脸色都变了,掐灭烟头扔到瓷砖上,又"啪"的一声把一口浓痰吐在烟头旁边,一边用脚死劲地碾并排在一起的那个烟头和那坨浓痰,一边直截了当地把他的话挡了回去。然后又补了一句,"人家王先生说了,我孙伢不仅是当官的命,而且是当大官的命"。

"喂!王先生的话你也信啦?你听没听过王先生给赵恒利算命的事?"陈志立瞪着一双惊讶的眼睛问。

"那是么时候的事啊?你那老皇历也太旧了。"黄大吉回了他一个蔑视的眼神,然后又充满敬意地说,"王先生现在是十里八乡数一数二的神算子,多少人都排着队请他算呐!你是没见过,你见识一下就晓得了。他算的,没一个不准的。"

听这口气,他是知道赵恒利姆妈给赵恒利算命的事的。

南村的赵恒利也是他们的初中同学,他一心考大学,不可谓不用功,说是头悬梁锥刺股一点都不为过,可复读了四年,每次高考连大专线都过不了。他姆妈不死心,正好王先生游走到了南村,便从鸡屁眼里抠出几个鸡蛋奉上,请王先生算算她儿子是不是读大学的命,哪年能够遂愿。

王先生是个盲人,年轻且刚出道,没多少经验。他瞪着一双空洞的没多少眼白的眼睛,煞有介事地掐指算了几下,突然就跟他姆妈扯起皮来,说她报了个死八字①,给他找晦气。赵恒利姆妈一听也急眼了,骂王先生真是瞎了眼,她儿子活得活蹦乱跳哩!

两个人正争吵间,不料赵恒利如地底下冒出来一般,听说王先生咒他是个死八字,顿时火冒三丈,伸手就要打,幸好人们拦住了。王先生一听赵恒利气势汹汹的叫嚷,就晓得大事不妙,自己走麦城了,魂都骇掉了,想跑可自己又是个盲人,哪里跑得起来呢?只得把破竹竿在地面捣得"咚咚"响,跌跌撞撞地从人们的哄笑声中消失。自此,王先生再不敢踏丰泽南村半步。

---

① 柳县人把死去了的人的生辰八字称作"死八字"。

小伙子不明白他们在讲什么,两只眼睛翻了一下,用指头扶了扶眼镜框,说:"去企业我没考虑,但律师事务所我倒是咨询过。他们是靠办案子拿钱的。您说一个刚出校门的学生,又没律师资格证,哪里去接案子呢?谁放心把案子交给他呢?我喝西北风啊?"

"谁也不是从娘胎里一出来就会做事的,律师也不是一开始就都赚大钱的。先跟人家学嘛,律师证抓紧考嘛,别还没开始就想着挣大钱嘛!我跟你说,你要是想在人家那里挂个牌,还要先交挂牌费哩!这就跟过去当学徒是一样的,自己背米去。你跟着师傅磨个两三年,出师了,本事和名气就慢慢有了。到那个时候,你还怕赚不到钱?"见年轻人终于肯跟他讲话,陈志立慢慢开导。

"陈志立!你到底是人还是鬼呀?怎么跟我搓起反绳子①了呢?你可别装神弄鬼害我孙伢啊!跟你说过的,我孙伢只当官,而且要当大官,比你当的官还大。你别嫉妒他,把他往邪路上引。你想都别想!我说你这几十年不见,真是变得让人不认得你了。"黄大吉生怕孙伢被陈志立说动心了不考公务员,而去当个狗屁律师,心下一急,说话就更不讲究了。他喘了口粗气,脸红脖子粗地又说,"这人呢他也不能当一辈子的官,是不是?你看你,还不是退休了?多做些好事,多积点德,回来了人们便会跟你打个招呼,对后人也有好处。"

黄大吉的话是越说越不中听,陈志立已经把眉头皱成了"川"字形,但他依然没发作。跟这样的人,思维本就不在一个平面上,交流的电波本就不在一个频率上,你的话他根本都听不懂,又怎么听得进去呢?

"还喝酒呃,给泡猪尿他喝都把他当东西了!"本是来通报饭熟了,问陈志立可不可以开饭了的刘彩霞,刚巧听见了黄大吉的一番混账话,立即就气不打一处来,气呼呼地喷了他八百钱,"这是哪个窝里爬出的王八!今日今时——腊月廿八了,敢跑到老娘屋里来咒人。谁不积德?不跟你帮忙就是没积德了?"

刘彩霞嘴里射着机关枪,顺手拎起黄大吉放在门边的一个塑料油壶,麻溜地走到门外,嘴里吼了一声"滚",那油壶就被她使劲地扔到了雪地里,只听"砰"的一声闷响,然后在冰面了滑出去老远,盖子也摔掉了,一股黄色的菜油顺势在冰面上流成了一条线。

---

① 江汉平原方言:"搓反绳子"即唱反调的意思。

黄大吉骇了一跳，屋子里的人都骇了一跳。黄大吉嘴里说发么火呀，人就跟着追出去，赶紧捡起油壶再把盖子拧紧。黄耀祖停止玩手机，也跟了出去。

黄大吉把油壶又拎进门里，警惕地斜睨一眼返身走向厨房的刘彩霞，对陈志立说："老同学！这是我专门打来送你的。今天你嫂子脾气不好，我就先走了，改天再来拜访。无论如何，你都得帮我这个忙。我黄家，就指望这个孙伢了。"

望着渐渐远去的黄大吉祖孙俩，陈志立心里有些痛。黄大吉小时候虽然也泡，讲些黄浑话，但无论如何也不至于像今天。他啥时候变成这样子了呢？而他那孙子，哪像是要考公务员的人。虽说帮不上他的忙，但也确实准备和他好好聊聊，给他一些指引。可现在……陈志立摇摇头，被记者们弄坏了的情绪，更加地不好了。

孩子们闷声不响地收拾桌椅，摆碗筷杯碟。陈志立去了趟洗手间，回来时热菜已经摆上了桌子。见他情绪不佳，大哥劝他喝两盅，吩咐儿子大毛："去！换两个大杯，我陪二爷喝两盅！"

"你们喝吧，我吃饭！"陈志立拦住大毛，吩咐女婿邓辉，"帮我盛碗饭来"。

刚吃了没几口，手机又响了。陈志立从衣兜里掏出看了一眼，是县招商局局长打来的。

局长先问他在乡里住着习惯不习惯，需不需要提供什么服务。然后说正月初二县里有个回乡人士恳谈会，张书记请他参加。他一边咀嚼着尚未下咽的饭菜，一边说他退休了，就不再凑那个热闹了，让局长替他感谢张书记。局长又说，从深圳回来的几个老板都在问他，也希望见一面，有的还打听恳谈会他参不参加。局长说听他们言下之意，他揣摩，是陈老参加他们就参加。所以，张书记请他务必出席。陈志立笑着应道，别听他们胡扯！再说了，我正月初二实在没空，有安排了。

陈志立吃了秤砣般铁心，这个春节就陪家人，任谁的邀请都拒绝。在外工作这么些年，陪家人的时间实在太少了。之所以节前住到乡下，宁愿挨冻受冷，而不像过去在县城开宾馆，也是为了避开从外地回来的老乡。柳县好一些的宾馆，每到春节都爆满，全被回乡的乡亲给占了。尤其是从深圳和北京回来的，都提前邀约住同一家宾馆。大家虽在同一座城市发展，但都忙，平时难得见上一面，就都把春节回乡，当成了联络感情的最佳选择。住在熟人扎堆的宾馆,往往一出房间,便会碰上熟人。

约莫过了十来分钟,陈志立刚刚放下碗筷,县委张书记又亲自打电话来,也是邀请他出席回乡人士恳谈会的,仍然被他婉拒了。

## 22

吃完喝完收拾完餐桌,天也就擦黑了。

大人们都想知道县电视新闻是怎么播陈志立的——美女记者宋薇薇讲过,今天一定要播的——所以迅速移到隔壁的房间。沙发却早被正吵吵嚷嚷抢遥控器的小家伙们霸占,要看各自喜欢的动画片。大毛和邓辉见状,动员孩子们去玩电脑游戏,不料过去抱着电脑玩得津津有味的小家伙们,今天却一反常态对电视节目产生了兴趣。大毛和邓辉没法,只得从堂屋再搬了几条板凳过来,请长辈们坐。刘彩霞碗也不洗了,丢在锅里用热水泡着,一进房间就从沙发上抱起小毛的女儿,自己窝进去,把孙女放在腿上。邀请田雨也搂起小外孙思博,坐到沙发里。

陈志立终归是被采访过了,所以也想看看他们是怎么剪辑的,也移步进了房间。

"喂!把遥控器给我,我帮你们把二爹请到电视里头去。"大毛嘴里哄着,手便伸向了儿子。

他那读小学三年级的儿子到底大些,刚才还和弟弟妹妹们抢得不可开交,这时怯怯地望了一眼面无表情的二爹,无奈但又乖乖地交了权。另外几个小家伙可没大哥哥那么好说话,都把小手伸向大毛,企图把遥控器再抢回来,重新掌控选节目的权利。一时间又吵吵嚷嚷一片。

县电视台的新闻是六点半开始,正好与中央台和几家省台的少儿节目时间冲突,于是大人们都给孩子做起了工作。刘彩霞按住孙女,哄道:"看二爹,看二爹!二爹在电视里,马上出来了。"

"你骗人,二爹在这儿哩!"五岁多的小孙女闪着一双会说话的亮眼睛,瞅一眼有些陌生的二爹,坚持要看动画片。其他小家伙也不依,附和说二爹坐在板凳上哩!

"随孩子们吧!"陈志立怕把小祖宗们惹毛了大家都不得安生,而大人们其实也只是要他开心起来,便笑着说。随后他起身向旁边的文化室踱去。他很佩服这些乡亲,也真是沉得住气,腊月廿八了,居然还有心思躲在外面打麻将。

"老子明年再买几个电视,让你们一人抱一个,看个够。"大哥的声音从身后传来,陈志立充耳不闻,把腿迈进了文化室。

"到我家里去看吧!反正小家伙们都涌到老大家里来了。"老三陈志兵在身后叫。

"不看了。我看会麻将就睡觉去,这天也太冷了。"陈志立给三弟递一支烟,说。

"爸,真的播了咧!您看这视频,还真不错。"陈志立刚看了一会儿麻将,邓辉就兴冲冲地跑进同样吵嚷不已的文化室,把手机递到他面前。

"哪来的?"陈志立接过手机,打开视频,边看边问。

"在三叔家的电视上录的。"

一分半钟的视频,很快就放完了。陈志立把手机还给邓辉,说:"今天有些累了,我洗把脸睡觉去。"

邓辉知道岳父心情不好,但也不至于这样啊!他好像对什么都不感兴趣了。邓辉愣在那里硬是没反应过来。

一分半钟的新闻,的确不短,就是过去隔三差五在电视上露面,也很少有这么长时间的,除非做专题。但陈志立又的确是不感兴趣。这倒不是他电视上多了麻木了,而是他再不想自己的生活被打扰,他只想宁静而惬意地过好退休生活。一切风光的事,都与他无缘了。

还有一件事,也令他惆怅。那就是农村的年味。尽管有人说随物资条件的改善进化了,但他的感受是比过去淡多了,淡得都快闻不到了。过去到了腊月廿八,哪个人不是忙得脚不沾地、屁股不落板凳呐!但忙碌里透着喜庆哩!家家户户不是熬糖打豆腐,就是卤菜炸熟食,哪有闲工夫坐在电视机前嗑瓜子,甚至躲到外面打麻将的呢!当然,那时候没电视,也不准打麻将。

陈志立看了会儿麻将,随随便便洗了把脸,脚也不泡了,就上床去睡觉。不一会儿,田雨也洗完了进来。见老头子已经躺下,微闭着双眼,她也不打扰,帮他把被子披了披,自己钻进被窝之后,摁灭床头灯。

不知睡了多久,陈志立就开始做梦。他最近老做梦。无非是小时候的那些事,老屋台老房子老场景老故事,且都是真事。

这次他梦见腊月廿八——这个日子他记得很清晰,就是腊月廿八——家里请了师傅来熬糖。

外面大雪纷飞,屋檐的茅草挂满了长而粗的像水晶一样的棱冰①,北风呼呼地穿透并不严实的窗户及拿芦苇扎的壁子,肆无忌惮地满屋子乱窜,把吊在横梁上的马灯吹得直忽闪,马灯罩里那小小的火焰也上下蹿动、忽大忽小,害得陈志立老是担心它随时熄灭。尽管天气这么冷,师傅和父亲却只穿一件外套,轮流站在硕大的铁锅前,双手紧握着长长的锅铲,汗流浃背地使劲搅动,生怕它贴了锅。要是贴锅煳了,这锅糖就白熬了,那可是一家人勒紧裤带、从牙缝里省出来的口粮,所以一刻不敢大意。

他和母亲照例坐在灶前喂柴火。他把一个扎好的棉梗把子塞进灶膛,瞬间就被熊熊火焰燃着了,继而融为熊熊火焰的一部分。他回头望母亲,只见她那好看的面庞,被火焰映得更加鲜艳。当然,他自己也有灼热的感觉。母亲把他往后扯了一把,说别靠灶门太近,小心把头发眉毛烧着了。我们家立儿头发眉毛这么好,烧没了就娶不到媳妇了。母亲怜爱的话语,让他感到温馨,乖乖地把身子在板凳上坐端正。

下半夜,灶门口的棉梗烧完了,母亲要去外面的柴垛上取,被他很男子汉地一把按住,自告奋勇摸黑去抠了两捆进来。打开大门,见屋檐下挂了一排长短粗细不一的亮晶晶棱冰,他猛地跳起钩碰下一根,顺手放进嘴里咬了两口,立即就有一股清凉的感觉穿越胃脾,透彻心肺。他呵了一口气,心里直说舒服舒服,舒服极了!第二捆棉梗扛进堂屋,回身关门时,忍不住又扯下一根棱冰,一边把棉梗搬进厨房,一边嘴里不停地吸吮那棱冰。

他已经嗅得到糖香了。口水差点流出来,他甚至听得见咽口水时喉头发出的咕噜咕噜声。不知何时,他又不争气地被瞌睡打败,窝在灶门口的柴堆里发出了轻微的鼾声,随即做起梦来。他梦见炎炎夏日的中午,和几个小朋友不去学校午睡,却赤身裸体地跑到排灌渠游泳,欢快地嬉闹,突然间猴子老师黑着脸,提着竹扫帚条子快步流星地沿着堤埂走来。几个人顿时傻了眼,知道一顿鞭抽又躲不过了。虽心中惧怕,然而还是乖乖地爬上岸来。猴子老师躲得过初一躲不过十五的警告,他们都是领教过的,与其挨更狠的抽打,还不如现在就给他抽几下。就在猴子老师的竹扫帚条子高高扬起,即将落到他身上时,母亲一把推醒他,说糖稀子好了……

---

① 棱冰:经济条件改善前,江汉平原农村的房子大多用稻草、麦杆、茅草等盖房顶,屋檐便参差不齐。下雪天屋檐挂满了成排的冰。当地人叫"棱冰"。

陈志立一个鲤鱼打挺,揉了揉双眼,正寻糖稀子在哪儿哩,就听田雨问:"又做梦了?"

陈志立这才清醒过来,刚才都是梦里情景,且梦中还套梦,便不好意思地嘿嘿一笑,说:"梦见母亲喊我喝糖稀子。"

"真是个馋鬼!都六十几的人了,还尽想小时候的那点馋事。自己不好好睡,还在梦里大呼小叫,把别人也吵醒了。"田雨点了一下他的脑门,嗔怪道。翻个身,又睡着了。

陈志立却再没睡意。不能入眠,也不能老在床上辗转反侧,那会影响田雨的。他轻轻地穿衣下床。可鸡才叫头遍,而且外面下了几天的雪,地上都结了硬邦邦的冰,也不能出去溜达。想想无奈,只得搬了手提电脑,到楼下的堂屋,一边在电脑上敲打,一边等天亮。

写些自己感兴趣的东西,也是陈志立退休生活的一部分。参加工作近四十年,多数时候做的是文字工作。他跟许多人不一样,从未觉得文字工作有多累有多苦,总是乐观豁达,没谁见他愁过眉苦过脸。他的业余爱好,也是写文章。当然,业余爱好写的文字,跟他安身立命讨饭吃写的文字,是完全不同的。前者属于文学范畴,后者是公文。他也乐此不疲,常常在两种不同的文字风格之间转换。

他当然知道,跟专业作家比,他的文学功底是浅薄的,思维是笨拙的,想象力是匮乏的,生活积淀也是不厚实的。他跟历史上的文豪没法比,跟现在的青年才俊也没法比。他从来不比,各人有各人的活法,各人有各人的追求,他就是当作乐趣,爱好而已,跟一些人爱打高尔夫、一些驴友爱冒险一样。这么些年下来,他发表过一些文章,甚至出了小说集,但却连个最低层次的区作协会员都不是。看过他作品的文学界朋友,劝他给市作协甚至省作协提个申请,朋友们信心满满地说,以他现在的文学成就,想加入个作协,简直不费吹灰之力!

他坚持写作,只是业余爱好,只是要把所思所想所见所闻所感所悟用文字表达出来,闲暇无事了拿出来品味一下,并不心存把自己培养成伟大作家的梦想,更不是生活无着落了要靠它养家糊口。所以,对朋友们的劝导,他一笑了之,并没见诸行动。

他有工资——现在是领社保了,管他吃喝拉撒是一点问题没有的,他不必为生计发愁,更没想要发个大财,为女儿攒下一笔遗产。"子孙不如我,要钱做什么?子孙超过我,要钱做什么?"的古训,他时刻铭记于心。何况历史上，文人就不是一个有钱的群体，多数穷困潦倒，甚至连裤子都没得穿。有钱的人都不屑于干这个。他偶尔发一篇两篇稿子，稿费还不够他写稿子烧的烟钱。他就是有写的瘾，这也是没有办法的事。

写作可以让大脑时常处于运动状态，正如许多人劝老人们打麻将，不至于过早地脑萎缩，甚至出现老年痴呆症。有的时候，他只想检验一下自己的思维和想象能力，挑战自己能否把一个故事编团圆，让自己看了觉得还是那么回事。因为没有任何经济压力、没有任何思想包袱、没有任何利益诱惑，所以每当他沉湎于自己编的故事之间，跟那些虚构的人物进行心灵对话时，便总能心无旁骛，一切烦恼和不快都被抛到九霄云外。这个时候，往往也是他人生中最惬意的时刻之一。

天蒙蒙亮了，大嫂来到堂屋，田雨来到堂屋，大哥陈志民也来到了堂屋，都诧异他怎么起这么早。

"六十几的人了，还这么玩命。真要把自己搞成大器晚成的文豪啊？"田雨的调侃中带着心疼与责备。

"哇！现代版的闻鸡起舞！早晓得是这样，昨天就不该放那些记者回去，住一个晚上搞新闻连续剧，保准收视率高。"陈志民也调侃他。

陈志立咧嘴笑笑，说我得洗把脸了。正说笑间，大嫂端了一碗热气腾腾的荷包蛋进来，让他趁热吃，暖和暖和身子。陈志立也真是饿了，于是脸也不洗，牙也不刷，客套话都没讲一句，三下五除二，就把一海碗荷包蛋干了个干干净净。

# 23

陈家兄妹五个，数老三志兵家里最困难。

其实，前些年兄妹们都过得不怎么样。

在农村，老大陈志民算是个头脑灵活的人，被爬满褶皱、饱经沧桑的额头包裹着的大脑里面，好像装的全是点子。但他遗传了母亲娘家的基因，如舅爷耿春生一般爱折腾，辛辛苦苦赚的几个钱都被他折腾殆尽。他当过汽车兵，退伍回来当过村支书。当年农业负担太重，农民从田里刨不到钱，而且也邪了门了，只要是响应号召种的庄稼，种啥亏啥，种一季亏一季、种一年亏一年。陈志民年轻气盛，便在乡里的会上放炮，建议不再限制农民种什么、不种什么，而且上面也不统购了，种多了卖不出去乡里又不管。他在会上乱放炮，好几次弄得乡领导下不来台，一气之下把他这个"刺头"换了。后来国家调整了农业政策，那个乡党委书记因经济问题判了刑，新来的书记有意请他重新出山，村民们呼声也高，但他没答应。毕竟在部队受过锻炼，世面见得多，胆子也大些。他贷了笔款，在承包地里推了口十几亩地的鱼塘。那时候鱼价还可以，便挖得了他的"第一桶金"。拿鱼塘赚来的钱，陈志民再贷些款，加上乡里给的补贴，一口气搭了二十四个塑料大棚，把村民们都骇得不轻。二十四个大棚，夫妻两个当然做不来，何况还有十几亩水稻和棉花，以及两口鱼塘（他后来又推了一口），于是雇人，同时入了一个农业合作社，解决大棚蔬菜的销售出路。后来实在干不动了，便把大棚卖了二十个。他本来要全卖的，但舍不得，这些大棚等同于儿女了，所以留了四个作念想。他用卖大棚的钱，又去县农资公司开了两台拖拉机回来，配齐了耕整和收割设备。他甚至配齐了简单的修理工具，小毛病自己动手解决。及至两个儿子大毛和小毛大学毕业参加工作，不再有负担了，日子才逐渐好起来。

老二陈志立虽说做到了厅级干部，妻子田雨又在大学当教授，但他们是白手起家，日子也一直过得紧紧巴巴。父母的遗产中，他们只有一只父亲用柳树板子钉的木箱和一双母亲亲手纳的棉鞋。那只木箱还因为一次搬家不及时，让人当垃圾给处理了。前些年干部、老师工资本就不高，陈志立又成天只和文字打交道，养成了清高的坏毛病，把名声看得比生命还金贵，把自己约束得紧条条的，不屑于做些损公肥私或者损人利己的事，夫妻俩又好客得很，往往打肿脸充胖子。陈志立一直不敢外宣自己的困顿。表面光鲜得令人惊羡的夫妻俩，往往送走了南来北往的同学、朋友或者乡亲，第二天都不知道拿什么去买菜。田雨早年常常骑辆破自行车，不管寒冬还是酷暑，都风雨无阻地满武汉跑，去各种培训班补习班上课，一小时五六块钱，挣点外快补贴家用。直到后来调深圳，职务和职称都上来了，公务员和老师工资也涨了些，女儿陈颖参加工作没什么负担了，家里的经济状况才有所好转。虽然现在过日子是不成问题，但工薪阶层，又没有外水，经济状况又能好到哪里去呢？

老四陈志国的情况跟老二差不多，刚参加工作也是在机关。做到副局级干部，又突然不做了，回母校当教授。跟副局长比，当教授收入当然会高些，但他朋友特多，经常欢聚畅饮，且城里的开销也大，当然也攒不下个钱。

妹妹陈志菊嫁到县城，开始还有班上，后来企业改制早早下岗，便把房子隔出一半开了个小卖部，虽说能赚些生活费，却要没日没夜地守着。甭管头痛发热，天寒地冻，只要有人敲门，都强撑着起床，把那笔小生意做了，一次可能赚个几毛钱甚至几分钱。而每次来敲门的，并不一定都买东西，也有可能是问路的。妹夫杜士忠是个无职无权的小公务员，人又老实巴交，收入可想而知。现在他们把摊子收了，在荒湖租了片鱼塘，专门养脚鱼。志菊有一儿一女，儿子杜伟还在读大学，女儿杜鹃在北京一家审计师事务所打工。

所以，兄妹几个虽有心，却也没太大力去帮老三。

但他们再怎么不济，也比靠打工养家糊口的老三志兵强。开头几年回去，陈志立总要摸进老三厨房，揭开米缸盖子看看他们一家吃的是什么米，春节也看看他们腌鱼肉的缸，里面都有些啥东西，腌得多不多。往往他看到的，只有少得可怜的几条小鱼和几块以肥居多的猪肉。看到这么个状况，他心里头当然不是个滋味。

老天爷其实也不怜悯甚至欺负苦命的人。老三已经是这么个经济状况了，却还要遭受比其他兄妹更多的苦难。三娘一心要生个儿子，无奈前两个都是丫头，直到第三个才终于是儿子。相比舅表兄建国，他还是幸运的。耿建国一口气生了五个丫头，把老婆的肚子生瘪了，最终也没生出个带把的来。当然，照现在的情形，生丫头其实蛮好的。招商银行哩！只生了五个丫头的耿建国，现在日子过得是要多滋润就有多滋润，五个女儿女婿和一帮外孙比着孝敬，幸福指数比谁都高。多少人羡慕啊！只不过人没长后眼睛，不晓得会发展成现在这个样子。要是长了后眼睛，可能都去生女儿了。

为了生这个老幺，志兵两口子遭了不少罪，也算是吃尽了苦头。他们成天东躲西藏，生怕被乡里村里的干部抓住了弄去引产或者结扎，比黄宏与宋丹丹合演的那个小品《超生游击队》里的一家人还苦。被罚到真正的家徒四壁，干脆啥都不再买——而且也没钱再买了，省得管计划生育的干部们看见了搬走时还要费力气。

但志兵活得硬气。他从不觉得有兄弟在外面当官当教授，跟自己的生活有任何瓜葛。既不向他们张口伸手，也不通过他们找发财的门道，一切问题自己解决。不像有些亲戚甚至乡邻，因为上大学时送过三块五块盘缠，就像欠他们一辈子的人情，总要他们办这办那。能办的他们当然会办，即便没送人情也办，但问题是有些事情不能办，或者能力不及的，便在背后骂他们忘恩负义。

志兵没啥专长，起先老老实实种田，却刨不出钱。三个子女不仅要养活还要读书哩，总不至于要他们跟自己一样过一辈子苦日子吧？都是娘老子的心头肉，只生不养的事他做不来。既生了他们，便得对他们负责，让他们体体面面地活在世上，最好过上体面人的生活。志兵心里这么想，实际也这么做了。他去城里乡里帮人打工，搬砖、挖地基、抬预制板，什么事都干，不管多脏多累，从不叫苦喊冤。当然，他的努力也没白费，这些年的日子也渐渐有了起色。儿女们大学毕业，在城里找了工作，也都成家了。

有许多年，尽管老三都提前通知腊月廿九吃年饭，但老二陈志立总有借口在这天回不去。他心里想，能帮老三省点就省点，虽说他一家人去吃，也不至于把老三吃得再也揭不开锅。这几年老三的日子好过些了，他才有时坐到老三家的餐桌上……

今天是腊月廿九，是到老三家里吃年饭的日子。陈志立早晨在雪地里溜达，让胃里的食物快些消化，自然而然地回忆起了这些往事。

他没敢往远处走，甚至去垸子里。冰太厚，路太滑，担心摔跤，只得在村子里转。所有碰到的人，都对他表现出了前所未有的热情，热情地微笑，热情地打招呼，也热情地递烟，热情地邀他去家里坐坐，喝一杯热茶。乡亲们给予的前所未有的热情，让他倍感温馨。

不知不觉，他把脚停在了幺叔陈想生的门口。稍停，又轻轻推开了虚掩着的堂门，不承想，却差点把堂弟陈志祥端着的脸盆碰翻了。陈志祥略显意外，迟疑了一下，连忙喊了声"小哥"，嘿嘿一笑："正要贴你郎写的对子哩，不想你郎就来了。"

"你贴，我帮你扶梯子。"

陈志祥把盛着热气腾腾米汤的脸盆放到桌上，直说："不急，不急，时间有的是。哪好意思要小哥扶梯子？"

"这有什么？你小的时候，你家的对子都是我写好了拿来贴的。现在年纪大了，爬梯子怕是不行了，但扶梯子还是可以的。"又问，"什么时候回来的？"

"前两天。坐。"陈志祥用袖子在一张板凳上掸了掸，待陈志立坐了，他自己也坐下，对着厨房喊，"美枝！小哥来了，倒杯热茶来。"

陈想生和贺大姑听到儿子的叫喊，也扶着楼梯，颤颤巍巍下楼。陈志立接过弟媳美枝端来的茶，看她转身又去了厨房，便让幺叔和婶娘也忙自己的去。然后他递一根烟给志祥，问："不影响你搞事吧？年货都准备得差不多了？"

两位老人明白他的意思，对视一眼，便说："你们哥俩好好聊，我们就不打扰了。"又扶着楼梯，腿子打战地上楼去了。

"准备个鬼呀？没有准备。"志祥望着父母的背影，摆了摆手说，"谢谢小哥，不抽。"

"这个习惯好。不像我，染上了就戒不掉。"陈志立尽管这么说，还是把烟点燃了。

"哪里是习惯好呀？前些年也抽的。现在没钱抽，就戒掉了。"陈志祥苦涩地笑着说。

"听说跟人合伙做生意，没赚到钱吗？"陈志立再次环顾他的房子。虽说也是楼房，但只装修了一半，跟毛坯房没多大区别。家里的摆设，甚至还不如老三，没两样像样的家具。单说屁股下面的板凳，油漆早就磨掉了，本色的柳树板子也磨得光光溜溜的。

"唉，一言难尽。反正是钱就不好挣。特别像我们没本事的，就更难搞它到手了。"志祥哀叹了一声，低着头搓双手。

陈志立又打量了一遍房子，以及他的穿着，知道他没撒谎。农村的人，哪有赚了钱不贴在房子上的？何况他穿得也太普通了，跟在外面赚了钱回来显摆的人明显不同。他除了对父母言语差点、脾气暴点，其他样样都好。他从不打麻将，更不进赌场，一个嗜酒如命的人也很少喝酒了。也是出鬼，跟别人说话他从不高声大嗓、大呼小叫，轻言细语得教人怀疑他是否有别的企图。但这点又唯独对自己的父母做不到，而这恰恰是幺叔和婶娘最企盼的。有人说他们命里相克，陈志立也不知道是否真有相克这回事。

看来，答应幺叔和婶娘委托的事情，无法做到了。陈志立有些内疚，只得回到开头的话题说："你多少也备些年货呀！不然，伢们要解馋了怎么办？"

"街上么东西没有啊？只要你有钱嘞。再说了，那些鬼东西，现在的伢们哪个稀罕？只是我们小时候没吃的，才拿它当宝贝。"志祥直言不讳，一如他过去的心直口快。

"哎，小哥！低保的事，回来就听他郎们讲了。感谢你啊！实在是我这个儿子没本事。现在这年头，谁愿意吃低保啊？惹人家瞧不起哩！但是，你看看这家里……"志祥用手朝四周划拉了一下，苦涩地一笑。

顺着他的手指，陈志立又把屋子环顾了一遍。

陈志祥抬起头来，诚恳地说："从我成家起，你郎就没端过我的碗，心里怪过意不去的。明天叫嫂子们都来吃年饭啊！"

"不了！明天在老大家里吃完，我就得赶去县城了，田爹爹郑老妈还等着哩。"陈志立说完，起身上二楼。他知道再说啥也是没用的，心想只得等过完年了便催王涛，帮幺叔婶娘落实个低保。

陈志立掏出几张人民币，塞到婶娘手里，说让志祥上街买些年货。不等他们回答，就又下楼。见志祥站在梯子上贴对联，连忙过去扶住，叮嘱他注意安全。

"小哥！你郎没空来吃团年饭，那正月初二我请春客一定要来。怎么着也得给我撑个门面啊！"陈志祥贴好了左边，从梯子上下来，眼里满是真诚地说。

"不好意思！我答应田爹爹了，要陪他郎一整天的，哪儿也不去。"帮他把梯子移到门的右边，陈志立说，"我退休了，有的是时间，以后吵你的时候多得是。我还怕你烦我哩！"

"小哥这说的是哪里话！你郎老不端我的碗，怕是嫌我穷呗！"陈志祥一边拿扫帚在墙上抹米汤，一边笑着说，"但小哥，我就是再穷，管你郎几餐饭还是管得起的"。

"净瞎说！我么时候嫌过你穷啊？"虽然嘴上如是说，但在陈志立的内心，就跟过去很少在老三家里吃团年饭一样，的确是不忍心吃他的，想着能省他一点是一点。

陈志祥把横批也贴好了，陈志立便告辞。

老大老三家的新对联贴上了，一群人正等着他去给老人架坟。

这也是每年过年的必经程序。除夕——现在改为吃团年饭之前了，子孙们成群结队去到坟地，给先人们整理坟墓，在坟头除草培土，架一盏灯，烧些纸钱，摆些供品，作揖叩头，离开时再放一架炮仗，算是给先人尽孝了。然后，子孙们才回家大块吃肉大碗喝酒。不然，惹恼了地下的老人，子孙们一年都过得不安逸。所以，就是再穷的年代和再困难的人，在这一天都得去到坟地，完成这项神圣使命。

## 24

"架坟去?"
"架坟去!"
"架过了?"
"架过了!"
…………

陈志民兄弟率领儿孙们哈着腰,把脑袋埋进厚实的帽子里,脖子缩进竖起的衣领里,铁锹夹在腋下,年轻人手提装满炮仗、供品、香和纸钱的几个塑料袋,缓慢而浩荡地向坟地进发。不时碰到或快或慢的同向或者相向而行,同样踩得冰雪"咯吱咯吱"响的一群群乡亲。一问一答,简单明了,全部的意思便都在里面了。这正是陈志立曾经熟悉却久违了的人际交流方式。

雪已经住了,风却依然凛冽,在赤条条的空旷原野上,刮得人脸和手都生疼,黑了良心地要考验他们的孝心。柳树杨树水杉的叶子早就掉光了,树干和枝条上挂满了晶莹的棱冰,玻璃架子一样沿小路和水渠孤零零地站成两排,被风吹得"咯吱咯吱"响。田野里一片雪白,耀得人睁不开眼睛。原本枯黄的地皮草和刚刚长出的禾苗,被厚厚的积雪埋在身下,冬眠般不见踪迹。

于邓辉而言,这雪给了他惊喜。这个生于新疆长于惠州的年轻人,自幼就对雪有着特殊的喜好。后来到终年无雪的南方生活、学习和工作,就再没身临雪境。跟陈颖结婚几年,来过几次她的家乡,却少见这么大的雪。原本斯斯文文的心理医生,此时却意外亢奋,专在尚未被人踩过的路边行走,偶尔还孩子般使劲地蹦两下,蹦得积雪飞扬。陈志立提醒了女婿几次,别踩虚了掉沟里去了。还真被他岳父言中了,他果然在一片貌似结实却实际由茅草撑起的积雪处掉进了沟里。好在小沟早已干涸,但也把雪灌进了套鞋,顿时便冰得他大呼小叫,也惹得众人哈哈大笑。

三个老兄弟除了跟乡亲们打招呼,也热烈地跟子孙们讲述小时候下雪天的故事。虽然他们的讲述往往因打招呼而中断,但并不影响晚辈们听得兴致盎然。当然,偶尔也插句把嘴,发表他们的见解。摔了一跤之后,邓辉也跟其他晚辈一样,老老实实当听众。邓辉在想,说不定以后为病人做心理治疗的时候，这些健康故事也可以当作辅助药物用哩！

话是陈志立起的头。望着白皑皑的田野，他问是否还有野兔可赶？

就在他离开家乡前些年，农业学大寨，把灌木砍得干干净净，沟渠旁边的蒿草和芦苇割得干干净净，土路及旮旮旯旯儿的杂草铲得干干净净，然后便在但凡有丁点空隙之处都种上了庄稼。一时间，除了庄稼地里绿茵茵一片之外，道路和河堤只能见到光秃秃的裸露黄土，连牛都吃不上新鲜草了，成天满嘴白沫地嚼干稻草，哪里还有野禽野兽们吃的呢？加上除"四害"——苍蝇、蚊子、老鼠、麻雀——除得彻底得很，多余的鸡鸭被当作资本主义尾巴割得彻底得很，便不仅兔子们渐渐没了踪迹，就是那些偷鸡的黄鼠狼和蛇、把河堤拱得到处是坑的獾、夜晚阴惨惨低噪的猫头鹰、在丛林里扑棱棱乱飞的布谷鸟与斑鸠等动物，也都不知去了何处。

"早回来了！你小时候见过的野禽野兽，现在都能看到。"陈志民把抽完了的烟屁股吐掉，立即就在积雪上砸出个小坑，他望一眼斜插在那片银白色积雪小坑上的黄色烟屁股，又不屑地说，"你想赶野兔啊？你赶不动了。再说，也没人赶了。"

"赶野兔好玩吧？爹爹！"大毛的儿子仰起头，问陈志民。

"那是当然啦！比放鞭炮玩龙灯跑彩莲船过瘾多了。"陈志立代答。他告诉小孙子，那时经常下这么大——甚至比这还大——的雪。只要下大雪，便到处是赶野兔的人和狗在疯跑。狗鼻子尖，很快嗅出了野兔的气味，然后跑到兔穴前狂吠不止，惊得沉不住气的野兔从洞穴里跑出来，惊慌失措地瞎撞，人和狗便蜂拥而上，兴高采烈地把活生生的野兔变成囊中之物，继而变成餐桌上的美味。

"抓到过吗？"小孙子的好奇心更加强烈。

"当然！我们三个都抓过。你爹爹最行了，抓过不止一只。三爹抓兔子时，人小没经验，还被兔子把手咬伤了哩！"陈志立说。

"兔子还咬人？二爹骗人！"小孙子把嘴巴一翘，表示不信。

"听说过'兔子急了还咬人'这句老话吗？"陈志立帮他把戴歪了的帽子正了一下，问。

"嗯！好像在哪本书上看到过。"小孙子似乎是信了，若有所思地点点头，然后又追问道，"那不是要打破伤风针哪？"

"打个鬼吔打，哪像你们这么娇气呀？根本都没听说过被动物咬了还要打个么破伤风针。过几天就好了。"陈志兵不屑地说。

"把活生生的兔子打死,你们也真是太狠心了。"邓辉的儿子思博为兔子打抱不平,语气有些忧伤。想了想又说,"你们违犯了《野生动物保护法》,难道就没人管你们?"

众人哈哈大笑。

"那时候没有《野生动物保护法》。再说了,兔子也不受保护的。"大毛解释道。

"为什么?《野生动物保护法》不是保护野生动物的吗?野兔就是野生的啊!"大毛的儿子又迷糊了,也提出疑问。

"《野生动物保护法》保护的是珍贵、濒危的野生动物和有重要生态、科学、社会价值的野生动物。但兔子不具备这些条件,所以即便是有《野生动物保护法》,也不保护兔子的。"邓辉解释道。

"哎!兔子真是可怜!"思博想了想,撅着嘴巴嘟哝一句。

"唉!现在人懒了,狗也懒了,都不想疯跑了。"陈志兵不理会几个小屁孩的情绪,回眸一眼身后,对陈志民说,"你看你家的黄毛和黑皮,来都懒得来。就是猫子碰到了老鼠,都骇得直躲,生怕被老鼠吃了似的。"

"老鼠敢吃猫啊?我才不信。"陈志兵的小外孙说这话时,夸张得不行,惹得大人们又是一阵哈哈大笑。

"其实也不是每次都赶得到兔子的。只不过那时候文化生活匮乏,借个由头疯狂一下而已。"陈志立说。

"在雪地里疯跑,应该蛮过瘾的。是吧,爹爹?"大毛的儿子若有所思地说完这句话,也突然来了兴致,"那我们也疯一回?"

陈志民立马拦住正要开跑的孙子,说:"别听二爹忽悠!摔伤了怎么办?"

"你们那时候不怕摔,我们也不怕。"孙子一把挣脱他的手,就在雪地里跌跌撞撞地跑起来。其他小孩也跟在大哥哥身后,歪歪扭扭地跑,害得大人们立即跟上去,生怕他们摔倒了。

从坟地回来,看到禾场上又多了辆黑色轿车。正疑惑间,乡里的赵书记和宣传委员王新林,还有村里的书记王涛,笑眯眯地从堂屋出来。陈志立迎上前去,问:"你们不在家里备年货,又跑我这儿干啥?"

"其一,来给您拜个早年;其二,县报节后才到,我让王委员先搞了一百份,专门给您送十份来;其三嘛,朱总回来了,丰泽垸改造的事,也想再向您汇报一下。"赵书记笑呵呵地介绍完来意,又提醒,"打过您电话,可是没打通。您手机是不是没电了?"

"噢!昨晚关机了,早晨又忘了开。"陈志立是故意关机的,这几天找他的电话,太多了。不管是真骚扰还是假骚扰,他都一律当成了骚扰。但他不好明说,只得找个借口来敷衍。

陈志立说:"前两点,我感谢你们了。但我真不是横在你们跟同民合作之间的那道坎。再说了,我一个退休的人,掺和你们的正事也不好……既然来了,老三家的团年饭也差不多熟了,一起吃个团年饭吧!"

赵书记们不肯吃,陈志立也实在不愿掺和他们初四跟朱同民的会谈,双方便互致新年祝福,然后赵书记们告辞回乡里。

坐在桌旁把报纸研究透了的人,早就按捺不住了,赵书记一行刚离开,便七嘴八舌地议论起来,都说报道写得好。

陈志立也想看看县报记者的水平,便接过了邓辉手中的报纸。霎时,第二版"一片冰心在玉壶"的通栏标题,便赫然映入他的眼帘。通栏标题之下,还有一个副标题——"老干部陈志立身退心不退真情馈乡邻"。整个版面,除了下面的一小块房产销售广告,近四分之三的版面都是写他。报纸的右上角,还配有一篇评论。文中插了他写的几副春联,以及正写春联的照片。

陈志立只浏览了个大概,就把报纸往桌上一扔,问老三:"三娘的饭做熟了没有?肚子有些饿了。"

陈志立的话,恰巧被从厨房出来的陈志兵二女儿陈芳听到了。陈芳一边在围裙上揩手上的油污,一边笑着应道可以开始了。众人不知他是么意思,原本要发表意见的,互望一眼之后顿时缄口,一窝蜂地跑进陈志兵家里,帮着摆碗筷、放鞭炮,准备吃团年饭。

# 25

从长相上看,陈家兄妹五人酷似,典型的一母所生,也继承了父母的优点,很容易辨认。个头都不高,兄弟几个一米七上下,妹妹志菊矮些,接近一米六,但更秀气些。他们的共同特征,是前额凸起,印堂宽大红润,淡淡的眉毛下面是双眼皮包围着的一对亮眼睛——当然,老二、老四因为读书的缘故,后来配了眼镜——脸色圆润,鼻梁笔直且稍稍隆起,略厚且适度外翻的嘴唇始终维持着笑的姿态。不同的是，老大、老三额头的褶皱多且深些，饱经风霜的脸也略显瘦削些；老二、老四明显地肚腩突出了许多。老二那黑白相间的头发中间露出了一块头皮，但他总爱剃小平头，露就露呗，本色如此，挺好，所以从不遮掩。总之，兄妹五人都是一副慈眉善目相。

父母去世早，兄弟几个却依然能箍在一起，团结得如此紧密，不像有的家庭，老人一走就散伙，兄弟各过各的，甚至成了刀尖仇人。这在北村成为佳话，被一些老人和在外工作的乡邻奉为楷模。

丰泽南村的魏理帮，就特羡慕陈志立跟陈志国两兄弟有福气，说他们真是前世修得好，此生能跟陈志民和陈志兵做兄弟，还碰到了陈志民的爱人刘彩霞和陈志兵的爱人邹凤英这样的嫂子与弟媳。

魏理帮在北京工作，跟陈志兵同岁。家里的情况跟陈家类似，也是四弟兄，不同的是少了个妹妹，他排行老三。头几年过年的方式也跟陈家类似，每年回乡过春节，两个哥哥嫂子热情洋溢地轮番招待，天天泡在酒桌上豪饮，欢声笑语传得四邻五舍甚至前面乡村公路上行走的人都听得一清二楚，羡慕不已，直夸这才是真兄弟。

拐点出在他帮几个侄儿找工作上。

魏理帮是个实在人，兄长要他帮忙安排下孩子，他虽不愿做这些以权谋私的事，然而毕竟兄弟情深，且每次回来都好酒好菜款待，便还是动用一些关系，完成了两位兄长交给他的任务。不承想，他找的单位，孩子们没一个满意。魏理帮无可奈何，双手一摊说我就这能耐了，不满意你们自己去努力。就这能耐？谁信呢？说给鬼听鬼都不信！都觉得他不是能耐问题，是肯不肯帮的问题，于是直接冷淡下来，饭都没人愿意做一口给他吃了。

受了这样的冷落，老婆孩子再也不肯回来。但老娘还在，他却不能不回。每次回来，都跟老娘随便吃些粗粮淡菜。尽管他仍一如既往亲热地老大、老二、老四地叫，也给他们捎带礼物，他们却像碰到生人一般，直弄得他心里酸溜溜的。后来老娘死了，他也就索性不回了。但在他心里，也是跟陈家兄弟一样，老惦记着想回来看看哩！每次见面或在电话里跟陈志立陈志国聊起这些，魏理帮嗓子都哽咽了，眼睛都有些潮湿。

兄弟过得团结，妯娌也就和睦，孩子们的话自然便能说到一处。要说个性和毛病，谁没有呢？是人就有个性和毛病，没有个性和毛病就不是个体了。关键看你怎样看待别人的个性和毛病，用怎样的方式处理与他人的关系。郑板桥"难得糊涂"的名言，就是陈家处理兄弟妯娌关系的金钥匙，看人多看长处，对他人的毛病假装没看见，那阵子过了，人家的那个毛病就忘记了。

老二、老四在外头，老大、老三便自觉担负起管他们回家吃住的重任，不至于他们回老家了，连饭都没地方吃，或者吃百家饭，觉也没地方睡，真像死了娘老子的孩子没人照看。

老二、老四每次回家，虽然见不到娘老子的身影，却依然能感受得到娘老子健在时候的那份家庭温馨。特别是每年的团年饭，更是热热闹闹的，先一天聚在老三家吃，除夕那天再聚到老大家吃。人到得齐到不齐都是如此。从一代人吃到两代人，再从两代人吃到了三代人，桌子也从一桌吃到两桌，现在恨不得摆三桌了。照这个发展趋势，只要他们一直活下去，且身体条件又允许，吃到四代人都有可能。这也是陈志立退休了，还有底气回家养老的一个前提。

老二离家远些，多在除夕那天才回，且吃完了还得赶岳父家的团年饭，所以老三家的团年饭，基本是老大、老三和老四三家吃，而老大家的团年饭，一般中午就吃完，好让老二他们有时间往乡里——现在是县城——赶。

今年老二退休了，一家人早就回来了，所以兄弟四个和妹妹志菊约好，廿九一起照张全家福，然后在老三家里热热闹闹地吃个团年饭。然而人算不如天算，老三家的团年饭，依然只有三家人吃，只不过由老四家换成了老二家。

原来，陈志国学校放寒假之后，他远在哈尔滨的亲家邀他们夫妻陪孩子们去看冰灯。陈志国一想离春节还有十几天哩，自己也有好多年没看过了，便携妻儿一起，满心欢喜地买机票去了哈尔滨。原本计划廿七返回武汉，廿八再回北村的，不料计划赶不上变化，东北的雪下得更大，飞机不能起飞。他们虽然尽情地饱赏了冰灯，却因不能赶回来吃老三家的团年饭而沮丧。

过去陈志立一家人赶回吃年饭，都是家里的人等得火起了，蒸笼里的菜已经凉了，人们的肚子早就咕咕叫了，他们才匆匆到家。他也来不及了解都有些什么仪式，连忙换上套鞋，转头去父母坟头烧完香叩完头，便直接上桌吃饭喝酒。这回有时间了，陈志立便仔细地观察老三和三娘都做了些啥。

这一观察,他就发现农村的风俗真是改了不少,团年饭也少了许多讲究。但有几个要素,老三家里还是坚持了的。比如,吃饭前在神龛上的香炉里燃上三炷香,虔诚地一边作揖一边嘴里念念有词;饭前在禾场上燃放一挂大炮竹;饭菜上来之后,先把首席的碗里盛上饭、夹些菜,酒杯斟满酒,请父母享用,俄顷又说"爹爹老妈吃完了起身吧,我们要吃了",这才邀大家入座,团年饭正式开始。

团年饭,当然是一家人都上桌了才吃,这跟许多地方女人不能上桌完全不同。菜上齐之前,都在堂屋和厨房间鱼贯般穿梭,迅速把菜摆上桌面。陈志立发现,帮手一多,出菜就没顺序了。先上什么,接着再上什么,最后才把什么端上桌,过去都是有讲究的,而且每年都是那十个菜。如今不仅数量没讲究——老三家里就有十六碗——出菜的顺序也前后颠倒,完全没了章法。

一家人边吃边喝,述说一年来值得跟家人分享的喜事。慢慢地,话题又转到了陈志立上电视和半个版面的报道上,他的两个兄弟又做些补充,讲他年轻时怎么帮村里的人写对子、读远方亲人的来信和代他们复信,以及其他的陈芝麻烂谷子。年轻人则一边跟长辈们敬酒,一边表示要以他为榜样,做些对社会有益的事。

陈志民活灵活现地讲了老二帮一个伯娘读信闹出的笑话。伯娘在部队当兵的儿子,写信回家,家里的人都不识字,便找他去读,读完了再帮忙写回信。他却把"岳父"读成了"丘父",弄得伯娘一脸茫然,问他啥叫"丘父",他解释就是他对象的爹,伯娘才"哦"了一声,说你堂哥肯定是写错了,应该叫"岳父"。

这则笑话,果真惹得大家大笑不已。

两桌是并排的,喝酒的男丁坐左边一桌,喝饮料的女人和小孩坐右边一桌。陈志立的背后,恰好是坐另一桌的小外孙邓思博。思博惊讶地扭过头来,拍着他的后背说:"爹爹!你还有不认识的字啊?我以为你什么字都认识哩!"在他的记忆中,他不认识的字,都是找外公教的。

可能是隔代遗传吧!小家伙乖巧得很,有他外公陈志立小时候的影子。比如跟陈志立小时候在陈家说自己姓陈、到了耿家说自己姓耿一样,在陈家,他叫陈志立爷爷,碰到他亲爷爷在场则叫外公,要是跟乡里的人谈起,便随大家叫爹爹。叫田雨,也是时而奶奶、时而外婆、时而老妈地叫。总之能因场景的变化而变化。这一点甚逗陈志立喜欢。

"你爹爹算是认字多的喽!"坐在陈志立对面的陈志兵代答,"那时候你爹爹比你现在也大不了多少,"又指着大毛的儿子说,"就跟浩宇一般大。那时候学生都不怎么上课的,天天开门办学,到地里劳动。他能认那么多字,已经是个奇迹了。"

"我可不会写信!"浩宇扭过头来,吐了吐舌头,红着脸说完,又补充道,"谁还写信呐,打个电话发个微信多方便!"

"他们不会找认字更多的大人?"思博仍然不解,把筷子顶在嘴角,瞪着一双天真的眼睛,打破砂锅问(焖)到底。

"你这个问题呀,就问到了点子上。"陈志民赞扬一声,补充说,"人家来信回信,总有些不想外人晓得的私事要说,所以帮忙的人口风一定要紧。要不然找别人读信写信,就可能传出去了。你爹爹口风就紧得很,从不跟旁人说去,甚至都不跟你太爷爷太奶奶讲,而且随叫随到,从不拿架子。"

"哎呀!爹爹你真是了不起!"思博稚嫩的脸上满是敬意,端起饮料,跑过来像模像样地跟陈志立的酒杯一碰,"我敬您一杯,爹爹!"惹得众人又哈哈大笑,也带起一帮孙子辈都过来敬酒。

陈志立见小外孙把筷子伸向了桌子左上角的那碗红烧鳊鱼,连忙逗他说:"那是'看鱼',吃不得的!"

思博把筷子举在半空中,进也不是,收也不是,两只眼睛忽闪着,懵懂地问:"为什么吃不得?这是鳊鱼,怎么成'看鱼'了呢?"

"别听你爹爹瞎说,思博!都能吃,都能吃。吃完了才好哩!"陈志兵连忙接上话头。

三娘一筷子下去,就把鳊鱼肚皮那里铰了一块,送到思博碗里时说:"你爹爹是教我们都不吃,好留给他一个人吃独食。乖,听三爹的话,把它都吃完!"

陈志立关于"看鱼"的话题,一下子把大家又引到了忆苦思甜的路子上,唤醒了老一辈的苦涩记忆。

所谓"看鱼",就是只能看不能吃的鱼。"看鱼"有个很美好的寓意——连年有余。自从团年饭这天被端上餐桌,"看鱼"便天天占据餐桌左上的位置,一直到正月十五晚餐时,才被人一哄而上,瞬间消灭得半根骨头都不剩。请春客,主人会拿筷子在"看鱼"上面象征性地划划,嘴里说"吃吃"！客人也附和说"吃吃"！却从未见谁真的动过一筷头。即便再不懂事的孩子，也不会真去动它。

身在湖区却长年跟鱼无缘，连媳妇生了娃想弄条鲫鱼催奶都困难。队里的几口塘，也像清水缸，见不到几条鱼。每年快过年了，便拿抽水机昼夜不息地抽三天三夜，抽得人们心里发毛。好不容易见到底了，人们冒着严寒，挽起裤脚，拎了箩筐下到没膝盖的泥淖里捡鱼。可偌大的几口塘——包括陈家潭，也捡不到两筐鱼。形势严峻的时候，一家分不到一条像样的鱼。"看鱼"又是团年饭桌上不可或缺的一道菜，所以每到春节临近，家家户户都为得一条"看鱼"发愁。从鱼塘捞起的鱼，是按户数分好堆，拈阄分的。能为桌上拈条盖得住碗边的小胖头秧子，就欢天喜地了。运气不好的，实在没辙了，便找几条刁子充数。刁子也是鱼。

现在的农村，端上桌面的鱼越来越名贵，且不止一种，早已瞧不上胖头了，更遑论拿刁子充数。

然而，"看鱼"也不过是人们的美好愿景而已。在那个年代，即使从上年留到下年的正月十五，也并不能带来五谷丰登、年年有余，春荒更是时有发生。如今在大年三十就解决掉了，第二年依旧衣食无忧。由此可见，一条"看鱼"吃不吃，无关年成丰欠。

正在众人一边吃喝一边感叹时，突然一辆粤B车牌的宝马X7停在了门口。

"哟，同民来了！"陈志立话刚出口，就见朱同民出了车门，紧随其后的，还有夏时运和孙冬青。

众人连忙散桌，把他们迎进屋来。

# 26

陈志兵吩咐收拾桌上的残羹剩菜，女将们连忙进厨房准备新鲜热菜。

"一下子涌来这么多人，酒饭准备得够不够啊？"夏时运跟陈志兵开玩笑。

"你郎这说的是么话，平时可能有点紧张，但这大过年的，还能少了吃的喝的？"陈志兵说完，笑嘻嘻地又回了一句，"你郎要是说钱，我可能真是缺。"

"我们就来撮吃撮喝，有吃的喝的就成。不借钱。"孙冬青一面笑嘻嘻地跟陈志兵调侃，一面把拎着的两包东西放在神龛旁，对陈志立说，"老师，一点心意！当然啦，主要是朱总的。"

夏时运和孙冬青也曾经是陈志立的学生，跟朱同民同班。朱同民在深圳办企业，夏时运和孙冬青都在柳县当公务员，一个是县档案局的科长，一个是杜市乡的副乡长。尽管只教了他们一年半，他就读大学去了，但这种师生情谊一直维系得不错。陈志立其实也就长他们上十岁，只当是他们一个大哥，没当自己是老师，所以相互间没有沟通上的困难。而他们一直都对他尊敬有加，一口一个老师，叫得亲热得很。

陈志立脸有不悦，一边递烟一边问："我定的规矩，你们忘了？"

朱同民接过烟，笑呵呵地说："放心吧，老师！您在位的时候都没给您添麻烦，难道您退休了，还要您帮个什么忙不成？您说这大过年的，学生看老师，总不至于空手吧？再说了，也不是什么值钱的东西，深圳的特产而已，怕您嘴馋捎来的。"

"不是肖副县长请你们这些成功人士吃年饭吗？怎么敢当逃兵啊？"跟朱同民坐到一条板凳，陈志立点燃烟，好奇地问。

"还是跟老师一块吃舒坦。"朱同民也点燃烟，笑嘻嘻地说，"而且，我感觉老师在召唤哩！"

"没有啊！我怎么召唤你了？"陈志立丈二和尚摸不着头脑。

"喂，老师！手机是不是没电了？"夏时运提醒道。

"哦！你们说手机呀，我嫌麻烦关了，没带在身上。"

"噢！原来是这样啊！"三个人恍然大悟。

说话间，厨房的菜开始往外端。女人和孩子们吃饱了，该忙的忙去了，该玩游戏的都跑到大爹家里玩游戏去了，只剩男人陪他们三个。话题很快聚焦到朱同民回丰泽垸投资这件事上来。朱同民说心里还是不踏实，想得到老师的指点。夏时运说事是好事，但据他对乡里几个领导的观察，建议他慎重些的好。孙冬青说你还不如去我杜市乡投资，帮兄弟一把。说不定你一投资，我就招商引资有功，也能捞个乡长甚至书记当当了。不然，后年五十五岁，就再没上升空间，一辈子都只是个副乡长了。陈志立劝他既然答应了，还是先见面了再说。不然，人家说你不讲信用。

快四点了，大家准备散伙，因为冰天雪地道路湿滑，来的三个人要在天黑前赶回县城。不想王涛又来了，腋下还夹了两瓶酒，嚷嚷着再炒几个热菜来。父母官来了，他们便不好意思立刻起身，只得留下又陪他喝起来。

王涛也跟他们一个班，打小一块玩大。四个发小凑到一起，气氛就更热闹了。前面喝酒，夏时运滴酒未沾，因为他要开车。此时王涛死活逼他仍然坚持不喝，就把王涛搞急了，说出些不好听的话来，什么"进城当官了就忘记发小了"啊，"跟人民群众打不成一片，阶级立场站歪了"啊，"狗眼看人低"啊……反正是专拣恼人心的话说，目的就是激将得他没办法了跟他喝酒。陈志立出面调解，说你总不至于要他在拘留所里过年吧？王涛虽然调侃陈志立也是个鬼打架，把学生都教得在农村摸牛屁眼，自己却偷偷地混进了大学校门，但还是饶过了夏时运。

眼见三个人都喝得差不多了，话越来越多，调门越来越高，陈志民担心喝出事来，下令把酒杯和饭菜都撤了，坐着喝茶唠嗑。

众人正聊得火热，黄大吉又来了。

"哎呀呀！高朋满座啊！"黄大吉一进门，自个寻条空板凳坐下，高声朗气地说，"那我也来凑个热闹！"

"这位就是姐夫吧？"众人还没来得及答理，跟在黄大吉身后的一个人一进门，就凑到陈志立跟前，径直问道。没等陈志立回答，又说了句"姐夫好！"

陈家是大姓，加上乡里七弯八拐的关系，谁都可能是亲戚，所以陈志立一直小心谨慎，生怕得罪了谁，哪怕是从未谋面的生人。但来的这位喊他"姐夫"，就应该是田雨家的亲戚，而不是陈家的亲戚。陈志立拿眼睛望田雨，见田雨也懵懵懂懂地摇头，便回过头去问："请问你是……"

陈志民早已脸色铁青了，正待发作，来人又自我介绍："哎呀，姐夫！你真把我忘记了？我是周海呀！周海，记起来了吗？德秀的弟弟。德秀的弟弟周海呀！"见陈志立仍然一脸茫然，周海挨黄大吉坐了，又解释说："也难怪，你那时去我们家，我还小。一晃就过去四十年了，可能是样子变了。"

"喂，周憨巴！我说你是来出挺的是吧？"陈志民恼怒地问。不等周海回答，他接着说，"你要出挺，第一你先访访人家，第二你看看日子。"

"出挺"就是出人洋相、给人难堪的意思。这个乡里的土话，陈志立还是记得的。他看了看人们的惊愕神情，向大哥摆了摆手，拦住他接下来的话，扭过头去问周海："那么，你来又是何事呢？"

"我没么事，为他孙娃的事。"周海两根手指夹着烟，往黄大吉指了指，然后翘起二郎腿，一只离地的脚直晃悠。

"不是跟你说清楚了吗？你孙娃的事，真的是帮不上忙。我要说多少遍你才能明白呢？"陈志立指着周海，哭笑不得地对黄大吉说，"不说你搬德秀的弟弟，就是把德秀本人搬来，或者把你那个亲戚我方姑爷搬来，我也还是这句话呀！"

"德秀是谁呀？"

"不知道！"

"这么大的面子，肯定不是一般的人。"

…………

朱同民几个的窃窃私语，让田雨听到了。田雨抿嘴一笑，轻声解释："你们老师未过门的娃娃亲！"

"这位就是二娘吧？"周海的耳朵真是好使，田雨坐在东墙跟朱同民们近乎耳语的话，坐在西墙的他居然听到了。他也不指望她回答，继续晃着二郎腿，环顾一遍众人，神气活现地说，"陈家可是拿过八字请过媒的哟，没过门的亲也是亲哩，结发总是大娘哩！"

这个黄浑腔，把大家的酒都逗醒了，夏时运笑着调侃道："人家都没要你姐姐，还姐夫姐夫喊得鬼亲热，你也不嫌臊啊！"

"是啊！人家打头就没要你姐姐，还结个鬼的发呀？还狗屁大娘啊？看来你真是个二百五，黄浑得很。喂！别丢人现眼了，赶紧滚蛋吧！"孙冬青说得就更直接了。

"我是逼得没办法了，我的老天爷呀！我耀祖一生的前程，就全指望你了，志立老同学！你要不帮他，他这辈子就白活了，我黄家就掉系把①了。你总不至于这么狠心，眼睁睁看着我耀祖毁了吧？"黄大吉哭丧着脸，把烟蒂丢在地上，摇着陈志立的胳膊，"我这么死乞白赖地求你，难道你就真的是铁石心肠啊？"

"真的没办法，大吉！"陈志立扒开他的手，无奈地说，"你看我女儿陈颖，老大的儿子大毛，老三的两个丫头一个儿子，哪个不在企业打工呀？能帮我不晓得先帮他们呐？"

文化室的人还以为跟昨天一样又来了记者，生怕来迟了把上镜头的机会错过了，也一窝蜂地涌到老三家里来。待明白是咋回事了，觉得比昨

---

① 江汉平原方言："掉系把"即没指望了。

天来记者更过瘾,个个乐得不行,嘲笑黄大吉想孙子当公务员想疯了,嘲笑周海也不瞧瞧什么年代了,今日今时糟蹋自己就算了,还糟蹋自己姐姐的名声,太不清白①了。

两个人不知道是真不知廉耻,还是实在听不出话的好坏,反正在众人看来是脸皮厚得针都扎不出血来,对众人的嘲笑充耳不闻,甚至振振有词地跟人理论。

刘彩霞带几个女将从大棚摘了新鲜蔬菜回来,把装菜的塑料袋子往门口一丢,提了砍大白菜的镰刀就进了老三的屋,嘴里嚷嚷:"是哪个洞里爬出来的王八,也不看看日子,也不访访人家,敢今日今时跑老娘家里来撒泼闹码子②。看老娘不一刀劈了他!"

一见刘彩霞气势汹汹的架势,黄大吉心里就犯怵,连忙起身,悻悻然扒开众人,拔腿就出了大门。周海见状,也紧随其后。两个人在禾场上又回望一眼,见刘彩霞真还跟出了大门,也顾不得冰雪路滑,跟跟跄跄地急步快走,头也不回地出了村口。

几个人被黄大吉跟周海这么一闹,料老师也没心情了,而且时间也差不多了,便相约着改天再聚,然后告辞离开。

# 27

坐在小小的写字台前,陈志立陷入沉思,把烟抽得火苗一蹿一蹿的。每天在电脑里播放的柳县花鼓戏,也没心思听了。

他现在有些惶恐,反思回来养老的决策是否正确,感觉至少是时机的选择上可能有问题。回来这几个月,在找回过去那种感觉的同时,也给自己找了一堆的麻烦事。这些憨厚而相对封闭的农民,以为他什么事都能办,而且都能办成,所以找他办事的人不断。他也在力所能及的范围帮了一些人,比如有人想找个地方打工,他便根据他们的特长,介绍给深圳的企业家朋友,至于成不成,或者工资多还是少,则看他们跟那些朋友的缘分,他就管不了那么具体了。违反政策的事他不能办,归地方政府管的事他办不了,乡邻间的矛盾他也没本事调和。而且,他也是铁了心不再管的。

---

① 江汉平原方言:"清白"即明白事理。
② 江汉平原方言:"闹码子"即闹事、行横、耍无赖。

不能办的事,他会尽量解释。然而,人家既然蚀下面子①拼了老脸来求,当然是把他能办成当前提,而不是来求解释或者安慰的。所以不管他如何解释,总觉得他是找托词敷衍。尽管如黄大吉这样脸皮厚得像桐油油过的二百五是极端的例子,但总归是求他的人脸色不好看,常常把满脸的灿烂笑容凝固,并迅速转换成猪肝色,说出的话也就不见得比黄大吉更好听。这个时候,有个原则他是把握住了,就是不跟他们红脸。他不会因为别人求他办的事办不成,而弄坏了自己的情绪和心境。

过去他每年除夕才回来吃个团年饭,顶多住一晚就又走了,神龙见首不见尾,人家也不好意思在这个当口来找他说啥麻烦事。叫花子都有三天年哩,总得让人安安逸逸吃个团年饭,把三天年过完呐!何况他在家里还待不了三天。加上他在城里工作,跟大家没太多接触,见面了也就客客气气地打个招呼而已,也摸不准他的脾气性格,所以都不敢贸然开口。如今低头不见抬头见,他也没个架子,还跟过去一样随和,所以开口说事,就当自家人一样随便了。

还有就是朱同民回来投资这件事,也蛮伤脑筋的。他隐隐地感到,乡里村里其实不希望他介入,或者不希望他深度介入,又因为朱同民丢了那句话,都有所忌惮,不得不跟他聊,甚至请他斡旋。他的真实想法,其实跟他们的希望是一致的,他的确不愿介入。而随着时间的推移,信息量的丰富,越发感到自己夹在中间,双方不好受,他自己也不好受,大家都不好受。

而关于他回来的动机,村民们也议论纷纷,甚至有人当面向他求证,说在城里过得好好的,怎么突然就想到回乡下呢?情理上说不通啊!这不是睡着不烧爬起来烧?农村的人,谁不是做梦都向往去城里?肯定是有不可告人的秘密。其中的一个秘密,当然是为朱同民回来改造丰泽垸奔走。想吃锅巴的人,才往锅边靠哟!

总之是不管朱同民的投资能否付诸实施,他都夹在中间不好受。成功了,反对的村民会骂他,他也听到了不少反对的声音。失败了,赞成的人,特别是乡里村里的干部更会骂他,以为是他把事情搅黄的。虽然投资了但回报太低,朱同民说不定也会有怨言,以为他跟乡里村里的人唱双簧,把他装进了笼子。原本清水一杯的师生情谊,便可能就此止步了。也

---

① 江汉平原方言:"蚀面子"同前面"蚀人"是一个意思,即放下身段。

就是说，这件本跟他没任何瓜葛的事，成与不成，他都会成为部分人唾骂与不满的对象。他是哑巴吃黄连有苦说不出，是黄干泥巴落裤裆不是屎也是屎了。

跟德秀的事，原本不是事，倒不必忧虑。

农村的男孩都订娃娃亲，也不止他一个。而且那一段经历，还在大学期间跟田雨恋爱的初期，他就一五一十坦白过了。所以，他不担心田雨会耿耿于怀。何况结婚快四十年了，他跟田雨早已心心相印，他的人品和德性，她早就了然于心。

关于他娃娃亲的点点滴滴，以及跟周德秀的唯一一次见面，本来早已模糊了，甚至都忘记了周德秀的名字。今天经周海一挑起，陈志立便从脑海深处翻找出来。

他跟德秀的娃娃亲，是十岁的时候父母操持的。按照柳县的习俗，虽说娃娃时就订了亲，但直到伢们大了——一般是结婚前两三年，父母才考虑走动的事。这也是经济条件所限，因为走动了就不能间断，就得逢年过节都走，走便不能空手，多少得带些礼物，比如春节的肉和酒及糕点、端午的粽子和虾散①、中秋的月饼等，挨家挨户送给女方同族人家。女方家里也得回礼。走动，也俗称"要人"。当然，"要人"决不搞突然袭击，其实也就是走个过场。走动之前，男方的家长照例会请媒人先知会一声，说新姑爷要来看丈母娘了，女方家里便知道是"要人"的，该给女儿备嫁妆了。初次上门的女婿，女方家里的接待自然极其隆重。

陈志立是在考上大学前的那个正月初二，由媒人引着去的德秀家。这也是柳县的习俗，正月初一陪父母，正月初二看丈人。那年他二十二岁。

这个年龄才首次见丈人丈母娘，的确是有些晚。但也是没办法的事，说不定也真是前世无缘吧！德秀的小哥还没说上媳妇，德秀便不可能这么早出嫁。先割小麦再割大麦②——除非女方肚子大了生米煮成熟饭不得已，这在丰泽垸是很没面子的事，德秀她爹又是个很要面子的人。所以陈志立来德秀家的前两年他爹就托媒人提过，但遭到了他未来老丈人的婉拒。去年德秀的小哥终于说上媳妇了，也定了这一年下半年婚娶，这才允许陈志立上门。

德秀家族有十来户，父亲便托关系在食品所割了十几斤肉，一斤一斤

---

① 虾散：地方小吃。一种油炸的面粉食品，类似麻花，但比麻花细，咬起来嘎嘣嘎嘣响。
② 先割小麦再割大麦：比喻弟弟妹妹在哥哥姐姐前面成家。

地分别用草蔾子捆好,又在供销社买了十来盒京果麻枣①,让他挑了去。到了德秀家里,由小舅子周海——那时还是个小孩,所以难怪陈志立没认出他来——领着,挨家挨户送。然后跟媒人一起在德秀家里吃了桌盒②,由老丈人和德秀的两个哥哥陪着喝酒聊天,中午吃了顿正餐,就带着德秀家打发的回礼回来了。德秀家打发的回礼,是德秀亲手纳的一双布鞋、绣的一双有荷花图案的鞋垫和用白纱线钩的两条时髦衣领,以及族人们送的两把竹骨油纸雨伞。

德秀极少到堂屋来,所以两人很少对上面。每次出来,都羞涩地低头顺眉,匆匆而过,陈志立看得出来,她的脸是红到脖子和耳朵根的。他跟她打过招呼,她却像老鼠见了猫,没应他一声,就仓皇出逃了。吃饭的时候她没上桌。所以首次见面,两人不仅没实质性交谈,就是话也没能说上两句,甚至连她的模样都瞧得不甚清晰。

接到大学录取通知书的第三天,陈志立便自作主张,托媒人给周家捎话,让德秀不用等他,别把她的终身大事耽误了。

另外一件事,就是他这么长住,给大哥大嫂的确添了不少麻烦。虽说他出了生活费,他们也没怨言,但他心里依然不安。不管怎么说,人家早已形成了自己的生活规律,单纯地日出而作日落而息,就是每天管来文化室"娱乐"人们的饭,也简单得很,并不费太大力气。但他回来了,他们的生活就不能太简单,就被他搞复杂了,大嫂就哪儿也不能去,天天要管他的三餐。"客人"也陡然多了起来。"客人"来了,最简单也得沏壶茶,何况许多人——如县里乡里的领导,以及从深圳来的朋友——还得管饭。大嫂也是六十多岁的人了,老这么折腾,总有吃不消的那一天。

几十年他给他们的只是一个毫无价值的虚假"荣耀",说起来有个弟弟在外地当干部,其实并没给他们带来任何实惠,如今给他们添的却是实实在在的麻烦。即便是过去,他们也饱受虚名之累,因为想通过他们找他办事的人委实不少,但他们都拒绝了,甚至电话号码都不肯给人家,那还不把人得罪了?久病榻前无孝子。亲爹亲娘尚且如此,何况更没义务管的这个六十多岁的弟弟呢?

还有就是黄大吉以及类似黄大吉这样的人,事情没办法帮他们办,

---

① 京果麻枣:两种油炸的点心。
② 桌盒:长条形餐具,一般请春客才用。每只桌盒可放三只碗碟,一次请客用三只桌盒,即把九只小碟卤菜按规矩分别码进三只桌盒,另加一碗热菜,供客人享用。主食则是面条加炒米。

便说些不中听的话,而他又不想和他们理论,听任那些人胡诌。他们当然听不过耳,就像老实的孩子受了外人欺负,便替他打抱不平,也徒然生些冤枉气。

"怎么啦?闭门思过呀?"田雨的声音骤然响起,同时撳了下电灯开关,"黑灯瞎火的,灯也不开。"

正在苦恼的陈志立,顿时便被雪白的灯光刺得睁不开眼睛。他轻轻地揉了揉眼,抬头望窗外,天果然早就黑了,只有对面屋顶的积雪映出一些惨白。他不好意思地笑笑,说:"没有啊!只是有些累,一个人清净一会儿。"

"还嘴硬!"田雨在床边坐了,伸手在他脸上摩娑,嗔怪道,"一床被子盖了三十多年,我还不了解你呀?"

"真是啥都瞒你不过。"陈志立额头的皱纹舒展开来,笑得如年轻人般羞涩,但充满了幸福感。

人说漂亮的女人只爱穿着打扮,田雨却好像是个另类。田雨上学的时候被同学们公认为校花,弯弯的眉毛下面是一对会说话的漂亮大眼睛,鹅蛋形的脸庞中间是微微隆起的笔直鼻梁,樱桃小嘴下面的正中点缀一粒美人痣。然而她从不拿自己的漂亮去炫耀,也不妖冶邪发①。早年家里人口多,父母收入微薄,真正的"家大口阔,人口众多",也没余钱给她妖冶邪发。参加工作后,即便是条件改善了,也从不在穿着上浪费时间,从不涂脂抹粉、描红画黛。但在学习和工作上却丝毫不含糊。她是杨镇中学他们那一届唯一在大学当上了副教授的女同学,也曾是享受国务院政府特殊津贴的中青年专家。事业做得风生水起,家庭也料理得井井有条,对亲人的观察和照顾更是体贴入微,有时候陈志立皱下眉头,她立即就能猜到所为何事,且能帮他指点迷津。她不说是他肚里的蛔虫,至少也是他的小诸葛。

这么一想,陈志立就脱口而出:"既然你啥都晓得了,那就帮我合计合计,接下来我该怎么办?"

"其实你一上楼,我就猜到了原因。喂!我有个建议,你觉得对就听,不对就不听。"

"你说!"

"还是回深圳,不要在乡下长住,想起来了就回来住个十天半月。距

---

① 江汉平原方言:"妖冶邪发"即妖里妖气。形容女子过分讲究穿着打扮。

离产生美,适当的距离也能更好地维持情感。"

"这个我也考虑过,但我早就把话放出去了哩。"

"这有什么?你要不好开口,我来,随便找个理由都可以的。"田雨扑哧一声,笑了。

"呃!我想到集镇上去买套房子,十几万块钱,我们还是出得起的。我看村里一些人在集镇上买了房子,每天骑三轮车来村里种田,收工了再回集镇上去住,也蛮好的。"

"不行,不行!"田雨斩钉截铁地把头摇得像货郎鼓,"大哥大嫂会怎么想?乡亲们会怎么议论?要么就住在大哥家里,要么就住远一点,回深圳。"

"也是啊!"陈志立想了想,又叹了口长气,"唉!"

"我的想法是陈颖跟邓辉先回去,他们要上班,耽误不得。我和思博陪你过了十五,再慢慢开车回,一路走一路玩。反正思博上幼儿园时间还早,那时候路上的车也少些了。你看如何?"

"也好!"陈志立想了想,应道。

# 28

腊月三十上午,陈家的男人们,实际上已经无事可做,就等着吃中午的那顿团年饭。

团年饭,是一家人最隆重的饕餮盛典。再困难的时候,再穷的家庭,哪怕平时腌菜就稀粥地对付个半饱,团年饭桌上也得想方设法整出十个碗,把家人撑得肚皮圆滚,满面菜色顿现红光。如果能整出十二海碗,那就更圆满了,一家人会喜不自胜。

团年饭也是一年辛苦的终结,乡亲们把这一年该做的事情,基本都安排在团年饭之前。只有三桩事,是留到团年饭之后的。一是抓紧把大脚盆放满水,家人依次泡在里面,清理掉身体上的污秽,再由女人把一家人当天换下的脏衣服洗干净了搭在屋檐下。二是垃圾全部清理出门,决不放到明年。正月初一到初三是不往外倒垃圾的,夜壶屎罐子都盖上盖子塞进床下,把财留住。第三件,也是最后的一件事,是一家人穿着新衣服,清清爽爽地围坐在方桌上,打着饱嗝听祖辈或者父辈讲古话,等着新年的更声敲响,父亲给孩子们压岁钱。

团年饭更是对新一年生活的祈福。乡谚说"有也过年，冇也过年；不问好歹，祈福来年"，就是这么个意思。

吃罢团年饭，是孩子们最轻松最幸福也最期待的时候。脾气再暴躁的父亲，也变得温和了，满眼慈祥，不再开口闭口恶声恶气，更不会动不动就伸手打孩子一巴掌。父亲难得的好脸色，当然令孩子们兴奋和激动不已，何况还能从慈祥的父亲手中接过压岁钱。尽管只是一毛——至多五毛钱，但是接过崭新票子的一刹那，孩子们都雀跃起来，然后凑到昏暗的煤油灯下，睁大了眼睛，把那张票子的正反两面都瞧个仔仔细细，这才在父母的祝福和叮咛声中，小心翼翼地对折，最后庄严地放进贴身荷包里。陈志立清晰地记得，他每次还用手在荷包上压两下，生怕它不翼而飞了。

这，便是残留在陈志立心中的团年饭。现在简化了许多细节，但大体还是如此。

一大清早，陈志立就披衣起床。在冻得硬邦邦的禾场上打了一遍八段锦，刚刚洗漱完毕，田雨就将一碗热气腾腾的荷包蛋端上了堂屋的方桌。陈志立眼睛一亮，指着田雨，扑哧一声大笑不止。原来，她穿着大娘帮人整酒的外套，但她块头明显比大娘小，所以既像套了个花包①，也像欧美滑稽剧里的小丑。田雨也嫣然一笑，说："笑啥笑？我们都吃过了，赶紧趁热吃了它。"

陈志立吃完了，点燃一支烟，一边吞云吐雾一边拿眼望门外，只见白惨惨的太阳有气无力地照着硬邦邦的冰雪，对面屋檐和一叶不剩的杨树柳树水杉上挂着的棱冰晶莹剔透，仿佛古溶洞里奇形怪状的钟乳石，煞是壮观，也亮晶晶煞是好看。欣赏了一会美景，他从杂物间寻出下塘捕鱼的胶水衣。这水衣真好，可以一直套到脖子，干活就不用因忌惮弄脏弄湿衣服而碍手碍脚了，比穿套鞋不知强多少倍。

人要把自己弄得干干净净、清清爽爽过年，他想他的爱车也是一样，也希望拾掇得干干净净、清清爽爽，尽管一会儿还要载着他们去县城。上午没别的事，他就准备专心致志地做好这件事。他拎着塑料桶，去厨房接水。文化室外边有个水龙头，可是这雪下得忒大，天也忒冷，把水龙头冻死了，出不来水。正如他刚才笑话田雨的，他穿着水衣一进厨房，也

---

① 花包：装皮棉的口袋，藏三四个男人绰绰有余。

惹得正在忙碌的三妯娌一阵取笑。

笑够了，刘彩霞只让他接了大半桶冷水，然后拎起煤炭炉子上正烧着的铝水壶，一骨脑地全倒进了桶里，说别把二爷细皮嫩肉的娇手冻坏了。又惹田雨和三娘取笑了一回，田雨说老态龙钟了，还细皮嫩肉的娇手哩！

陈志立充满感激，他知道田雨虽然嘴上调侃，心里其实也充满了感激。陈志立在厨房转了两圈，流连于大大小小的腌缸和鱼缸间，感叹现在农民的生活真是根本改善了。不仅老大的腌缸里满是鸡鸭鱼肉，鱼缸里不同品种的鱼悠闲地游荡，就是在外打工的老三家里也跟他类似，只是数量和品种少些而已。

为了安顿他的爱车，大哥把车棚加宽了一些。陈志立打开车门，把脚垫取出来扔在一旁，趴在车里仔细擦，一个角落都不放过。他一边擦着，一边回忆起了有关团年饭的往事。

关于团年饭，他有两段刻骨铭心的记忆——

一件事是读高中那年，队里养的几头年猪不幸发瘟症死光了，家家户户只得凭肉票去公社食品所割肉回来过年。腊月廿九，已经是他第三天跟父亲一起去排队了。天还下着雨夹雪，他们跟所有买肉的人一样，站在凄风寒雪中，瑟瑟发抖地苦等。半夜十二点开卖，那肉只卖了一个多小时，已经快到他们了，前面的队伍却突然哄地一声散了，人群刹那间便如炸了锅般嘈嘈嚷嚷起来。

食品所的肉又卖光了，怎么办？陈志立霎时就傻了眼，憨乎乎立在原地，眼睛紧盯着肉案板。父亲没容他多想，拉了他转身就赶往十多里外的幺湾公社食品所。幺湾的肉也卖完了，但父亲好像胸有成竹，直接去了所长的办公室。正准备上床休息的所长一见父亲，连忙一边拿脚护住办公桌下面，一边递烟给父亲，尴尬地笑问深更半夜的老陈你来干什么？父亲拍了一下所长的腿，笑着说你知道干什么。拖出一只蛇皮袋来。所长急了，说这是公社刘主任的！父亲说我不管了，你有办法的。又问多少肉？所长只得如实相告："五斤猪肉一个头皮！"

"多谢了！"父亲给完钱和肉票，拎起蛇皮袋就走。

这是陈志立第一次见在大队农场当场长的父亲"走后门"。

过个年，五斤猪肉真是不算多，但父亲并未独享，回到家里便拿刀分成了三份，自己留一份，给志祥家一份，大爹家一份。

另外一件事，是他昨天讲过的"看鱼"，但他没好意思忆苦思甜，把那件在他看来并不算光彩的事情,原原本本地和盘托出。

抽水机连抽三天三夜,好不容易才把陈家潭抽干。可是见底之后,干部社员都傻了眼,原来偌大的鱼塘,竟然像清水缸,没几条鱼。特别是能担当"看鱼"重任的鲫鱼、鲤鱼或者鳊鱼,哪怕是胖头,也少得可怜。人们把鱼摊在队里空旷的禾场上,数了一遍数二遍,还是每户分不到一条"看鱼"。

"看鱼"是面子鱼,丰泽垸的农民也是挺挑剔的。首先,必须是斤把重的白色鱼,正好盖得住碗面,太大了一只碗装不下,显然浪费;太小了不成看相,觉得寒碜。其次,必须是整条的,含个完完整整圆圆满满的意思,不可能剁下一半来作看鱼。最后,最好是鲫鱼或者鳊鱼,但在那个年代,这样的鱼基本是寻不到的,人们多用胖头秧子代替。

愁眉苦脸地商量来商量去,觉得除了抓阄,也没更好的办法。也是出鬼,虽然只差几条就能一家分到一条了,母亲让二儿子陈志立去抬,他却中了"彩头",居然邪门地没有抬到。没有"看鱼",这年怎么过呀?母亲就像伍子胥闯关,一夜间头发白了不少。

腊月三十一早,他和大哥顾不得天寒地冻,赶紧搬了推罾①出门,满丰泽垸的沟沟坎坎,只要有水的地方就心急火燎地死劲推。越是心急老天爷越不眷顾,任兄弟俩推得满头大汗,每次却只有几只慵懒的癞蛤蟆躺在推罾里。兄弟俩连骂的工夫都没有,赶紧倒掉可恶的癞蛤蟆,再把推罾伸进水里。

已经到了下午,一无所获的兄弟俩仍像无头苍蝇般乱撞,鬼使神差地跑到了德秀她们大队——周老湾。见到一个抽干了水的鱼塘,兄弟俩好像忘记了现在是数九寒天冰天雪地,打了赤脚就下到泥淖。拣了半篓蚌壳蚶子之后,终于让大哥从淤泥里寻出一条斤把重的黑鱼,陈志立也在沁水里推到了两条差不多有半斤的鲫鱼和几条刁子、土憨巴,以及死光皮②。

两个十几岁的半大糙子真是喜极而泣呀!顾不得洗净腿上的泥巴,赶紧穿上套鞋回家。母亲在家里望眼欲穿哩!套鞋还没穿上,却见有人远远地追了过来,于是连套鞋也不穿了,往篓子里一扔,慌不择路地在田野里赤脚狂奔,终于没给追来的人抓住……

---

① 推罾:一种三角形的捕鱼工具。
② 刁子、土憨巴、死光皮:都是当地的小鱼。

把里面抹干净了,从车里钻出来时,陈志立哑然失笑。原来,黄毛和黑皮以及它们四个毛茸茸胖嘟嘟的可爱孩子不知何时也跟进车篷,正在他准备清洗的垫子上嬉戏。陈志立不忍心惊扰它们,泼了桶里的脏水,坐在方桌旁抽了一支烟,喝了一口已经凉透了的茶,然后又去厨房打了一桶干净的水。

志民和志兵忙着掸尘、扫地和拖地。天气不好,扫过拖过的瓷砖很快又会弄脏,但他们的想法跟老二雷同,就是屋子也跟人一样,要干干净净过年的。屋子的清洁做完,也用干拖把把潮湿的瓷砖拖干了,两兄弟便开始摆桌椅板凳,做吃团年饭的前期准备。

十点钟,妹夫杜士忠开着他的人货车,把一家四口拉了来。陈志民算了算,一会儿吃团年饭的人两桌有多,所以索性又加了一张桌子,省得裹得像粽子的人们到时候挤来挤去不舒服。

到了十二点,陈志立心中焦急起来。现在,蒸笼里的蒸菜熟了,大嫂怕冷了,改用文火;炒和烧的生案准备齐整了,随时可以下锅;堂屋的桌子板凳杯筷也摆好了。说句文绉绉的话,叫"万事俱备",只等志国那一车人回来。可是,志国他们仍然在遥远的路上艰难跋涉。

从早晨起床,田雨的手机就时不时响起,开始是田家的人温馨提醒早点回去团年。随着手机铃声间隔的缩短,提醒也逐渐加重了语气,这时候已经开始问他们上路没有了。

陈家也跟田家催田雨一样,老给志国打电话,叮嘱路上注意安全,询问到哪里了,后来更是直截了当地说,蒸菜和汤已经熟了,炒菜烧菜只等他们进门就下锅了。明显有催促的意思。然而老四说没有办法,冰冻太厉害,高速公路又封路,把车都逼到了省道上。省道上路滑,加上车多,根本就开不起速度。听说已经熟了,志国说要不你们先吃。这边又说那哪儿成啊,团年饭团年饭,就是一家人窝窝软软坐在一起吃的饭。虽然恨不得他们现在就到,但也只得强忍着,反复叮嘱注意安全,违心地劝他们别赶时间。

这种联系的节奏、方式跟语气,陈志立听得何其耳熟!过去每年的这个时候,他们就是这样跟他和田雨保持热线联系,为他们担惊受怕,菜冷了热热了又冷冷了再热,耐着性子等他们回来团个年的。这么一想,心中便涌出一些愧疚,劝大家不要再催了,耐心地等。反正迟早会回来的,早回来早吃,晚回来晚吃,大不了让县城的田家把团年饭当夜饭吃。

志国他们到家,已是下午三点多。车子刚驶上禾场,老三就高喊放鞭炮!放鞭炮!志菊的儿子杜伟领着孩子们,把早已备好的鞭炮点燃,霎时便响起了噼噼啪啪——轰——噼噼啪啪——轰的鞭炮声。吃到四点,志立起身,说我们要走了,再晚就要摸黑赶路了。

　　电话一直响个不停、一餐饭硬是没好好吃的田雨,早就按捺不住了,连忙起身喊:"思博!思博!爷爷说要走了。"

　　思博生怕这一走就再不回来了,嘴里直呼"小花,小花……",死活要带那只黑白相间毛茸茸的小花狗走。他一进屋就说了要带到深圳去养的。没有办法,只得让他抱上车。黄毛和黑皮可能感觉不好,一直围着汽车转。陈志立下车,一边拍着它们的脑袋,一边说小弟弟带小花去逛逛外面的世界,保证给你们带回来,它们才半信半疑地护住另外的三只小狗,放他们带着小花上路。

　　田家的这顿团年饭,吃成了名副其实的"夜饭"。大家都饿了,女人和孩子们一上桌便狼吞虎咽。但郎舅伙的闹酒,已经成了传统,只要凑到一张桌上便闹,每次不醉个把不罢休,总把田达德两老闹得如热锅上的蚂蚁,又拦他们不住。今天也不例外。孙子孙女都大了,他们也不怕在儿子媳妇女儿女婿甚至孙辈面前丢丑,三姨夫杠子合起伙来,拼命灌小舅子田地,而田地又是个打死不告饶的角色,便也一浪一浪地掀起了几个高潮。

# 29

　　该起床的都起床了,一向起床很早的陈志立却没见人影。在客厅过早的田达德问田雨:"志立怎么不来吃早饭哪?再不来炒剩饭就冷了。吃冷东西伤胃的,快去叫他吧!"

　　向荣也说:"是啊!二姑爹最喜欢吃的炒剩饭,我一早就炒好了,鲫鱼冻子也端上桌了。二姑爹人呢?"

　　"我去看看。"田雨被提醒了,放下碗筷,上二楼进房间,见陈志立仍然蒙在被子里,轻轻地摇了他一下,"快九点了,爹爹等你去吃饭哩!"

　　"嗯!"陈志立发出一声闷响,又侧身睡去。

　　田雨揭开被子,看他脸色红彤彤的,下意识地把手搭在他额头,随即便惊叫起来:"怎么!你发烧了?"

"不要大惊小怪好不好？骇着了老人。"陈志立把身子睡正了，有气无力地说，"可能是夜里帮小花搬窝没穿衣服着了凉。你悄悄帮我熬碗姜汤来。一会儿就起床。"

初次远行的小花，早把陈志立和邓思博当庇护者了。自从进入田地家，就一直瞪着乞怜的双眼，瑟瑟发抖地不离他们左右。及至新年钟声敲响，春晚结束大家去睡觉，小花死活不肯待在宽敞客厅里为它准备的那张"小床"上，时而在陈志立和田雨的房门口"呜呜"叫唤，时而跑到女儿陈颖一家三口的房门口用爪子轻轻地刨。思博早就粗屁大鼾了，哪里还记得门外的小花狗？陈志立担心把楼下的岳父母吵醒，只得开灯下床，放小花进来，又把给小花当床的旧棉袄拿进来放到床脚。小花这才乖巧地趴在上面，安心睡觉。

"还是看看医生吧！你这额头滚烫滚烫的。"田雨虽然焦急，又怕楼下的人听见，闹得都不安逸，所以声音压得很低。

陈志立的身体状态一向很好，除了每年感冒一两次，没啥不舒服。即使有个头痛发热的，也从不看医生，挺挺就过去了。许多领导干部有的"三高"呀啥的毛病，他体检时一样也没发现，各项指标正常。所以他跟许多同龄的城里人不同，他极少吃药。他一直觉得，身体出现特殊状况的时候，自己一定会有所感应的。他活到现在，却一点感应也没出现过。他拍了拍田雨的手，安慰道："我心里有数的，出身汗就好了。"

"要是有个啥不好的感觉，可别憋着，一定跟我讲啊！"田雨也想大年初一的，去看医生的确不太好，叮嘱了一声，出去给他熬姜汤。她听人讲，如果正月过好了，便一年都顺，否则就会有些麻烦，甚至弄得事事不顺。对这个说法她虽然将信将疑，此刻却是宁可信其有了。

田雨回到客厅，父亲又问起床了没有，她没多讲，只说他有些困，马上就起床了，顺手拎了半瓶昨晚没喝完的可乐进厨房。

田穗和向荣跟在她身后问，陈哥是不是不舒服呀？田雨说没有啊！向荣说你是个不会撒谎的人，一看你脸色就晓得了。田穗又问是不是头疼发烧啊？莫不是叫陈爹爹耿奶奶摸了吧？莫急！你搞你的洋方子，我行我的土办法，我们双管齐下。说完，从厨柜取了只碗，在水龙头下接了小半碗水，又从箸篓里取了三只筷子，从米缸里抓了半把米，上二楼。

向荣把小烧锅和生姜洗净了，倒进可乐，放在灶火上炖。待可乐烧开了，又改用文火慢慢地煎。田穗则把碗放在床头柜上，站在床边拿三只筷子竖在碗里，嘴里念念叨叨，先问是不是陈爹爹摸了，然后松手，筷子散开倒下了。再问是不是耿奶奶摸了。还真是奇怪，三只筷子居然紧紧地绞在一起，直直地立在碗中不动了。田穗把米往筷子上一撒，说耿奶奶莫急，马上给您郎送钱去。绞在一起的筷子随即松开倒下。田穗扭头对站在身边的田雨笑着说，是耿奶奶摸了。转身去客厅，不知在哪里摸出几张冥钱和黄表纸，在陈志立的额头和身上擦了擦，然后出门去路边烧了。

等田穗回来，陈志立已经披着外套倚在床头，正皱着眉头呲呲地喝可乐煲姜汤。田穗说，姨伯喝完了再蒙上被子睡一觉，发身汗就保管没事了。陈志立叮嘱她们不要跟老人讲，免得他们着急。

也就半个小时，陈志立果然轻松了许多，就起床了。洗漱完毕，刚吃完早餐，田达德便吩咐儿子女婿，说老家有两个新香，你们兄弟开辆车，去跑一趟。田地说天气不好，拖泥带水的，都去干吗，自告奋勇当代表。田达德一听便不高兴，虽然脸上没表现出来。陈志立知道岳父的意思，过去有个么新香，都是赶他们一起去的，便问是谁。田达德身子还是比较虚弱，嗡声嗡气地说，我的堂弟达山跟你妈妈的表弟大成。人家在的时间待我们不薄，现在人死了，烧个新香你们都不乐意。

"好个屁！您郎堂弟'文革'的时候专门整您郎的黑材料，害得您祖郎天天住学习班，天天要我们给您郎送饭。妈妈的表弟连门都不让外婆进，要不是您郎有孝心，外婆只有睡马路。依我说不去，中您郎的意思，派个代表得了。"田地抢白了父亲一句，把老人家堵得无言以对，满脸涨得通红。

"田地跟您郎开玩笑的，没说不去呀！"陈志立怕把岳父的病急复发了，忙打圆场。李想、周大斌也附和："去，去，都去！"

田达德脸上多云转晴说，这还差不多啦！又说鞭炮和香都替你们备好了，吩咐向荣去神龛的抽屉里取来。

向荣到底憋不住，说："二姐夫病了，哪里能去呀？"田达德吃了一惊，忙问："病了？真病了？"田地不失时机地又跟父亲抬杠，说："爹爹您郎说的是个么话，姐夫不是真病难道装病？"田达德辩解说："我不是你这个意思，是问他哪里不好，怎么病的？"田穗说："怎么病的？昨天像催命地老是要我们打电话，赶急赶冻了！"陈志立笑笑说没大碍，可以去的！"病了就不去，别加倍了！"田达德又说。李想笑着问周大斌："你病了没有？你要是病了就我和小舅去。"周大斌回敬他一句："你才病了！"

陈志立说:"还是一起去吧!不然讲起来总归是不好。"

正要出门,突然有客人来拜年,是田达德的几个侄子,大家只得又停下来。待客人们一走,田达德就催儿子女婿们赶快起身,说不然就走不出门了。

田达德的话很快就应验了。田地刚把陈志立的车启动,果真又有人在问这是不是田地的家。陈志立隔着车窗一看,为首的是柳县政协主席胡勇,只得下车,把他们引进屋子。

一进屋,胡勇就说柳县人杰地灵,且是忠孝之域,不仅政界商界学界科技界成功人士多,而且大多春节回乡省亲。县四套班子因此做了分工。他的任务,是给在外地当过领导的回乡人士拜年。所以,他是代表"四大家",来给陈老拜年的。陈志立客客气气地感谢了一番,笑呵呵地说经受不起呀!

拜年的客套很快结束,政协办公室邓主任吃了块玉兰片①,问陈志立:"陈老,您对前天的报纸和电视报道还满意吧?"

"哦!你也知道了啊?"陈志立不置可否,笑了一下。

"这可是胡主席亲自策划的,陈老!"邓主任望了胡勇一眼,得意地说,"那天胡主席上家园网看到了有关您的消息,当即眼睛一亮,转身就跟张书记商量宣传的事。张书记很高兴,说您带了个好头,指示宣传部立即派人采访。"

"哎呀!这么个小事,还惊动了胡主席呀?谢谢啊!"陈志立双手抱拳,对胡勇拱了拱,给几个人的茶杯里续了茶水,又说,"我原本就是弥补一下亏欠,没想到要宣传。再说了,一点小事,不值得大张旗鼓的。"

"小事见精神哩,陈老!您这是高风亮节哟!就您这个境界,我看宣传得还不够哩!"曾经当过县委书记的胡勇发了一通感慨,又及时肯定了一番。

"可再不敢了,胡主席!不然,人家还真以为我是拿些小事来沽名钓誉哩!"陈志立连连摆手。

把他们送到门口,正在握手道别时,杨镇乡的杨书记一行又来了。他们的任务,是依次给杨镇籍的回乡成功人士拜年。

早就等得心急火燎的田达德一看不是个事,便对其他人说:"志立

---

① 玉兰片:油炸的糯米点心。

不去了,你们三个快去快回。再晚了,别人要讲闲话的。"

别看他们最小的也年过五十了,在外面人五人六地吆喝,但在老父亲或者岳父面前,却依然都是些孩子,所以老人的话便是圣旨,得无条件遵从。但田地还是又耍了回嘴皮子:"反正您郎是天牌,您郎说么家①都是对的,哪回错过的?然而您郎今天好像确实是错了。您郎说要不是您郎东说西说,我一个人早去了,也差不多回来了。您郎看这搞了一早晨,眼见到中午了还出不了门。依我看,今天能不能去都成问题。"

"快去,快去!"田达德没时间跟儿子打嘴皮架,双手直往外送,就像农民吆鸭子下湖。田地、李想和周大斌嘻嘻哈哈再次钻进车里。车子终于滑行了,田达德又对着车屁股嚷嚷,"注意安全啊!早去早回。"

陈志立整天的任务,就是在小舅子家里搞接待。对象既有来看老人的,也有来看他的,还有来看那几个出门烧新香去了老半天也不回来的。

田地的房子坐落在县城的城郊接合部的一个小区,单门独栋三层小楼。几位女将拉了母亲,关在二楼的房里有聊不完的闲话,偶尔下来打探下陈志立的身体状况。陈颖那一辈在三楼兴高采烈地打"晃晃"②——晃晃已经风靡柳县了。孩子们则在二楼邓思博的房间玩游戏,或者逗小花玩。都极少下到一楼的客厅来,反正吃的喝的楼上都有。只有身体正在复原的田达德,楼上楼下跑,时而听见陈志立的喊叫参与接待,时而上楼去看重孙们玩耍,生怕他们出个啥意外,或者需要他提供啥服务。老人反复叮嘱快去快回,他们自己也承诺快去快回的三个人,却一直拖到吃晚饭的时候才嘻嘻哈哈地到家。

吃完了晚饭回房间,陈志立从床头柜上拿起手机,打开一看,这才发现也就两三天没开机,手机里面的信息已经爆满。他强忍着没先处理这些短信和微信,而是坚持给老领导们编短信、发短信。他不喜欢转发网络写手们写的,尽管许多词句比他自己组织的好,但他坚持用自己的语言写自己的心里话。他觉得只有这样,才能表达他的真情实意,才能显出对老领导们的尊重与尊敬。

春节给老领导们发短信,是陈志立多年的习惯,每年的这个时候都发。领导们在位的时候,他并不一定逢年过节发祝福短信,但他们退休之

---

① 江汉平原方言:"么家"即什么的意思。
② 当地人嫌传统麻将麻烦,便发挥聪明才智予以改进,去掉"东南西北中发白",只留筒、条、万在牌桌上的一种简易打法,且可以多人参与。

后,他一定会发,直到对方离世。

开始几年,他是挨个打电话,但慢慢地他发现,这种方式并不可取。在这个时间段,老领导们都太忙了,各种应酬不断,有的领导讲得舌干口燥,就跟他今天搞接待一样。而且,电话老占线,往往要打好多遍才打得通。于是,他便改成了发短信。短信是一定会到的,领导们不必这个时候看,更不必急着回,待他们有时间了,再看再回——甚至回不回——都没关系,反正他就是送去祝福。陈志立给老领导们发新年祝福的短信十分虔诚,是他专心致志地编写,字斟句酌地推敲,直到自己满意了,才发出去的。田雨知道他这个习惯,所以一般不来打扰他。

他硬是花了一个多小时,才把给老领导们的祝福短信发完。其间,尽管接收短信或者微信的提示铃声不断,他也只当没听见。手指有些僵硬了,陈志立把手机放到写字台上,点燃一支烟,又呷一口茶,坐在写字台前的椅子上小憩。待一支烟抽过了,再回过头来处理别人发给他的短信或者微信。

## 30

正月初二是个大晴天,太阳一早就乐哈哈地露出圆滚的脑袋,很快又把融融的暖意倾泻到它所有能够照射到的地方。

没要大人提醒和催促,孩子们破例一早就起床——甚至比大人还早,嚷嚷着要上洪堤去玩耍。

这也是田地、李想和周大斌三个人惹的祸。昨天父亲派他们给死去的舅爷和堂叔烧新香,三个人怕回来早了又派个啥新任务,就干脆一车开到洪堤上,反正太阳出来了,路上的冰雪早被来来往往的车跑没了。吃晚饭的时候,三个人全然不计后果,大谈特谈洪堤上如何风景如画,如何人流如织,站在高高的洪堤上如何有一览众山小的感觉。

孩子们有的——譬如思博——还没见洪堤长啥样哩,早就想亲眼目睹了,如今被他们如此这般一顿渲染,心里更是长毛发痒,恨不得长个翅膀连夜就飞去,觉都不想睡了。即便是去过的,也按捺不住了。于孩子们而言,喜欢干的事情百干不厌,喜欢去的地方也是百去不厌的。

大人们又何尝不是一样的心情?开心的事都想做哟!当然,大人们冠冕堂皇的理由,是孩子需要照看。于是,嚷嚷着要去的,就有十好几人。但他们只有两辆车,便民主决定昨天去了的今天不准去,在家搞后勤,保证大家回来了有饭吃。这个民主决定,顿时便把田地、李想和周大斌搞得像霜打的茄子,蔫头耷脑。田穗跟向荣自告奋勇,说个破洪堤有么好玩的,自愿留下来帮忙,才让三个男的振奋起来。然而人还是多了,两辆车仍然装不下。实在没有别的辙,只得辛苦会开车的人,跑两趟。

从县城去洪堤,有十多公里路。路途远,又要留玩的时间,一时半会肯定回不来,几个孙娃也小,他们便带了许多吃的,反正是过年,虽都不是富豪,但水果和食品还是蛮丰盛的。

邓辉启动了陈志立的车,李想的儿子李乐也坐进了周大斌的小车驾驶室,兴高采烈的人们连忙拉开车门,争先恐后地钻进去。

思博嚷着要带小花一起去。陈颖不让,嫌带条小狗麻烦,说她到时不知是该照顾他,还是该照顾他的小狗,惹得思博生气了,嘟着嘴巴,满脸通红差点哭出来。陈志立劝女儿算了,大过年的,出去玩就是让孩子高高兴兴的,他要带就让他带。陈颖说都是您惯的,一点原则都没有。上纲上线!带条狗是个啥原则问题?邓辉顶了陈颖一句,下车把小花抱进车里,两辆车这才缓缓驶出小区。

刚出城关,就瞧见一大片塑料大棚里,不断有人进进出出,手上拎着装了草莓的小竹篮子,到路边的小草棚边过秤。透过车窗瞧见这副场景,孩子们就摇下玻璃,直嚷嚷要停车。走在前面的李乐没办法,只得把车靠边停下,邓辉也紧随其后。两辆车刚停稳,孩子们就连忙推开车门,也不管脚下泥泞,蹦蹦跳跳地跑到小草棚里,各自提个小竹篮子,迅速钻进了塑料大棚。

进口处有个中年妇女,坐在那里专门按人头收钱,进去一个人十块。她大棚里的草莓是可以随便吃的,吃够了还想带走的,就装篮子里,出来时过秤,一斤草莓五块钱。所以进了大棚,大人孩子都学着别人的样子,摘下的草莓洗都不洗就往嘴里塞,也顾不得干净不干净了。

这边还没吃过瘾,那边催车的电话却来了,说是周大斌的孙子跟李乐的女儿又哭又闹的,要他们快点放车回去接人。大人于是催孩子们别吃了,赶紧摘了往篮子里装。孩子们也不管熟没熟,很快就兴高采烈地各自拎着小半篮子草莓出大棚。在小草棚边上过完秤、交完钱,再把草莓倒进塑料袋,一行人这才叽叽喳喳、依依不舍地上车。

人们好像都不愿窝在家里,都喜欢亲近自然,便使得简易公路上行人太多,汽车、摩托车川流不息,他们的车根本跑不起速度来。跑不起速度也有个好处,可以隔着车窗看风景,只是苦了还在家里哄孩子等着车回去接的几个人。

在比秋天还萧条的严冬——还没开春哩,也着实没啥风景好看的。太单调了。公路上是望不到尽头的人流跟车流,公路两旁是在寒风中瑟瑟发抖的赤条条水杉和水杉顶上摇摇欲坠的鸟窝,以及数只同样瑟瑟发抖不时"呱——呱——"惨叫的黑老鸦。水杉外边,是如莽原一般的皑皑白雪,见不到一丝绿色,或者其他颜色。白雪下面到底是麦苗、油菜苗或者豌豆①苗,抑或是黑油油或者黄澄澄的土地,就不得而知了。再远处,便是村庄,或者小集镇。

望得见防洪堤时,陈志立的心情,也难免像孩子那般激动。这条母亲河,他曾经是那样的熟悉,与她有过那么亲密的接触。一路上,除了望窗外的景色,他跟外孙思博讲的,就是他在长江防汛的惊险故事。

年轻的时候,长江的美丽他没感受到,或者说没看出长江有多美,倒是长江的凶险,却时时警醒着他。每年农闲,他都会跟着人们去长江大堤岁修。而到了夏季,又得去守长江大堤,与泛滥的洪水搏斗。长江大堤完全是用土垒起来的,既经不住江水的浸泡,更受不了巨浪的强力冲刷与拍打。还有更凶险的,就是天空像被"捅穿"了一样,从那窟窿里绵绵不绝地下连阴大雨,江水就可能直接漫过防洪堤,然后肆无忌惮地淹没堤外的一切。一九五四年的洪水他没见到,那时他还没出生,但一九九八年的洪水他是亲眼所见的,甚至在险象环生的防洪堤上度过了二十八个终生难忘的日日夜夜。

洪水来去从不提前打招呼,且一来就不分昼夜地恣意妄行,像是要考验人们的智慧与意志极限似的,或者猫戏老鼠。人们真还没有治住它的那个智慧,但意志力超强,被它逼得没有退路,便使出笨招,昼夜陪着它打持久战,不停歇地往洪堤上加土沙袋,或者排查管涌隐患。然而洪水却不是吃素的,甚至是心狠手辣的。待人们被它拖得精疲力竭、神经麻木了,它便瞅个空子,要么把蛇洞老鼠洞蚂蚁洞獾子洞掏大,继而把大堤的某处掏空,先是形成潺潺的细细的清流,后来泥沙进出,形成了管涌。如果不能及时有效堵住管涌,大量泥沙会从管涌处喷涌而出,最后

---

① 豌豆:北方人叫蚕豆。

把大堤撕开一个缺口；要么直接从薄弱处下手，反复冲撞，直接把大堤冲垮。

一九九八年那夜簰洲湾垮堤，他记忆犹新，想起来就胆战心惊，因为他就在那一带防守。如果不是撤离及时，他早就葬身鱼腹了。在大堤上的二十八个日夜，他没睡过一个囫囵觉，没吃过一餐像样的正餐。长期在江水中浸泡，腿上身上成片溃烂，奇痒无比，后来医了好长时间才痊愈。虽然溃烂治愈了，却留下了累累疤痕。

上江堤只有碎石小路，车子开不上去。邓辉跟李乐在堤脚下停车，待车上的人下来，便开着车转头去接另外的一拨人。

路上的冰雪被踩化了，路也被踩干了。他们沿碎石路往堤面上走，孩子们挣脱了大人牵着的手，遥遥领先地跑在前面。江风虽然不大，但明显比县城冷，吹得脸上有如小刀在割。

枯水季节的长江，在这个江段大船不能通行，听说前几年连小船也会搁浅。来到堤面，陈志立隔着防护林远远望去，果然得到了印证。但见平静的江面，只剩一条窄窄的水带，几艘小船悠闲地航行。

走下堤坡，陈志立下到宽阔的江滩，一直走到满是淤泥不能前行的地方，才止住脚步。江水依旧浑浊，随着轻微的江风，悠闲而轻轻地拍打着江岸，如绵羊般温驯。陈志立心里发了一声感叹："想不到凶猛威武如雄狮的江水也有静谧安祥的时刻啊。"脱口问身边的思博说："这就是你梦中都想见到的长江。今天终于见到了，有何感想？"

"还是个上幼儿园的孩子，能有何感想？别当他是你手下的科长处长。"田雨一把拉过思博，扑哧一声笑了。

"嗯！像条小河，比大海小多了，甚至比深圳湾都小。"思博不满意外婆对他的蔑视，所以对她的袒护并不领情，把小手从田雨温柔的手掌中挣脱出来，略一思索，大声答道。

见过浩瀚大海的深圳人，站在枯水季节的江边，当然只能感受长江像小河一样的渺小。在深圳，东边的海西边的入海口，他都去过不知多少回，大小梅沙游过好多次泳，甚至坐大木船去近海看船工捕过鱼。

"嗯！说得没错，是比大海小多了。即便它泛滥成灾，也不敢跟大海比。"陈志立微微颔首，又笑眯眯地问，"但是，思博！你想过没有，如果没有大大小小的江河汇入，大海会怎样呢？"

"嗯！这个……"思博两只大眼睛忽闪着，一副认真思考的样子，随后昂起头，充满自信地大声说，"海水会更咸！大海的水是咸的，江河的水是淡的。它们流进去，就把海水稀释了，稀释到人们呛水也能忍受的程度。"

陈志立跟小外孙对话，大家都竖起耳朵听，看他答出什么来。猛地听到这个出乎意料的答案，大家顿时哄的一声哈哈大笑，把个五六岁的孩子笑得一愣一愣的。思博稚声稚气地问："爷爷！说错了吗？"

陈志立止住笑，抚摸着思博的头，又竖起大拇指，连声赞叹："没错！很好，很好！"

"碰到么好事了，这么开心？"田地的声音陡然响起，把众人惊得一跳。扭头一看，全家人都到齐了，包括八十几岁的老父老母也来了，只差田天那个早已飞回德国的洋老公。

这一天，一家四代人玩得实在太开心了，开心得让他们无法用言语来表达。老天爷也很配合，暖暖的太阳一直挂在天空。

带风筝去，原本只是抱着哄孩子的心态，因为江汉平原这个季节的风都是下沉的，不会把风筝吹到天上去，这天居然让两只风筝从江堤越过防护林，飘扬在江面的上空，让他们收获了一份意外的惊喜。青年人穿着套鞋，带着孩子们在江边的积雪里扒拉，还真的扒拉出了几只不成形的贝壳，把孩子们兴奋得手舞足蹈。在江堤的护坡上堆雪人，还打了会雪仗。两个老人累了，就去车上眯一会儿。零食饮料带得足够，谁饿了就去吃，所以午饭也免了。

直到太阳向西了，空气中的温度更低了，一家人才依依不舍地分两批回家。跟来的时候不同，坐第一趟车回去的，是老父老母和要准备一家人晚餐的几员女将。

# 31

江游回来，陈志立让邓辉开车，送他和田雨去柳县大酒楼。

朱同秀要请在外地工作的几家人吃饭。陈志立本欲谢绝，谁请他都没答应，但朱同秀昨天来田家拜过年，还给了老人和外孙不算太小的红包，便觉得不去就不好了。

进到那个包间时，人差不多到齐了，有二十多人，正伴着京胡、二胡唱柳县花鼓。陈志立没想到会在这里碰到堂姐陈志凤，于是跟朱同秀打过招呼，便带着田雨过去拜年。朱同秀笑问要不要把来的人给他一一介绍。陈志立扫了一眼,指着几个年轻人,笑着说那几位好像还真是面生。于是朱同秀一边介绍,他一边跟大家握手寒暄,原来都是跟北村有瓜葛的。田雨也悄悄地给了朱同秀小孙子一个大红包,算是还了她的情。

入席时起了一阵小小的争执。朱同秀要陈志立坐首席,当然遭到拒绝。他说按规矩,朱总请客,理应坐首席。而朱同秀的理由,是她跟凤姐是姐妹,陈志立是凤姐孩子的舅爷,当然也是她孩子的舅爷了。既然是舅爷,那么妹妹请客,舅爷为大,所以首席非他莫属。而负责买单的幺妹妹,也理应坐尾席。凤姐笑着说:"不就吃个饭吗?哪儿那么多讲究?"陈志立指着凤姐先生说:"要不按年龄算,姐夫最尊,姐夫坐首席。"当过县文化局副局长的凤姐先生却把个脑袋摇得像货郎鼓,直呼"使不得使不得"!说要不就是东家坐,要不就是舅爷坐,断没他这个姨爷坐的道理。更何况,厅长在场,就是吃了熊心豹子胆,科长也断不敢坐的!"都退休的人了,还啥厅长、科长的?您是姐夫,长者为尊,您只管坐就是了。"田雨抿嘴一笑,插嘴说。"一辈子都没出息!"凤姐扫了她老公一眼,低声佯怒道。

"如此一说,我也是个舅爷。要不我这个舅爷解个交。老师你坐首席,师娘坐你左手;凤姐凤姐夫坐老师右手,同秀姐挨师娘坐;我是幺舅,坐尾席,其他人随便找地方,因为年纪小些,或者辈分低些。就这样子,肚子早饿了。"朱同民快刀斩乱麻,先把尾席坐了,吩咐候在一旁的服务生,"斟酒,上菜!"

众人也不管还在那里客套的陈志立,闻听此言便抢座位。陈志立没辙,"嘿嘿"干笑了两声就范说,恭敬不如从命了!

"总得讲两句祝酒辞吧?不然怎么开始啊!"酒菜上来了,大家面面相觑,并没人动一下筷子,朱同民又提议。

一桌人又拿眼睛望陈志立。陈志立说他坐这个位置就不合适,由他致辞就更不合适了。朱同秀笑着用犀利的目光扫了一圈调侃道:"排座位的事翻篇了,你却还拿来说,真好意思!这就是个讲话的位置,谁坐该谁讲!你为人民服一回务又怎么样呢?"

陈志立被顶到了墙角,只得勉为其难地说,那就讲两句吧!起身站着说:"今天在座的,都是北村的成功人士,既然朱总有心把大家拢到一起,那就多谢朱总了,请大家务必吃好喝好,不负朱总苦心。同时祝大家新年大发,阖家幸福,身体安康!"最后他说:"欢迎朱总讲话!"

朱同秀这次没推辞。在掌声中起身，款款地走到麦克风前说，承蒙大伙赏脸，她感到三生有幸。接着说感谢丰泽垸生了她养了她，也感谢北村的人教育了她帮助了她，让她有了今天的成功。她指着陈志立，对儿子媳妇说："这就是我老跟你们提起的陈舅爷，虽然我们不是一个姓，虽然这么多年没联系，但我一直把他当大哥看待。"

待儿子、媳妇起身，恭敬而拘谨地又叫了声"舅爷好"，小孙子奶声奶气地叫了声"舅爷爷好"之后，她继续说："在我最困难的时候，在我人生迷茫得差点寻短见的时候，是你们的陈舅爷给了我活下去的勇气，指点了我人生的迷津。可以说，这么多年，我都是活在他的影子里。我能取得现在的成绩，也是受他影响的结果。所以，他是我今天最应该感谢的人。"

她讲得有些伤感，搞得在座的人，甭管老的少的，都一脸庄重、严肃，眼窝浅的甚至差点落下泪来。

朱同秀缓缓走到陈志立面前，深情地喊了一声"大哥"，又对着田雨喊了声"嫂子"，然后身子弯成九十度，给他们鞠了个躬。她这个出人意料的举动，搞得两个人很是感动，也手忙脚乱，忙起身回礼。陈志立后悔刚才的致辞太敷衍，应该再讲点啥才是。朱同秀却又回到了麦克风前，说同民老弟要在丰泽垸搞开发，是个大好事，希望他把好事做完美。如果需要相助，她一定不遗余力。最后，她祝在座的每个人心想事成，新年新发。

朱同秀的讲话，一下子把大家的乡情亲情都勾了出来，便轮流跑到麦克风前，发了些热情洋溢的这样那样的感慨。此时陈志立又觉得，如果自己再去讲，就显得画蛇添足了，便打消了再去讲话的念头。

有亲情和乡情为纽带，这餐饭自然便放开了喝，敞开了吃。应酬之余，朱同秀一直悄悄地跟田雨小声交谈着。有一些内容飘进了陈志立的耳朵，更多的时候他听不见。声音太小，闹酒的声音又太嘈杂了。但从两人的表情看，陈志立感觉她们的交谈是很愉快的。

有关陈志立跟朱同秀的风言风语，对田雨来说实在算不得新闻，她早就听他说过。两个人一个锅里舀了几十年勺子，相互间早默契得如同一体，所以她向来也不相信那些捕风捉影的传言。当然，开玩笑的时候，偶尔也会拿来调侃他一下，就如同拿娃娃亲周德秀调侃他一样，甚至把两个人放在一起，调侃他前面糟蹋了两个黄花闺女的心，而后又把她这朵鲜花糟蹋成蔫不拉唧的黄花菜。陈志立不辩解，一笑带过。但毕竟人家传得有鼻子有眼的，比他这个当事人都清楚明白，他也就不能不多个心眼，生怕田雨此刻多心。目睹了眼前的情景，本有些忐忑的心，便放回肚里，索性敞开来，跟大家痛痛快快地喝酒。

眼见得喝得差不多了，朱同秀叫服务生把餐桌撤了，通知隔壁包间的人过来。不一会儿，一帮手里拿着锣鼓家伙等乐器的人就涌进来，迅速就位。朱同秀满面笑容地介绍，这就是她公司的文化团队，今天特地来给大家助兴，专唱柳县花鼓。

说话间，服务生把餐桌收拾完毕，音响也调好了。夏助理先唱了一曲《梁祝》选段试音响，又让后台再调试了一遍，才请凤姐唱第一支歌。凤姐也不推辞，虽六十好几了，然而一开口便不同凡响，果然是英雄不减当年气势。她先生原文化局副局长也不是浪得虚名的，也是个花鼓戏高手，所以两人对唱的《花墙会》选段，一开始就树立了一个标杆，自然赢得了一阵热烈的掌声。

朱同秀款款地走到麦克风前，笑容可掬地说，我也在大姐面前献个丑，请大姐点拨点拨。然后，如诉如泣地唱起了《秦香莲》的三官堂选段。众人又是一阵热烈的掌声。

轮到陈志立，他却不敢唱了，扭捏起来。前面两位唱得太好，而朱同秀文艺团队的几个人也都很专业。最后架不住众人撺掇，只得拉了田雨，唱了段黄梅戏《夫妻双双把家还》。众人自是不依，因为他偏离了主题。无可奈何之下，又唱了一曲《十三款》选段，才被大家放过。

这一晚，直闹到十点多钟，大家才依依不舍地互道珍重，意犹未尽地握别。谢绝了有人要用车送的好意，陈志立跟田雨走路回田地的家，也欣赏县城的斑斓夜景，感受家乡的日渐繁华。反正路程也不远，半小时就到了。

天气寒冷，路面的冰被冷风一吹变得更加坚硬，也更加光滑。街上冷冷清清，比天气还冷清，人很少，车也不多。两边明亮的路灯和商场楼顶的装饰灯华丽绽放，就像专门为他们开着似的，也像列队接受检阅的仪仗队。田雨把围脖紧了紧，头靠在陈志立肩上。依偎在一起的两个人，踯躅而行，把冰踏得"咯吱咯吱"作响。

"喂！有首歌，我今天很想唱来的，但想了想，最终还是忍住了。"街上没啥可看的，田雨索性不看了，一边小心翼翼地挪步，一边兴致勃勃地跟丈夫打起哑谜，"你猜猜，那是什么歌？"

陈志立知道她又把他当学生了。没旁人的时候，她都喜欢拿他当学生。尤其是退休之后，失去了真正的讲台，她跟他讲话，就更像在课堂上，往往从提问或者场景设计开始。

陈志立脸上掠过一丝不易察觉的得意，没正面回答，而是轻轻地哼起了台湾歌手孟庭苇唱过的一首歌："是否每一位你身边的女子，最后都成为你的妹妹。她的心碎，我的心碎，是否都是你呀你收集的伤悲。是否每一位快乐过的红颜，最后都是你伤心的妹妹。她的心醉，我的心醉，是否都是你呀你亏欠的陶醉……"

田雨目瞪口呆，步子也不迈了，怔怔地盯着老公的脸。俄顷，轻轻捣了他一拳，娇嗔地说："我真是个玻璃人，什么都被你看透了。"

"朱同秀小的时候，确实是苦。出身不好，老有人欺负，而我呢就见不得强者欺负弱者，加上常在一起排节目讨论剧本，从没把她当另类，所以她便心生感激。这也是她今天强调过的。何况她长得也确实漂亮，所以就被大家误解了。然而我真的跟她没什么，想都没朝那方面想，手都不曾拉一下。你说在那个年代的农村，说是婚姻自由，但哪里自由得了啊？一人一口唾沫，都能把人淹死。"陈志立把妻子的肩膀搂紧了，若有所思地说，"我不光是对朱同秀，其实我对所有女人，或者再进一步说，对所有人，就没伤害过。"

"那么，周德秀呢？你敢说没伤害？"

"娃娃亲到了上世纪八十年代，悔婚的就很多了，又不止我一个。何况也就见过一面，彼此有没有好感都不晓得。何来伤害呢？说不定是解放了她哩！"

"我跟你讲，对人感情的伤害，分暴露性和隐蔽性两种。暴露性伤害虽然厉害，但是表面的，可以防范的。而隐蔽性伤害，是拿软刀子割心，杀人不见血的。你对女性的伤害，就是后一种，是隐蔽性伤害。"田雨嘴巴向来厉害，甭管歪理正理，讲起来滔滔不绝，往往能让陈志立瞬间崩溃，迅速败下阵来。这次更是得理不饶人。

"哪有你说的那么严重啊？我都没有伤害的主观故意。"

"没有主观故意就不能构成伤害了？你这是什么逻辑？杀人除了故意杀人，还有过失杀人哩！比方说，你本意只是开个玩笑，轻轻地推了对方一把，没承想他桩子不稳，后脑勺碰到角铁上了，当场毙命，或者成了植物人。也就是说，是你失手把人杀了。结果摆在那里哩！你还敢狡辩这样的失手,不算是杀人?"田雨不知从哪儿冒出这么一段歪理,继续穷追猛打,"我看人家同秀那个眼神,就被你伤害得不轻。"

"都是你在瞎扯,人家自己都不觉得是受伤害了。"

"唉!女人的心哪,只有女人能懂。你们男人哪里体会得到哟!何况我是教什么的你忘了?"

"算了,不跟你讨论这些无聊的问题。怕你!没理也被你说得有理,得理更是掘地三尺。"陈志立缴械投降。

"喂!你究竟有几个好妹妹?你说你一会儿冒出一个,先是周德秀,后是朱同秀。你的秀真多啊!接下来,还会不会冒出个李什么秀、王什么秀啊?"田雨不愿轻易放弃。摇了摇他的手臂,笑嘻嘻地说,"我看你真是有女人缘呐,艳福不浅喽!"

"那是!"陈志立立即承认,语气间无比自豪,"在家里,我有两个女儿哄着。在单位,先是女人管我,几任上司都是女人;后来该我管人了,几任下来手下还是女人。我这一辈子,就是在女人堆里混过来的。怎么,吃醋了?你咋早不吃醋呢?"他用反诘的语气、得意的眼神瞧妻子,以为终于扳回了一局。

"瞧把你美的,我吃个鬼的醋!有人帮我照顾累赘,还省了我好多事,让我少操了好多心!"田雨一脸的不屑,陈志立又一点脾气没有了,像泄了气的皮球蔫头耷脑。稍停了一下,又用胳膊肘碰了碰丈夫,笑着问,"喂!你那些好妹妹里头,算我一个吗?"

"那当然不算!你觉得你是好妹妹吗?"陈志立终于逮着机会抨击一下妻子了,盯着她的眼睛问。

"你看你!说你伤害女人你还不承认。"田雨横眉一竖,杏眼一瞪,嗔怒道,"除了隐蔽性伤害,你还来了个赤裸裸的暴露性伤害。你这是双刃剑哩!"

夫妻俩老这样,心情好的时候相互调侃,却谁也不把调侃的话当真,而是当了和和睦睦、恩恩爱爱的润滑剂,以及琐碎生活的调味品。偶尔把陈志立调侃得急眼了,正要反击时,田雨却嫣然一笑,迅速转换话题,弄得陈志立一点辙都没有。能够做到这一点,也得益于两个人的相濡以沫,几十年共同生活所积淀的相互了解、相互信任。他们知道,谁都不会做对不起对方的事,做对不起家庭的事,讲出的话也不是有意要伤害到谁。

"不过,你还是有些手腕的。这点我很佩服!就是被你伤害了,我看朱同秀崇拜你,仍然崇拜得五体投地哩!"田雨轻轻地碰了碰丈夫的胳膊,再次挖了个温柔的陷阱,用探询的口吻说道,"喂!朱同秀说因为你上大学,便改变了北村的学习风气,改变了一代人的命运,连辍学多年的初中生都重返校园。有这回事吗?"

"那是事实,她一点都没吹嘘。我都成那代人和他们父母崇拜的偶像了。跟你说,那时候的北村,家家都有读书郎,处处皆闻读书声。陈新文就是做了三年瓦匠,又去读书考上大专的。上世纪九十年代我让大队书记统计了一下,十多年间有一百多人上了大学、大专和中专。今天来的陈志海、胡春燕、邓柏林几个都是这种情况。他们自己不也是这么说的吗?"陈志立神采飞扬,满脸骄傲的样子,然后他突然说,"你早知道啊!"

"我是早知道啊!"田雨浅浅一笑,不急不徐地挖苦道,"知道我早知道,还好意思神采飞扬、津津乐道啊?人说四十不惑,你却过了六十都还惑呀,还是只听顺耳的话只讲得意的事啊!"

陈志立这才明白又被她装进局里去了,懊恼自己反应迟钝,一时语塞。突然想起前些时微信群里传的一则不辨真伪的消息,又"嘿嘿"一笑狡辩:"人家联合国的专家早把这个改了,六十五岁才进入中年。你还不知道吧?真是头发长、见识短啊!按这个来推算,只有九十岁的人才有资格讲他耳顺哩!"

"那还是年轻人喽?一个退休了的年轻人!"田雨又挖苦道。

"身体老了,心却年轻!不行呐?"陈志立反问。

"行,行!谁说不行呢?"田雨嘻嘻地笑,话锋一转,又扯回了原先的话题,"但是你对北村人通过学习改变命运所作的贡献,从朱同秀的嘴巴里说出来,那种感觉还是不一样的哩!"

"又有什么新花样?"陈志立的眼里,立即有了警惕的成分。

"难怪天天嚷着要回来养老,原来是要唤醒人们埋藏了的意识,刷存在感呐!"田雨停顿一下,又用肯定的语气,由衷地说,"不过,从乡亲们对你的态度看,你在他们心目中的存在感,是一直都有的。"

"唉,可惜呀!可惜风光不再了哟!"陈志立知道她这句话是真心的,并不是调侃,然而他脸上却又现出了惋惜和无奈。

田雨拿不准他是感叹自己在北村人心中的形象,还是感叹如今的学习氛围,没敢轻易接话。

## 32

陈志立小的时候，正月十五闹过元宵，他就一边依依不舍地咂着嘴巴细细品味年的余味，一边掰着指头算日子，甜蜜地憧憬下一次团年饭的景象，真心期盼一觉醒来，睁开眼睛就是下一个春节了。那可真叫望眼欲穿啊！然而，那日子却过得慢慢悠悠，下一个春节像羞涩的新娘，老是赖在花轿里不肯出来，生怕新郎猛地一把扯下那鲜红的盖头。有时候他突发奇想，为什么不天天过年呢？天天过年，多好啊！

如今他退休了，时不我待的紧迫感消失了，但仍感觉时间过得太快，逝者如斯也！一眨眼工夫，一天没了；再眨巴眨巴眼睛，几个月没了。他退休回来好像没几天，就到春节了。这春节才开头哩，却要收尾了。如同在深圳穿衣服，夏装刚刚洗好叠进衣柜，没过几周天气就又热了，又要把余温犹存的夏装翻出来了。

天天给离乡远去的亲人送行，让陈志立对逝者如斯的感受，愈加强烈。过了正月初二，就像过完年了，因为陆陆续续有人打点行装，匆匆忙忙返程。初三一大早，田天就由邓辉跟李乐开车送到武汉的天河机场，然后飞上海再飞德国的慕尼黑。要不是老爷子差点一命呜呼，她回不回来都是两说。这一走，也不知啥时候再回来，弄得一屋女将泪眼婆娑，凄凄惨惨。接着是邓辉跟陈颖要返回上班，医院给邓辉排了初五的班，初四他必须到深圳。虽说陈颖可以过了初六再回，但丈夫要上班，她也就在柳县待不下了，何况还得去惠州的乡下看公公婆婆，替邓辉也让自己尽孝心。正月初五李想的儿子李乐一家三口、初六周大斌的女儿女婿外带小外孙分别去北京和上海。最后是田地的儿子初七回武汉。这几天，田家天天在送远行的亲人，忙得一塌糊涂。

陈家的情况也类似，年前过千山涉万水火急火燎地赶回来，几天工夫又火急火燎地陆陆续续都走了。没有立刻走的，只剩陈志立、田雨与小外孙思博，他们准备过了正月十五再回。

回过头来看，亲人团聚，最主要的联结桥梁是饮食文化与酒文化，天天坐在饭桌上，餐餐泡在酒杯里，且各家的菜系雷同，极少有新花样，就是朱同秀请去酒店吃的那顿，也是地道的柳县特色菜。所以在陈志立心里，对饭局没留下太多印象。唯一有些印象的，是去堂兄陈志家家里吃饭——

　　陈氏家族接春客,接是满接,客人也满口答应,但最后并不全来。陈家是大姓,春节时间太短,如果轮流接,便总有轮不到的。客人也多,一家摆不下那么多桌,必须分流。所以同一天,接春客的有好几家。至于哪些亲眷到谁家,则由请客的几家商量着定。当然啦,东家还是挨门挨户把所有亲眷都请一遍。这既不是虚伪,也不是客套,而是礼数。客人来不来是一回事,礼数到不到,则是另外一回事。这也是继承了父辈的传统。父辈们在世的时候,就是家里再穷,也要给外嫁的姑娘们撑个脸面,接一次春客。

　　陈志民跟陈志家都是正月初三接春客。客人们先在陈志民家里吃。菜刚刚上齐,酒还没进入高潮,陈志家就过来,大声嚷嚷说既然在志民家里吃过了,就请姑爷姑奶奶们赏脸,移步去尝尝舅侄媳妇们的手艺。又邀陈志立帮他陪客:"自从你进了城,就再没端过我的碗。今天无论如何要去的,就当你是嫁出去的姑娘回娘家。"

　　跟堂弟陈志民一样,陈志家也是挺着腰杆走路的人。不仅他自己在大队当过书记,而且大儿子陈新文现任刘市镇的镇委书记,二儿子陈新武虽只三十六七岁年纪,却已是省城一家知名律师事务所专打经济官司的合伙人。唯一令他提起来就遗憾的,是幺儿子陈新桥硬是没上成大学,只得在村里包了有十几亩水面的陈家潭喂鱼。

　　刚走到陈志家的禾场,便见陈新桥抄着一块砖头,站在宝马车跟前,嚷嚷要砸车。众人不知所为何来,停住脚步,面面相觑。

　　"真是丢人现眼!又发个么神经?"陈新文跑出来,一把夺过幺弟手里的砖头。

　　"不准砸老二的,是吧?那好,砸你的!反正都不是个么好东西。"陈新桥又捡起一块砖头,朝旁边的丰田车走去。

　　陈志家气得脸色铁青,劈手夺去砖头,吼道:"有意思吗?"

　　"您郎让他砸,大伯!真是越来越不像话了!"陈新文气咻咻地两手叉腰说完,又把手从腰间放下,满脸堆笑地邀客人进屋,说老幺是人来疯,丢他一个人在禾场,看他能闹出个么名堂来。

　　陈老幺又嚷嚷了两声,可能自己也觉得没啥意思了,把手里的砖头往墙角一扔,也跟着进屋,没事人一般陪客人喝酒。

　　碰到这么个情况,也不清楚原委,客人自然都吃得索然无味,酒也没怎么喝,很快就散场。陈志家直道歉,说晚上再喝个痛快。陈志立随大伙出门,却被陈志家留住了,希望帮他处理下家事。清官难断家务事,陈志立面露难色。可是刚放下人家的碗,而且如果不是把自己还当个人物,也不会独独留下他一个,就又不好走了。

陈志家喊儿子媳妇开家庭会议。三个儿子脸上一怔,异口同声地问:"又开家庭会议呀?"陈新文埋怨老三:"都是你闯的祸!"话虽这么说,人都乖乖地跟随老子进了厢房。三个媳妇继续收拾桌上的残局,嘻嘻哈哈地说她们就不参加了,保证落实好会议精神。

"二爷!就凭我给您郎专门搭了个戏棚子,您郎也得给侄子做回主啊!"陈志家一脸肃穆地刚宣布会议开始,陈新桥就哭丧着脸首先开腔。接过陈新桥递的烟,陈志立问,你有什么冤屈?不想陈新桥上纲上线,顿时把陈志立吓了一跳:"您郎说两个哥哥,一个在富得流油的刘市镇当诸侯,一个是知名律师,哪个不腰缠万贯呐?然而他们富不思源,不尽赡养老人的责任。"

"你小子说话不凭良心!你养老子啦?老子现在自食其力,没要你个狗东西养。老子要是真不能动了,你还不一锹撮老子出门外啊?你个没良心的东西!"陈志家连说带骂,喝斥了老幺一通,又气呼呼替两个大的辩解,"再说了,他们帮你还少啊?这个屋谁出钱起的?是老二拎回来二十万元起的!现在落在你的名下,白住,你狗东西花了一分钱?你养那口鱼塘,鱼苗的钱、饲料的钱,哪一样不是老大、老二出的?白给你养,你卖了鱼分一分钱他们没有?我说你个狗东西呀,就是个白眼狼!"

"我晓得我是您郎捡粪顺便捡来的,不待见,嫌弃!既然这么嫌弃,为何当初不把我掐死算了?"陈新桥气鼓鼓地顶撞了一句,又理直气壮地说,"他们出的钱,是付给我帮他们尽孝的工资,理所当然的。您郎是自食其力,那么娘呢?娘瘫在床上两年了,还不是我媳妇跟我两个精心照料?这个您郎咋不跟二爷讲?"

"你他妈真是不凭良心!"陈志家气得发抖,手指在麻将桌上直捣,"你小子从小就不让老子省心!就讲读书,你捂着良心说,老子是不是在你身上花的钱最多?可你好好读了吗?要是像你两个哥哥考上大学,你狗东西何至于还在农村摸牛屁眼?这个你也敢动不动就怨老子?"

"反正我说什么做什么横竖都是错。算了,不说了,说的越多错得越多。过了正月十五,我就跟媳妇去深圳打工。"陈新桥说完了,转求陈志立帮他在深圳找个打工的地方。听他把球抛给了自己,陈志立笑着问他能做什么事。陈新桥好像主要是对他爹有意见,始终不离对陈志家的埋怨:"大伯偏心眼,没让我学个手艺,我只有一把蛮力。随便找个出力气的活就行。"

陈志立设身处地地说:"出力气的活能让你赚大钱?能让你超过你两个哥哥?"建议他考虑清楚了再说。陈新桥狠吸一口烟,把烟屁股一扔,用脚使劲碾,说他不跟他们比,赚不到钱他认命。他只要不见到他们显摆就行了。陈志立又说,亲兄弟哩!总不至于一辈子不见吧?陈新桥指着两个哥哥,气呼呼地说:"您郎说是亲兄弟!可他们拿我当亲兄弟待了吗?"

"老幺一直在绕弯弯,二爷!他其实就要我们出钱帮忙买个车。"陈新文终于开口了。陈志立吃了一惊,对陈新桥说,你直接开口不就完了?他们能帮就帮,帮不了你也不怪。何至于弄得父子兄弟如此尴尬呢?

"他一直这样没出息,兄弟!想要他们帮什么,就闹。闹到两个大的没法子了,就无原则地答应。起这个屋,承包那口鱼塘,都是这样。所以就惯出了这个毛病。"陈志家怒其不争的语气里充满了无奈,"但这一次是我死活不同意,他就又闹起来了,甚至敢得罪姑妈姑爷们。我看他是越来越不像话了"。

"我就是要个车!怎么,不行呐?这车也是该他们给我买的,是付给我赡养老人的工资。"陈老幺咧开厚厚的嘴唇,笑着说。

"那你自己去闹啊!你狗东西要是闹得来,你买一百万块钱的车都可以,谁管你呀?老子高兴还来不及哩!"陈志家横了幺儿子一眼,然后央陈志立帮他好好管教这混账东西。陈新文无可奈何地说,帮衬家里的钱,主要是老二出的。老二能捞钱,媳妇也大方。我每个月只拿三千多的工资,跟媳妇加一起,也才六千多。老幺一开口就要十几万,我是没办法。我伢上高中了,我得帮伢攒点。陈志立问陈新桥要车干吗。

"拉客跑生意呀!很多有车的人都做网约车生意。您郎说靠种田养鱼也发不了财,那我总不至于一直吊在陈家潭这棵歪脖子树上半死不活吧?"陈新桥梗着脖子,显得理直气壮。陈志家生怕陈志立掉进他儿子挖的坑里面去了,连忙说他连车都不会开。

"去学呀!我这么聪明的人,哪有我学不会的东西?您郎要不信,就帮我交五千块试试,我保证三个月拿驾照。再说了,也可以请人呐!就像志民大叔,还不是出钱请人帮忙?"陈新桥像早备好了词,就等他老爹说完这句话。

陈志家被他幺儿子嘻得老毛病发了，右手抖起来，陈志立便急忙帮他打圆场，转头问一言不发的大律师陈新武是个么想法。

"按理说呢，老幺的要求并不蛮过分。兄弟三个都有尽孝的责任，但老大跟我都忙，二老也不愿离开老屋，所以老幺的确是辛苦。但他以赡养老人的名义要了钱，天天去出车，哪有时间照顾老人呢？而且我也要批评老幺的这种极端方式，太过分了！就说养鱼，人家赚钱他亏本。然后要买饲料了，就拎条斤把重的胖头鱼，跑到老大的单位满院子嚷嚷，'陈老大！我在家帮你赡养高堂咧，你也不出来接见我一下？'您说老大是书记哩，他这种做法谁能忍受啊？好在老大脾气好，不跟他一般见识。"陈新武慢条斯理地说。

陈新桥一听喜出望外，不失时机地将了他老子的军，说："小哥都同意了，又不要您郎出血，您郎硬要做个恶人搞么事？害得我年都过不好！"陈志家手指点着陈新桥的脑门说："是你狗东西害我们都过不好年，却倒打一耙，把赃栽到老子头上。"

陈志立猛地发现，陈新桥老跟两个哥哥"挤眉弄眼"，开始觉得蹊跷，现在像是忽然明白了。早就听说陈志家多年不当书记了，但主持会议的瘾仍有，这回算是长见识了。三个侄子合伙唱这出滑稽戏，就是给他们老子过瘾的。于是他站起身来，拍了拍陈新桥的肩膀："你小子啊！玩笑开得有点大了。"留下三个怪笑的侄子跟他们满脸茫然的爹，笑哈哈地扬长而去。

# 33

一晃就到了正月十五，年真正过完了，思博也该上学前班了。

今年的天气有些反常，春雨来得特别早。地上的积雪尚没融化，春雨就迫不及待地淅淅沥沥下个不停，把满世界弄得泥泞不堪。

碰上这么个天气，田雨就对开车返深有些犹豫，唠叨着买高铁或者火车票回去。原本计划要做的事，但凡有丁点犹豫，田雨都坚决改弦易辙。而且，她也不是没根据的。陈志立那次在国外的遭遇，对她的冲击实在太大了，想起来就心有余悸。

那次陈志立带了几个专家在国外考察，原计划是转乘某国际航空公司的那个航班。到了机场办登机手续时，有个专家突发心脏病，痛得大汗淋漓、脸色惨白。好在他随身带了硝酸甘油，同行者急忙喂了他一粒，才算是缓解了疼痛。虽然登机的时间还够，但领队陈志立却犹豫了，万一在飞机上复发了，叫天天不应叫地地不灵，如何是好啊？回去怎么跟领导和专家的家属交代呢？这么一想，就把专家送进了医院，直到医生说没事了，才安排人去改签下一个航班。没想到那架飞机出了事故，失联后至今都不知道飞哪里去了。也就是说，他的这个决定，救了六条性命。

田雨不知道后面的变故，从新闻里听说那个航班出事，当即就软绵绵瘫在沙发里。回过神来之后，手指哆嗦着不停歇地打陈志立的手机，然而他关机了；打随行同事的手机，也一个个都关机。绝望的田雨连哭的力气都没有，掉了魂一般。她哪里知道，陈志立此时正靠在另外一个航班的座椅上呼呼大睡呢。直到航班安全抵达，陈志立打电话报平安，她才哇的一声号啕大哭起来。自此以后，田雨对需要考虑的事就特别敏感，但凡有丁点的犹豫，宁可放弃，决不冒险。

可是车票哪里是想买就买得到的呢？十五过了便是农民兄弟进城的高潮，而且高铁票火车票早在节前就售罄了。长途汽车倒是有票，可得十几个小时颠簸哩！这老的老小的小，哪里吃得了那个苦头？于是只得痛苦地放弃。

田地说他有个哥们，是高铁站的副站长，可以送他们上车，但不保证有座位。田达德当即就瞪了儿子一眼，说他尽讲废话，说了等于没有说。田达德问儿子："你以为他们还是年轻人哪？他们都六十多了，何况还带着个五六岁的孩子！"

一句话噎得田地直翻白眼，好半天才回一句："那您郎说咋办，我的个亲爹！总不至于让他们走回深圳去吧？"

陈志立说活人总不至于被尿憋死，他还是开车回去，大不了他一边走一边玩，花它个两三天时间。田雨想想也只有这个办法，虽然心里面打鼓，但为了不耽误思博上学，便勉强同意了。

正月十六吃罢早饭，他们就一头扎进濛濛细雨里，加入到拥塞的车流中。

纷纷扬扬的细雨，在微风中密匝匝地无声飘荡，均匀地洒落在汽车挡风玻璃上，然后任由雨刮器扫到水槽里。

陈志立两眼紧盯前方，小心翼翼地摆弄方向盘。田雨仍是不放心，老提醒他开慢点开慢点！弄得陈志立有些烦，加重语气说："我的个姑奶奶呀！你消停一下好不好？这个速度，还算快吗？已经跟蜗牛差不多了哟!"然后催她闭上眼睛睡觉。小孙子思博被逗得笑个不停,对田雨说:"爷爷叫你姑奶奶哟!"

陈志立说得一点不夸张,车子的确是开不起速度来。除了雨水的侵扰,更主要的是车多,形形色色各种规格和品牌的车辆,像开汽车博览会,密密麻麻地摆在高速路上,连应急车道都挤满了,只能蚯蚓般蠕动。

现在进城务工人员的职业和身份,早已不同他们的父辈,早就发生了质的改变,他们不再是仅靠出苦力干城里人不愿干的累活脏活,凭力气挣养家糊口的微薄收入的人群。他们许多人拥有知识和技术,从而在财富的积累上远超过了他们父辈。这一点,陈志立春节的时候就感受到了。春节这段时间,陈志立仔细观察返乡的人们,发现他们的衣着打扮,他们抽的烟及相互送的礼,他们打牌的价码,都跟他们的父辈和还在农村务农的年轻人迥然不同。另外一个明显的变化,是原来总觉得很宽敞的省道县道乡道,现在都被各种车辆塞满了,乡村小道上的三轮车摩托车自行车队伍里,也挤进了各种小车。春节期间,几乎隔两家农户就能见到禾场上摆着一辆不错的小车。全国各地的车牌都有,而以"粤B"居多。这也难怪喂鱼的陈新桥心里痒痒,跟他两个哥哥要钱买车了。见着人家都有车,他心里不痒才是怪事。

陈志立出发前功课做得还是不到位,忽略了一个重要因素。他现在才想起来,企业跟机关事业单位不同,是过了十五甚至过完整个正月才开工的,而许多开车返乡的年轻人,便过了十五才慢悠悠地开车返城。虽然想了起来,但已经晚了,再改来不及了,因为思博的学前班跟企业开工的时间正好碰一起了,他们又不希望思博缺课。

他这个不速之客,偏偏在进城务工的兄弟们返城的高峰,不识时务地闯入了人家返城的行列,给本就拥挤不堪的高速公路增加了一个累赘。所以这个责任,陈志立认为在自己,是自己给别人添了堵,而不是滚滚车流里的其他驾驶者给他添了堵。这也正如他一直倡导老人尽量跟上下班的人群错峰出行,不要在上下班高峰的时候去乘公交或者地铁,尽可能让上班一族路途轻松一点,不至于被挤得像柿饼,然后汗流浃背地走进公司大门。

突然悟出这么个道理,陈志立便有了负罪的感觉,所以也不敢有丁点抱怨了,而是随绵绵不绝的车流徐徐前行,且一如去年那次回来,逢休息区就进去活动活动四肢,抽根把烟。

他不急,然而还是有人急,一路上不断有擦碰的事故发生。那些发生了擦碰的车辆停在路边,或者道路中间,又引得闪着红绿灯的警车和救援车不时地警笛长鸣,这当然更加剧了道路的拥堵。思博早就进入了梦乡,陈志立劝田雨也眯一会儿,然而她实在睡不着,不停地跟陈志立没话找话,生怕他分神或者精力不济出个啥乱子。尽管陈志立已经把心态放平和了,每每经过擦碰现场,见到挤成一团的车辆和站在一旁争吵的人们,田雨还是要再提醒他一次:"安全第一,安全第一!"

陈志立突然想起陈志家的三个儿子为了帮父亲过主持会议的瘾,而上演的那出苦肉闹剧,便哑然失笑,绘声绘色地讲给田雨听,果然逗得田雨像孩子一样开怀大笑。特别讲到那天晚上陈志家为了解开心中的疑团,又专门跑过来询问究竟,不料陈志民讥讽他主持会议有瘾,陈志立则趁机劝他孩子们的事由孩子们自己去协商解决,顿时闹了个大红脸,回去就把幺儿子陈新桥又臭骂了一顿,田雨更是笑得前仰后合。

他们走了两天多,第一天晚上住长沙,会了两个多年未见的老同学;第二个晚上住广州,然后起个早床,趁大多数汽车还没上路之前,便已经过虎门了。回到家里,上菜场买完菜,就到了田雨做午饭的时间。

毕竟是六十多岁的人了,精力和体力都不如从前。开了两天多的车,还是有些累,陈志立吃过午饭,稍微活动了一下,便上床休息。

正睡得迷迷糊糊,手机响了,他有些懊恼,后悔睡前没关了手机。但他没接的意思,希望对方主动放弃。现在骚扰电话太多了,都是推销理财产品、贷款或者卖房子商铺,甚至还有诈骗的。对于骚扰电话,他的惯常做法就如现在这样,让电话一直响着,待对方失去耐心了主动放弃。然而,对方好像猜透了他的心事,也跟他不接电话一样,锲而不舍,坚忍不拔。所以前一次的铃声刚刚结束,正在他有些自得时,果不其然,铃声却又骤然响起。如此再三。

碰到个跟自己一样轴的人,陈志立也束手无策,只得率先服软,伸手从床头柜上抓过手机,放到耳边。刚听了一会儿,他就猛地坐起来,大声说不可能吧!怎么会这样呢?然后穿衣起床,拿起车钥匙准备出门。

"窝里没引窝蛋①了吧?刚一落屋就又要出门?"田雨调侃的语气里充

---

① 母鸡下蛋要先看看窝里有没有它下过的蛋(别的鸡的也行,它会以为是自己的),有的话会更容易下蛋,否则要等它自己觉得这个窝安全才会进去,所以人们去鸡窝捡鸡蛋时都留下一个,叫做"引窝蛋"。

满了爱怜。陈志立没时间跟她斗嘴,已经到门边换皮鞋了。田雨跟在身后,又关切说:"不是说累了吗?累了就在家里休息呀!"

"晚饭不用等我了。"陈志立仍然没正面回答,拉开铁门出去了。

# 34

电话是朱同民打来的,说杨镇乡政府跟孙大海签了个办厂协议,准备在丰泽南村建一个占地两百五十亩的化学工业园,专门生产染发剂。他熟悉孙大海,也是杨镇老乡,最先在深圳开厂,专门为国外的一家企业代产染发剂半成品,可他不采取任何污染处理措施,工业污水直接往河里或者地下排水管里排。时间不长就遭人举报,被罚了款,勒令关闭。后来把厂搬到江苏、安徽的好几个地方,听说也是同样的原因,都没能干太久就又关张了。没想到,他居然要把这种谁都不要的高污染企业建到自己的家乡,而乡里的领导居然会同意!

陈志立心里十分焦急,把车开得有些快。好在正月尚未过完,许多人和车都还在老家,或者返城的路上,所以城里的道路就特别畅通,天气又出奇地好,和风轻拂,阳光明媚,一些人便把车开得比他还快。

突然,一辆车没打转向灯,从左车道毫无征兆地斜插过来,一溜烟地横穿他正在行驶的右车道,再麻溜地右拐进了匝道。陈志立前面的车子一见大事不妙,连忙来了个急刹车。陈志立脑袋瓜子里全被孙大海化工厂的事塞满了,精神没完全集中到开车上。猛一见前面的车子急刹,顿时便惊出一身冷汗,也下意识地赶紧急踩刹车。他的车在一阵刺耳的"吱——"声之后,终于在离前车不到半米的地方停了下来。

"哎呀,好险!"陈志立暗叫一声。然而,他庆幸的过场还没走完,却猛听得身后"呼""呼""呼"三声巨响,随即身子猛地一抖,人跟车一起又往前一蹿,便听到前面也"呼"的一声响。

这一下,陈志立彻底蒙了。

过了十几秒钟,稍稍稳了稳神,陈志立才想起把自己检查一遍。他做了个深呼吸,又动了动手,抬了抬腿,摇了摇脖子,好像都无碍。暗暗庆幸自己好在方向盘握得紧,人没受任何损伤之后,他打开车门,下车察看情况。

但见前后共五辆车挤成一条龙,犹如烧烤摊上被竹签穿起的几坨羊肉,紧紧地挨在一起。他的车是顺数第二辆,被前后夹击,前盖高高拱起，就像一块呈一百二十度的角铁架在车上，前保险杠和几只灯烂得不成样子了，碎片撒了一地。转到车后，只见后盖也是隆起，后保险杠蛇一样地弯弯扭扭，中间一段凹进了后备箱里。陈志立再看其他车辆，发现中间的三辆车其实情况差不多，而第四辆车的情况甚至更严重。

车上的人陆陆续续也出来了，都在前后察看。好在都是小车，而且可能大家都还谨慎，所以万幸没有人员死亡，只有第四辆车副驾驶座的乘客头磕破了，有殷红的血缓缓地从捂着的手指缝里渗出，第三辆车的司机头上肿起了个鸡蛋大的包块。那辆肇事的右转车辆早已逃之夭夭，气得站在马路上的人们对着他逃跑的方向大骂。

"赶紧报警，或者报保险吧！"陈志立对第五辆车的司机说，"不然，就影响交通了。"

那是一个年轻小伙，他一脸无辜地说这险不归他报，是前面的车急刹才引起后面的车连环相撞的，应该归前面的人报。第一辆车的司机当然强烈反对，他说是已经逃逸的那辆车从左边的道上突然右拐下辅道，他才急刹的，不然他就撞上那辆逃逸的小车了。而且，交通法明文规定，现场的责任又是如此清晰，傻瓜都知道归最后的一辆车负全责，赖是赖不掉的。望着两个人脸红脖子粗地在马路上激烈争吵，陈志立苦笑着摇了摇头，也懒得跟他们废口舌了，掏出手机拨打"110"。

听说五车连环相撞，骑摩托车的交警很快就到了，先问有没有人员伤亡。见有伤没亡，且伤势不重，又询问要不要叫"120"并得到否认后，便进行拍照，再让大家把车移到路边，等待拖车过来。

交警在路边收完驾照，便开始填写事故责任书。

陈志立把驾驶证行驶证给交警之后，掏出手机打给朱同民，告诉他出了交通事故，去不了了。朱同民大吃一惊，连忙问人怎么样了。"人没事，就是车子惨不忍睹，前后保险杠都凹进去了，灯全灭了，后备箱也盖不上了，只得进厂修理。"陈志立苦笑一声说。

听说人没事，朱同民便放下心来，又安慰了他一番，这才说他同商会几位副会长讨论了一下，准备以商会的名义给县乡两级政府去个函，陈述不能让孙大海建化工厂的理由，坚决阻止这件事。陈志立想了想，觉得也是个办法，说不定还真管点用，心里便或多或少有些宽慰。他们都是办企业的，且常务副会长王凯还是个化学博士，应该能够把意思表达清楚，何况深圳柳县商会在家乡也还有些影响力。他自己出面，效果也不一定比他们更好，就没阻拦，只是提醒他们注意措辞，既要表达清楚意见，也要避免出现过激言语，免得县乡两级政府的领导反感，反倒是把事情搞砸了。这也是他急于去公司跟朱同民他们面商的一个原因。他既不希望搞个高污染企业在老家的垸子里，也担心朱同民们头脑发热，做出不当之事来。

交警把驾照还给他们，说最后那辆车的司机负全责，各人修理完了找他，由他向投保的保险公司去索赔。陈志立挂断电话，接过驾照和行驶证时，瞥了那小伙子一眼，只见他哭丧着的脸上写满了委屈，却不敢再声称归前面的司机承担责任了。

车子上了拖车，司机问陈志立去哪家修理厂，他毫不犹豫地说了一家4S店的名字。他的车是在那家4S店买的，保养也长期在那家做，车子的情况他们都清楚，是专门建了档的，而且从经理到业务员也都熟了。那个负全责的小伙子一听便不干了，声嘶力竭地嚷嚷着要去他指定的厂，否则他不付账。四个人都没想到他会耍无赖，而且他说的那家修理厂他们都没听说过，当然反对，坚持要去自己做保养的厂。

交警刚把摩托车打着火，听到这边又争吵起来，只得再过来调停。他说到哪家厂修，结账的方式都是一样的，而且修理厂打了价，负责理赔的保险公司也要去审核的。不过，负全责的小伙子没权利强求大家去他指定的厂。交警的话此时便是圣旨，小伙子又哑然无言了，只得眼睁睁地看着其他人上了拖车的副驾驶，拖车迅速离去。

在4S店办完手续，被这场意外擦碰弄得心情更加郁闷的陈志立，蔫头耷脑地走进附近的一个地铁站，随熙熙攘攘的人流，挤上了开往他所住小区的地铁。

为官一任，造福而不是祸害一方，这个道理，他相信县里乡里的领导都懂。但他们引进的这个项目，却实在不是造福，实在是祸害。可能是被孙大海忽悠了，并不清楚他那个项目的危害性到底有多大。再就可能是穷怕了穷疯了，或者为了仕途要政绩。但即便是想改变面貌，或者领导干部要政绩，也不能拿美好河山和可亲可爱的乡亲们当垫脚石呀，也得想别的辙呀！

当然啦！也有另外的可能，就是朱同民的消息不准确，以讹传讹了，真实的情况也许不是那个样子。那当然是再好不过了。

想到这里，陈志立就想给县委张书记或者政协胡主席打个电话，探听下虚实。仔细一想,又觉不妥。柳县的政治生态他并不清楚,跟张书记和胡主席,也不过熟悉而已,并没到可以推心置腹的程度。假如这个项目是他们亲自引进或者支持的呢?退一万步说,即使此事跟他们没瓜葛,他打这个电话,会不会引起别的误会?

坐在地铁里,陈志立心急如焚,却又无可奈何。

小区的那一站很快就到了。

出了地铁口,陈志立突然掏出手机,打给朱同民,问他春节跟杨书记见面是如何谈的。他之前说过要给他们当个见证人或者和事佬的,后来想想又觉不妥。他没有参与便已经议论他参与了,如果真的参与了,他不就更是黄干泥巴落裤裆——不是屎也是屎了?他可以敲边鼓,但决不直接介入,这是他的原则,而那天正好又是高中同学聚会,给了他一个再好不过的推辞理由。后来朱同民和杨书记都没主动跟他讲,他也不好专门去问,显得自己好像很上心似的,就放下了。

"条件太苛刻,感觉是做好了笼子让我钻,要杀大户似的。"朱同民淡然一笑,又解释,"因为情况不理想,便没跟老师讲。"

朱同民又说他的想法是整体承包,便于规划和建设,可乡里村里却坚持要他先出六百万元修路建桥,而且是分片逐步承包。"那我怎么进行整体规划和管理呢,陈老师?"朱同民反问道。

陈志立问:"是否因为你没谈拢,他们才去找的孙大海?"

"这个情况我就不是很清楚了。但他那才两百五十亩啊!对偌大的丰泽垸,两百五十亩能起什么作用呢?而按照乡里村里跟我的想法,那里是要搞生态农业现代种养的。"朱同民说完,又反问了一句,"您说他把化工厂插在中间,我那生态农业还怎么搞?这不是恶心人吗?"

"喂!还有一种可能,我觉得。"

"您说。"

"就是他们并不真的想搞化工厂,而是采取激将法,放出这么个烟幕弹来,逼你加快谈判和投资步伐呢。"陈志立突发奇想。

"哟!这个我倒是没考虑过。"朱同民好像被点醒了,思索了一下才回答。然后朱同民又说,"他们的接触应该是早就开始了,不然哪里这么快就有结果呢?"

"但不管是什么情况,我觉得你们还是要作更深入的了解,包括孙大海的生产条件。说不定他的工艺改善了,科技水平提高了,排污治污的能力增强了,没那么大的污染了呢?"陈志立掏出烟来点燃了,又叮嘱道,"只有知己知彼,才能百战不殆。可别头脑发热,傻乎乎地把指头伸进了人家嘴里让人咬。"

朱同民先是谢谢他的提醒,然后答应再去作更加深入的了解。

## 35

答应核实情况的朱同民那边还没有消息,零零碎碎的情报却杂乱无章地汇聚过来。

先是大哥来电话,毫不客气地责问他为何要撮合这种生伢不长屁眼的事。陈志立说真是天大的冤枉!他也是才听说,根本不是他撮合的。陈志民却说村里乡里传得沸沸扬扬,都说是他在中间撮合。南村开始动员农民退田,但都坚决抵制,没一家愿意退的。大哥警告他祸害子孙的事千万千万做不得,否则要遭天谴的,乡亲们会挖了陈家祖坟。得到弟弟再次信誓旦旦的否认,他这才半信半疑地缓和语气,叮嘱他暂时不要回去了,不然,不明真相的乡亲们不撕了他才怪。从大哥的话里,陈志立听得出来,他承受着巨大压力。

川流不息地往返于城市和乡村,进城务工的农民在挣些辛苦钱的同时,也接触到了各种新奇的事物,包括现代知识和理念的启蒙,加上资讯传播越来越快捷,环保意识都有所增强。尽管他们平时为了一己私利,仍然做些污染和破坏环境的事,比如把不准焚烧的秸秆随意丢进沟里河里,塑料袋和一次性饭盒扔得到处都是,但总归是整体文明程度包括民主与维权意识都提高了,已经不那么好糊弄了。面对汹涌的民意,相信地方政府能够慎重决策。放下大哥的电话,陈志立的心里又有了些许的宽慰。

接着是朱同秀来电话,他主动问起这件事。朱同秀倒没先讲,也没说是他撮合的,更没责备他为何要撮合这种生伢不长屁眼的事。但是她证实,孙大海已经把老厂子拆了,全套生产设备正陆陆续续往柳县运,人也住在县城,一心一意筹办建厂。只等完成土地征用手续,便可建好厂房,安装完设备后剪彩开工了。她末了补充说,打听过了,他的生产流程和生产工艺,都不会有任何改进,全是老一套。说得信誓旦旦。陈志立知道她跟张书记熟,她在柳县投资的那个项目,便是张书记直接引进的,于是问县里是什么态度。

"上心得很咧！都希望尽快投产，早一天产生GDP（国内生产总值）。怎么着也有几百上千万的产值哩！搞一个项目就增加几百上千万，对经济落后的杨镇意味着什么，对想升迁想得发癫的干部意味着什么，志立哥你是在官场摸爬滚打了大半辈子的人，心里当然比我更明白。"

陈志立扑哧一声笑了，说："你那是老黄历了，朱总！GDP已经不是唯一考核指标，一俊遮百丑的时代过去了。而生态文明和污染治理抓得这么紧，且成为约束性考核指标。这么个大形势，县里乡里的人能不晓得？"

"唉！"朱同秀叹了口气，说："虽说不是唯一指标了，但再怎么着也还是一项重要的指标。再说了，总有抱着侥幸心理铤而走险的，只要有了经济指标，还管它污染、环保啊！所以像疯子一样在帮他跑批文。"朱同秀劝陈志立别咸吃萝卜淡操心了，保养好身体，争取多活几年。

"那张书记到底是个什么态度啊？"她讲的，也不是一点道理没有，真实的情况可能就是这样子。但陈志立没顺她的话茬往下说。她跟张书记那么熟，经常接触，不可能不知道张书记的态度。而张书记的态度，既可以让孙大海的项目落地，也可以让他的项目泡汤。

"传他要到市里去当副市长，便不想在节骨眼上得罪太多的人。唉！"朱同秀叹了口气，又说，"志立哥！你说你一个退休了的人，管那些个闲事干吗？好像全世界就你在忧国忧民，好像就你一个是真正的共产党员。这么折腾自己，何苦来哉？……既然你这么上心，那我再跟张书记聊聊，看能不能终止。唉！"说完又吐出一口长气。

"那要不要搞听证呢？要不要搞环评呢？难道听证会上就没反对的声音？难道环保局就能让环评过得了？"陈志立仍然不死心。

"哎呀，我的志立哥吔！你也是在官场上混了大半辈子的人，怎么还跟个小孩一样幼稚呢？怎么还不知道这里面的把戏呢？听证会他不晓得只找赞成的或者不相干的人？谁会那么傻去找些反对的人？再说了，县长都画了圈，环保局能不让他环评通过？！"朱同秀扑哧一声笑了。稍停又说，"这里又不比你们深圳。你是在深圳待久了，对这里的情况太不了解。志立哥啊！要我客观地评价，你是太理想主义了。"

陈志立顿时哑然。看来，形势比他预料的要复杂。

末了，如同大哥陈志民一样，朱同秀也提醒他，虽然她了解他，知道他跟引进孙大海的项目没关系，但老百姓哪里晓得这些瓜瓜葛葛的事呢？也没必要了解得这么透彻。所以，他最近还是尽量回避的好。陈志立沉思良久，感谢她提供的信息，特别是对他的忠告。

煎熬了个把月，陈志立终于忍不住，把电话打给了胡勇。

陈志立心想，胡勇是柳县本地人，跟张书记这个外来户不一样。张书记随时可以拍拍屁股走人，一家老小再不来柳县。胡勇不同，他的官已经顶天花板了。不仅他自己得在柳县退休养老，他的家人、他的亲戚朋友，也总有离不开柳县的。何况胡勇也是柳县公认的没官瘾的人，公认的官场上活得最明白的人。他原来在别的市一个山区县当书记，甚至考察要提拔当市政协副主席了，可他却以身体欠佳为由，自愿放弃副厅级，平调回老家当正处级的政协主席。组织上体谅他辛辛苦苦一辈子，便遂了他的愿。一个没有官瘾、活得明白的人，讲话当然就有底气，也应该不会看人眼色，不会见风使舵。

果然如他所料，胡勇一接电话，就把孙大海骂了个狗血喷头，说他真是想钱想疯了，良心叫钱熏黑了，居然干出这么个缺德的事，祸害父老乡亲！接着又咒骂了一句："断子绝孙啦！"

陈志立一听有戏，当即和他商量如何去阻止。可胡勇接下来的话，却是一盆兜头冷水，浇他个透心凉，也很快让他明白坊间传说的"明白人"，到底"明白"在哪儿了。

胡勇告诉他，牛县长专门开过一次统一思想的会，要求"四大家"领导支持杨镇乡的发展。既然朱同民的整体开发谈不拢，那就分片开发，一个项目一个项目地搞，积小胜为大胜。总之，要帮杨镇乡把经济搞上去，摘掉贫困乡的帽子。现在好不容易谈下了这么个项目，就是有些小污染，也没太大关系。而且污染也不一定就如传说的那样，大得骇人。经济上去了，治污的问题就好办了。所以，他虽然不支持上这种高污染项目，但也必须跟县委县政府保持一致。不支持已经惹得牛县长不高兴了，再去拆台子，他的日子便不会好过。何况杨镇乡还是他的联系点，他也不能跟乡里的领导搞得太僵了。

"那么大的污染，怎么在你们的嘴巴里就变成轻描淡写的小污染了呢？"陈志立对着手机嚷。

"陈老！小污染不是我说的，那是人家牛县长亲口说的。"胡勇一本正经地纠正。

陈志立无语，只得挂断了。本想着再给李得水打个电话的，细想了一下又作罢。

这段时间，陈志立的脑子里总浮现肥沃的丰泽垸变得寸草不生的画面，偌大的丰泽湖漂浮着成片的死鱼，还有那清清的河水湖水像酱油般黏糊，散发着刺鼻的怪味。当然，还有不明真相的乡亲们站在那片已经废弃了的土地上，对他进行责骂。

忧心如焚却又束手无策，陈志立终于病倒了，昏昏沉沉人事不醒，发高烧，说胡话。他这场毫无征兆的病，把田雨骇得不轻，连忙打"120"叫救护车把他送进了医院。

医院对他身体进行全面检查，CT、核磁共振都用上了，还请外聘专家来会过一次诊，又通过视频远程会诊了两次。但除了进院的时候发高烧说胡话和现在血象有些高之外，再次证实他各个器官的指标均在正常范围，硬是没查出个病因，只能每天打吊瓶消炎和输营养液。

其实得的是啥病，他自己心里明镜似的。就是着急上火了，中医说法叫邪火攻心。所以，他应该去看中医的。住了几天干部病房，天天嚷着要出院。田雨死活不同意，坚持要查出病因。跟许多人在位的时候门庭若市、退休后门可罗雀不同，他还是有些同事朋友前来探病。他们也劝他听田雨和医生的，说既来之则安之，还跟他讲他熟悉的一位老领导，就是因为大意，原本一个实习医生都可以解决的肺炎，硬是闹成了并发症，把打得死老虎的强壮身体一下子消磨得骨瘦如柴，很快去了殡仪馆。他便笑着回应，那是多么小概率的事件呐！然而，无论他如何软磨硬泡，医生就是不给他开出院的放行单，说怎么也要把病因查出来。如果查不出原因，再发了可就真的是束手无策了。

在医院这一躺，陈志立就躺了差不多一个月。

刚入院，陈志立的手机就被田雨收走了。有电话找他，或者收到短信、微信，一律由田雨处理。就是朱同民、朱同秀来，田雨也叮嘱别提老家的事，他问起来他们也支支吾吾。陈志立抗议田雨把他当病人，虐待他，说没病也会被她整出个病来。任凭陈志立磨破了嘴皮，田雨始终坚守底线，说是为了他更好地配合医生治疗。陈志立没辙，干脆就不要手机了，每天除配合医生做各种检查、输液外，看看电视新闻，听听电脑里的柳县花鼓，偶尔上上互联网，了解外面的事情。更多的时候，就是由田雨陪着，在医院的院子里散步。

经过一段时间调养——他不承认自己是治疗，因为他始终不认为自己是病人。不是病人何来治疗呢？所以他称之为"调养"。这是他的逻辑——他说他现在正如《沙家浜》里的郭建光,甚至哼完郭建光的唱词:"似这样长期来住下,只怕是,心也宽,体也胖,路也走不动,山也不能爬,怎能上战场把敌杀!"然后孩子般央求田雨唱沙奶奶的那段:"一日三餐九碗饭,一觉睡到日西斜……"

"你是救护车拉来的,是躺在病床上天天输液、天天要做各种检查而且还要人护理的,怎么不是病人呢?"田雨不肯唱,反而说他把自己不当病人的逻辑荒谬,甚至怀疑他精神出了毛病。

这天吃罢晚饭,两个无所事事的人又到医院的院子里散步。这已经成了他们的保留节目,天晴天雨,雷打不动。走得有些累了,便在院子里的长条椅上坐下来。田雨借着路灯,一如过去一边翻看手机里的短信和微信,一边给陈志立转达她认为需要他知晓的事情。陈志立则以满足的神态享受着有秘书的那份快感。他现在觉得,田雨没收他手机,其实也挺好的。因为主要内容,她还是告诉了他,而那些垃圾和骚扰信息,都被她过滤掉了。

"怎么啦?"正津津乐道的田雨突然停住不讲了,弄得陈志立一头雾水,抬起靠在长条椅靠背上的头,盯着田雨的脸问。

"出事了!"田雨依旧低着头翻看手机上的信息,像是对陈志立说,又像是自言自语。

"南海东海肯定打不起来,贸易战搬起石头砸自己的脚,韩国的萨德也迟早只会是个摆设的。能出什么事啊?"陈志立不以为然。

"你的预感和担忧是对的,柳县真出事了!"田雨主动把陈志立的手机递给他,又掏出自己的手机看起来。

"啊!"陈志立惊叫一声,连忙坐直了上身,接过手机快速翻看起来。微信里小学同学圈、中学同学圈、田家圈、陈家圈以及柳县同乡圈里,铺天盖地的帖子,只有一个主题:孙大海在杨镇乡丰泽南村开的那家严重污染的化工厂!

"嗯!明天办出院手续吧!"陈志立沉思片刻,轻声地说,随后站起身来。田雨没言语,默默地跟在他身后,一前一后进了住院部大楼。

回到病房,两个人各自翻看手机里从不同侧面描述的情况,以及背景资料。尚未看完,陈志立便理出了大致的头绪:征地手续其实还没完成,孙大海就迫不及待地委托施工队盖厂房。一些农民因油菜尚没收割便不准平整土地,双方于是有了肢体接触。没承想推搡间一老人立足不稳,仰头倒下时后脑勺正好撞到推土机上,送到医院抢救无效死亡。村民们本来就反对,是乡里村里层层施压才勉强答应的,这下犹如干透了的劈柴被火点着了,先是群情激愤地到乡里讲理,可书记乡长都外出考察去了——也有微信传是他们默许孙大海之后故意躲避的,便有人通过微信号召去找县里的领导。现在的新媒体自媒体也是太强大了,结果群群转发,当杨镇乡的人们赶到县政府门口,那里早已聚了一堆的人,然后又越聚越多。

反正是众说纷纭,莫衷一是。稍停,他在陈家、田家两个群里发了同样的一条微信,告诫大家千万别冲动,不要参与到事件中去,也不要发表或转发任何支持以及煽动性的信息。

很快,两个群里的亲人们都回复说,没做出令他担忧的事情,连旁观都没有,更甭说参与了,让他安心养病。这使他的心里,才略微有些宽慰。

# 36

群众把县政府前广场挤得水泄不通的画面,通过铺天盖地的视频和文字,从不同角度及时展示给世人,却依然不见当地政府的只言片语、不见任何官员现身的消息。

回到家里,陈志立一直紧绷着脸,好像谁欠了他的陈大麦①。

舆情不等人啦!陈志立忧心如焚,不时翻看捏在手中的手机,希望出现些他认为有用的正面信息。然而,每次都令他失望、焦躁地搓手捻脚,在屋子里转来转去,或者关进书房抽闷烟。田雨安慰他,相信县里会妥善处理好的,别刚从医院回来,便又急出个啥病,把自己再弄进去了。她警告说:"我可是不想再陪你担惊受怕!你这次是骇死人了,病得那么重,却连个病因都没搞清楚。"回头又安慰道,"你就是急出个病来,也无助问题的解决呀!你又不是柳县的一个什么官。"

田雨说的是大实话,他心里也清楚,他着急的确于事无补。但没办法,他就是要干着急。

昨晚重获手机的使用权后,陈志立做了三件事:一是了解信息;二是对亲属们提了个醒;三是给朱同民打了个电话。

之所以打给朱同民,是因为他是丰泽垸投资的利害关系方。信息里有说是他不肯投资,杨镇乡才转回与孙大海洽谈的。陈志立知道,他不是

---

① 江汉平原方言:陈大麦,指多年未还的账。

不肯投资，而是对以何种方式投资，没跟当地政府谈拢。也有传是他为了争取更多的利益，使了个欲擒故纵的伎俩，诱导乡里跟其他的投资者接触，当他们谈不拢他再去捡便宜。那么，利用这次死人的意外事件，煽动人们闹事，按一般人的逻辑，是有这种可能性的。但据他们几十年的接触，感觉朱同民没有这么复杂，他的内心没有这么多的弯弯绕。但这些都是人们的猜测，也是他的疑虑，他必须听到朱同民的亲口否认。

朱同民说，他虽然反对在丰泽垸建孙大海的这个项目，但除了以商会的名义给县委县政府发了一封函件，再就是给相关领导打电话晓以利害。也就是说，他们反对的方式是正当的，并没采取过激行动。

一直等到下午三点多，视频里终于出现了牛县长的身影。牛县长手握话筒，声嘶力竭、声情并茂地发表现场讲话，陈志立那一颗悬了一天多的心，才勉强放回肚里。

为庆贺岳父康复出院，也给明天回惠州的父母饯行，邓辉专门在一家柳县人开的餐馆订了个包间。既不想拂了女婿的一片孝心，扫了大家的兴致，也确实感谢亲家丢下店里的事情来照顾思博，这才有田雨能安安心心在医院陪伴他照料他，陈志立忍着内心的不安，强颜欢笑地跟外孙思博亲热，跟家人谈笑，甚至还喝了酒。

就在陈志立暂且把柳县的事情放到一边，专心致志享受地道的家乡口味时，朱同秀的一个电话，又把他好不容易平复的心情弄得激动起来。接完电话回到包间，稍一思忖，便又平复了激动的心情，把手机放在桌面时，哑然失笑。

"外公！你笑得怪怪的，是什么事啊？说给我听听。"好奇心极强的思博发现了他的怪异，歪着脑袋，一边天真地央求，一边伸手要手机。

"吃饭，别瞎闹！"陈颖望了父亲一眼，瞪着眼睛制止儿子。

"没事！"陈志立依然笑着，给思博碗里夹了一片水煮鱼，对女儿说，"是你同秀姑妈的电话。她说柳县有人吃饱了没事干，谣传这次闹事竟然是受我的影响，提醒我当心些。"

"无聊！"田雨咽下一口菜，扬起脸，嘟哝道，"你人在医院里住着，手机在我手上拿着，一个多月哩，怎么跟你有关系呀？你是《封神榜》的土行孙会地遁术，还是《西游记》里的孙悟空翻一个筋斗云十万八千里啊？"

"有些人传因为我在中间作梗，朱同民的投资便没搞成，而乡里又急于开发丰泽垸，所以就病急乱投医，找了孙大海。要不是孙大海太猴急,也不会出现跟农民冲突死人的事。所以,那些人说根子在我这里。还有人说我在背后煽风点火,因为其他地方也出现过因反对垃圾填埋场或者高污染项目建设而闹冲突的,便觉得我把这些消息透露给村民,鼓动他们去闹。"陈志立进一步解释道。

"这也太牵强了吧,爸?"陈颖瞪着一双惊诧的眼睛,环顾满桌的人,"这样的段子都编得出来?"

"你真是大惊小怪!现在什么年代了?人们的想象力丰富得很哩!甭讲这样一个漏洞百出的低级段子,更高级的跟真的似的段子他们也能编得出来。"邓辉虽是个医生,却对这种事见怪不怪,他想了想又提醒陈志立,"爸!我看您还是当心点。这事才开始,编的段子便会粗糙些,但如果任由事态发展,那还真是个事。"

"放心吧,天塌不下来的!"陈志立把筷子一挥,又把自己的小碗伸到桌子中间,对对面的邓辉说,帮我夹一筷子蒸菜!

"真是笑话!同民是小孩,你梗在中间他就不投啊?再说了,即便是同民不投,杨镇乡要发展,也不能搞高污染哪,也得为老百姓想想啊!何况资讯这么发达,自媒体这么迅猛,别的地方闹事的事,早已全球皆知,还要你去透露?"田雨也为他打抱不平。

"正因为是笑话,我才不当回事的嘛!"陈志立笑着说完,端起酒杯跟亲家碰了一下,"来!再敬亲家一杯。"

"会不会有啥后果呀,亲家?"邓辉的父亲听出了点门道,端着酒杯,语气里充满了担忧。

"没事!白的黑不了,黑的白不了。"陈志立把杯子跟亲家的又碰了一下,一饮而尽。

回到家里,微信群又有新消息传出,其中既有好的,也有不好的。总之是与此前一样,真假莫辨。比如联合调查组已经进驻,准备彻查整个事件,追查责任;还有微信说,孙大海和几个涉事人员被公安部门采取了强制措施,同时公安部门也在调查制造谣言和带头闹事者。

不管是正面消息还是负面消息,真消息还是假消息,都不能令陈志立平静下来,都被他视为坏消息。因为这个事件的负面影响,特别是对投资环境和群众心理的影响,都是不可低估的。涉事方——地方政府、投资方和参与的民众,都是输家,没有赢家。这对于经济发展正处于爬坡期的柳县,打击是何等的大,教训是何等的深刻!

陈志立的内心,始终为家乡深深地忧虑着。

稍事休息,约田雨出去散步。晚饭后散步,已经成了夫妻俩每天的必修课,风雨无阻。天晴去小区后面的小山公园,下雨则在楼下的空旷处。这天是晴天,他们去了后面的小山公园。

公园里人头攒动、熙熙攘攘,稍微宽敞一点的地方,便有一群在音乐伴奏下,或空手、或持剑、或挥扇的手舞足蹈的人们,好一派歌舞升平的景象。这跟陈志立的心情截然相反。

这也难怪,柳县发生的事情,本来就跟一千多公里外的人们没任何瓜葛。类似的事情,甚至比这更大的事情,比如局部战争、恐怖袭击,天天都在发生,每时每刻都有,他们忧心得过来吗?何况即便身边发生了什么事情,现在的人们也大多修炼得如同神仙一般"大智若愚",近在咫尺也能视而不见、充耳不闻,全当它没发生。

在山脚下,田雨寻了一处熟悉的人群,随着熟悉的音乐,也翩翩起舞起来。陈志立没心思,站在一旁抽烟。

见老头没去打八段锦,知道他心情依然郁闷,田雨只跳了一会儿便退出人群。两人沿着公园的山间小径,慢慢上了山顶。

虽非疾步行走,但到山顶时,田雨还是有些喘气,两人便又坐在山顶的一条石椅上歇息。

虽说亲人们担心他的安危,劝他暂时不回去,但陈志立仰望深邃的夜空,还是喃喃自语:"看来,我还得回丰泽垸一趟。"

"去吧!"田雨知道他心里的纠结与牵挂。而且他定了的事情,她一般不会阻拦,也阻拦不住。想一想,又说,"既然亲家在这里照顾思博照顾得挺好的,何况也该让他们祖孙加深些感情,那么我就陪你一起回。一则你刚出院,一个人回我还是不放心;二是田地说老父亲好像又有点不舒服,我也想回去看看。"

听说亲家要回一趟柳县,已经打点好了行装的邓辉父亲,便只身一人回惠州去了,留下老伴在深圳照顾孙子。

# 37

陈志立用了几天的时间,做回去的准备工作。

他的准备,主要是围绕丰泽垸的改造进行的。这几个月在家乡的亲身体验,特别是刚刚发生的事情,让他对之前所抱的不再染指任何世事的想法来了个颠覆。他感到,对丰泽垸的改造再不能置身事外了,必须尽其所能做点啥。再说了,他参与不参与,人家都在传他参与了,黄干泥巴落裤裆——不是屎也是屎了。与其被人家猜疑来猜疑去,还不如直接参与,也省了别人死脑细胞去猜疑。如果实在成不了,也没落下啥遗憾,但做都不做就放弃,那不是他的性格,他会死不瞑目的。

他先跟胡勇通了个电话,探讨丰泽北村、南村整体开发搞现代种养的可行性。之所以跟胡勇探讨,是张书记已经调到市里当副市长了,而新的书记又没到位,牛县长他也不是太熟,仅认识而已。

胡勇高兴得差点跳了起来,说他去年下半年到北村去陪李得水吃饭,其实是带着任务的,当时就想跟他讲,因他声明自己是回来养老的,只谈乡情不议政事,所以就没开口,甚至阻止了杨镇乡的杨书记谈论这个话题。既然陈志立有为家乡出力的想法,他当然是乐观其成。胡勇还说,丰泽垸的整体开发,思路早就有了,只是缺资金才没启动。他会把他愿意为家乡建设牵线搭桥的想法立即报告牛县长,争取尽快跟投资方接触。胡勇还说,这么大个项目,仅靠杨镇乡的力量是推不动的,必须作为县里的招商引资项目,由县领导挂帅,既便于协调,也有利于工程推进。他这一说,陈志立当然也高兴,答应抓紧联系开发商,争取尽快开展合作洽谈。

其实胡勇有所保留,有个底并没跟陈志立透。就是县里的每位领导、每个单位,都有招商引资任务,弄得大家压力山大,老在外面跑项目。如果陈志立牵线搭桥把丰泽垸开发的项目弄成了,县政协及其所有领导今年的任务,就可以轻轻松松完成了。

陈志立叮嘱他先不跟县里的领导讲,因为他还要去找投资方。八字没一撇哩!泡皮①的事他不能做,一是害人家穷折腾一场,劳民伤财;二是万一做不成,自己也丢不起这个脸。

回头打电话给朱同民,请他跟商会的几个副会长透个气,然后大家一起聚聚,商量一下想不想做、怎么做。朱同民惊诧地问,还不死心哪?朱同民的这个态度,既在他意料之中,也在他意料之外,他不假思索地问道:"怎么,你不想做了?你不是梦寐以求地要为家乡做点事情的吗?"

---

① 江汉平原方言:泡皮即吹牛的意思。

"事情还没开始,就捅出这么大个娄子。实话说,老师!我预感不好。"

"娄子又不是你捅的,你担个什么心哪?怎么会预感不好呢?"

"说不好,老师!"朱同民又苦笑一声,便打住,没有下文了。

朱同民不想深谈,陈志立还真不好接着往下说了。因为毕竟不是搞慈善,而是投资。投资就客观存在回报率的问题。资本都是逐利的,明知道打水漂,或者预感到要打水漂,谁还会傻到要把这钱扔进水里去呢?没有油粑吃,哪朝锅边向?也就是说,这钱最终得人家出,人家预感不好,要真的后边有个啥事,还不怪死他呀?

陈志立转告胡勇的话,说县领导已准备将丰泽垸的开发计划提升为县里引进的项目。如果由县里去推进,难度应该比过去小,谈拢的可能性也比过去大。而且,他跟县里接触一下,了解一下情况再作决策,也是无大碍的。建议他再考虑考虑。朱同民沉默片刻,总算是答应了他考虑考虑的建议,说考虑清楚了一定给他个准确的答复。

朱同民是这个态度,陈志立便不好再跟其他的老乡讲了。因为这件事毕竟是朱同民先接触的,他担心在他们中间引起误会。除非朱同民明确表态放弃,否则,他不会再联络其他老乡。但不管怎么说,回老家去的决心他是下定了的。

过了几天,他跟田雨两人开车,又回到了魂牵梦萦的家乡柳县。

岳父其实没大碍,只不过去年的手术有些大,加上年纪的原因,精神状态变差了些而已。既然是这样,陈志立便没太多牵挂了,一心一意为丰泽垸的改造奔波劳碌。

他先跟胡勇见面,了解更加具体的投资政策。出发之前就联系过,所以胡勇把农办主任找来,除了详细介绍政策,还给了他许多公开文件的复印件,以及丰泽垸改造的总体规划文件。他一直在城市工作,对农村的政策了解得并不那么详细。此时他才清楚,原来对农业综合开发,对小城镇和新农村建设,对振兴乡村经济,从国家到地方各级政府都有许多优惠政策。

眼看到了吃午饭的时间,陈志立起身告辞。胡勇说已经安排好了,就在机关饭堂吃个工作餐。陈志立谢绝了他的好意,笑着说他们给他灌输了这么多信息,他得抓紧消化。胡勇说又不急这一时半会儿,再说了,他回去不也得吃饭。提醒他也是六十多岁的人了,别当自己还是年轻小伙。陈志立笑笑说,县直机关那么多人认识他,碰到了还以为他是专门来蹭饭吃的哩!胡勇扭头吩咐政协办公室邓主任,到外面去订个地方,他自己掏腰包。陈志立又拦住说,到外边他就更不去了,何况要胡勇自己掏腰包,胡勇那点工资他又不是不晓得,请得了几回客啊?胡勇没办法,只得放他回去。

从县委大院回到田地家里,陈志立关进书房,潜心研究带回来的文件和材料。他一边研究,一边在电脑上做笔记和写摘要。两天之后,他把整理的资料通过电子邮件,都发给了朱同民。

其间,朱同秀来过一次。

她是回来处理正在柳县兴建的制衣公司相关业务的。业务处理完了,顺便来看望两位老人,不承想却意外地碰到了陈志立夫妇。得知朱同民想打退堂鼓,便自告奋勇地说,她的决策程序比同民简单多了,她不需要经过么董事会,她自己就可以决定,而她目前正好有一笔资金闲在银行的账上,短期内没派它们的用场。

陈志立当然是乐观其成,但又有些顾虑,便没接她这个话茬。最先接触的是朱同民,而他也没完全拒绝,只是还在犹豫之中。如果帮朱同秀牵了这根线——她其实并不要他牵,她在柳县就有投资,方方面面熟得很,只不过增加一个项目而已——可能造成他们姐弟俩的隔阂,也可能引起朱同民对自己的误会,以为他跟朱同秀做了个笼子,合起伙来逼他就范哩!这种误会,不要说完全没可能。

朱同秀仿佛猜透了他的心事,瞅一眼他那地中海式的满头银丝,从精致的坤包里掏出手机,直巴笼统①地跟朱同民说:"喂,舅爷!丰泽垸的事,你到底还做不做?你要不做就明说,我来做。免得志立哥在这里伤脑筋。他头上没几根黑发了,你别逼得他一根黑发都不剩。否则,你姐我饶不了你。"

陈志立跟帮他一起整理资料的田雨没想到她这么直,一下就把朱同民抵到了墙角,都拿一双惊讶的眼睛望她。

可能朱同民真被她这个话噎住了,半天没听到那边的声音。

朱同秀发现了两个人惊讶得有些怪异的眼神,冲他们做了个怪相,又对着手机催促:"痛快点,舅爷!你也是赚大钱做大事的人,怎么磨磨叽叽呢?跟你讲啊!别怪姐没跟你通气,也别怪志立哥把事情告诉了我。"

---

① 江汉平原方言:"直巴笼统"即直截了当,与拐弯抹角相反。

说完，用手指点了下按键，把手机挂了。

"你要跟同民讲，也先跟我通个气嘛！"回过神来的陈志立叫苦不迭，笑着责怪她，"你这个电话又掐头又去尾，讲得不清不楚，肯定弄得同民蒙嚓嚓，还以为我在怪他哩，或者，以为我们做了笼子让他钻哩！"

"我虽是个女人，但我最讨厌婆婆妈妈了。当初跟个跛子结婚再跟有钱的老公离婚，都没有婆婆妈妈过。快刀斩乱麻，多痛快！"把手机放在桌上，朱同秀又对田雨说，"让你见笑了，嫂子！"

"难怪你能赚大钱。说话的口气和办事的气魄就是不一样。"田雨望了她一眼，感叹一句。

"喂，舅娘！我说你在整酒席啊？几个人的饭要烧这么长时间？"朱同秀把头伸出窗户，对在一楼厨房忙碌的向荣大声叫喊。

她现在进出田家非常随便，俨然是田雨的小姑子。她对向荣做的菜赞不绝口，所以得空就过来饱口福。

"快了，快了！"向荣在楼下应道。朱同秀又对向荣喊："早晨没过早，肚子早就饿得一篾片穿得过了。你快点啊，舅娘！你要把我饿晕了，还得叫救护车送我去医院的。"

几个人正在吃饭，朱同民的电话就打过来了。他笑着说他就怕她这个姐姐的激将法。他接电话的时候正在开董事会，董事会成员都听到了她在电话里说的话，都觉得是好事，当即就决定要在丰泽垸投资。然后让朱同秀把电话给陈志立，委托他跟柳县相关领导约见面的时间。

"有气魄！这才是我们朱家爷们的风格嘛！"朱同秀兴高采烈地对千里之外的堂弟称赞了一句，才把手机递给陈志立。

# 38

真是计划赶不上变化。

把刚刚整理出来的可能用得上的资料发给朱同民后，陈志立掏出手机，准备跟胡勇约与朱同民见面的时间。刚一解锁，习惯性地翻开微信，猛然间看到一条消息，他顿时又犹豫了。

微信上说，柳县群众集体聚堵广场的事，省、市联合调查组有了结论，对领导干部的处理结果也下来了。到市里当了副市长的张书记行政降两级，安排到市农办当副主任，因为他虽然离开柳县了，但事件的起因却发生在他任内,且牛县长也向他作过汇报,他既负有领导责任,也存在不作为的问题;牛县长决策不当,处置不力,作停职处理,等待组织重新安排工作;新任命的县委书记叫王大成,原来是一个山区县的县长。而杨镇乡的书记、乡长,则早在事发不久就被双双撤职,换成了陈志立不认识的人。

党政主要领导的调整,肯定会对地方发展产生影响。这种影响存在相当大的不确定性,可能正面,也可能负面。当然最好是正面。新领导的思路,将决定一个地方产业布局的方向和发展的水平。那么,这个新来的王大成,会有怎样的发展思路呢?他长期在山区县工作,应该说对平原湖区的情况了解并不透彻。那么,他对前任的决策,会不会做出改变?何况新来乍到,肯定要先熟悉情况,然后才能作决策。

陈志立觉得在主官更替的节点上,贸然提这件事,很可能欲速不达。握着手机思考了好长时间,他还是把电话打给了胡勇。他先试探性地证实这一消息的可靠性,得到肯定答复后,便建议暂缓丰泽垸开发的事。胡勇说他也是这个想法,正要跟他沟通,他的电话就先过来了。他说反正朱总有意向了,假如新来的王书记也同意,那么接着再做,难度应该不会太大。

胡勇在末尾说的一番话,是关于传他跟闹事有关联的,劝他别当回事,令陈志立有些感动。胡勇说现在的人们碰到屁大个事,就喜欢东猜西想,左挂右联,反而不去思考事情本身的对错。就像一些干部挨了批评,他不检讨自己的错误,不思考该采取什么措施去补救,却在那里冥思苦想是谁打了他小报告,或者怎么得罪领导了给他小鞋穿。这种事司空见惯了。又何况被传来传去的不止他一个人,只要在外面有点身份的人都是那些人怀疑的对象,甚至连北京的周思扬也包括在里面了。人家周司长的老家在大望镇,跟丰泽垸隔了三四十公里哩!一个县西一个县东,跟这事有半毛钱关系呀?八杆子打不着!再说了,事情出在南村,又不是陈志立的老家北村!

挂断胡勇的电话,陈志立又联系朱同民,通报人事变动。朱同民思忖片刻,也同意他的想法。他说丰泽垸开发这么大一个项目,花那么大投资,还是稳妥些的好,并不急这一时半会儿。

既然如此,陈志立便也不着急了。而且,这也不是着急的事。

这样,他又无所事事了。田雨回来只住了一个星期,一是老父亲老母亲身体确实还好，二是牵挂小外孙思博，而且亲家母还有店子要照顾，也不能长住深圳帮她看孩子，所以过了"五一"，便买了张高铁票，回深圳去了。

无所事事的陈志立，又回到了丰泽北村。

农民现在种田的节奏，跟过去完全不同了。往年的这个时候，水田里的早秧已经返青，正绿油油拔节而起；旱田里的棉苗也由营养钵移栽完成，正歪歪斜斜地努力适应大自然，争取成活。现在农村只栽一季中稻，所以他看到的是农民们收割了麦子或者油菜之后的景象，动作快的在水田里栽秧，动作慢的刚开始耕整土地。旱田里的棉苗倒是长出来了，但农民们也绝不只是种了水稻和棉花，还插花种了许多其他的作物。

黄毛和黑皮以及它们的孩子，好像早晓得他要回来，远远地候在路口张望，一见他的车子，疯子一样扑上来，也不怕被轧着了。陈志立把车速减下来，摇下窗户玻璃，伸出左手挥着，嘴里挨个叫它们的名字，缓缓地朝村子开去。它们则跟在车屁股后面，穷追不舍。

陈志民也晓得早先是误会弟弟了，知道所有事都跟他没关系，高兴他回来得最是时候。他已经忙得焦头烂额，累得精疲力竭了，正要找个帮手。

"想得无聊呃！你郎做得来就做，做不来就休息，又没哪个强迫。二爷的身子骨能跟你郎比呀？何况从医院出来也没几天。别把二爷再累得趴下了。"陈志民的话是吃晚饭的时候说的，当即就遭到老婆子的抢白，便低头喝酒不吱声。刘彩霞转头对陈志立说，"别听你郎哥瞎扯！"

陈志立说没事，我回来就是要干农活的。大哥要帮忙，正好给了我机会。扒了一口饭，又含糊不清地说，不过现在的农活太简单了，也没多大个意思。

"你还敢怀念面朝黄土背朝天、还没开干就腰酸背痛的日子啊？看来你骨头比我的还贱。"陈志民说不过老婆子，但跟弟弟讲话，还是中气十足的。

"其实也不是一无是处的，大哥！虽说累，但满田的欢声笑语此起彼伏，耕牛机械弄得犁耙水响，多热闹啊！"陈志立面露憧憬的神情，又说，"你看现在，耕田，就你和你的拖拉机在田里跑；栽秧，也是你和你的拖拉机在田里跑；收割，还是你和你的拖拉机在田里跑。你不感觉单调乏味么？你不怀念当年的热闹么？"

"热闹归热闹,但做不出事来呀!比如栽秧,虽然累得要死要活,全队的人一天也栽不了三十亩。现在你郎哥哥跑一天,可以顶那时候全队男女老少都下田干的活。"刘彩霞嘴一瘪,转为老头帮腔。

"科技确实是进步了,农民也从受苦受累中解脱了出来。我知道这是好事。我不是说把大家解脱出来不好。"陈志立解释道,"但就是找不到当年的那种感觉了。"

"你要找感觉啊!"陈志民搜肠刮肚地想了想,又摇了摇头,说,"这附近怕还真找不到那种地方了,都被我们十几台拖拉机消灭了。"

"我看有些人还是很闲咧!"陈志立指了指后面麻将搓得"哗啦哗啦"响的文化室。

"闲的总能找到闲的理由,忙的总是忙得尿都没时间撒。这就是命。各人有各人的命,老天早就安排好了。"刘彩霞咽下一口菜,一边使劲地嚼,一边回答,"我们就是勤扒苦做的命。你郎哥哥六十岁那年,我说伢们也不指望我们攒个钱,不搞那么累了,也真的退了些田,拖拉机常常花钱请人开。可那年老是病,不是这里不舒服就是那里不舒服,东看西看看了好多医生,都看不好,钱却花了不老少。后来你郎哥哥赌气又买辆拖拉机,说他天天下地,看还病不病。果然这几年身体就好了,再不找医生。"

陈志民提醒二弟,怀念过去的话,想干农活的话,当外人就不要讲了,免得人家说他嘚瑟,说他显摆,说他站着说话不腰疼,说他得了便宜还卖乖。陈志立问他是不是听到什么了,刘彩霞说他犯小人。陈志立笑了笑,轻描淡写地说这个他知道,他一辈子都犯小人。刘彩霞问他,也找人算过?陈志立笑着说还要找人算哪,他自己都会算!刘彩霞有点吃惊,怎么从未听说他会算命呢?陈志立解释道,性格耿直的人,见了不对就想批评,路见不平总要评个是非曲直,而社会上又不人人都是君子,可不就遭人记恨上啦,逮着机会了就来个打击报复?所以,他一辈子都犯小人,这个不用找人算的,他自己晓得。刘彩霞说,她可是找王先生算过的,他命里啥都好,就是犯小人。陈志民说朋友交不尽的,老二!管住嘴巴,该讲的讲,不该讲的不讲。记住古人的话,逢人且说三分话,未可全抛一片心。

幺叔陈想生和婶娘贺大姑又来了。三人连忙起身,问他们吃了没有,要不要再加一口。贺大姑一进门就说饭是吃了,但是低保的事还没落听①,又来麻烦老二讨主意。

刘彩霞拿了酒杯碗筷过来,劝二老喝两盅。陈想生接过陈志立递的烟点上,说真吃过了。刘彩霞一边斟酒,一边劝道:"吃过了再喝两口,还真吃得那么饱啊?老的早死了,您郎就是老的了,还怕饭(犯)上了不成?"

柳县农村的规矩,吃过饭了是不能喝酒的,否则就是对长辈的不敬("犯上":取酒在饭之上的意思)。对长辈不敬的人,过去谁都瞧他不起,都在背后戳他脊梁。

贺大姑也劝,大姐叫你喝两盅就喝两盅呗,又不是在旁人家里。陈想生这才坐到桌子旁,拿起筷子,端起酒杯。贺大姑挨他坐下,用嘴抿了一口酒,说好香!拿起筷子夹了一块鱼。

幺叔的低保,陈志立猜暂时是办不成了。杨书记原先答应,是为着他能在朱同民开发丰泽垸的事情上推一把,如今朱同民没来,杨书记也不是杨镇乡的书记了。王涛如果想办,早就给办了,并不要等到他开口——何况他也算是开过口了。响鼓不用重锤敲,他相信以王涛的精明,这点是不言而喻的。之所以开口了却仍然没办,是他们托他的事,也同样没办成。这么一想,陈志立就觉得推动丰泽垸的改造迫在眉睫。如果改造成功了,乡亲们的收入上去了,幺叔也不会见面就嚷嚷找他要低保了。正如志祥讲的,惹人瞧不起哩!

对!为着北村消灭低保,他都要把这件事促成。在陈志立心里,已经把帮助北村消灭低保,自然而然地当作了最低目标,俨然他是丰泽北村的书记了。

这话他没法跟在座的人说,只能埋在心里。然而跟陈想生和贺大姑,他还是说得空了再问问,心里想着省得七十岁的老人老是纠结,一着急闹出个病来,好日子没过上几天,就去见了阎王。

# 39

天空淅淅沥沥下着微微细雨,陈志立一大早穿上工作服,跟大哥一起开车出去耕田。另外一台车,仍是他的战友父子俩。

耕完了,再整好,又换上插秧机去另外一块早就整好了的田里插秧。

---

① 江汉平原方言:手上麻将整理完毕,只等可以和牌的那颗麻将出现即和牌叫落听。"没落听"即没落实、没着落的意思。

这农用机械也真是神奇,一天耕整五十亩地轻轻松松,碰到好的田块甚至能到一百亩。如果栽秧,也基本能达到这个速度。过去全小队的男女老少齐上阵,上十头耕牛都下地,犁耙秒子全用上,"两麻一锁"①地死磕蛮拼,却一天也耕整不出这么多田来,栽不了这么多的秧。拖拉机密闭的驾驶室有空调,人也不那么辛苦,更不会弄得浑身泥水,如水牛在泥浆里打了滚一样脏兮兮。十几台机器在田野欢快地跑着,不几天工夫,就让丰泽垸的水田都披上了绿装。其间,他们也到邻村甚至距离村子二十几公里的邻乡去耕整和插秧。

六月中旬,再没人请他们耕田,或者插秧了,这天一早,陈志立又去看舅爷。陈志立刚回来时去看过,但屈指一数,也有一个月没去了。

正月过完生日,耿春生便已是九十三岁高龄。如今一见,老人仍一如过去,除了饱经沧桑的额头沟壑纵横外,精神依然矍铄,满头银发梳理得一丝不苟,讲话声音仍旧宛若洪钟,走起路来也挺着腰板,走得稳当麻利。陈志立甚是欣慰,于是又陪着喝了餐酒,还在表兄耿建军家里睡了个午觉。

他是被胡勇的电话吵醒的。还没听几句,就激动得跳将起床,连说好啊好啊!

原来,新来的县委书记王大成找胡勇单独谈话时,胡勇趁机把丰泽垸改造的事汇报给了他。没想王大成也是个急性子,当即就让规划部门送规划文件来,摊在办公桌上仔细研究,然后把大手在桌上猛地一拍说,丰泽垸改造,是他这个新来的县委书记第一个要推动的项目,由他亲自督办。今天,王大成带了县里相关领导和部门的头头,到丰泽垸现场考察,也想借这个机会跟他见个面,讨教改造的有关细节问题。再过个把小时,他们就到丰泽北村了。

这个消息来得也太突然了,简直是突然袭击!陈志立都来不及埋怨胡勇这么晚才通知,连忙向舅爷告辞,驱车回北村。北村路口已经停了几辆车,一群人在引颈张望。陈志立朝窗外瞅了一眼,好像谁都不认识他,便把车拐进了村口的小路。

突然有人叫了一声"陈老"。陈志立这才意识到还是有认识他的人,便停车从车窗探出头去。这一下看清楚了,原来是杨镇乡的办公室主任。

---

① 两麻一锁:人民公社时期柳县农村的真实写照,天麻麻亮出工、天麻麻黑收工,成天"铁将军"把门。

他还没开口,就有几个人连忙围过来打招呼,热情地跟他握手。办公室主任赶紧介绍,这是乡里的张书记、这是夏乡长。寒暄过后,陈志立说你们先等着吧,我把车子开回家里去。

陈志立把车停进车棚,先跟朱同民通电话,告诉他这边有动静了。接着打电话给朱同秀,问她还在不在柳县。本想说在的话,请她现在赶回来的。他们姐弟俩约好,共同注册一家公司,专门负责开发和管理。没想到她笑着说已经坐在王书记的中巴车上,快到北村了。既然是这样,陈志立便放心了,由黄毛与黑皮家族陪着,静静地坐在陈新桥鱼塘边的棚子旁,悠闲地抽烟喝茶,跟正在喂鱼草的陈新桥有一搭没一搭地唠嗑。

不多一会儿,就见中巴车在前面的路口左拐,上了进村子的水泥路,候在路边的人们,跟中巴车上的人打过招呼,也连忙钻进了停在路边的小车里。陈志立知道他们到了。果然,中巴和小车很快就停在了陈新桥棚子边的三岔路口。陈志立起身迎上去。

车门刚打开,胡勇就率先下车,介绍紧随其后的王书记。身材墩实、一脸憨厚的王大成双手握住陈志立的手,笑呵呵地说:"陈老好!我今天来,一是就丰泽垸的改造作实地调研,二是看望和感谢陈老。"陈志立一边仔细打量素不相识的王大成,一边笑呵呵地说,看望和感谢就不必了,但实地考察确有必要,而且也应该。

车里的人纷纷下来,陈新桥平整出来的那块地就有些不够站了。陈志立没想到县委书记下乡,会有这大派头,心里便有些不爽。虽然他嘴上没说,脸上依然挂着笑,但好像还是被王大成揣摩到了。他指了指身后的一群人解释,都是跟农业开发和新农村建设有关的领导和部门负责人,以及一些专业人士。他们不来,我这决策也是不敢做的。

跟陈志立打过招呼,朱同秀便站在胡勇身边,小声交谈。

"陈老好!"随着一台摄像机从人缝里伸过来,一声清脆的叫喊吸引了陈志立。陈志立扭头一看,便笑呵呵地问:"小宋记者!怎么又是你呀?"

"怎么,陈老认识薇薇?"王大成露出出乎意料的神情,扭头瞅宋薇薇。

"名人嘛,敢不认识!不然,我在这丰泽垸怎么养老啊?"陈志立依然笑呵呵的,把伸着话筒的电视台记者宋薇薇弄得满脸通红。随后补充道:"岂止是认识!我们都成忘年交了。是吧,宋记者?"

胡勇好像啥都知道，趁机把宋薇薇采访陈志立却被他拒绝的事，加上一些道听途说，用他那充满磁性的男中音，绘声绘色地讲了一遍，当然有些渲染，有些添油加醋和夸大其词，逗得王大成和众人哈哈大笑，也整得宋薇薇更加不好意思，漂亮的脸蛋红得像熟透的苹果。

"小宋，你居然也有吃闭门羹的时候啊？我以为你一直所向披靡哩！"王大成笑够了，对着话筒打趣了一句。不等宋薇薇回答，又对陈志立感叹，"说真的，陈老！你们这些老干部，真是我党的宝贵财富，你们的精神真的值得后辈认真学习。您看您都退休了，完全可以啥事不管安度晚年的，可心里仍然装着老百姓，装着家乡的发展和建设。对比老一辈，我们真的应该惭愧和汗颜呀！"

"我也没你说的那么高尚，王书记！你看我这不还是有私心吗？只想着自己的家乡和乡邻的发展，并没有想着全人类呀！"陈志立打断王大成的感叹，自嘲地调侃了一句，然后又问，"怎么样，抓紧吧？你准备怎么调研呢？"

"先去垸子里看看吧，陈老！"王大成望着越聚越多的乡亲，问："大队书记来了没有啊？"王涛诚惶诚恐地挤上前，回答一声"我就是"。王大成叫他带他们到垸子里走走。

一边走，王大成一边笑着对陈志立说："陈老！估计这中巴也开不进去，只能委屈您陪我们年轻人用脚丈量了。等到丰泽垸改造完成的那天，我一定陪您开着中巴好好地转两圈。"

陈志立笑呵呵地说："那我就充满期待了。"

自从陈志立回来，北村的乡亲见领导干部，已经成家常便饭了，也不再像以前那样拘谨。过去他们可是碰到王涛都有些惶恐的，乡以上的干部除了抓计划生育，都很少碰到，更没面对面交流，所以也没体验到怕不怕。今天的情形跟以往又有不同，阵仗更大些，中巴和几辆小车同时进村，还带着摄像机，于是蜂拥般到了陈新桥的鱼塘边。连在陈志民的文化室里打麻将的人，也暂停战斗加入进来。大伙里三层外三层，把这群陌生人围在中间，都想第一时间亲耳听到么新鲜事。很快，他们便知道一直拉着陈志立的手跟他讲话的，是县里新来的王书记，而且他们一口一个丰泽垸地讲着，也就慢慢听出了点门道。于是，传闻已久的丰泽垸改造，终于正式提上县领导议程的消息，便像东风一样迅速传遍了全村。

但究竟如何改造,对他们的生活有么子①影响,却仍然不得而知。所以,当这群人走向丰泽垸子,他们依然尾随着,尽管拉开了一段距离。

考察结束,陈志立对新来的县委书记刮目相看。原来还担心只管过五六十万人口的山区县县长,突然调到一个有一百五六十万人口的平原湖区当县委书记,肯定会有诸多不适应,甚至会把平原当山区,闹出一些令人啼笑皆非的事,做出一些荒唐决策哩。如今看来,自己的担心纯属多余。

他们在丰泽垸一直走到天快黑了才回杨镇乡。一路上,王大成兴致勃勃,时而跟陈志立讨论种种设想,时而跟县里的领导和专家们交流,大有跟这片广袤土地相见恨晚的感觉,叹息他原来的山区没有如此肥沃的土地如此丰盛的物产。晚上吃罢简单的自助餐,连夜在杨镇乡的会议室里开会。陈志立本不想去乡里的,更不想参加他们的会议,因为他毕竟什么职务都没有,又跟投资方没啥瓜葛,真正的局外人。但王大成热情相邀,盛情难却,便只得随他们去了,还坐进了会议室里。

会议一开始,王大成就把他跟陈志立一路讨论的想法跟大家作了沟通。大致意思是:第一,丰泽垸的改造势在必行,这是县委县政府已经做出的正确决策,也是总原则。不能因为书记换了,县长还没到位,就把前人的正确决策一竿子否到底。他不赞成王书记来了搞王书记的,李书记来了又搞李书记的,永远翻烧饼,而不顾实际情况,不管老百姓死活。无论哪一任书记县长拍的板,只要形成了县委决策,只要有利发展,只要群众认可,就必须坚决推进。他劝干部们不要把精力和心思放在他将如何带领大家干的猜测上,而是脚踏实地地做好本职工作。

第二,是必须采取整体规划、分片改造的策略。丰泽垸太大了,有两三万亩土地,不仅涉及柳县的三个乡镇,还有两个邻县的地盘。不说兄弟县愿意不愿意,单就柳县的三个乡镇,也有近两万亩面积,良田、湖泊、水库、村庄、沟渠、道路,都在里面。也不讲开发商一口啃得动啃不动,但这么大的面积,如果一次性开发,上级批不批也是个问题。口开大了上级不同意,就流产了,得不偿失。如果先开发的这片见到成效了,剩下的即使不申报,上级也会要求继续开发的。分片改造,要区分好功能板块,既不能采取把种田能手集中起来的模式,也不能采用过去集体大呼

---

① 江汉平原方言:么子即"什么"的意思。

隆的模式，而是要集约式经营，分成种植板块、养殖板块、商业板块、文化体育休闲板块，等等。但到底分几个板块，由规划部门提出意见来。

第三，成立丰泽垸改造指挥部，他任指挥长，胡勇和常务副县长任常务副指挥长。指挥部要抓紧进入实质性运作阶段，而不是徒有虚名。该履行的申报程序，该召开的听证会论证会，一样都不能少，不搞违规开发。要按照征一还一原则，综合规划好土地，不能过多挤占良田。与农业综合开发、新农村建设和乡村振兴战略相关的政策和配套资金，该县里落实的有关部门要尽快落实到位，该向上级申请的要抓紧完成申报手续，尽快实现乡村振兴，彻底改变丰泽垸片区三个乡镇的落后面貌。建议开发商抓紧与指挥部对接，争取当年开工，第二年完成第一期改造任务。

第四，相关乡镇和村委会要提前宣传发动，县相关部门密切配合，做好土地确权与转包准备，让农民看到改造的希望。强调只有落后的工作没有落后的群众。所以，要做好群众的工作，必须先统一在座各位的思想。

第五，要大力改善营商环境。不栽梧桐树，哪来金凤凰？这点尤其要学习借鉴深圳经验。改善营商环境，就从丰泽垸的改造开始，让商人舒舒服服进驻柳县、安安逸逸在柳县发财。要把丰泽垸的改造项目，当作柳县的一枚"引窝蛋"。把这枚引窝蛋安放妥帖了，鸡母①们便会争先恐后来柳县这个窝里下蛋。

王大成诙谐地开了句玩笑，说打个形象的比喻，陈老就是一枚金不换的引窝蛋。会场轰然大笑，他自己也笑了。但随后的解释，顿时又令会场鸦雀无声，并向陈志立投去敬佩的目光："深圳领导都是安引窝蛋的高人，陈老这个高人回到柳县，是上天给柳县的特别恩赐。陈老不仅亲手帮我们安引窝蛋，手把手教我们安引窝蛋，而且甘愿做枚默默无闻的引窝蛋，比如给乡亲送春联、组织唱花鼓，等等。再比如帮我们把深圳的资本、人才、项目和管理理念，以及正能量的社会风气引回来，把深圳干部的精神作风带回来，帮助县委用敢闯敢试敢为天下先的精神风貌，锻造一支真正能打硬仗、具有改革创新意识的柳县干部队伍。这些引窝蛋分门别类地放在不同的鸡窝，我们便能引来许多鸡母，源源不断地收获鸡蛋，继而抱②出很多的小鸡，小鸡长大了再生蛋。这样，蛋生鸡鸡生

---

① 柳县人把母鸡常常叫作"鸡母"，公鸡叫"鸡公"。
② 柳县人把孵小鸡叫"抱小鸡"。

蛋,柳县的发展就良性循环了。"

他说他还有个大胆想法,就是想请求深圳市委市政府支持,派干部去挂职学习,哪怕打杂都成,努力取到真经。

第六,希望干部们切实把群众利益放在首位,克服畏难情绪,改正不作为怕担事的毛病。要向陈志立这样的老同志学习,真正把老百姓的冷暖放在心上,多为老百姓办些看得见摸得着的实事,让老百姓实实在在地共享改革开放的成果。讲完后他说欢迎陈老讲话。

他这六点讲得头头是道、周密清晰,由不得陈志立不佩服,也为上级派这样的领导来家乡当书记,由衷地高兴。尤其他把统一干部的思想放在第一点来讲,而且开诚布公,给大家交实底,陈志立是太赞同了。有些领导为树权威,或者证明比前任能干有思想,一来就对前任的工作全盘否定,甚至把刚刚栽好的树挖了,刚刚种的草皮铲了,刚刚铺好的人行道又由地砖换大理石了,典型的"下车伊始哇啦哇啦"。除了穷折腾,苦老百姓,还有啥意义呢?他强调的第二点,也是陈志立下午跟他交流过的。俗话说"人心不足蛇吞象",但再大的蛇,吞得了象么?神话里面可以,现实生活中却不存在。稳扎稳打,一步一个脚印,积小胜为大胜,才是毛泽东哲学思想和军事思想的灵活运用。第三点,既有要求,也有方法,还特别强调了政策,看来他不仅敢闯敢干,而且胆大心细,表现出了一位实干家的风格。第四点,则是汲取了丰泽南村的教训,其实也是汲取了许多地方因决策不当或者考虑不周全引发群体性事件的教训。第五点强调营商环境的改造,也是太对了,针对性太强了,而"引窝蛋"的说法,也太形象了。

陈志立发现,王大成还很谦虚,不贪人之功。讲完前五点,他说这不是我的智慧,是陈老点拨的。陈志立心里清楚,严格说是两个人碰撞出的思想火花,也并不全是他陈志立一个人的智慧。但王大成却把功劳记在了他一个人的头上。这跟一些好大喜功的干部,是完全不同的,所以陈志立打心眼里喜欢他,自然也乐意帮他一把。

本来不准备讲的,经他这么一激将,陈志立还是讲了几句,也算是表了个态。外人听起来,他讲的是官话,或者说是客套话,但却是发自他内心的表白,是他的真情流露。

讨论非常热烈,意见却高度一致。县委县政府领导和各部门负责人都认为这是一个重要举措,表示坚持拥护,全力支持,同心协力把丰泽垸改造成现代农业和农村城镇化的样板,实现乡村振兴,推动柳县经济社会发展跃上新台阶。

交通局长说铁总正在征求县里的意见,看第二条高铁线在什么地方开口子,建个站。县里原来是准备在县城开的,为了配合丰泽垸的改造,且第一条高铁线已经在县城开口子了,所以交通局倾向开在杨镇,站名就叫柳县西。王大成不待他说完,高兴地把桌子一拍说,这个建议好!随即又说,也别叫柳县西了,干脆就叫丰泽垸站。启发各委办局向交通局学习,开动脑筋,多出好点子。

于是,人们把讨论的重点,又集中到出谋划策上来。

快十一点,眼看讨论得也差不多了,王大成兴奋地宣布会议结束,要求大家抓紧做好前期准备工作。然后他又说:"估计杨镇乡也没这么多房间给大家休息,那么就辛苦大家,县里来的领导和部门的同志回县城,乡镇的同志回各自乡镇。"然后吩咐杨镇乡的张书记给陈志立找个房间,说天也太晚了,陈老回北村不方便。临上车了,扭头对朱同秀说:"朱总是跟我们一起回,还是在杨镇住?我估计你还有事情要跟陈老商量,所以是留是回由你自己定。"

王大成应该不了解他们年轻时子虚乌有却被人们传得沸沸扬扬的事,更不会拿这个开玩笑。但他随口这么一说,却把朱同秀闹了个大红脸,她扭头望陈志立,犹豫了一下,说:"我还是先回县城吧,等同民老弟回来再一起商量。"随后问陈志立行不行。

"王书记不是说了吗?要留要走你自己定。"陈志立笑着说。

送走了县里、乡镇的领导,陈志立躺在乡招待所的床上,久久不能入睡,脑子里一直交替出现下午和晚上大家交流的情景。他是真心为家乡即将发生的巨变高兴,真心为即将过上小康生活的乡亲们祝福。

# 40

陈志立好像忘了自己已过花甲,也忘记是退了休的人,更把去年立下的回乡养老、啥事也不管不问的规矩丢到了九霄云外。他俨然成了朱同民与县里对接的联络人。这倒不是人家逼他,而是他乐此不疲,如同打了鸡血,精神状态奇佳,浑身似有使不完的劲。他都没空再陪大哥下地劳动了。

但有一条底线,他是牢牢守住了的。那就是决不参与决策,绝不干扰两边的正常工作，不介入与决策有关的任何事务。两边要他传话，他毫无怨言照传，有时也谈点自己的想法或者建议，但不当人家的家，不拍最后的板。

在现场考察的时候，王大成就想请他当丰泽垸改造指挥部的顾问，被他直接回绝了。他说自己退了休的人，当不了这个顾问。后来朱同民也提出了同样请求，他说中央明文规定，领导干部退休了三年内不得在企业兼职。

但实际上，他们仍然把他当"顾问"，许多事都征求他意见。这个他倒觉得没什么，他是怎么想的，明确告诉人家，别人采纳不采纳，他从不计较。采纳了不沾沾自喜、居功自傲，没采纳也坦然得很。

书记亲自挂帅，政协主席和常务副县长任副总指挥，一切事情办起来自然就顺风顺水，所有的问题都不是问题，所有的困难都不是困难，都能找到破解法门，规划、报批的手续都进展得很顺利。朱同民跟朱同秀也很是配合，迅速在柳县注册了一家合伙企业，叫"丰泽垸农业综合开发有限责任公司"。现在是万事俱备，只等做好农民的工作和得到上级的批复，便可进入正式运作阶段。

陈志立除了传话做沟通之外，还给自己派了两项任务，以帮王大成把这枚引窝蛋安放妥帖。

一项是协助乡里村里做农民的工作。

也别怪农民现实。现代社会，谁又比农民高尚到哪里去呢？其实差不多的，都现实得很。只不过农民憨厚一些，习惯于把自己的想法和诉求用最简单的方式表现出来。而有些"聪明人"，可能就是在表达诉求的时候多了些伪装而已，善于把真实意图包裹起来，说话办事东弯西拐，旁人轻易不能发现。但在他们内心，目的也是再简单明了不过的。通过在北村生活几个月，陈志立觉得，这可能就是农民跟"聪明人"的最大区别。而且也仅此而已。本质上，所有人都是社会人，都非常现实。

好在乡亲们在情感上接纳了他，不再拿他当旁不相干的人，所以工作也并没有想象的那么难做。反正是跟大家讲道理呗！将心比心，谁不愿意住高楼大厦？谁愿意过苦日子啊？谁不愿意一家人窝窝软软在一起快快乐乐？所以，对于他给大家描绘的美好蓝图，大家都向往极了。

但是，同样是这些田，农民怎么就种不出钱来呢？朱同民既要给农民转包款，又要付劳动的工资，还要盖那么多房子，投入两个多亿哩！他自己总得有些赚头吧？总不至于赔本吧？赔本赚吆喝的事，谁干呢？傻瓜都不干哩！何况还是身家几十亿的大老板！对于这些疑惑，陈志立觉得一句话两句话讲不清楚，便只得说人家既然敢拿两个多亿搞开发，那就肯定不会是过家家，肯定没准备打水漂。众人想想，也是。谁这么傻，肯拿两个多亿打水漂呢？放到银行吃利息，一辈子都吃不完的。

更有好奇者问陈志立："你说他哪儿来那么多钱？光改造丰泽垸就投两个多亿，那他的钱不比银行还多呀？"

"深圳的大老板多了去了。两个亿！两个亿算什么？这两个亿是首期投资。搞好了，接着他还要搞二期、三期哩！"陈志立答完，也不忘提醒乡邻："天上没有掉馅饼的事。人家不是来搞慈善的，别指望坐在门口等人家把钱送上门来。谁也没义务白养活我们，尽管朱同民是从北村走出去的，跟我们是乡亲，甚至我们中间还有他的叔子伯爷，但养活我们的，还是我们自己。"这个道理乡亲们自然懂，便都把头点得像鸡啄米，嘴里直说："那是，那是！"

陈志立跟乡亲们做思想工作，不是通过大会小会进行的，完全是在平时的闲谈中完成的。

陈志立给自己定的第二项任务，便跟前面提到的馅饼有关。

农民把土地转包了，便只能主要靠打工挣工资。当然哪，朱同民会出一笔土地转让费，然后由县里按承包期进行折算，再定期分发给农民。或者农民以土地入股的方式成为丰泽垸农业综合开发有限责任公司的股东，定期从公司里分红。但这种输血的方式，农民是富不起来的，必须增强增加农民收入的造血功能。

增强造血功能，陈志立就想到了传统，想到了柳县花鼓戏，想到了跟柳县花鼓戏差不多也快绝迹了的民间手艺，还有独具一格的鱼乡特色，以及其他的林林总总。

按照王大成的想法，丰泽垸的开发是要分成几个板块设计的。其中就有个文化休闲板块。这是吸引城里人来消费的一条路子，也是丰泽垸开发的一个特色。文化休闲板块，必须越土越好，越传统越好，绝不能跟城市——哪怕是县城——同质化，因为那是搞不赢的，人们肯定不会舍近求远地跑到丰泽垸来消费，所以必须立足丰泽垸的实际，充分利用和挖掘丰泽垸资源。丰泽垸周围几个村子又恰恰是有资源的，比如花鼓戏、采莲船、龙灯狮子，比如篾编、藤编、芦编，比如麻叶、麻花、玉兰片,等等。这也是这些年他在外地参观考察时受到的启发,那些地方就是以小手艺吸引游客的。陈志立决心帮他们在"文化休闲板块"上做工作。

众多的丰泽垸特色文化项目,他准备从重拾柳县花鼓戏入手。当然,其他接近失传的民间文化和手艺,也都能成为亮点,也是可以慢慢恢复的。但饭得一口一口地吃,否则就噎住了。同样的,事情也得一件一件地做,否则胡子眉毛一把抓,也会百事无成。

重拾柳县花鼓戏,也是遵循先易后难的规律。丰泽垸搞花鼓戏,有着深厚的群众基础,且成就斐然。比如,赫赫有名的凤姐就是从北村出去的。随后还出过几个,不过比凤姐名声小些。而当年大队文化宣传队的老伙计,大多健在,唱戏的热情也蛮高,基本能够凑起一个班子来。所以,北村的人重拾花鼓戏,甚至跟县花鼓戏团联手,无疑会是一个很好的文化板块,是一张亮丽的文化名片。同时,这对于拯救在生死边缘挣扎的县花鼓剧团,甚至对于拯救柳县花鼓戏,以及弘扬传统文化,也不失为一剂良药。

何况,当年唱花鼓戏的老哥们,到了这把年纪,也没办法再去打工了。而来乡下寻找乐趣、体验田园生活的城市人群,对演出的质量要求也不会太高,能够完整地看几出农民自编自演的花鼓戏,乐呵乐呵就成。如果要享受高雅的演唱,甚至音乐会,他们就不会大老远地来乡下了。

这个想法一出,立即得到了王大成跟胡勇等县领导的支持,积极推动县剧团跟丰泽北村联姻。

陈志立具体的设想,是先把大伙集中起来,好好地排练排练,抓紧搞他几出戏来。文化休闲设施一完成,就开始登台演出。接着再想办法吸引和培养年轻人。只要收入还可以,肯定招得到人。这个陈志立有信心。等花鼓戏班子走上正轨了,再组织年轻人玩龙灯舞狮子,跑采莲船,同时鼓动有手艺的人租门面重新开张店铺。

他相信,当丰泽垸的改造完成了,亲近自然的游览项目都有了,吃喝拉撒的功能齐备了,这些具有浓郁地方特色的文化项目,一定会受到观光旅游人们的青睐。城里的人,到处找好玩的地方。而且将来高铁建成了,来去又方便,不愁没人来。

最近一段时间只要天晴,他天天下午和大伙聚到陈新桥的鱼塘边练习。

又一天下午，他们把锣鼓敲得山响，京胡、二胡拉得凄怨婉转，陈志家捏着嗓子唱《站花墙》的"风吹呀啊啊——杨柳哟哦哦——条条——噢噢噢——线哪啊，雨洒呀啊啊——桃花哟哦哦——朵朵哦哦哦——鲜——嗯嗯嗯"（女主角王美蓉的唱词），大伙也有板有眼地和着"呀依哟哟嗬哟嗬喂"。马上轮到朱同洲唱了。就在大伙等过门结束时，陈志立的衣袖突然被人扯了一下。扭头一看，是陈志文的老婆郑月娥，便笑问，嫂子有事啊？郑月娥点了点头，然后朝人群外头走。

陈志立对众人说"稍微休息一下吧"，便随她挤出人群，再次问："什么事啊，嫂子？"

"二爷！你郎看，能否让志文哥也参加呢？"郑月娥虽然红着脸，却并不拐弯抹角，态度也蛮诚恳。

"我没意见哪！这本就是大伙乐呵的事，谁来都欢迎啊！嫂子你来也热烈欢迎哩！"陈志立满口答应，又调侃了一句，"喂，嫂子！家里的猪不喂了，它们自己寻食吃？"

"喂，二爷！不是我说你郎。你郎哪样都好，就这点不好。"郑月娥也不在乎，一如她敢说敢做的性格。

"哪点不好？"陈志立愣了一下，又扑哧一声笑了，"嫂子你郎指出来，我改。"

"爱揭人家老宝①，拣人家的过！那不是打人家的脸吗？你郎看人家去年气不忿②瞎说的话，这年都过好几个月了，你郎却还提。"郑月娥叹口气，又说，"唉！我也想明白了。你郎们在这里快活，志文在家里成天给我张死脸看，还不如让他也乐呵乐呵，省得他不开心我也闹心。"

"那叫他郎快来呗！全村真还没谁勾锣子敲得比他郎更好了，缺了他郎这戏班子还真就不完美。我就爱听他郎敲出的最后一声'哐'，不仅尖锐清脆，而且跟唱词里的那个韵押得恰到好处。"陈志立心知肚明，她主要是为丰泽垸改造后增加收入考虑的。有关重振戏班子登台演出的想法，他早跟大伙说过，全村人都晓得。面对这样一个大势，她的决定也再正常不过，但她不明说，他也不好挑明，省得她难堪。而且，他也是真心希望大家共同富裕，在致富的道上谁也不落下的。然而，他还是忍不住调侃了一句："这回可是你郎亲口说的情啊，可不许再来拆我郎们的台了！"

---

① 江汉平原方言："揭老宝"即揭人老底的意思。
② 江汉平原方言："气不忿"即气不过的意思。

没想到众人早围了过来，正好听了个全本。一听陈志立问她"家里的猪不喂了，它们自己寻食吃"和她说陈志立"爱揭人家老宝"的对话，倏地哄然大笑。此时望着郑月娥小步慢跑的后背，大家更是哈哈大笑，像小孩子一样高兴地雀跃起来。

陈志文如果归队，他们这支当年文化宣传队的骨干，就基本聚齐了。所以大家的开怀大笑，并不完全是对郑月娥的嘲讽，更多的是为他们这个团队终于能够大团圆提前贺喜。

能不时听见乡亲们的朗朗笑声，陈志立也常常发出舒心的笑声。

# 41

陈家潭边，成了全村最热闹的场所，俨然是北村的露天剧场。陈新桥用石棉瓦盖起的棚子，是"老年剧团"堆放道具、换装和休息的地方。棚子旁边的老柳树下，是他们排练和演出的舞台。陈新桥平出的那小半亩地，连同丁字路口的公路——有时甚至延伸到公路对面陈志民的禾场上，是观众观摩、看戏甚至参与唱和的地方。

夏季农活忙，有时白天没办法聚齐，他们就晚上排练。于是，陈新桥又从棚子里拉了根电线，在老柳树上挂了两个有灯罩的灯泡，犹如城里的广场。

朱同秀不时单独或者跟她公司的几个文艺骨干一起加入，甚至还把凤姐也拉回来了两次，更是引得四邻五乡的人都来观看。她们唱得太专业了。特别是凤姐，当年可是他们这些农民的偶像，她的戏演到哪里，他们就跟着跑到那里，即便赶夜路十多公里也不辞劳苦，不叫一声累，第二天照样精神抖擞地下地劳动。

村民们除了当观众，有时也自觉变成了群众演员，常常异口同声地跟着和"呀依哟哟嗬哟嗬喂"，气势如虹，震撼四野，惊得树上的鸟儿乱飞，地上的鸡鸭猪狗乱窜。柳县花鼓，原本就是群众在劳动过程中创造的自娱自乐方式，一人唱众人和，既解闷又解乏，心情愉悦、精力充沛，不知不觉一天就过去了，劳动任务也完成了。所以，就算是新中国成立前再抠门的地主老财，也是不禁止长工短工们在劳动时唱花鼓的。

现在，连那些成天搓麻将的人，也被吸引过来，站在人堆里观看，不时和着"呀依哟哟嗬哟嗬喂"，有的甚至跟着哼起了台词。

眼见文化室的人越来越稀少，麻将声越来越微弱，陈志立有些内疚，也担心大嫂不高兴。因为那个文化室，毕竟是有些收入的，是大嫂的零花钱罐子。她除了下地干些农活，每天中午和晚上都要管打麻将以及旁观者的饭，而每桌麻将，则由赢了钱的人抽点彩头给她，类似于城里咖啡店、茶馆或者棋牌室的场租，虽不及城里的多，但弥补完饭钱，还是有结余的。捡到篮子里总是菀菜哩！文化室打麻将的人少了，她抽的彩头当然也就跟着下降。

"大姐！生意越来越冷清了，你不会在心里头怪我吧？"三人坐在桌子上吃晚饭，陈志立听着稀稀拉拉的麻将声，指了指身后的文化室，直截了当地笑着问。

他就是这个性格，在单位也是，谁的话都敢顶，有一回甚至把北京来检查工作的部领导顶毛了，虎着脸让他出会议室去。主持会议的市领导回头批评他太直了，有的同事也劝他别跟领导辩，领导说朝东他硬要说往西才是正确的，不挨批才怪哩。同事点拨他："领导说朝东正确，你就顺着说朝东是正确的，但真正走的时候你却往西边去了，领导还拦着你不成？"有时他的观点被领导反驳或者批评了，也有同事说其实大家都知道是咋回事，也不会认为真是他错了，或者都是他的错，别在会上跟领导犟。但他就是忍不住。不过，他都是当面锣对面鼓，从不在背后说，如果领导最后的决策跟他的意见相对立，他依然会不折不扣地去完成。时间一长，领导也知道他就是这么个脾气，往往能宽容待他，甚至心胸宽广的领导，表扬他优点是耿直，缺点是太耿直，鼓励他畅所欲言，不要有顾虑。

这也是深圳官场的一个优点，能够容忍他这样的人存在，并提供成长的空间。要是换个地方，他能不能做到那个级别，都可能两说了。

俗话说生成的脾气腌成的酱，哪儿改得了他那个直巴笼统的性格呢？而且他也没打算改。一辈子就这样了，别人该咋看咋看，反正他是在组织原则内，该咋说还咋说，该咋做还咋做。所以大嫂提醒他防范小人，大哥劝他管住嘴巴，他往往咧嘴一笑，依然我行我素。

他此刻想的，就是干脆把话挑明了，省得大嫂把不痛快闷在心里。

刘彩霞笑了一笑，笑的表情有些复杂，然后又把嘴一瘪，这才慢腾腾地开口讲话："二爷你郎可别这么说，好像我觉悟蛮低似的。大姐我不是个恨钱不拢、见钱眼开的人，也不是个不明事理的人。二爷你郎做的是为村里人造福、为后人积德的好事,我能不支持啊?你郎只管放心大胆去做,别担心我那点小钱没了。跟乡亲都富起来比,那点损失算不得么事的。再说了,大家都富裕了,我不也跟着继续富裕呀?都富裕总是好哩!二爷,这个大账,我是会算的。"

她这一席话,大大出乎两兄弟意料,听得目瞪口呆。惊讶过后,陈志立激动得差点叫了她一声亲娘!

刘彩霞瞅了瞅兄弟俩的神情,端起陈志民的酒杯喝了一口,脸上放出光彩,又说:"再说了,二爷你郎忘记了?我年轻的时候也是光明大队的文艺骨干,也喜欢唱哩!现在成天听你郎们唱,有时也嗓子痒不过跟着哼几句,就好像又回到了从前,感觉自己年轻了三十岁不止。所以,我高兴还来不及哩,哪里会怪你郎呢?"

陈志立正想发表一番感慨,幺叔跟婶娘又来了。他们最近常来,因为低保问题始终没解决。陈志立也一直没跟王涛讲,觉得开不了口。不干扰地方上的任何事情,是他牢牢把握的底线。就是去年乡里的杨书记来,也是他们当他的面跟杨书记和王涛提的,他只是未置可否。

果然,接过刘彩霞递过的筷子和酒杯,陈想生开口就说:"老二啊!我们的那个低保……"

没容他把话讲完,陈志立就放下酒杯,满怀歉意地说:"知道了,幺叔!"

"你都晓得了?那就不说了。"陈想生抿了一口酒,又夹了一筷子菜放进嘴里。

"这样子好不好,幺叔、婶娘?那个低保也就三百多块钱,咱不要了,我每个月给您郎们三百。您郎们看,我也是六十多岁的人了,教我天天去抱着人家的脑壳摇,我也做不来。何况就是摇了也不一定摇得到手,何况今年摇到了说不定明年又没了。"陈志立给幺叔和大哥递上烟,自己也点燃了一支。

"这么说,原来你还是不晓得啊!还以为你真晓得了哩!"贺大姑把菜咽下去,舒展开满脸的褶皱,一双浑浊的眼睛眯得更小了,笑着说,"已经答应了,老二!王涛书记下午来家里通知的。因为你去看舅爷了,他就没碰到你。谢谢你呀!"

"哦!解决了?解决了好啊!"陈志民显然是替他们高兴,端起酒杯,跟另外的两个杯子碰了一下,一饮而尽,"还是老二的面子大。值得庆贺!"

"这可不是我的功劳啊,婶娘!这是人家村里对您郎们的关照,可能您郎们的情况真的符合低保政策。"恍然大悟的陈志立,也把酒杯喝尽了,说他还没开口哩。

"你郎开口不开口,都是一样的。你郎说你郎为村里做了这么大的事,他们不也得感激一下呀?"刘彩霞接过话头,又分析道,"不说开发的事能成不能成,至少人心现在是齐了。你郎不晓得王涛他们过去即便是为了一点小事,做工作都可费老鼻子劲了。但就是这样费劲,也没把人心聚齐过,每个人怀里都揣着个小九九。你郎现在在村里听到人讲怪话吗?哪里还有反对的声音哪,都一个劲地说好哩!"

"是哩!要不是你天天在村里晃,他们哪会把这么好的事落到我们头上呀?"贺大姑一张老脸绽放出如花笑靥。

一家人正喜气洋洋地议论着这件折磨得陈想生老两口寝食难安却终于得以解决的事情,感叹好事多磨时,黄大吉又跑来,站在门外兴高采烈地喊了声:"志立老弟!"

"哟,大吉呀!进来吧!"背对大门的陈志立扭头一看,便唤黄大吉进屋。

黄大吉刚把脚抬了抬,拿眼瞥了刘彩霞一眼,见她不吱声,就又收回去,站在原地嘿嘿一笑:"就在门外说吧!"

对黄大吉,刘彩霞现在是讨厌极了。他一露面,就把她刚才的兴致全搅没了,顿时便黑下脸来。老二明确告诉他孙子考公务员的事帮不上忙,他却像块狗皮膏药,老往二弟身上粘,隔三差五就来一趟。他主要是特不会说话,老是不知天高地厚地拿话掐老二,就像有么把柄捏在他手里似的,或者该他陈大麦。节后老二回来的第二天,黄大吉来找他的情景,她想想都恶心。

黄大吉再不敢拎东西来了。因为他拎来的酒啊油啊鱼啊肉啊什么的,都被老二劝他原封不动地带回去,或者被刘彩霞当面扔到门外的禾场上了。所以这次是空手来的。刚一进门,就喜滋滋地对老二高声叫道:"哎呀!我像团鱼望儿呃,可算是眼巴巴地把你给望回来了哦!"陈志立笑呵呵的倒没说他啥,还递了一支烟过去。刘彩霞却听不过耳,当即就喷了他八百钱:"你姆妈没教你说话吧?谁是你儿呀?敢再胡说八道,就甭踏老娘的门槛,小心老娘打断你的狗腿!"吓得他赶紧退出门槛,站在门外一个劲陪不是……

陈志民也不理睬他，甚至今年请他去整田，他宁可不赚他那个钱，也硬是没答应，说是日程太满，没办法排上他。

陈志民夫妇讨厌他，黄大吉晓得。现在他每次来，都是下午在陈新桥的棚子旁跟陈志立讲话，再不敢跨进这个门槛。

陈志立却不跟他计较。别说确实是打条胯的朋友，就是碰到个素不相识，却真是不会说话、真是不会说得体话的人，他也不会计较。理解他们并不是要拿话来掐他，而是确实不知道那话的轻重，不知道讲出的话会令人生厌，只是为了达到自己的目的，把自己的意图力求表达完整。或者，还以为这种小聪明，会显得亲近，显得没隔阂哩！如果他们晓得那话不招人喜欢，肯定就不讲了。所以，陈志立这次也仍然笑着，招了招手，又请了一遍："进屋说吧。"

见刘彩霞脸虽然黑着，却低头吃饭，黄大吉小心翼翼把脚试着踏了一只进来，刘彩霞仍没反对的意思，他才大着胆子跨进双脚，找了条靠墙的板凳，坐了半边屁股，紧张的声音里仍难掩内心的激动："跟你讲个好消息，志立！我家耀祖考上深圳的公务员了。"

"好啊，太好了！恭喜恭喜！来，来，来！喝两盅。"陈志立一听也高兴得大叫一声，连忙唤他坐到桌上来。

"吃过了。"黄大吉又瞅了一眼刘彩霞，嘿嘿一笑。稍停又吞吞吐吐地说，"不过……可能还得你出面再周旋周旋。"

"考上了等通知不就完了，还周旋个啥？"陈志立又困惑了。

"耀祖讲，后面还有面试，还有体检哩！"黄大吉瞅一眼桌上的菜，舔舔有些干涩的嘴唇，"面试的人我们又不认得，万一人家把他刷了呢？还有医院体检，听说也可能做手脚。虽然我们不认得，但你肯定是认得的。"

原来他孙子还只是过了笔试这一关。陈志立苦笑一声，直截了当地问："大吉！你能告诉我，我要怎么说才能让你相信，这公务员考试只能靠自己，任何人都是帮不上忙的呢？"

黄大吉再不敢胡说八道了，生怕刘彩霞一不高兴又骂他二黄[①]。好说歹说，求人的话说了一箩筐，陈志立依然不松口，没奈何，只得悻悻地离去。

门外不远处，挂在老柳树上的灯泡在晚风吹拂下，轻轻摇曳，把光

---

[①] 江汉平原方言："二黄"即不明事理。

亮拉得忽长忽短,忽远忽近。瞧着黄大吉有些佝偻的背影,在灯光照耀下蹒跚地越晃越远,最终消失,陈志立眼眶突然变得潮湿起来。然而,他又的确是无能为力。

## 42

谁也没料到,今年的龙舟水会下得这么猛,汛期来得这么早。

离端午还差几天,龙舟还没划哩,龙舟水却已经到了,长江的形势陡然紧张,继而严峻起来。天穹像被捅穿了窟窿,暴雨如注,一连几天狂泄,大地顿时便浊水连天,不仅庄稼被迅速淹没进水里,一些地方的树木也只剩枝头在水中困兽挣扎般随波摇曳了。

防洪成了第一要务,成了地方政府和老百姓的头等大事,甚至部队也又上了大堤。与防洪无关的所有事情令行禁止,当然也包括正在紧张准备的丰泽垸改造。油漆尚未干透、再过几天才能下水的龙舟,只得任它们提前下水了。龙舟提前下水,并非在沿岸人们雷鸣般的呐喊声中参与竞赛、奋勇争先,而是撂在禾场上无人顾及,任由雨水冲洗,继而被洪水冲走,随波逐流。

长江边上的人们,对母亲河是爱恨交加,既靠她的乳汁活命,却又常受她肆虐之苦。她不轻易发飙,但倘若发起飙来,还很难治得了她,没什么可用神器能够缚住她的手脚。只得任其疯狂,直到她闹得精疲力竭自己偃旗息鼓。而她发飙的严重后果,便是把田地冲得满目疮痍,轻则把人们弄得流离失所,重则家破人亡。

进入新社会,人们每年都对长江进行疏浚、对大堤予以加固,试图弄出个固若金汤的长江防线来。应该说,人们的努力是有成效的,好几次在旧社会必定泛滥成灾的洪水,都被人们束缚在那条宽阔的江道里,让人们在有惊无险中饱尝胜利的喜悦,从疲惫的脸上露出得意的神情。然而还是不够,总有更大的洪水洞穿堤坝,甚至漫过堤面,然后肆无忌惮地吞噬树木、庄稼,乃至生命。最近的一次,便是一九九八年百年不遇的特大洪水了。

那年防洪,陈志立在大堤上坚守了近一个月。滔滔江水迅猛上涨,过了设防水位、过了警戒水位、过了超警戒水位,又迅速过了保证水位,而且很快超越老堤,直接考验人们在老堤上新加的子堤,有的堤段子堤垒起一人多高，逼得人们心里发毛，跟江水上涨赛跑似的，疯狂地不断加高和夯实子堤。

他印象最深的还不是簰洲湾倒堤，而是退水前的那一晚。那晚他在大堤上巡查了一夜，这也是他的任务。眼看被江水浸泡了快两个月的大堤摇摇欲坠，眼看新垒的子堤又要被波浪打翻甚至超越，他并不感觉恐怖，只是有些绝望。

他的绝望也不全为自己，不全为自己一旦大堤垮了他将被洪涛吞噬，然后徒劳地挣扎两下，再轻飘飘地顺江流而下。他的绝望，更是为已经坚守了近两个月的农民。农民们没日没夜地鏖战，田里再过几天就可以割的庄稼没了，家里连腌菜也没了，早已精疲力竭、人困马乏。如果坚守了两个月而在最后的关头却仍然让江水漫过堤面，或者冲垮大堤，那种绝望的心情，相信所有人都有。而冲垮的，将不仅仅是大堤，还有人们的精神支柱和必胜信念。

所幸那晚刮南风没刮北风，所幸到了下半夜他们欣喜地看到水位慢慢降了。但就是那要命的南风，却把江北的大堤冲垮了。也正是江北的大堤垮了，才起到了分洪削峰的作用，避免了他所坚守的南堤垮塌，乃至更大的灾难。而且也好在有预案，好在提前进行了疏散，所以江北垮堤并没造成人员伤亡，江水只是流进了早就划定的分洪区。

一九九八年洪水让人们痛定思痛，没有远虑必有近忧啊！所以修筑堤坝的标准和等级都提高了，再不敢搞豆腐渣工程。长江也好像突然温驯老实了，再没像那年发神经，肆无忌惮地用滔天洪水施虐于她滋养着的生灵万物。人们终于舒了口长气，于是便有了近二十年难得的风调雨顺和五谷丰登，以及人们对水患的麻痹。然而在时间的长河里，区区二十年弹指一挥间。长江温驯老实了近二十年，却并不保证一直温驯老实下去。逮着了机会，照样整你个满目疮痍，整你个生灵涂炭！而新的洪水一到，人们的所有努力好像仍是徒劳。这似乎陷入了一个人天博弈的怪圈。而最终，天总能击碎人的梦想，获得短暂的快感。

这场洪水的来临，并非没有先兆。自去年起，有关厄尔尼诺现象对地球气候的影响，便不时从专家口中传出，也见诸报端以及其他新闻里。问题在于，狼来了的故事，于中国虽妇孺皆知，可现实生活中真碰到了，却并不都能应对自如。好了伤疤忘了痛，也是人们常犯的毛病。问题的另一个方面，是气候专家们虽有预测，又好像底气不足，发出的声音犹如被打湿了气囊、褶膜和镜膜的知了,其声苍白无力、软不拉叽,并不能引起人们足够的重视。这跟那些卖假货的商贩以及为商贩们拼命鼓噪的"专家"形成了鲜明反差。那些人明知卖的是假货,却声嘶力竭地像卖真货,甚至比卖真货还真一样鼓噪。所以面对突发洪水,缺乏必要准备的人们,显得惊慌失措。

这场天灾也是有些诡异,可能也怪不得人们麻痹,或者专家们无能。暴雨是以迅雷不及掩耳之势,自南而北下的,下到哪里那里便成泽国。于是在极短的时间,"广州看海""武汉看海""上海看海""南京看海""北京看海""兰州看海"的各种幽默段子,在网络媒体上迅速"走俏",成为一大奇观。即便是开始疏漏了的地方,老天很快又去恶补一番,让那些正在调侃别处"有海可看"的人们顿时哑口,猝不及防,毛脚慌手地加入到与天战斗的行列。

老天爷下的这场雨,很有点类似游击战,或者说把毛泽东早期革命的游击战术活学活用,发挥到极致了。打一枪换一个地方,且又像是攻克堡垒,横扫千军。这种既声东击西又片甲不留的战术,弄得人们晕头转向,茫然不知所措。

但老天爷还是有些偏心眼,它好像特别钟情于长江沿线。当它把雨下到长江沿线的时候,像突然忘记了还应该继续北移似的,竟然停在这里不动了;或者刚刚北移,长江沿线的人们稍有懈怠,却忽然又来杀个回马枪。雨量也奇大,一天就下了两百毫米,且一连数天不间断。

面对老天爷的肆无忌惮,人们起初并不以为意。兵来将挡,水来土掩呗!所以并没打算坐以待毙。大家信心百倍、万众一心奔赴长江,再现"九八抗洪"的精神,以人定胜天的勇气,企盼再夺抗洪抢险的伟大胜利。然而,人们很快就发现自己的努力是徒劳的。于是改弦易辙,以局部牺牲换取全局胜利,以较小代价保住更大果实。

这个决策无疑是正确的。在不能大获全胜时,两害相权取其轻。随着分洪区主动扒口泄洪,霎时便收到了立竿见影的效果——长江的水位开始下降,绝大多数地方特别是重要的大城市保住了。

丰泽垸虽也泽国一片了,但它位于三道洪堤之外,并不在扒口分洪的范围。假如没有第三道洪堤,或者雨再继续下,或者下得再猛烈些,丰泽垸能否保得住,也还真是个问题。如果保不住,也会跟一道、二道、三道洪堤内一样,只见连天浊水、汹涌波涛,就犹如毛泽东在《浪淘沙·北戴河》里写的"一片汪洋都不见"了。

当然啦！历史没有假设，假设都在人们的大脑里，或者一些理论分析者的笔下。所以，这些假设都不成立。

现实的情况是大雨终于住了，人们开始了紧张的生产自救。然而，屡试不爽的各种土办法，这次却一样也用不成，因为沟渠都是满的，没多余的盛水器皿，即便挽起了月子，还是排不出去。往三道江堤外面排，这是最简单最有效的办法，这次也不行了，长江水位没明显下落之前，所有的垸子都不准往外排，以减轻长江的压力。所以，大家的所谓生产自救，其实就是耐心等待。

可是，哪里等得起呢？哪里有耐心等呢？再泡个三五天，庄稼就彻底泡完了，这季庄稼就绝收了。鱼塘的鱼已经跑了，庄稼再绝收，日子怎么过呀？农民们心急如焚，干部们心急如焚，陈志立也跟着心急如焚。所有人的脸上都写满了愁苦，嘴角都急出了水疱。

这天吃罢中饭，陈志立放心不下，又开车去了妹妹志菊家里。

志菊应该是这次洪灾损失最惨重者之一了。

志菊夫妇靠开便利店攒了点小钱，便琢磨着改行做点其他的。开便利店太苦，而且随着超市联营步伐加快，随着网购的迅猛发展，便利店的小钱越来越不好挣。每天要守着个店不敢离开不说，还从未睡过一个囫囵觉，只要有人敲门，哪怕是半夜三更，哪怕是寒冬酷暑，哪怕是头疼脑热，也得硬撑着起床，把那笔几块钱甚至几毛钱的小买卖做了。能挣一分是一分，挑到篮子里都是菜！

恰在此时，有朋友撺掇他们到荒湖搞养殖。经过一番考察，他们发现，荒湖的确成了集中养殖区，且都养殖紧俏和高档鱼类，便跟总承包人江少华接触。不想江少华甚是爽快，又跟妹夫杜士忠投缘得很，当即就转包了一百五十亩水面。荒湖什么养殖都有了，独独没有养脚鱼①的。他们也没问人家为何不养，只是从市场考察，感觉脚鱼行情不错，且又填补了荒湖一个空白，便铁肩担道义般决定养脚鱼了。开始两年没经验，买的鱼花死了大半。后来琢磨出了一点道道，加上乡里的水产服务站技术指导，便自己孵苗子，不承想还真成功了。于是从第三年开始大规模养殖，还增加了两百亩水面。

---

① 江汉平原方言："脚鱼"即指甲鱼、鳖。

脚鱼这东西是娇贵品种,不仅生长周期长,而且除了冬眠,天天张开嘴巴就要吃。开始他们不想喂饲料,觉得吃饲料长大的脚鱼肉质差,卖不出好价钱。好在周围都是鱼塘,有大量的死鱼死虾可捡,有的养殖户还一袋一袋地送过来,所以鱼苗小的时候他们并不犯愁。但随着鱼苗长大,靠捡死鱼死虾已经填不饱它们了,必须花钱买饲料或者鱼虾,于是把血本都砸在了里面。

眼见像养孩子一样精心饲养的脚鱼,渐渐成长起来,大的都有三四斤了,且老有贩子来问啥时候开卖,他们便不担心销路,借钱或者贷款加大投入。前后算来,已经在这片鱼塘投下了两百多万元。他们心里却不急,反正这些脚鱼今年都能变钱。今年下半年,正是他们跟贩子们商定的出货时间。

就在他们憧憬着美好未来时,不承想荒湖扒堤了。这场飞来横祸,霎时便把他们的两百多万投入,连同五六年心血,冲刷尽净,丁点果实不剩。

# 43

天空异常湛蓝,湛蓝得有些诡异。太阳火辣辣地挂在头顶,仿佛要把大地以及生存于大地上的生灵万物榨干一般,所以异常炎热,热得人透不过气来。

陈志菊戴了顶草帽,孤独地坐在大堤边一棵水杉旁的草皮上,两眼直直而无助地盯着早已不再汹涌的茫茫湖水,好像在欣赏一幅微波荡漾的大海里有几只小船树叶般悠闲漂浮的美景。

志菊家里铁门紧锁,陈志立叫了几声,没人应,知道他们又去了荒湖,他也不打电话了,直接开车去寻。汛期大堤上不准社会车辆通行,陈志立把车停在村头的小卖部门口,然后步行两三里,终于寻到了站在堤埂上痴痴地眺望湖面的妹妹志菊。

志菊太专注了,有如泥塑,连小哥陈志立站在身边,轻声呼唤她名字,也没有察觉。陈志立的再次呼喊,终于让志菊扭过头来,她凄苦一笑,轻声问:"小哥你又来了?"

陈志立望着湖水的远方,说老在这儿望,也不起作用啊!志菊像没听到似的,依然盯着前方,喃喃自语,都在水下哩,啥也望不到了!陈志立说，这么大的水，连棚顶都淹在水里，当然是啥也望不到了。

自从荒湖扒堤，陈志立就对妹妹、妹夫充满担心，生怕他们做傻事。刚被水淹那会儿，哭干了眼泪的志菊神情都有些恍惚了。杜鹃知道家里的鱼塘淹了，脚鱼都跑了，好在是审计淡季，事务所的活不多，连忙买了第二天一早的机票回来，把志菊吓了一跳，问她回来做么事。迎着女儿忧郁的目光，她恍然大悟，然后坚强地揩干眼泪，咬着牙关说："你放心，伢！娘不会做傻事，而把一堆包袱甩给你和弟弟的！"听得杜鹃又哭了。但她还是放心不下，形影不离地守着娘，在家里待了几天。

"你先回吧，小哥！我早想明白了。"志菊扭过头来，凄楚一笑，依然远眺波光粼粼的湖面。

"想明白了就好。有些事，只能靠自己把它想透彻，任何安慰和劝导都是徒劳的，都无异于隔靴搔痒，起不了丁点作用。留得青山在，不愁没柴烧。这个道理我跟你讲过几遍，相信你也是懂的。"听了妹妹的一番话，陈志立心里略有宽慰，然而还是安慰了一句，"水总是要退的。等水退了，再搞些见效快的，虽然要吃更多苦头，但总归是天无绝人之路。"

"我跟孩子们说过，我现在还死不起哩，小哥！我现在连死的资格都没有。我总不至于欠了一屁股债，然后拍拍身上的灰轻轻松松死了，把债推给伢们，要伢们帮我还吧？"

志菊坚毅而凄苦的话语，听得陈志立鼻子一酸，也差点陪她落下泪来。随即又想，她既有了这层牵挂，自己也大可以放心了。何况父母去世早，只有兄长没有姐妹的志菊，很小就开始独立生活，经历过人世间的种种磨难，早已锻造出了刚毅的性格。于是陈志立转移话题，问补偿的事有眉目了没有。志菊说哪有么快呀！材料是报上去了，但听说杯水车薪，基本解决不了问题。

妹夫打来电话，说在村头看见他的车了。陈志立让他等着，他跟志菊马上过去。转头对妹妹说："既然这债你准备自己还，而补偿又作不了太大指望，你就回去跟士忠好好合计合计生产自救的事，水一退就开工。"

志菊本是个明白事理的人，她点点头，又叹息一声，跟在哥哥身后往村子里走。但她依然挂记着她的心血，三步一回头地依依不舍，好像那些脚鱼犹如爱赶路的孩子，远远地跟在她身后一样。她也真是这么想的，因为她忽然冒了一句："小哥！我总像是看得见我那些脚鱼在向我游来，听得见它们肚子饿了在向我要吃的哩。"

"早就不知跑哪里去了,听得见个鬼呀!即便是它们恋窝不想跑,那么大的水一冲,也冲得无影无踪了。还向你游来,还找你要吃的!我看你是着了魔入了骨了。"陈志立苦笑,又劝道,"别再想脚鱼的事,脚鱼的事翻篇了。你还是多动动脑筋,想想怎么生产自救吧!"

志菊也苦笑一声,应道:"也是。"

远远望见迎上来的杜士忠一拐一瘸,两个人大吃一惊,连忙紧走几步,问他怎么了。被毒辣的太阳晒得满头大汗、T恤都湿透了的杜士忠咧嘴一笑说没事,踏玻璃碴子上了。两人蹲下身子,把他脚板抬起来,只见稀泥巴糊着的脚板上,果真有个还没结痂的寸把长口子。陈志菊惊叫一声:"这么大?"说完她用手轻轻按了按,又问疼不疼。杜士忠把嘴一咧,"哟"地叫了一声,眉毛眼睛都挤成一团了。陈志立问有没有到医院处理过,得知上午就划破了,且没去医院时,坚决要送他去医院。杜士忠咧嘴笑了笑,死活不肯去,说还得去一趟水产服务站,跟站长约好了,讨论水退了之后养什么。

"你真不要命哪?"陈志立生气地问。

"唉!真是屋漏偏下连阴雨呀!怎么这么多好事,偏偏都让我们摊上了呢?"志菊哀叹一声,泪水刷刷地又流淌下来,坚决要丈夫去医院,"你这个顶梁柱要再出点么事,这个家就真的玩完了。"

杜士忠的脚伤了,开不了他的双排座。陈志立让他跟村里人讲一声,把车停在小卖部旁边,然后开车送他去就近的乡卫生院。车子刚启动,志菊提醒丈夫给水产服务站的站长打电话,告诉他自己受伤了,改天再去拜访。然后问丈夫今天跑的情况。

士忠天天往乡里和县里相关部门跑。但正如志菊讲的,收效甚微。尽管这样,他仍然不死心,生怕有个么消息漏掉了,所以每天开着双排座像无头苍蝇样乱窜。赤脚踩到碎玻璃,就是跑到县里的三防办时,因为心里想着找人的事,没注意路面,走得也有些急,而且那块讨厌的玻璃碴子又掩埋在泥巴里。

医生帮杜士忠清洗完伤口,缝了六七针,又给他打了破伤风针,才放他们离开。此时天已经黑了。陈志立把车子开到一家路边餐厅的门口,三个人吃了点东西,才送他们回去。

回到大哥家里,天黑得不成样子了。忙了一天,人很疲惫,房间里还有空调,陈志立却躺在床上翻来覆去。他实在睡不着。

妹夫杜士忠伤成那样了仍到处去跑的苦衷，他何尝不晓得；而妹妹志菊那无助的眼神，也老在眼前打转。人们往往用颗粒无收来形容受灾的惨状，而他们其实比颗粒无收还惨哩！颗粒无收，只是损失一季的种子和肥料钱，以及那并不值钱的劳动力成本。他们却是五六年的心血，把东借西贷甚至还有三十万元高利贷的两百多万元白白地扔进了水里！何况生产自救说起来容易，安慰人也还顶用，却真要实施起来，也不是轻易就能实现的。

比生产自救更紧迫的，是高利贷必须抓紧还。高利贷的事，是田雨跟他们打电话，志菊在哽咽中诉说的，他们还不敢告诉他，怕他责怪。高利贷很快就到期了，届时还不了，利息就又要涨。高利贷是驴打滚的。利滚本本滚利，像雪球一样往下滚。所以，他们现在急需钱，且不是一笔小钱！如果只是一笔小钱，自己还有些活钱给他们周转。然而那顶多算杯水车薪。有什么办法再帮他们一把呢？陈志立冥思苦想。

有个现成的办法，而且肯定行得通。对穷人，钱足以把他们难死愁死憋死。而于富人而言，可不就只是个概念，是一组数字？但他又实在不想触碰底线。他宁愿拿自己的余钱帮他们一把，毕竟亲妹妹哩！但要他向别人开口，却做不到。

天刚蒙蒙亮，陈志立就起床了，尽管头有些疼，感觉是没睡好，却依然到户外晨练。他先在禾场上打了一遍太极八段锦，立即便觉得浑身轻松了许多，然后踏着露水，向丰泽垸子走去。

机耕路依旧泥泞。陈志立虽穿着运动鞋，却不敢再往深处去，只站在入口处，眺望冉冉上升的朝阳，以及逐渐清晰的景象。

垸子里的水在退，但不明显。陈志立掏出烟来抽上，皱着眉头想，这水怎么就跟人生大病一样，来得迅猛，去得却如此缓慢呢？

在浑黄的水田里，有些秧苗露出几片与浊水同一颜色的叶子，顽强而无助地耷头耷脑。他替这些禾苗惋惜，又对这片土地充满眷念。惋惜过后，是一份憧憬——

江汉平原农业渔业发达，物产丰富，享有"小汉口"美誉的不止一处。杨镇乡的集镇就是其中之一。这里曾经商贾云集，热闹非凡。后来渐渐衰败，一是二十世纪四十年代初丧心病狂的小日本为打通交通运输线和消灭新四军游击队而狂轰滥炸，后又放了一把大火，几乎夷为平地；二是随着公路交通发达，水路却相对萎缩，经济也没发展起来。高速公路一旦通了，且重新疏浚和打通连接长江的水上通道也不太难，交通应该会比过去更便利，重塑商业地位不是没有可能。

建酒店和商品楼，就可以方便来投资、旅游的商人和游客居住。别人来营商，总得有个良好而相对舒适的居住环境，不至于早晨从县城过来，晚上再回县城去住。筑好了巢才引得凤凰来哩！游客也是一样，最好能消费一晚。按照他跟王大成的合计，当天来当天走的旅游项目，附加值太低，最好能设计出留游客住一晚的旅游套餐，游客上午来，下午和晚上都有得玩，而住了一晚第二天还能玩半天。这就需要建幢酒楼。酒楼的档次也应该适中，与丰泽垸开发的定位相匹配，太低了留不住人，太高了有些人又舍不得消费。还有一个计划，就是落实国家"征一返一"政策。"征一返一"政策规定，凡征用农田的，必须再开垦出等量良田来补偿，实现良田的总量平衡。从各地经验看，最有效的办法，就是实现农村住房的集中化，以空间换平面。丰泽北村搞过一次新农村建设，把分散的住房进行了相对集中，但仍有大量空闲地带，同时有三十多户困难群众，住房破败却无力修葺。如果把空闲地带利用起来，给真正困难的农民分配住房，集中起他们旧房子的台基，不仅可以完成"征一返一"任务，而且也解决了困难群众的住房问题，实现了"共同富裕"的目标。

打造文化休闲和体验式旅游项目，是丰泽垸改造的重点，也是增加农民收入的有效途径。吸引外地客商，只能增加地方收入，当然也会有些房屋出租和打工收益，但毕竟还是有限。能让农民直接增加经济收入的，就是让他们参与到具有较高附加值的经济活动中去，也就是经济学家们一直喋喋不休的"增强造血功能"。具体到丰泽垸，就是搞文化休闲和体验式旅游，家家户户都有参与的可能。文化休闲不用赘述。即便是体验式旅游，丰泽垸也有优势。比如有水有湖，可以搞些水上项目。再比如据有关部门提供的资料，丰泽垸硒资源极其丰富，把这个优势发挥好了，体验式旅游服务业一定能够发展起来。

丰泽垸改造一旦成功，其他地方的改造上级就不会阻拦，群众也会坚决拥护，上下的工作就都好做了，甚至会倒逼上级党委政府继续推进……

想到这里，陈志立抬起头来。就在这时，一个跌跌撞撞奔跑的人进入了他的视野。虽暂时看不清面目，但就跑步的姿势来看，应该是黄大吉。待那人再近些了,定睛一看,可不就是黄大吉!陈志立心中咯噔了一下。跟他说得那么透了,考公务员的事帮不上忙,他怎么就是不死心,老觉得他是能够而且应该帮他的忙就是不肯帮呢?

"大吉!匆匆忙忙的,这是去哪里呀?"陈志立主动打招呼。

把气喘顺了,黄大吉才哭丧着脸说,他孙子黄耀祖本来面试也过了,但在体检的环节被人做了手脚,结果给顶下来了。陈志立一听就笑了,说怎么可能呢?被黄大吉纠缠不过,且觉得到了这个份上真黄了也是怪可惜的,便向招考部门的一个处长了解。

没想到处长那天就负责带他们体检。处长说,对这批新招的人员,用人单位有特殊要求,包括不能有高血压等疾病,这在招考公告中专门讲明了,而黄耀祖确实检出了高血压。负责体检的医生护士很慎重,也知道一个人考到这个程度不容易,破例给他量了五次,隔一个小时量一次,还换了几种血压器。但这孩子特烦躁,先说护士量错了,又说血压器有问题,总之是自己的身体没毛病,血压正常得很。可能也是太在意这个机会了,谁劝他、安慰他就跟谁吵,跟医生护士吵,跟负责带他们体检的同志吵,恨不得把体检设备都砸了。但五次量的血压,没一次正常,且不是只高那么一点点。

因为跟黄大吉解释很费劲,陈志立便不想做二道贩子,通话时开了免提。不承想,他对着手机便跟人家大声嚷嚷,说他家祖传都血压正常——不仅血压正常,心脏肾脏肝脏肺脏连脾脏也都好好的。肯定是医院搞错了,或者他们想插什么人,跟医生合伙做了手脚。结果把处长搞毛了,说"你们要是怀疑这个,陈厅!可以去投诉的",弄得陈志立下不来台,连忙给处长赔礼道歉。

处长又解释,这次之所以不招有高血压病史的人,主要是出于安全考虑。他考的是一个劳动强度和危险系数极高的职业,必须具备良好的身体和心理素质,否则很容易出意外。从事这个职业的,已经发生了几起猝死于工作岗位的案例,这是非常可惜的。猝死的一个重要原因,就是本身有高血压,再加上高强度工作压力。黄耀祖除了高血压这条硬杠杠,还有一个就是太容易激动。这批公务员要配枪的,不能动不动就激动。万一跟人发生点争执或者啥的,一激动就拔出枪来,那就可能出人命。另外,也是保护当事人。假如他行为不当动了枪,对自己的职业生涯肯定有影响,甚至可能被判刑。而黄耀祖又确实容易激动,根本不听劝！处长无奈地说，谁都劝不好，谁劝跟谁急，谁劝和谁吵。处长最后说："不录用他是有正当理由的，也是经过反复研究和慎重考虑的。而且，公示期已经结束，招录的公务员正在办手续，很快就到岗集中培训了。"

处长的这些话，黄大吉根本听不进去，对着手机不停嚷嚷，搞得处长几次都不得不中断。但看在陈志立的面子上，还是把情况讲完了。

陈志立把手机挂断了，黄大吉又跟陈志立吵，说他不晓得找了个啥人——谁晓得是不是个处长啊，合起伙来骗他。他甚至恼怒地说："你不肯帮这个忙，就算了。但你不该缺德，跟人合起伙来做笼子扣个死扣，如今连解的机会都给你弄没了。知道当官的没一个好东西，还以为你是个例外，会看在老同学份上积点德。如此看来，你也不是个么好东西。"

他怎么骂自己都可以，但他不能一竹竿扫一船的人，说当官的没一个好东西。陈志立无法忍受，心里头火苗直蹿，恨不得跟他对骂起来。他也很想说人家说了，你可以去告的。"你们有这个权利！"更想再激将他一把，说他孙子是学法律的，正好拿这个告状去试试他肚子里有没有墨水。但最后还是忍住了，没说。他怕黄大吉真的受不了激将，去告状，或者上访。假如人家一问，他肯定卖他的猪娃①，说是陈志立让我来告状，或者上访的。他不想蹚他这汪浑水，不想挑起狗屎弄得一身臭，任他在那里气鼓鼓地咋呼，自个带着黄毛跟黑皮回去吃早饭。

# 44

一进家门，大嫂就问黄大吉是不是还为他孙伢的事，陈志立点点头，然后去洗了个手，再到厨房盛饭。

"像哪样又把他惹毛了，气得他大呼小叫？"大哥问。

陈志立有些奇怪，把刚端起的碗又放下了，稀饭都没顾得上喝一口，扭头问："他大呼小叫，你是咋晓得的？你跟去了？"

"我还要跟去呀？他那个破锣嗓门，恨不得全村的人都听到，何况就在村口呢！"陈志民咽了一口菜，又不屑地反问了一句，"你以为瞒得住啊？"

"这有啥好瞒的？大不了说我不肯给乡亲帮忙呗！"陈志立喝了一口稀饭，然后一边吃，一边把经过讲了一遍。

---

① 江汉平原方言："卖猪娃"含有"出卖"的意思。

"教你郎不告诉他二爷去哪儿了,偏不听。弄得二爷一清早就受他一肚子的窝囊气。"刘彩霞扒了口稀饭,瞪着眼睛埋怨老头。

"没事!大哥不告诉,他不也还是要赖在家里不走啊?他总要见到我了才死心哩!再说了,北村就这大,他也会到处找啊,或者问别人哪!不怪大哥的。"陈志立安慰道。

"喂,二爷!我说你郎也太窝囊了吧?让个黄浑一清早就轻轻巧巧差辱了一餐,也不晓得还他一句嘴,教训他两句?"刘彩霞又替陈志立愤愤不平。

大哥接过话头,问:"喂!你到底是涵养好,还是怕他?"把一筷子菜塞进嘴里,又含混不清地点拨,"现在的人就是欺软怕硬,柿子拣软的捏。你越是让,他就越觉得你好欺负,恨不得骑你头上拉屎撒尿。你要是一狠起来,他们就蔫了。所以,该狠的时候,你还是要狠点。"

"换个话题吧。你今天去干啥?我跟你一起去。"陈志立微微一笑,又夹了一筷子腌菜放进嘴里,嚼得嘎蹦嘎蹦响。

陈志立很少发脾气,一辈子没发过几回脾气。当一般干部的时候,他没资格发脾气,只有挨别人发脾气的份。当领导干部了,他没觉得自己终于熬成了婆,也深知发脾气其实没多少正面作用,都是负能量。工作不是靠发脾气发出来的,年轻人的成长是带出来的。所以对于年轻人,他总是耐心地、手把手地教他们。即便是他们把事情做错了,或者达不到要求,也只是告诉对方这样做是不对的,正确的做法应该是那样的,或者那样做效果会更好些。

他很反感一些自以为是的领导,特希望下级工作出错,也特得意自己能够发现错误。他更反感的是,有的领导发现下级把事情做错了,却从不告诉错在哪里,也不告诉怎么做才是对的,而是在一通声色俱厉的猛烈批评之后,让年轻人自己去悟,去闭门思过。悟性好当然没问题,但人是千差万别的,专长也各不相同,哪里回回都能悟得出来呢?下级又不是领导肚子里的蛔虫。而对悟不出来的人,领导再云遮雾罩地猛烈批评一通,弄得下属更加惶恐,更加不知所措。他觉得这样的领导方式,显然是不够厚道。

回到农村,陈志立就更加谨慎了,不说不跟人发脾气,就是讲话声音都未高过,而且不讲普通话,就讲柳县的土话。这是出于几个方面的考量:其一,面对的都是乡亲,很多还是小时候的玩伴,从感情上他不能对他们发脾气。其二，不管怎么说，他当过干部，是一个党员，尽管退休了，但在老百姓的心中都是一样的，他怕人家说他端架子，说他作威作福惯了。他其实从来就没作过威，也没作过福，还没学会怎么去作威作福，没享受过作威作福的快感。其三，农民对外界不了解，对政策比较陌生，在诸如他不肯帮忙的问题上有误解，说些过头的话，或者恼人心的话，他觉得其实可以理解。如果农民都跟干部一样懂政策，都跟读书人一样有文化，他们怎么可能还在农村面朝黄土背朝天，成天赤着双脚吭哧吭哧踩泥巴种田呢？还不都当干部或者在城里坐办公室吹空调去了？譬如黄大吉，他除了不会说话、尽开黄浑腔之外，也没啥大错，也不是存心要跟谁过不去。而且，他为孙子着急的心情，也是可以理解的。而他如果不是一直在机关工作，没接触过文件，也会跟农民一样的不懂政策。何况俗话说术业有专攻，隔行如隔山。假如论起对农业生产技术的理解，他不仅不如大哥陈志民，甚至连一般的农民也不如。

早在回来之前，陈志立就发过誓：一定跟乡亲们好好相处，遇到着急上火的事绝不跟他们急，就是他们愤怒地往他脸上吐唾沫，也默默忍受。这很有点类似于《圣经》里面说的：有人打你的右脸，连左脸也转过来由他打；有人想要拿你的里衣，连外衣也由他拿去；有人强逼你走一里路，你就同他走二里。

吃完了饭，接连来的三个电话，让陈志立终究没跟大哥一起去大棚摘菜。

最早的电话，是朱同民打来的。他说在深圳的老乡得知家乡遭受特大洪灾，积极向商会捐款，已筹得善款两百多万元。但这批善款如何发放，他会派商会秘书长周浩跟他商量，由他全权决定。因为他就在柳县，比较熟悉情况。陈志立一听，高兴地说这是个好事，一定要把好事办好，当即同意协助。过了十几分钟周浩来电话，说已在赶往杨镇乡的路上，再有个把小时就到了，请他去乡里商量善款发放的具体事宜。第三个电话是村支书王涛打来的。王涛卖了个关子，没讲具体什么事，只说他马上就到陈老大家了，有急事跟他商量。陈志立猜想跟捐款有关，但到底是不是也不打紧，反正他就在村里，马上就到了，所以也没问他是个啥事。

商会通过微信群组织募捐活动，这个陈志立知道，他也捐了一千块钱。他始终关注商会微信群的一举一动，一个重要的原因是，这个微信群是他当顾问时亲手建的。后来中央有规定了，他在辞去那并未取分文报酬兼职的同时,把群主的身份也转让给了秘书长周浩。只是没想到他们行动这么迅速,号召力这么强,短短时间就募集到了两百多万元。这多少令陈志立有些感动和激动。要知道,现在经济下行压力大,一些实体企业特别是中小企业的日子并不是很好过。

满心欢喜的陈志立正在做去乡里的准备,王涛就到了。

王涛依然大大咧咧,一进门就笑嘻嘻地说他是为那笔善款来的。陈志立也学他卖了个关子,笑嘻嘻地问什么善款,哪笔善款。这话还真把王涛蒙住了,惊叫道:"难道你手上还有几笔呀?"然后毫不客气地说,"那近水楼台先得月,你得先把北村的问题解决了。"

"实不相瞒,善款是有一笔,但不是我可以支配的。所以能否有北村的份,我也不晓得,也得见了他们的面才清楚。"陈志立递一支烟给他,不再跟他打哈哈①。

"那我不管。"王涛先帮陈志立点燃烟,再把自己嘴上的点燃,吸了一口,吐出一口烟雾,耍赖般纠缠道:"商会的会长是北村的人,分配善款的也是北村的人。如果没北村的份,我看你们怎么跟北村的两千多人民交代。"

"虽然同民和我是北村出去的,但这钱却不只是北村人捐的。而且我们既然捐了,就不再是我们的,而是归商会支配。这点恐怕你这个书记得首先搞清楚。另外呢也不晓得他们是如何打算的,到底有没有北村的份,我也只有见了人才晓得。"陈志立先跟他讲了通道理,又实话实说,"其实,相比三道洪堤之内的那些村,我觉得北村的损失算是小的。而且这笔善款也就杯水车薪。所以,我觉得你这个当书记的,还是得有些大局意识才是。"

"我是个农民你忘了?农民也就这个觉悟,哪能跟你们领导干部比呢?要有你这个觉悟,我还在农村混个鬼呀!还不跟你一样,也去城里混个干部当当。"王涛不跟他急,依然嘻皮笑脸,"你要还记得你是北村人,还想在北村养老,你就别把我说的事不当事。你过去是全村人的希望,现在依然是,这也是对你的又一次考验。"

"我觉得王书记说得有道理。虽然北村的灾情确实是轻些,但总归也是有灾的,至少这季粮食基本指望不上了。所以怎么着也得给北村分

---

① 江汉平原方言:"打哈哈"即应付、敷衍意思。

点。"开始的时候不了解情况,陈志民静静地听,此时听出了点道道,便在桌旁打起了边鼓。

"这不是过去队里分口粮,我的哥啊!一人一份哪?这是人家募捐的救灾款,当然得看灾情轻重,甚至得看捐款人的意愿了。再说了,如果有一堆钱,大家都分点,也不是不可以。问题是钱就那么一丁点,需要钱的人又那么多,全县一百五十多万人哩!这就跟过去搞救济是一样的,谁最困难给谁,谁最需要给谁。当然了,面对钱,谁都困难、谁都需要,我也需要哩!但问题是也得分个层次呀,只能给最困难、最需要的人啦!何况也就是解个燃眉之急,并不能让大家富裕起来。你也是当过支部书记的,你说是不是这个理呀?"陈志立哭笑不得地解释。

"也是,啊?"陈志民尴尬地笑了笑,一人递过去一支烟,说,"反正即使给北村,我也不要。得那个救济,好说不好听。"

"你是饱汉不知饿汉子饥哟,我的老哥吧!算了,你闭上嘴巴吧!本希望你帮村里讲两句好话的,你倒好,跟我搓起了反绳子。"王涛一听就急了,笑嘻嘻地摆手制止陈志民,又跟陈志立耍起赖来,"反正我跟乡里的张书记夸了海口的,你总得给村里留一点。多少随意,我不计较。但是,假如你让我这面子下不来,我也会让你在村子里待不下去的。"

陈志立没想到堂堂支部书记,耍起赖来也跟黄大吉没啥两样,心里便有些失落。稍停,他突然问王涛:"喂!我也是刚得到的消息,你是咋晓得的?消息怪灵通的哟!"

"鱼有鱼路虾有虾路,我自然也有我的门路。你甭管我是怎么晓得的,反正你得为北村努力去争取。"王涛狡黠一笑,把烟屁股扔地上,用脚使劲地碾成了粉末。

陈志立起身,边往门外走边说:"我尽量,啊!但也得看人家是咋打算的。我得走了,他们快到乡里了。"

陈志立把车发动了,王涛跟出来,两只手扒在车窗上,把头伸进车里,笑嘻嘻地又讲了句狠:"你要是不给北村留一杯羹,待会儿都不让你车子进村口。你信不信?"

陈志立笑笑没理他,继续开车。车子已经拐弯上了水泥路,王涛还对着车屁股高声叫道:"我就在老大家里等你的好消息呀!"

## 45

陈志立到乡里不久,深圳柳县商会秘书长周浩一行数人就到了。跟周浩一起来的,除了商会秘书小温,还有县招商局的方局长、农办的陈主任、民政局的肖局长、慈善会的郑秘书长和总商会的钱秘书长,以及几名工作人员。

简单寒暄之后,便进入正题。张书记笑嘻嘻地说他先去厨房看看,但无论如何,也请照顾一下杨镇这个贫困乡。陈志立叮嘱他午饭尽量简单,能吃饱肚子就行,千万别违反了规定。再说了,他们是来工作的,而且是救灾这种特殊工作,不是来做客的。张书记请他尽管放心,说都是家乡土菜,保证不超标准,不压领导的脚。

张书记一出门,陈志立就让周浩介绍募捐情况和商会的想法。

周浩把募捐善款的过程介绍了一遍,然后说收到的第一批善款总共有二百二十三万元,但募捐活动还在继续。陈志立说群里的情况他都晓得,天天看哩!要周浩先说说会长们的想法。周浩说因为是商会成立以来组织的最大一次募捐活动,所以对于善款如何使用非常慎重,专门开会进行了讨论。会上的意见跟群里的差不多。有人认为直接交县总商会,或者慈善会,比较省事。县里的几个人连忙异口同声地表态:"这个办法好!县里可以连同上级的拨款和其他捐款一起,统筹使用。集中力量办大事哩!"陈志立笑了笑,说也就杯水车薪哩,能办啥大事呀。然后示意周浩继续讲。

瞅瞅县里几个部门的领导,周浩说还有一种意见,也是多数人的想法,是由商会工作人员直接发放到灾民手中。见陈志立若有所思地点点头,县里的人顿时目瞪口呆。周浩又接着说,但对于直接发放,又有几种不同意见。

"哪几种?"对几位县里同志的表情,陈志立视而不见。点燃一支烟,侧过脸问。

"一是选受灾最严重的几个乡镇,分两千元和三千元两个档次,按受灾程度发放。二是由县里提供名单,商会在每个乡镇都有选择性地发放。三是看哪些家庭今年受了灾,又有孩子考上了大学的,特别帮扶一下。"周浩喝了一口茶,笑着解释道,"会长们多是读过书的,对读书人有一种特别的怜爱。另外,朱会长单独还有两笔捐款,不在这个之列,是指名给杨镇乡和北村的,各十万块。给乡里的钱指定用于修小学的墙院,如果用不完就买些孩子们能看的书,或者体育器材。给村里的钱指定用于改善自来水,他说陈老晓得用途。"

陈志立点了点头,表示明白。见周浩不吱声了,陈志立问县里几个部门的负责人:"县里是个什么想法呢?"

县里的同志早就按捺不住要发言了,只是陈志立听得很专注而不好意思打断。如今他既然问县里的意见,县慈善会的郑秘书长立即接上话头,直言不讳地说当然是直接给县里,由县里统一发放好些。其他几个人不失时机地笑着点头,表示认同。

"直接给县里,撩撒是撩撒,但就怕回去跟会长和老板们不好交代,毕竟商会多数人是不赞成的。"周浩盯着陈志立,脸上露出为难的神情。

"给县里有什么不好呢?"民政局肖局长明知故问。

陈志立不待其他人再开口,弹了下烟灰说:"双方的意见,我觉得都有道理。但首先我们得尊重捐款人意愿不是?否则,以后就募不到款了。所以,我赞成根据捐款人意愿,分成几个类别直接发放,重点是从受灾最重的乡镇挑些困难户,也包括有孩子考上了大学的受灾户。至于其他的乡镇撒不撒胡椒面,我们得讨论一下。毕竟捐款的人各个乡镇都有,要尽可能保护大家的积极性。同民的定向捐款,我觉得不在讨论范围。但我还是要提醒一句,就是给集体的捐款,工程做完了也得有个审计,并把结果通报给捐款人。"

县里的人都皱起了眉头,七嘴八舌地发言,中心意思高度一致,就是希望给县里,便于统一支配。

陈志立把烟屁股摁进烟灰缸,笑着说:"县里统一使用,也不是没道理,毕竟有个综合平衡嘛!但我们首先得尊重捐款人的意愿不是?我知道你们是领了任务来的。如果你们担心不好交代,我亲自跟王书记打电话,为你们减压。"

双方都没有说出口的深层次想法,陈志立心里明镜似的。几乎所有的地方都希望把各种拨款、捐款捏在自己手里,由地方支配,其中当然就可能有挪作他用的——中饱私囊者则另当别论,因为各级党委政府更想推动的急着要办的事情多,而经济上又往往捉襟见肘。捐款人也不傻,之所以坚持亲自发放,也是担心被人中途打了劫。所以他这么一说,等于是把那层窗户纸捅破了,弄得双方都反倒不好意思起来。

"再者说了,商会的这笔捐款,名义上是他们直接发放,但也是可以纳入县里救济大盘子的。"陈志立再把烟点上,安慰县里的同志,"一是救济户由县里统一认定,发放给哪些人也由县里指定,商会发了的县里不再发。二是发放标准跟县里一致,县里是多少,商会就发多少。当然,有孩子考上了大学的家庭,可以倾斜一点。三是这笔捐款仍然记在县里的大账上,算县里的成绩。招商局、农办、民政局,包括你们慈善会和总商会,还是做了工作,付出了心血的。而且后面还有大量的工作要继续做。没有你们的支持,深圳商会是断不可能做成的。"然后,他把目光在大家的脸上扫了一遍,问这样子行不行。

"总得留点吧?真的都商会自己发?"慈善会的郑秘书长是个美女,一双会说话的大眼睛滴溜溜地朝左边的陈志立和周浩转转,又朝右边县里几个部门的头头转转,明显地不甘心。

"他们发、你们发不是一样地发?不分彼此了。其实,后面的工作量还蛮大的。"陈志立回答完郑秘书长,把头扭向农办陈主任,问核灾的工作做完了没有。

陈主任也心有不甘,还想再争取一把,看陈志立没有再讨论下去的意思,便只得顺着他的问题,回答说接近尾声了。

"那就请再辛苦些吧,灾情不等人哩!只有核完了灾,后面的工作才有基础。"陈志立双手按在桌面,十指轻轻地敲了几下,扭头对县招商局的方局长说,"上大学的孩子名单,建议你们跟教育局协调,由他们提供。"

见方局长点头,又要周浩把研究的情况汇报给会长们,由他们决定采取什么方式。周浩如释重负,说会长们嘱咐过,由陈老全权决策。何况研究的意见跟他们一致,就更不会反对了。

"你还是汇报一下吧,让他们安个心。我也跟王书记沟通一下,如果能定下来,就抓紧做。灾民们都等钱救灾哩!"说罢,就当着众人的面,把电话打给了王大成。

王大成只听了个大概,就满口答应。他说肉总是烂在锅里的,由谁发不是发?反正受益的都是柳县群众。

肉总是烂在锅里!王大成这句话,陈志立何其耳熟,二十多年前就听过一次,立即就产生了联想——

那年民族乡小学的老校长找到他,说校舍破旧不堪,窗户都是用塑料纸糊着,屋顶也老是漏雨,一到下雨天便没法上课,希望他帮忙申请一笔维修款。那时他还没去深圳,还在省里当秘书,便利用到地区出差的机会,帮学校把申请递给了专员。因为是民族学校的事,要的钱也不多,专员便很重视。很快,由专员特批的五万元财政拨款就到了县财政局的账上。然而,这笔款却迟迟到不了学校,实际上最后也没到学校。他后来才知道,是被一个县领导挪到他的联系点上去了。

他当时那个气呀!除了一次当面把那个县领导好好地奚落一顿,还逢人便讲这个事,搞得那个县领导很狼狈。县里另外一个领导后来碰到他,就跟他讲了王大成刚刚讲的那句话。那个县领导好心地开导说:"肉总是烂在锅里的,钱总是花在柳县了,你又何必耿耿于怀呢?本来那个领导是感激你的,你却反而把人得罪了。"

听这个领导的意思,是他做得对不起人了。他当然心里不服,反问了一句:"既然你们知道肉总是烂在锅里的,那又何必挪用呢?又为何不体会体会弄钱人的感受呢?难道挪用的人就不怕得罪我呀?何况那是为民族小学修教室要的钱哩!难道他就没一点民族观念?"呛得这个领导也悻悻而去,再不理他了。

自此以后,但凡赈灾济困的事,他都主张直接送钱送物给最需要的人……

王大成讲这个话,虽然写出来跟那个县领导无区别,都是那几个字,但语气和角度的不同,就使得同样一句话,在内涵和意义上出现了天壤之别,给人的感受完全相反,一个暖心,一个寒心。这就是中国语言的伟大和魅力所在。而听了这么暖心窝子的话,也由不得陈志立不加深对王大成的好感与敬意。

陈志立停止联想,周浩跟朱同民的汇报也完了。两人把通话的内容一对,竟然大同小异,这件事就算是决定了。

"既然原则定了,后面的工作就靠你们年轻人了。我老胳膊老腿的,不跟你们挨家挨户跑了。再说,我也跑不动了。倚老卖老一回吧。"陈志立笑呵呵地说完,张书记就来叫大家吃饭了。

吃完了饭回北村的路上,陈志立把《薛平贵回窑》的柳县花鼓戏光盘插进播放器。然后把车开得慢慢悠悠,心情愉悦地吹着空调,欣赏花鼓戏曲。只听了一会儿,音乐就停了,因为来了电话。他是把手机蓝牙连到了车上的音响。他有些懊恼地刚按下"接听",朱同秀的声音就传了出来。他很快又打消不快,兴奋地直说"好啊好啊"!

原来,朱同秀也要捐三十万元,由深圳柳县商会一并处理。

"你们姐弟两个这是较起劲来了呀!"陈志立兴奋了,用玩笑的口吻调侃了一句。

"他是我弟弟,我跟他较什么劲啊?"朱同秀在电话那头也笑了,说,"因为这事是哥你当家,所以我才放心归到他一处。要不然,我就单独捐给柳县慈善会了。"

"喂!我介绍你加入他们商会,或者广州柳县商会。有什么事情也方便些。怎么样?"

"不怎么样,我还是单打独斗的好。我这个人我行我素惯了。"没想到朱同秀一口就回绝了。可能她觉得这话有些生硬,沉吟片刻,又叹息一声解释说,"唉!绞到一起容易生是非。"

听她那口气,似有什么难言之隐,陈志立便关切地问:"是不是受过什么挫折?"

"搞生意,哪有不受挫折的?我受的挫折多了去了。最大的挫折就是玩着玩着把老公玩丢了……开玩笑的,哥!"朱同秀明白他的意思,但顾左右而言他,岔开了话题,"不过你放心,我不怕挫折,我就怕没挫折。只有挫折,才给人挑战性。我喜欢挑战。"

陈志立问她怎么知道商会捐款的事的。朱同秀又咯咯咯地笑了起来,说:"你忘记了?我跟你说过的,我时刻关注你哩!你的一举一动,都在我的视野里。所以你千万别做对不起嫂子的事,不然,我就去告发你。"

朱同秀伶牙俐齿,说话如打机关枪,敏捷的思维根本不像快六十岁的女人,陈志立有点跟不上她的节奏。这不,刚想辩白不会做对不起田雨的事,朱同秀却紧接着问他到了没有,根本不给他辩白的机会。

陈志立最不擅长打嘴皮官司。知道讲不过她,而且又问得这么直接、点得这么准确,肯定连商量的内容和最后的结论都一清二楚了。与其被她挤牙膏一样一点点被动地往外挤,倒不如自己竹筒倒豆子,痛痛快快地实话实说,便一五一十地都告诉了她。然后问她那三十万的意向或者大致方向,因为商会的捐款是有几个用途的。

"没有具体意向,就是表达个心意。如果哥有什么想法,我都同意。"朱同秀说这话时语气轻松得很。陈志立说钱是她捐的,他能有什么想法。"那就由他们去支配吧！"话刚说完，朱同秀又纠正道："不！我要留五万块给北村。但不能给村里，是专门给你那个花鼓剧团的。这笔款子由你支配。"

陈志立一听就哈哈大笑，说："我都有个剧团了，而且马上就有了第一笔赞助。真是可喜可贺！"朱同秀也笑了，稍停又说她起了个名字，就叫丰泽垸花鼓剧团。"你这是拿钱买冠名权呐？要不干脆叫同秀花鼓剧团得了。"陈志立跟她开了句玩笑。朱同秀却说正如他当初弄钱修泵站是一个道理，不用个人的名字，还是用地方的名字比较好，不要让别人谈起来好说不好听。

陈志立说："那就恭敬不如从命了，就叫丰泽垸花鼓剧团。但你也不至于吧？你说你给灾区捐款，其中却有一笔是给丰泽垸花鼓剧团的。剧团还没成立哩，何灾之有啊？这说不过去的！再说了，我们纯粹是业余爱好，一帮老头子老太太混时间，就跟城里跳广场舞是一个路数，也花不了什么钱。而且，我也不能算是真正的北村人了，由我支配不合适呀！"

"随你便吧！我说过的，由你处置……请进！"朱同秀说回头再聊，她来了客户。

"回头再聊！"陈志立愉快地应了一声，此时正好也回到大哥的禾场上，于是把车停进了车棚。

# 46

王涛并没在陈志民的屋里等陈志立。忙了一上午，的确是有些困乏，又没人来打扰，陈志立心情愉悦，准备安安稳稳地睡个落心瞌睡。

"陈老！陈老！"躺下不久，一楼堂屋突然响起了王涛的大嗓门。在陈志立的印象中，这是王涛第一次没有直呼其名，而是学县里乡里的干部称呼他"陈老"。睡不成了，陈志立起床下楼。刚在楼梯的拐角露面，王涛就迫不及待地仰起脸问："我那十万块么时候到位呀？"

"什么你的十万块？"陈志立一边下楼，一边明知故问。

"别跟我打马虎眼啊！"王涛迎上去，递过一支烟，笑嘻嘻地说，"而且……除了改造自来水管的十万块之外，怎么着也得再跟我撒点胡椒粉吧？北村可是你的老家哩！"

陈志立立即就暗暗庆幸上午定了个正确的原则。否则，如果把捐款交给乡镇和村里，任由他们去发，有多少真正落到受灾群众手里，还真是个未知数。陈志立虽然脸上挂着笑，说出的话却不那么好听："那是人家朱同民捐给北村改造自来水管的，不是给村里用的，更不是给你王书记的。怎么成了你的十万块呢？"

"北村谁当家？还不是你表叔我！给北村的钱，除了当家人，谁还有资格支配？"王涛依然嘻皮笑脸。

"我先把丑话说在前头啊！改造自来水管的钱，你得专款专用。不仅朱同民要回来验收，我也是要监督的，而且村民也都看在眼里，别因为区区十万块，就把名声搞坏了。至于其他的款，他们定的规矩，是由商会的人直接发到受灾群众手里。当然，作为村干部，你们有义务协助。"陈志立一本正经地说完，在板凳上坐下，帮王涛点上烟，把自己的也点燃，又说，"何况也没有多少钱，杯水车薪而已。"

"不是我说你，你这个规矩定得也真是臭！"王涛跟陈志立说话向来随便，除了刚进门的时候叫了一声陈老，现在又不讲究了。吸了一口烟，喷出浓浓的烟雾，心直口快地说，"你们显然是不相信地方组织，这让地方组织今后还怎么做工作啊？如果北村的改造再出现南村那样的情况，这个责任你们担哪？地方组织可不帮你们揩屁股！"

"两码事，我的王书记！"王涛的话虽然不太中听，但陈志立并不生气，甚至还感谢他的提醒。他相信，许多基层干部也会有王涛这样的想法。但是没有办法，他不能因为怕得罪基层干部，而让捐款人的心血打水漂，寒了捐款人的心，寒了老百姓的心。稍停片刻，又耐心跟他解释："尊重捐款人的意愿，是现在募捐的一个基本原则。如果乡村干部还死抱着老黄历，把捐款人得罪了，人家一分钱不捐，你们拿啥做人情呀？再说了，捐款的使用原则，是大家讨论定的，他们在深圳就是这个意见，我还专门请示了县委王书记，不是我陈志立一个人就敢拍板定的。"

王涛还是不服气，正要反驳，不料来了几个乡亲，只得暂且打住。进来的人猛一瞧见王涛在场，都怔了一下，然后面面相觑。陈志立招呼大家找板凳坐，笑着说站着像个么话呢？站客不好打发！众人嘿嘿地笑了几声，说又不是个客，搞这么客气！嘴巴如是说，人却都找板凳坐了。

现在的消息传播太快了。捐款发放的事，就这半天的工夫，村里的人都晓得了，也晓得陈志立有一定的话语权。所以本该是午休的时候，大伙还是慌毛火急地拥到陈志民屋里，希望先挂上钩。

王涛不好再往下说了,毕竟人多嘴杂。其他人也不好意思当着王涛和旁人的面率先跟陈志立提,更不敢提前离开,生怕一离开大伙便讨论起捐款发放的事来,搞得自己落了空。何况屋里的人还在增多。于是,便都无话找话地打哈哈。有人说这天气真热。有人接上话,说是啊,太反常了!再有人说蒋家台的蒋老头真是老糊涂了,这么热的天,居然把牯牛系在柳树上不管不问,周围又没有水,等他晚上去牵,结果发现牯牛生生地给晒死了……接龙般讨论起天气来。

天气也的确是热。黄毛和黑皮躺在桌子下面,吐出长长的舌头,直喘粗气,动都懒得动一下。老柳树上的知了拼命地叫,聒噪得人心烦意乱。不为知了的聒噪所动的,是老柳树浓荫下的一群鸡,耷着翅膀或慵懒漫步,或趴在灰坑里一动不动,如死去了一般。

陈志立也热,却显得轻松。他知道大家有话要讲,只是场合不对,便都耗着不好意思先开口。他们不开口他也不开口,不去捅那层薄薄的窗户纸,乐呵呵地跟众人上烟,嘴里不停地应酬。

湿漉漉的陈志民从大棚回来,一手取下头上的草帽,一手拎着刚摘的新鲜蔬菜,望了望满屋或坐或站的人,说:"哟!这是开么会,研究么大事呢?"

"没开会,闲聊。"陈志立笑着应道。

"无聊!"陈志民嘟哝一句,把草帽往桌上一扔,揩了一把满头满脸的汗水,拎着塑料袋进后面的厨房。他的这句话似兜头凉水,顿时浇熄了大伙的热情,使一群正热烈讨论但明显心不在焉的人暂时噤声。

"喂,志立!捐款的事到底是个么情况?"陈志文终于没憋住,待陈志民一进厨房,就急不可耐地率先挑明话题。

陈志文的话音刚落,堂屋霎时便炸了锅一般,"轰"地一下又热闹起来。虽七嘴八舌,问的问题却高度雷同,人们的神情也跟刚才的心不在焉形成了鲜明反差。

"书记讲还是我讲?"陈志立也不想再瞒了,笑呵呵地问王涛。"你讲吧!"王涛犹豫片刻,应道。

陈志立便把朱同民捐款改造自来水管的事,明明白白转告一遍,顺便介绍了其他捐款的发放原则。然后说他正跟王书记转达哩,不承想大伙就都来了。王涛虽在农村,但当了这么多年书记,也算是见过世面的。陈志立这么抬举,同时也把他架到了火炉上,便不好意思再讲由他支配那笔款子的话了，转了个急弯，附和说："是哩是哩！我们正在研究钱怎么使用。"瞅瞅众人疑惑的神情，又说："大家放心，我们一定研究出一个大家都满意的办法，尽快把同民的关爱送到最需要的家庭。"村民们自是喜不自胜，雀跃欢呼，叽叽喳喳地感谢朱同民心里还记着大伙，做了件大好事。说那管子里出来的水，真的是有异味，早就该换了。

村民们用的自来水，由乡水厂供应，主管是乡里村里统一装的，质量倒没啥大问题。但接到各家的分水管以及水龙头，则是各家花钱买的，一些人图便宜，或者经济本就困难，便买了些次等货，流出来的水老是发黄，有异味。更有十几家特别困难的，根本就没接自来水，洗菜做饭直接用鱼塘或者丰泽北河的水。

"不是说有几百万吗？怎么一下子变十万块了呢？你可不能犯糊涂啊，老二！"贺大姑也忍不住，替陈志立操起心来。

"两码事，我的婶娘！"陈志立刚说了这一句，就被贺大姑把话抢过去了："那你也不能胳膊肘往外拐呀，怎么着也得照顾下该照顾的人哩！你说志菊受了那么大的灾，两百多万块都让水冲了，多少你得分她一些的。"

"婶娘！改造自来水管的十万块，跟志菊肯定没关系，因为她不是北村的人。至于其他的有没有她的份，便要看发放的方案怎么定了：一是要看志菊他们村在不在发放范围，二是即便他们村在发放范围，她又在不在范围。因为荒湖不是柳县的地盘。我呢，人家只要我定原则，不要我管那些鸡毛蒜皮的具体事。也就是说，钱不从我手里过。"陈志立哭笑不得，作了一遍解释。

"虽说嫁出去了，但怎么着也是你亲妹妹哩！再说了，给谁不给谁，还不是你一句话的事？"贺大姑把青光眼一抹，立马就泪眼婆娑了，"我志菊真是可怜！十三四岁就死了爹娘，就没个心疼的人了。然后嫁那么老远，孤身一人在外讨生活。如今又遭了这么大的殃，你这个哥哥也不肯帮她一把。"

"这跟肯不肯帮是两码事，我的婶娘！这钱是深圳商会的人捐的，我哪儿当得了这么多人的家呀？我怎能拿大伙的钱去帮自己的妹妹呢？"面对弄不清公与私关系的七十岁的老人，陈志立只得再次耐心解释，除此别无选择。

绝不掺乎到具体的事中，不把自己卷入矛盾的旋涡，是陈志立退休后秉持的原则。贺大姑一上来就提出了一个尖锐的问题,直接把陈志立逼到了墙角,搞得没有了退路。他如果不把话讲清楚,不能在这类问题的处理上公平公正,这乡亲之间,就没法再见面了。所以,虽然陈志立很有耐心地解释,但公事公办的态度还是很坚定的。

眼见贺大姑明明白白帮志菊争取了,尽管陈志立一再表白跟捐款的分配没关系,一屋子的人还是争先恐后地又嚷嚷起来,讲自己的灾情,希望村里和陈志立能分给自己一杯羹。就好像陈志民的堂屋是分钱的现场,讲晚了这钱就分完了,没自己的份似的。

"要钱?自个闹去呀!抻着脖子等救济,那不是等死啊?"陈志民洗了把脸,换了件T恤回堂屋,挤到电风扇前面,"再说了,每家能分多少呢?打个牙祭就烧高香了。"

短暂的宁静之后,又有人嘀咕了一句:"都像你这么有本事,早就发家致富了,何至于打破脑壳等救济呢?"

"是哩!是哩!"又有几个人附和。

"要吃饭了。都走,都走!"刘彩霞从厨房出来,一边拿抹布擦桌子,一边驱赶。

"有好菜吗?有好菜我陪志立喝两盅。"王涛不客气,涎着脸问刘彩霞,又笑嘻嘻地对陈志立说,"你是功臣嘛!我要代表全村人民感谢你,同时一边喝,一边继续研究。"

人家要吃饭了,大伙也不好意思再在这里杵着当看客,而且他们也没王涛这样冠冕堂皇的理由,只得再叮嘱了一遍,叫陈志立分配捐款的时候千万别忘了自己,然后恋恋不舍地散了。

# 47

陈志立隐隐有些头大。

如果都认定他在捐款的分配上有发言权,甚至有决定权,当盖子揭开的时候,不管最后的结果如何,总会有人不满意,甚至几方面都不满意。王涛有意见,这是肯定的,他已经明确表达过了。虽然他的意见摊不上桌面,其他人的想法也不见得就能见光,也可能只会把不满甚至怨怼埋在心里,但倘若因为一次捐款的发放失误,不仅地方和商会间、乡亲之间闹出隔阂,而且酝酿出更坏的结局,那就太不值当了。若果真是那样，还不如不要商会的捐款，或者劝人们不捐款。过去遭受过无数的灾，没有人捐一分钱款，还不照样挺过来了？现在的物质条件，怎么说也比那时候殷实多了。

可是，不要商会的捐款，这个口他没权力开；劝大家不捐款，他做不出来，何况也是干鱼肚里寻胆——迟了。面对木已成舟的现实，他唯一能做的，就是尽一点监督的责任，保证捐款的发放尽可能公平，减少后遗症。

毒辣的太阳终于从西边隐去，陈志立打发走了王涛，带着自己的烦恼，也带着早已跟他形影不离的黄毛和黑皮，来到屋后的公路上溜达，想心事。

天热得不行。连续的狂风暴雨之后，便是连续的酷热高温。空中的尘埃都荡涤干净了，云朵也不知躲到哪儿歇凉去了，扫除了障碍的阳光随心所欲地直射地面，让人们有赤手空拳且无任何掩体地暴露在敌人面前，被机关枪近距离扫射的感觉。加上洪水泛滥，空气又像凝固般缺少流动，肆意横流的浊水被火辣的太阳蒸腾起来，把万物包裹其间，好像要把这一切都蒸熟了似的。

尽管只穿着背心和短夏裤，尽管只是慢慢溜达，尽管太阳已经下山，陈志立还是汗涔涔的，且闷得难受。紧随左右的两只狗，伸长了舌头直喘粗气，不时拿眼睛望他，好像恨不得他早点结束户外运动，让它们获得解放，早点回去躺到电扇前面吹凉风似的。

知了大概也受不了这炎热了，躲在纹丝不动的茂密树叶里，铆足了劲，扯着嗓子死命叫唤，好像死命叫唤具有避暑功能，或者死命叫唤能够驱散身体的热量，获得些许凉意，聒噪得人心烦意躁，血压升高。

由天气的炎热，陈志立的忧虑又转向了另外一个方面。

大灾之后有大疫。专家们如是提醒，老人们如是告诫，无数历史事实殷殷在鉴，教人们不得不时时警醒，处处当心。

一天下一两百毫米的雨，且连下几天，把江汉平原乃至整个长江流域下成泽国，下过之后便是连续四十摄氏度高温，然后又狂下雨，又持续四十摄氏度高温，反复从一个极端走向另一个极端，根本不留人畜等生灵万物调适的机会。面对打摆子式的恶劣气候，如果不及时采取措施，出现疫情也是必然的。好在党和政府高度重视，且科技和医学水平提高了，人们的防范意识增强了，经济条件也好多了，所以新中国成立以来，大灾之后硬是没让大疫出现。但今年的这么个情况，会不会有大疫呢？

陈志立不得而知。因为事情才开始,他不是巫师,不是算命先生,没法未卜先知,然而还是十分忐忑。

比如,早被灭绝的钉螺,不知何时再度孳生,加上为发展纸业而人为种植,以及因土地特别是滩涂荒芜而野蛮生长的大片芦苇,也为钉螺的繁衍提供了良好环境和温润条件,使疫区面积不断扩大,也使血吸虫病大有死灰复燃之势。如今一场水灾,弄得到处波浪滔天,这些生命力极其顽强和繁殖力极其旺盛的害人精还不趁机流窜,到处蔓延,恣意报复?所以,即使没有其他大疫,引发大面积血吸虫病感染也不是没有可能!

医治血吸虫病,临床上已无障碍,不至于出现毛主席在《送瘟神》里描述的"绿水青山枉自多,华佗无奈小虫何。千村薜荔人遗矢,万户萧疏鬼唱歌"的悲惨而凄凉的情景,但它给人们因医治疾病所带来的身体伤害和财产损失,以及心理折磨,却也是不能低估的。

陈志立觉得,这绝不是杞人忧天!

沐浴在满天繁星的蒸笼般空气里,陈志立的忧思,随着他脚步的缓慢挪移,突然又转移了方向。

前一个担心,陈志立还没预测出结果,另外一个可怕的忧虑,突然又蹦进了脑海。而后者,也绝不是杞人忧天,所以他更加不敢淡定,因为可能直接污损他保持了几十年的声誉和信誉,甚至使自己声名扫地——

一些企业界的朋友苦恼地告诉过他,许多成功的企业家,往往都在家乡遭遇"滑铁卢",最后以不欢而散甚至两败俱伤收场。他也帮他们分析过原因,觉得在家乡投资,往往是理性被感性所取代,规则被亲情所取代,所以盲目的成分比较多。而一些地方领导急功近利,自始就没长期打算,长期打算都是说给旁人听的,是描绘给旁人的一些美丽图画,没准备实现的。因为他们能在这里任职多长时间,他们自己也不知道。一旦位置变了,他们的所有承诺便顿成泡影。许多新来的领导也会沿袭前任们的思维逻辑,再给另外的一些人同样的承诺。新官不理旧事,已经成了普遍现象,成了一个令人痛恨的顽疾,如牛皮癣般痛痒不已,却莫可奈何。两边的因素加在一起,就形成叠加效应,就注定他们的投资最终走向失败。

丰泽垸改造,胡勇跟他打电话,说是县里的准备工作,已经做得七七八八了,朱同民也说秋收之后,便可以开工了。表明两边都热情高涨,开头应该不太困难。然而假如王大成调走了,或者他虽然不调走但是反悔，把继承前任决策的承诺当儿戏了，朱同民、朱同秀姐弟俩会不会也遭遇"滑铁卢"呢？

朱同民、朱同秀在丰泽垸改造上的投资，从某种意义讲，自己是脱不了干系的。人家本来已经犹豫了，不想做了，是自己想为家乡做点事情心切，从中烧了一把火，甚至还不止一把火，便让朱同民在理性与感性间、在规则与亲情间的挣扎中，做出了可能造成失误的投资决策。

这可如何是好呢？陈志立方寸大乱，天气本来燥热得很，他此时却又阵阵冷汗直冒。倘若丰泽垸改造失败，不仅朱同民、朱同秀辛辛苦苦赚来的血汗钱打了水漂，也会把丰泽垸搞得千疮百孔，两边他都对不起，都是罪人！

陈志立突然悔恨自己，这么重要的因素居然被忽略！而朋友们遭遇投资"滑铁卢"之后总结出的教训，此时也突然浮现在他的脑海：既然商业投资不成，而自己又有那份心意，便干脆作公益投资，比如修公路、办学校、盖养老院，甚至有个朋友干脆请省规划院对全村整体规划，建起四十二栋三层别墅白送村民，一户一栋，既扬名立万，又心情愉悦。反正是为乡亲们做了点实实在在的事情，原本就没指望那笔款子生息，也就给自己少惹了许多烦恼，更断了其他人的念想……

他想不起当初为啥把这么重要的信息给遗忘了，而一门心思劝朱同民回丰泽垸投资改造。说不定朱同民的犹豫，也正在于此，只是没跟他明讲罢了。他也不清楚自己今天到底是怎么了，怎么会尽想些忧郁的事，且件件都令他悚然。这些事情，比他过去工作中遇到的，并不更棘手，但却处理得如此糟糕。也可能是掺杂了亲情和个人因素吧！而他自己，好像真的是老了，竟然优柔寡断起来，一点不像经过大风大浪的人，一点不像漂漂亮亮地处理过无数棘手事情的人。过去，他可是以刚毅果断闻名的，遇到事情从来都是快刀斩乱麻。

就在陈志立信马由缰地沉浸于烦恼里不能自拔时，舅表兄耿建国的一个电话，更把他打击得如五雷轰顶。

耿建国的声调很低沉，讲话也非常简单："大伯走了！"

"这怎么可能！我大前天去还跟我聊了好长时间哩！还信心满满地保证活到一百岁哩！喝了一盅酒后还在禾场上转了好几圈哩！"陈志立当即嗓音都变了，他是宁愿相信自己死也不相信舅爷死了。

可是，舅表兄是不会拿自己老子的生死跟他开玩笑的，尽管他曾经抱怨过他。挂断电话,陈志立急忙回家,装了几件换洗衣服,准备去庙湾。

大哥大嫂都劝他明天去。陈志民劝道:"你看这都十点了,你去了能干吗呢? 表哥也不过是给你报个信,也没准备你晚上去。"

"我去给舅爷守灵。"陈志立一边往外走,一边说。

拦他不住,大哥大嫂只得叮嘱他路上注意安全,守灵的事意思意思得了,别熬通宵,毕竟自己也是六十开外的人。陈志立钻进车里,应了一声,然后一溜烟地驶出了村子。

# 48

白炽灯下,穿着寿衣的耿春生紧闭双眼,脸色蜡黄,直挺挺躺在幺儿子禾场的一张竹凉床上。一大群人进进出出,不时从他身边经过,有时也相互招呼一声,却丁点不担心惊扰了熟睡中的老人。

这件寿衣陈志立见过,是舅爷十年前亲自备下的。

此情此景,让陈志立确信,舅爷的确是走了。尽管反复告诫自己,人死不能复生,何况九十多岁高寿,也是死得过的人了,操办他的后事,在农村也算是白喜事了,可他依然喊了一声"大伯"之后,两行热泪情不自禁地流淌下来。

紧盯着耿春生那张蜡黄的脸,两行热泪恣意流淌的陈志立绕到脚头,给香案上的香碗里添了三炷香,然后两膝一屈,跪在地上"咚咚咚"叩了三个响头。

忙忙碌碌的人们,只向他低沉而简单地说一句"志立来了",便又各忙各的去了。

婚丧服务非常发达,已经成产业链了。只需一个电话,婚丧服务公司的人随叫随到,并迅速按早已熟透的流程有条不紊地开展工作。电话已经打过,人也在赶来的路上。所以人们也没太多可忙的,只不过是把屋子收拾停当,准备接待前来吊唁的客人。

耿建国讲,大伯死得很突然,也很果断,没啥痛苦,没给后人预留挽回的空隙,应该算寿终正寝吧——

晚饭做熟了,他让孙女去喊老爷爷。大伯说不太舒服,不想下床,让他们把晚饭送到他的小屋里去。他亲自盛好了端进去,弯腰服侍老人起身,坐在竹凉床沿开始吃了,他又帮父亲把电风扇调了个方向,才回自家的屋。他们饭还没吃完,就听一个乡亲在大伯小屋的门口大声地喊:"耿老爹摔倒了!"

一家人大惊失色,丢下饭碗就跑过去,大伯已经不省人事,没吃完的饭菜也撒了一地。耿建国说扶起大伯时,他就已经咽气了……

说话间,婚丧服务公司的人到了。七八个人一出面包车,就从紧随其后的卡车上往下搬东西,然后开始忙碌。

一条龙服务也真是齐全,办理婚丧事宜的所有物资,全有。他们先把不锈钢骨架在禾场上搭起来,再扯上帆布,露天凉棚就有了。紧挨凉棚,在禾场边缘的南瓜秧地里,用不锈钢骨架搭了个高高的台子,铺上木板,布置得就像唱戏的舞台。当他们把音响和锣鼓家伙搬上去,并在台上拉装饰帆布时,陈志立知道,他们布置的就是一个舞台。接着他们把钢铁构件的桌椅板凳支在凉棚下面,这样明天来吊丧的人们就有地方坐,也有地方吃饭了。电工则忙于安放发电机,固定冰棺的位置,给冰棺接上电源,并迅速发动发电机,让冰棺制冷。

他们做的最后一件事,是把耿春生老人装进冰棺。

农村的习俗,人死之后停放三天方可发丧。天气太热,停放三天不定出什么状况,所以要求婚丧服务公司连同冰棺和发电机一同带来。新的电线去年下半年就从禾场上拉过,前后左右的村民小组都接上电了,就剩庙湾四组、五组的村民只能看不能用,因为款子没凑齐。而原来的电线老化,加上变压器容量也小,经常停电。于活着的人,停了电,忍一忍,摇摇蒲扇,也就过去了,反正它又不是一直停,隔三差五也来一下。但于死人就不行了,没有了电制不成冰,比放在露天更糟糕,所以必须备发电机,保证冰棺的冷冻机不间断运转。

掀开冰棺盖子,一股恶臭扑面而来,熏得人差点晕倒。儿时的玩伴大狗久闻其臭已不觉其臭,他小声跟陈志立解释,冰棺躺过太多的死人,所以气味很大。他现在既是村委会副主任,也是婚丧服务公司的负责人。大狗指挥耿春生的三个儿子与外甥陈志立,将老人从竹凉床上轻轻抱起,再轻轻地安放到冰棺里,最后盖上盖子。做完这一切,大狗他们才离去。

陈志立看看手机,已经过了子夜。耿建国让他去他儿子的房间休息。他儿子儿媳妇都在外面打工,房间是空着的,而且也有空调。陈志立摇了摇头,轻声说他要给大伯守灵。耿建党望了两个弟弟一眼,愧疚地说:"我们三兄弟守吧! 老爷子活了一辈子,也没见我们一个好脸色,最后了陪陪老爷子。"又浊眼涟涟地说,"父子间可能还是心心相印吧,我前两天老是觉着不对劲,丢三落四的。但哪儿不对劲又不晓得,所以今天上午就跟老婆子回来了,不承想还真是的,总算是最后给老爷子搓了一回背,亲手替老爷子穿了寿衣。"

陈志立原本就是来跟舅爷守灵的,即使表兄们不讲得这么动听,他也是要陪舅爷一夜的,便说一起守吧! 建国说:"你那个娇生惯养的身体,哪儿吃得消啊? 还是去睡吧,别把自己累病了。"耿建军也说,都耗着也不是个事,今天过了还有一晚,叫陈志立明天再守。陈志立回应说,他天天好吃好喝,说不定比他们还经熬哩! 明天大家都回来,就有人换班了。表兄仨拗他不过,只得依了他。

耿建国吩咐老婆子下几碗面条来。

三下五除二地吃完面条及里面的荷包蛋,女将们去睡觉,四个老男人围坐在一张铁桌旁,一边唠嗑,一边给更老的男人守灵。

禾场前面是丰泽北河,滔滔河水此刻却如冰棺里的老人一样静谧。河坡上大片的南瓜秧茁壮生长,甚至蔓延到了禾场,所以蚊虫特别多。见他不时在身上拍拍打打,表兄们笑话他来少了,把庙湾疏远了,连蚊子都不认得他了。的确,蚊虫也特别怪,像欺生一样专叮陈志立不叮他们。尽管他穿了长裤长袜,衬衣也是长袖,他们却是短衫短裤和拖鞋。

守灵其实没太多事,就是不能睡觉。所以,四个老男人除了不时给冰棺前的香碗里添三炷香,察看冰棺上面的仪表,生怕制冰机停了之外,剩余时间都用来唠嗑。唠嗑也的确是驱除疲劳和瞌睡的好方子,四个老男人竟然唠嗑了一晚上却依然没睡意。

他们先讨论了一下出殡的事。出殡的事其实不需要他们深入讨论,婚丧服务公司有一套成熟做法,人们也习以为常了,不过是跟陈志立介绍了一遍农村的套路和程序。所以,很快就聊到了耿春生老人的一辈子,而后又把话题集中到这些年彼此的生活与工作上。

耿建国、耿建军一辈子在农村务农,没什么经历可讲,陈志立的工作经历他们也未必感兴趣,所以主要是听耿建党讲他的传奇。

他说自己打小就自诩聪明,可惜聪明得过了些,聪明没用到正路子上,所以年轻的时候就做了些荒唐事。后来懂事了,才不再荒唐。虽是"文革"初期的初中生,肚子里没二两墨水,但是他先学装磁铁式收音机,又对着线路图学修收音机,后来托表弟志立在省城帮他买了本电视机的原理书,对照书本学修电视机,居然都成功了,在杨镇乡声名鹊起,还在集市上租了个门面,挂上了"建党电器修理部"的牌子,专门修理收音机、电视机及其他电器,使他小家庭的小日子渐渐过得滋润起来。

　　讲到这里,他脸上洋溢起自豪,像个孩子般双眼放异彩,甚至有些手舞足蹈。但随即,他的眼神又黯淡下去,说他对父亲把他们从城里迁到乡下一事耿耿于怀,所以常常跟老爷子作对,有事没事找茬,并没珍惜自己的这门手艺。生了两个儿子之后,更是莫名其妙地离家出走,随第一批民工南下,既不尽抚养儿子的责任,也不尽赡养老人的义务,以至于老人一气之下宣布断绝父子关系。

　　稍稍停顿了一下,又自责地说,他至今都不晓得当初是么样想的,反正是走了,且义无反顾,然后就完全不主动联系家里。

　　"也可能是走魔窟运吧!"三弟建军往几个人的茶杯里续了水,替他分析,"走魔窟运就是这样子,心像被糨糊糊住了,说话做事完全不受支配。"

　　耿建党接着说,他在南方混得也还算可以。凭着聪明和懂电器的一技之长,很快就被厂里聘为车间主任,吃喝是不愁的,甚至有了一些积蓄,于是回武汉开了家小打小闹的厂。

　　表兄讲的前面的事,陈志立知道,因为那时他们还偶尔见面。但后来他去了南方,就音信杳无了,偶尔有点零星消息,也是真假莫辨。表兄的话,他宁愿相信,因为他也是七十岁的人了,没必要再遮遮掩掩,而且从他那真诚的语气里,听着也不像是假话。

　　耿建党继续说,他到南方之后,很快就后悔了,很想有个坡下,就是希望从往返的乡亲口中听到父亲要他回去的消息。可是,始终没得到他想要的丁点信息。也就是说没人给他坡下。他晓得父亲的脾气,而他自己也秉承了父亲的脾气,所以两个男人都犟着,谁也不愿先服软。再后来,他的心就慢慢死了,跟原来的老婆也离了,把家里的一切都给了她,又找了个南方的女人,舒舒服服过起了自己的小日子。

　　讲到这里,他的嘴朝不远处自己的三层小楼努了努,说:"喏!就是你现在的嫂子。"

　　电压果然不稳定,常常毫无征兆地把灯泡弄得像萤火,也突然停了几次电。像萤火的时候他们不管它,反正电还是有的。但停的时候,他们便匆匆起身,去摆弄发电机,生怕时间长了老父亲睡在冰棺不舒服,突然发起脾气来。

五点钟,婚丧服务公司管做饭的人就来了,围着几个大蜂窝煤炉子捣鼓,生火,淘米,做早饭。四妯娌——耿建设还在深圳没回来,但他老婆在家里照看孙子——也先后起床了。耿建党吩咐她们看着点冰棺,记得给香碗里添香,然后对其他三个男人说:"都去眯会儿,天一亮事情就多了。"陈志立还想坚持。耿建军说:"你也算是守了一夜,该尽的孝尽到了。老爷子九泉有知,也会保佑你的。一会儿客人来了,就睡不成了。"陈志立想想也是,给香碗里添了三炷香,这才进二表兄建国的楼房。

此时他才感觉,脚上腿上都有些麻,不是坐久了的那种麻,是扎了针灸的那种带点痒的麻,加上天气热得浑身黏黏糊糊,陈志立先去冲凉。当他脱下裤子和袜子时,顿时便被看到的情景吓呆了。原来,脚上腿上不知何时早已血迹斑斑了。这一晚上他不知喂饱了多少蚊子哩!他连忙站在水龙头下,浑身打了香皂,从上到下冲了个透,也可着劲地擦了个遍。觉得人清爽许多了,他才钻进空调房里,倒头便睡。不一会儿,便传出了如雷的鼾声。

# 49

迷迷糊糊间,陈志立被骤然响起的喧天喇叭唢呐长号声震醒。摸过手机一看,准八点。想再眯一会儿的,不料随着喇叭唢呐长号声的骤停,又响起了凄凉悲怆的女高音,如诉如泣。侧耳细听,原来唱的是《三娘教子》选段。

农村老了人[①],往往会请戏班子来替代儿女们哭丧。哭丧的内容,多是柳县花鼓的精彩选段,既有怀念老人养育之恩的,也有念叨老人勤劳艰苦的,还有述说老人一生伟大不易的,总之是表达后人的复杂感情。演唱者一登台便是一天哭丧的开始,她会用一整天的时间,从老人抚育后人的不易,一直唱到老人去世后子女的悲怆。尽管老人在世的时候,有些子女厌恶甚至虐待老人,也同样是这个套路。

听了一会儿,陈志立突然记起一件事,然后猛一拍脑袋,骂自己真是昏了头了,竟把这样的大事给忘记了。连忙起床,简单洗漱完毕,就走出

---

[①] 江汉平原方言:"老了人"即死了老人的意思。

堂屋。

舅表兄们早就起床了,正披着一身白布裁成的孝服,跪在冰棺前陪前来吊唁上香的人们叩头。只要来人吊唁,他们便会陪着叩头,然后跟来吊唁的人说些感谢感激的话。一整天都得如此,这也是柳县的规矩。

凉棚里挤满了人。大哥大嫂来了,几个姨老表也来了,站在一边唠嗑。陈志立连忙过去打招呼。简单寒暄了几句,陈志立就把建党、建国和姨老表们以及大哥陈志民招呼到一张桌子旁,只留三表兄建军一个人跪在冰棺前陪客人和乡邻叩头。

给众人上了一遍烟,陈志立直截了当地对两个舅表兄说:"大伯明天出殡,我们昨晚商量的时候,好像漏了个大事。"

几个人忙把头伸过来,惊问漏了什么事。陈志立问跟支部报告了没有。耿建国不解,说老爷子一死,全村的人都晓得了,乡亲们也都自觉自愿地来了。他们又不在月球上,还报告个啥?陈志立说人家晓不晓得是一回事,咱们报不报告又是另外一回事。大伯是有组织的人,七十多年党龄哩,在村里又当了二十多年书记,一辈子都对组织忠心耿耿的,害儿女们丢了商品粮户口也是他对组织忠心耿耿的表现。大前天他来,大伯还跟他讲按月交党费的事。所以,还是要正式向组织报告,并征求对后事处理的意见。不然,他怕大伯在那边不高兴。耿建国把嘴一撇说:"现在谁还管你后事怎么处理呀?你爱怎么处理怎么处理。"大姨表兄周忠仁劝道,那就中二老表的意思,报告一声呗!他们管不管是他们的事,反正礼性①到了堂,以后便没啥话给他说了。"大不了跑个腿嘛!"

"那就跟大狗讲一声,让他带个信给夏书记。"耿建国也爽快,扭头对正指挥人往桌子上摆碗筷的大狗喊:"大狗!大狗!"

"不妥,表哥!我觉得还是去个人,当面跟夏书记讲,体现出对组织的尊重。"陈志立连忙拦住,又对已经跑到了跟前的大狗说,"没事了,你去忙你的。"

"这么麻烦?"待大狗离开,耿建国皱着眉头,解释道,"大狗也是他们班子里的人,支部委员兼村委副主任。"

"我晓得他是班子里的人,但这事还是要我们亲口跟夏书记讲的。"陈志立坚持己见。

---

① 江汉平原方言:"礼性"即礼节的意思。

大伙不好再说什么，相互张望了一眼，就催耿建国赶紧去。耿建国说路他可以跑，但人家管不管，来不来，他就不负责任了。

陈志立的想法，是支部夏书记明天能来，并且最好在送别仪式上讲两句。怎么着，舅爷也是个新中国成立前的党员，且在村里当了二十多年的书记。耿建国离开了，他又给大伙发了一遍烟，问："我们还要不要把明天的事情再捋一遍呢？如果到明天再想起来，怕是来不及了。正如要跟支部报告这件事一样。"

"那你们昨天是怎么商量的？"陈志民问。

耿建党就把昨天商量的情况介绍了一遍。周忠仁说，按乡里的规矩，差不多也就这样了。反正现在都求撩撒①，能简单尽量简单。陈志立说："我们的想法也是这样，而且大伯也肯定不希望搞复杂，所以以简单隆重为宜，尽量节俭。"

"我看就这样了。天气也热，仪式搞长了怕活人受不了。"陈志民刚说完，周忠仁接住话头，"喂，耿老大！你说大伯会不会是热死的？"

陈志立心头猛地一沉，连忙拿眼睛瞅耿建党。他内心也有这个疑惑，但不敢讲出来，怕舅老表们内疚，更担心闹得他们兄弟阋于墙、兄妹成仇，或者外人捣脊梁骨。

耿春生老人留给子女们的遗产，除了精神，没啥物质，所以陈志立不担心舅表兄弟姐妹们为分遗产闹矛盾，甚至大打出手。但毕竟不在家里的几个老表是为舅爷建了个养老基金的，而照料的直接责任落到了建国和建军两兄弟身上。假如坐实是热死的，那就有虐待之嫌。兄弟姐妹团结，或者都想得开，那还好办。但万一有个较真的呢？可不就生出事端来了。老人已然去了，人死不能复生，得为活着的人着想，千万别因为相互猜疑，闹出个啥事来。再说了，老人肯定是期盼家族和睦，不希望子女们因为他的死生隔阂的。

陈志立心中有些焦躁，希望这个话题到此为止，甚至想要阻止。然而，大家却没有停下来的意思。

只见耿建党的脸色果然黯淡下来，沮丧地说："有这个可能。志立昨晚跟我们守灵，他也看到了，电过一会儿就停了，然后突然又来了。大伯那个屋子本来就小，天又热得像个闷罐子。可是让他郎睡老二、老三家的

---

① 江汉平原方言："撩撒"即省事的意思。

空调房,又不肯,说是吹不得,还说停电了,空调也是不管用的,坚持在小屋里摆张凉床。"

"我觉得肯定是,昨晚接到电话我就一直这么想。大伯的身体么毛病都没有,突然说走就走了。不是热的还是啥?"二姨表兄周忠义也如是说,弄得陈志立心头更紧,头皮发麻,生怕大家一直集中在舅爷死因的猜测上。正想岔开话题,大狗恰到好处地在凉棚中间喊"开饭啦"!随即一阵桌子板凳乱响,客人和乡邻顿时便忽啦啦找座位,接着就是碗筷的响声。陈志立对大狗投去感激的一瞥。

他们几个没挪位,等帮忙的人把饭菜端到桌上,便狼吞虎咽起来。陈志立感觉肚子好像真是有些饿了,于是把心暂时放回肚里,也连忙拿起了筷子。

正吃得热火朝天,耿建国回来了。他一边盛饭一边说:"该报告的我报告了,请他们来参加仪式的话我也说了。夏书记说要研究一下,因为在他的任上没有先例。"

"让他们去研究吧,抓紧吃饭。"一桌子的人都说。

陈志立是率先吃完的,他双手握着筷子,对众人拱了一遍,一本正经地说:"各位慢吃!"周忠义很是惊讶,咽了一口菜,问他还记得这种老规矩呀,陈志立撕纸巾揩嘴,笑着说不敢忘哩!

"哎呀,乡里早不兴这个了,年轻人更是见都没见过这种礼性了!"周忠仁发了声感叹,也把筷子对众人一拱说:"大家慢慢用!"放下筷子,抹了一把嘴,接过陈志立递的烟,笑呵呵地补充说:"也挺好的哦!"

周忠仁话音未落,唢呐就猛地响起,台上的女高音也如诉如泣再次唱了起来。这是催吃饭的人赶快起身,提醒下一拨人要开席了。于是吃完了的连忙起身,没吃完的赶紧扒了几口,然后把碗一推也起身。帮忙的人把一次性碗筷收进塑料袋,没吃完的菜倒进泔水桶,又换了一次性塑料桌布。第二拨的人连忙找座位,把第一拨人的吃饭过程重复了一遍。

陈志立很快发现,他们这些子女外甥其实无事可做。婚丧服务公司的人把一切都承包了,甚至做饭、收拾桌椅板凳也不用他们动手,食具又是一次性的,所以整个过程进行得井然有序,有如行云流水。就是给香碗里添香的事也免了,因为来的客人和乡邻络绎不绝,都会在冰棺前对着舅爷画像和冰棺里的舅爷作揖,或者叩头。做这些动作之前,一定会在香碗里燃三炷香,在瓷盆里烧几张纸钱。三个舅表兄则轮流跪在编织袋上,虔诚地陪着弯腰叩头,嘴里不停地重复着说"谢谢"!

到了下午,远在外地的至亲纷纷回来,冰棺前就更不需要他们轮守了。百无聊赖的外甥们寻了张稍稍偏远些的桌子,抽烟喝茶,回忆舅爷生前的事,等吃晚饭。

晚饭过后,桌子板凳收拾尽净,凉棚下顿时挤满了或坐或站的亲朋和乡邻。喇叭唢呐长号骤然停止,唱了一整天的妇女高声叫道:"哭灵马上开始,请耿春生老人的孝子贤孙们跪到台上来。"

听到叫声,由耿建党打头,耿春生老人的子女、儿媳妇、女婿及孙子甚至重孙们纷纷从踏板上了高台。陈志立不懂规矩,也跟在后面。老三志兵扯了他一把,提醒他儿子女儿们才要跪的。陈志立怔了一下,但还是跳上台子,跪在人群里。耿春生的几个外甥周忠仁、周忠义、周忠礼、周忠智、陈志民、陈志兵、陈志国稍有犹豫,随后也爬上台子。

耿春生是老大,下面有两个妹妹,大妹妹嫁到周家,小妹妹嫁到陈家。兄妹三家枝繁叶茂,子女加起来十六个,孙辈就更多了,所以顿时就把个台子塞得满满当当,压得"咯吱咯吱"响。好在台子是角钢加铆件搭起的,否则真有压垮的可能。

大家跪好了,身穿一身缟素的女子就开唱,依旧哀怨凄婉,如诉如泣,听得台上台下潸然泪下。直到跪的人腿脚麻木了,甚至有人东倒西歪眼见跪不下去了,女子的声音才戛然而止。

大狗拿了只筲箕,开始在人群中走动。瞥见百元五十元的钞票直往筲箕里扔,陈志立才明白"跪丧"是么意思,连忙在裤袋里掏。志兵没容他掏出来,在身后塞了一张钱到他手里,他顺手就放进了大狗手中的筲箕。

大狗用手在筲箕里拨拉了一遍,然后在那个女的眼前晃了晃。可能觉得钱少了些,那个女的再次开哭。哭得差不多了,大狗再把筲箕在人堆里晃动,人们又老老实实往筲箕里扔花花绿绿的票子,顿时便把筲箕堆得冒尖了。如此再三。志兵小声说如果他们觉得丢的钱少,会一直唱下去,唱一次大家丢一次,直到他们认为钱够了为止。陈志立这才恍然大悟。

女的再要唱时,快七十岁了的周忠仁跪得实在受不了了:"大狗!你看这都一把老骨头,别一锹挖老了,差不多就得了!"

"一锹挖老了",在柳县方言里含有多重含义。周忠仁表达的,就是过分了的意思。

"好!马上!"大狗怔了一下,可能没料到会有人抗议,把筲箕收起,交给账务去数钱后,对台下黑压压的人群喊,"唱戏了,唱戏啦!"

唱戏结束,已经是晚上十点多钟。耿、周、陈三家的子孙们争着替老爷子守灵,要陪老爷子最后一夜。争论的结果,是儿子辈的年纪都大了,最小的也五十多岁,熬到半夜都去睡,只留孙子辈守通宵。老家伙们散场时,耿建设和陈志国说他们作为儿子辈的代表,跟孙子辈的一起,陪老爷子最后一晚。他们两个同年,是这一辈里最小的,大伙也不反对,纷纷找地方休息。

# 50

天色还朦朦胧胧间,婚丧服务公司的人刚把煤炭炉子弄燃,耿春生老人的儿子和外甥们就都起床了。大家坐在冰棺前的桌子旁,再把出殡的细节理了一遍,生怕有所疏漏,对刚刚过世的老人不敬,也得罪了客人和乡邻。

陈志立显得心事重重。夏书记答应研究之后给答复的,一直到他们去睡觉,也没派人来送个信。这种事情,作为家属也不好老去催。那他们到底是个么意思呢?好不容易挨到大狗过来,没等他们开口,大狗主动说夏书记让他捎个话。迎着众人期盼的目光,大狗说:"夏书记说村里近几年老了人,支部从未以组织的名义参加告别仪式,或者送个花圈,所以也不好在耿老这里坏了规矩。耿老的后事,你们愿意怎么办就怎么办,村里不干涉。如果支委或者村委的人有时间,会以个人的名义参加。"

"这是个么狗屁回答呀!这就是他们研究了一整天的结果啊?这样薄情寡义的话,居然出自支部书记之口!我呸!"极少动怒的陈志立,脸色极为难看,在心里骂道。他第一个念头,是给乡里的张书记打个电话,问问他们对舅爷这样一个有着七十年党龄的老党员、一个在村里当了二十几年支部书记的老同志,还有没有一点感情?还讲不讲一点人情味?可是,他很快又把愤怒平息了,没打这个电话。如果去世的这个老党员、老同志不是他舅爷,跟他没亲戚关系,他肯定打了。但他是他的舅爷,他是他舅爷的外甥,因了这层血缘上的关系,他终于没打。没打这个电话,也有另外的一层考虑——即便是张书记命令夏书记来,甚至张书记亲自来了夏书记不得不来,那又有多大个意思呢?毕竟不是心甘情愿的。争来的食不香,强扭的瓜不甜。他不想让人有他以势压人的感觉。

略作思考,瞅一眼满桌神态各异的表情,给大狗递过一支烟,陈志立说:"今天的告别仪式,我要讲几句。大狗,你安排一下,看在哪个环节比较好。"

大伙连声说好,纷纷嚷嚷起来——

"一个村支部书记,他也讲不出个么狗屁来!"

"不来就不来。不来还好些,免得看到他了心烦。"

"也跟我们一样的,不过一个农民。叫他讲是给他面子。"

"真是不识抬举,给他面子他不要。"

"请那个村霸讲,真是玷污了大伯的一世英名。"

…………

陈志立做了个手势,示意大伙安静,别纠缠这种无聊的事情讲这种无聊的话。大狗想了想说:"在建党哥之前讲吧!你讲完了,建党哥致个答谢词,就起杠送大伯上路。""好!"大伙异口同声地说。

要送老人去县城的火葬场,火化之后再回来安放骨灰,所以早饭就开得早,八点吃第一拨,八点半吃第二拨,九点吃第三拨,然后把天棚里的桌子板凳清理尽净,送别仪式就开始了。

大狗宣布仪式开始,低沉的哀乐缓缓响起,人群里也响起了嘤嘤的哭泣声。哀乐住了,默哀三分钟,便是陈志立讲话。

陈志立缓缓登台,用目光在黑压压的人群里搜索了一遍,除了婚丧服务公司负责人大狗,村里的干部一个没见。一大片哭泣的人们,却不止舅爷的后人,还有许多村民,特别是老婆婆们,甚至一些老头也在抹有些迷糊的眼睛。他的内心便略有宽慰,尽管干部们没到,但毕竟来了这么多群众,说明在村民们心中,对舅爷的一生还是肯定的。

陈志立讲话低沉而缓慢,肯定了耿春生的人品、耿春生的大爱、耿春生对党的忠诚和对庙湾村的贡献,也包括对晚辈的教诲和影响。讲一个老共产党员、一个老游击战士、一个老村干部,以及他们那一代人留下的宝贵财富,包括他们的奋斗、他们的奉献、他们的牺牲、他们的精神,后辈们不应该忘却,要永远铭记,好好继承。他讲得实在,讲得直白,几度哽咽,没夸张的语言,也没虚构的情节,都是晚辈和乡邻亲身感受的客观事实,引得台下又哭声一片。

陈志立不敢讲长了。天太热,担心台下的人受不了,也担心冰棺里的舅爷受不了。而且,这种场合也不宜长篇大论。他很理性地适时结束了讲话。

耿建党代表家属致完答谢词，随着大狗"起杠"的高声吆喝，鞭炮声与喇叭唢呐长号声骤然响起，耿建秀、耿建芬扑向冰棺放声大哭。八个早已扛杠在肩的中年男人异口同声地喊了一声"起"，然后直起身子，缓缓挪动脚步，那口冰棺就慢慢地朝村口移去。

霎时，送葬的队伍就自然形成了。冰棺前面是端着耿春生老人大幅相框的大孙子耿磊，紧随其后的是身披孝服的四个儿子两个女婿，以及他们的儿子们。他们脸上被人画得乱七八糟，除孝服之外，头上还各戴一顶用稻草编成的帽子，帽子拖一条长长的尾巴，尾巴的尽头又系两块砖头，在地上拖得尘土飞扬。接着是手里举着花圈哭成泪人的女儿耿建秀、耿建芬、四个儿媳、外甥们以及他们的子女，再往后便是其他亲戚。最后是村里的乡亲，甚至外村的一些老人。

乡下出殡的规矩，跟迎亲一样，必须徒步走出他生活过的那个村子，而不一开始就直接上车，确保魂魄回来的时候找得到家。耿春生当然是再不能行走了，得由杠手们抬着，一直抬上停在村口的卡车。

冰棺太沉，天也太热，杠手们走走歇歇，或者换人，而且送葬也不适合疾步快走，所以两百多米的路，这支队伍走了差不多半个多小时。杠手们不断停歇，有时也为了要红包，或者惩罚死者的后人。因为每次停歇，死者的子孙们必须齐刷刷虔诚跪下。

毒辣的太阳肆无忌惮地烧烤着大地，空气仿佛静止了，纹丝不动。冰棺抬上卡车时，耿建秀、耿建芬又扑上前去恸哭了一回。众人连忙把几乎哭得昏厥过去的姐妹俩劝下，送葬的队伍立即就散了。早就汗流浃背的人们迅速躲进荫凉之地，然后静候骨灰回来，再去坟地里安葬。

卡车绝尘而去，陈志立呆若木鸡。他一屁股跌坐在路边的草皮上，望望卡车卷起的尘埃，又望望路旁丰泽北河里静静的河水，泪水再一次止不住流淌出来。他本来送舅爷去火葬场的，可大伙都不同意。因为不需要太多的人，车里也坐不下。耿春生老人的四个儿子和几个孙子，也只去了老幺耿建设和大孙子耿磊。

陪在陈志立身边，与他一同坐在草皮上的，还有四弟志国和二姨表兄周忠义。递给他一支烟，又帮他把火点上，周忠义问他，不会一直坐在这里等大伯回来吧？陈志立问，大伯真就这样走了？周忠义点燃烟，望着丰泽北河安慰道，九十几，寿终正寝。白喜事哩！再说了，人总是要死的，总不至于成精吧?陈志国用手来搀他,说回去吧,别在路边坐着了。这太阳也太大了。

三个人走到村口,碰到几个提着泥瓦桶、挑着水泥和砖头的人去给舅爷砌墓,便跟他们合了群。他们说后面的果园林子太热,劝他们别去。他们保证把大伯的屋子盖得好好的。陈志立说闲着也是闲着,说不定还能打个下手呢。

庙湾不像北村,有成片的坟地,又没其他的安葬习惯,比如把骨灰撒到地里、河里,或者埋在树根下面。庙湾村死了人,都在自家承包地里刨个坑,用砖砌个小池子,上面再盖块预制板,然后垒起一个小土包,算是坟茔。清明的时候再竖块石碑,刻上死者姓名、生卒日期,以及立碑人和立碑时间,便算大功告成了。

进了闷热难耐的果林,陈志立又回忆起了舅爷的一些事情——

这片果林,是舅爷亲手种植的。那时杨镇除了少量的桃子、酸枣,没一棵像样的果树。粮食棉花不值钱,舅爷便想办法种起了梨子。他没经验,照着书本种,也去他原来工作过的劳改农场请教。为观察和照料果苗,他在果园边上搭了个棚子。没日没夜地苦干三年,梨树果然挂果了,可梨子却不好吃,酸且涩,尤其是纤维特粗特长,跟嚼棉花桃差不多,甚至还不如棉花桃,棉花桃是甜甜的汁,比这酸且涩的味道容易接受多了。这样的梨子,人家尝一个两个还可以,但怎么可能论斤买呢?

舅爷不气馁,再拜师学艺。回来之后,他把梨树的枝枝丫丫砍了很多伤口,把带回的成捆枝条绑在上面,用泥巴糊住,使之长成一体,他说这叫"嫁接"。第二年满园梨花再开,他又搞什么"人工授粉"。这一年,梨子恨不得压断枝头,众人一尝,果然不同凡响,跟外面卖的味道没啥两样。梨子大获丰收,舅爷当然也赚了一些钱。

梨子能卖好价钱,且并不难种,乡亲们茅塞顿开,也不再一根筋地种水稻棉花了,转而在棉田里栽上了梨树苗。开始偷偷跟他学,他施肥,他们就施肥,他剪枝,他们也剪枝。舅爷晓得他们怕开口,怕他小气不肯传授技术,于是跑进他们的果树林子,手把手地教。他们再不懂的时候,便敢跑过来找他请教了。舅爷从不厌烦,一遍遍地跟人家讲,直到对方掌握了技术为止。不几年时间,乡亲们就把那整片的棉田,硬是改造成了梨园。梨花盛开的季节,梨园又成了方圆十几里的一道亮丽景观,引得孩子们甚至街上的大人,都作为春游的项目,专程跑来观赏。

这个时候，舅爷又把自己从头到尾裹得严严实实，莫名其妙地养起蜂来。十几只黑乎乎的蜂箱一字排开，嗡嗡乱叫的蜂们纷纷爬满树梢，钻进花蕊花瓣花萼间忙忙碌碌，不停地在蜂箱和梨树间进进出出。面对乡亲们疑惑与探究的眼神，舅爷笑呵呵地说他现在不搞人工授粉了，蜂们在进进出出间，就帮梨花完成了授粉任务。而且，他那一罐罐的梨花蜂蜜，又成了街上人们的抢手货。

到了收获的季节，杨镇乡甚至邻近村庄，到处都是推着三轮车或者骑着自行车卖梨的庙湾农民。等大家的梨树都赚到钱了，舅爷便把这片梨树转给老二建国，自己种起了苹果。而当乡亲们种苹果赚了钱，他又把苹果园转给了老三建军，自己却养起花来。

说实话，搞果树大家还挺佩服他的，但对他搞盆景和花园却嗤之以鼻，因为既不能吃也不能喝，花期也短，而且娇气得很，说死就死了，背后都议论他赚了两个钱就发烧。但出乎人们的意料，这年国庆，乡里各单位要装点喜庆，集市上又没那么多的盆景和花草卖，于是开着大车小车跑来庙湾，涌进舅爷的园子，甭管好孬，不论品种，端起就走，价都懒得跟舅爷还。

舅爷就这样身体力行，一步步带着乡亲们脱贫……

"志立哥！大伯的房子起好了，你要不要检查一下？"一个低沉的声音响起，打断了陈志立的回想。他扭头一看，果然，一个用砖和水泥垒起的小池子完成了。只待舅爷的骨灰盒回来，放进去，再盖上旁边的那块小预制板，舅爷就可以舒舒服服躺地里面，既不担心受热也不担心着凉，更不再受世间烦恼所扰了。

陈志立瞅了一眼，觉得挺好的。其实好不好也就这样了，埋上厚厚的土，谁管里面好不好呢？三人连说了几声"谢谢"，又挨个上烟。然后跟众人一起，拖着浑身湿得像刚从水里泡过的身体，走出闷热难耐的果园。

# 51

办完舅爷的丧事，陈志立患起了心病。

他并不是拿不起放不下的人，但是没办法，对于舅爷的死，他就是无法释怀。舅爷的去世给他的打击，都超乎了他自己的想象。最令他耿耿于怀的，是两件事：舅爷的死因和村支部的冷漠。

说舅爷是热死的，并不止他们几个老表，村里好多人都这样传，甚至对村里的干部和电力部门骂骂咧咧，讲他们对老百姓的疾苦漠不关心，一门心思放在自己发家致富上。庙湾四组、五组没能接上新电线，他了解了一下，也就差在两万多块钱上。原因不想深究，那也不是他管得了的事，他现在想的，是能否帮他们把电接上，不让舅爷的悲剧重演。

村党支部对舅爷的去世无动于衷，更是让他如鲠在喉。他想起了舅爷在世时跟他闲聊的情形。舅爷谈起党的十八大精神，谈起中央的反腐，总是眉飞色舞，兴高采烈。然而谈着谈着，舅爷往往又显出些激动来，有些忧虑，有些焦躁，甚至义愤填膺，说中央那么好的政策，可惜在一些地方被歪嘴和尚念走样念变形了，一些人根本没想要把中央的好政策变成行动，没想要让那么好的政策落地，没想要把改革的红利让全体群众分享。也有村民抱怨，庙湾的夏书记一手遮天，简直是个恶霸，甚至农民请拖拉机来耕整田地和收获庄稼，都必须是他介绍的，否则拖拉机都开不进田里去。这里面有什么猫腻，村民们说不跟他讲他也晓得的。

如今看来，舅爷的担心和忧虑并非多余。一个对还有些贡献的老党员、老村干部的去世冷漠至此、麻木不仁的基层领导，又怎么能跟群众打成一片呢？又怎么能真心实意为老百姓办实事呢？换个更通俗些的说法，一个对自己人都不怎么亲近，对自己长辈都不怎么好的人，又怎么可能亲近周边的人呢？及人之老的前提是老吾老，及人之幼的前提是幼吾幼。这是孔圣人几千年前就讲过的。舅爷怎么说也是个有七十年党龄的老党员、新中国成立前的老革命，给老同志应有的尊重，是一点都不过分的。就算舅爷没这些荣誉和身份，也还是个乡邻是个长者，何况是庙湾村里最高寿者，其他村民都能来送他最后一程，他们就不能以乡亲的名义来露个脸？如果他们是有些政治敏感性的领导，这送到手的做群众工作、拉近跟群众距离的机会能不去抓？

再说那两万多块钱，四组、五组的村民并不是不肯出，只是一时钱荒，想等收了这季庄稼再出。村里也并非垫不起，或者跟电力部门做个融通，先通上电，回头再找群众收钱，帮一下救个急而已。有什么难呢？他相信，群众回头肯定会出的。如果村里的领导跟老百姓的关系拉得很近，说不定不要他们催，老百姓都会主动还这笔款的。人心都是肉长的，何况乡里乡亲，低头不见抬头见，没谁会赖皮至此。

在他看来，这两件事其实是有关联的，并不是孤立的，都是对群众的感情问题,往高了说是如何贯彻执行党的群众路线问题。任重道远哪!想到党的群众路线在一些农村贯彻执行得不够好,他也跟他舅爷耿春生一样,犹如一块沉重的巨石压在心头。这一压,可不就压得他忧心忡忡,压出心病来?

陈志立患心病的当口,田雨带着小外孙思博回来了。

田雨听从陈志立的叮嘱,开始不敢回乡下,怕生血吸虫病,怕天气太热热出病来,便住在县城田地家里。后来思博老吵着要见外公,要看那只被他取名"小花"的小狗,田雨也放心不下陈志立,便打电话要他去县城过周末。他却支支吾吾不肯去,才让田雨感觉出异样,火急火燎地赶回北村。

乍一见陈志立那副憔悴和苍老的神情,田雨吓得不轻,讲要他回县城去瞧医生时,声调都变了。

陈志立咧嘴一笑说不能去。田雨顿觉奇怪,问他为什么。陈志立说:"我现在这副模样,去了还不把两个老人吓个半死啊?再说了,舅爷去世,你也很悲伤,但我们都不能跟父母讲。他们也是八十多岁的人了,老是听到过去熟悉的谁谁去了的消息,还不跟提醒他们自己似的?你管得住你的嘴巴,管得住你的脸?你可是跟我一样喜怒哀乐写在脸上的人哩!何况思博还是个孩子,哪里晓得这些利害,还不嘴巴一溜就竹筒倒豆子了?所以我这段时间暂时不能去。你们既然回来了,也在乡下多住几天,反正我这不是病,过几天就好了。"

这个话也不是完全没道理,听得田雨半信半疑,只得随他在丰泽北村住下,跟大嫂一起,精心帮他调理身体,早晚则陪他散步聊天,哄他开心。而小思博,虽然他喜爱的"小花"被人抱走了,但"小花"的父母跟他仍像久别重逢的朋友,天天黏在一起,所以也乐不思蜀般不提回县城的事。

这段时间,县里相关部门基本完成了核灾任务,只等着商会的周浩他们定好标准,再按户去发放救灾捐款。丰泽垸改造的双方都抓紧行动,也正朝着正式开工的方向稳步推进。陈志立身体本无大碍,只是心理上的毛病,又有人悉心照料,加上这些令人高兴的喜讯,所以他的精神状态渐渐好了起来。这让田雨稍稍放宽了心。

陈志立暂时把因舅爷去世引发的忧虑放在一边,不断在县里和朱同民、朱同秀以及周浩间沟通,就又忙得像不断旋转的陀螺。他一进入紧张状态,田雨就又担忧起来,心疼得不得了,苦口婆心地劝,毕竟也是六十多岁的人了,要学会珍惜自己。

这天和胡勇、朱同秀商量完丰泽垸改造的事,一起吃饭时,田雨当着他们的面,泪眼婆娑地说:"我晓得你对丰泽垸有感情,晓得你有自己的心愿,所以你要回家养老我也不拦你。但你搞得比退休前还忙,操的心比退休前还多。你这哪里是养老呢?你这明明是糟蹋自己。你明白吗?救灾的事有地方领导管,捐款发放也有周浩他们办。再说丰泽垸的改造,县委这么重视,进展也很顺利,你还要瞎操个么心呢?"

朱同秀赞同她的观点,也劝他悠着点,别再像笨牛蛮拼了,毕竟身体不是铁打的。

陈志立嘿嘿一笑,一如他过去对付田雨的唠叨,撒起了赖皮。他站起身来,学着《沙家浜》里郭建光双手叉腰,身子晃几晃,嘴里却把唱词改编后串在一起,油腔滑调地唱道:"我现在是一日三餐九碗饭,一觉睡到日西斜。只养得腰圆膀又扎,已经是座黑铁塔。此时此刻身强力壮跨战马,驰骋丰泽垸威力大,帮助乡亲们奔小康,打得那贫穷落后回老家。等到那云开日出家家都把红旗挂,再来探望你这革命的老妈妈。"

田雨破涕为笑,骂他越老越不正经!朱同秀却说二哥是越来越有幽默感了。胡勇则竖起大拇指,用曹操《步出夏门行》里的诗句"老骥伏枥,志在千里;烈士暮年,壮心不已",赞扬了他一番。

田雨没辙,只得央他善待自己,又劝道:"再说了,你掺和在一些事里面,别人当面不好说什么,但背地里却并不见得就高兴。"警告他如果不听劝告,便打电话给陈颖。

"喂,你别瞎胡来呀!"陈志立听她提女儿,脸色立马就变了。抽了一口烟,又笑着说,"其实我就是个做事的鸡爪命。一有事情做便精神百倍,身体打得死老虎。但倘若闲下来,就会闲出病来。我这辈子之所以没得什么病,就是天天有事情做。难道你不觉得吗?"

田雨有时候管他不住,但他也不是没笼头的野马。女儿陈颖就是田雨常常用来治他的撒手锏。他什么事情都讲原则,但在宝贝女儿那里他就没原则了,对女儿的话百依百顺,不管有理没理。如果田雨让女儿叫他回深圳,那还真是个问题。所以陈志立转变态度,说他马上改,不再把自己搞得像在位的干部,能做多少做多少。

田雨也没真的要给女儿打电话。如果把他的人弄回深圳去了,他却仍然把魂丢在丰泽垸,那又有什么意义呢?只要他把心里的结解了,开开心心在丰泽垸过,她也没什么不放心的。他这一辈子活得也太苦了,且没几天是为自己活的。退休了,让他为自己活些年,干些他自己想干的事吧!何况他后面说的,也算是实情,他就是个鸡爪命。田雨想。

朱同秀和胡勇知道了耿春生去世的消息,以及陈志立的病根。朱同秀想帮庙湾四组、五组的村民出那两万多块钱,让村民们正常地用上电,陈志立没有反对,胡勇便委托乡里的张书记去张罗。胡勇跟陈志立一样,对庙湾村支部夏书记的做法大为光火,说要一并跟张书记去说,还埋怨陈志立把他当外人,也不跟他通个气。陈志立笑了笑,说:"算了,事情已经过了。如果死的不是我舅爷,你们想怎么办我都没意见。因为死的是我舅爷,就好像我要借你们的手整谁似的。不好!再何况,我舅表兄弟们还要世世代代在庙湾过生活哩!"既然他这么说,胡勇便也作罢。

朱同秀说要捐十万块钱给志菊,陈志立坚决没同意,说她这是对他进行道德绑架!"那我按银行利息贷给她,总是可以的吧?等她翻过身来了,再连本带息还我。帮别人是帮,帮自己的妹妹也是帮。如今亲妹妹有难,就更得帮啊!"朱同秀想了想,妥协了一步。陈志立沉吟片刻,没再反对,说:"那你们对谈,我不想陷到里面去。但我提醒你,一定要亲兄弟明算账,白给肯定是不行的。"

"我们是姐妹,不是兄弟!老哥你搞错了。"朱同秀把嘴一撇,嘻嘻一笑,又嗔怪道,"跟你讲个事真是费劲,搞得跟外人似的!你当官的时候我找都不找你,更甭讲求你办个事了。难道退休了,还怕我找你的麻烦,压你的脚了不成?"

"丑话还是讲在前头的好。不然,到时候真闹成外人,就追悔莫及了。"陈志立依然一本正经。

"好了,晓得了!亲兄弟明算账,保证不压你的脚。行了吧?不瞒你说,我每年花在慈善上的钱,都不下百万。但我也不是钱多得没地方花了,我是真心实意要帮她,就当是搞了一回慈善。既然你怕惹麻烦,那我就不做慈善了,做回我的商人。但你放心,我绝对不放高利贷,我按银行利息跟她结算。"朱同秀然后又像个孩子撒娇,说,"你还是牵个线嘛!"

两个人的这段对话,把胡勇和田雨逗得乐不可支。

朱同秀把话说到了这个份上,陈志立没辙,只得摇了摇头,然后当三人的面给妹妹打电话。志菊在电话那头当然是喜不自胜,感激涕零。然而,也跟小哥陈志立一样,她委婉地谢绝了朱同秀的好意。她说现在水还没退完,也不知何时能退完,即便是水退完了再做什么也还没想好,所以暂时不需要钱。

## 52

这天是个周六,快十一点钟的时候,陈志国回到了丰泽北村。但他不是一个人,他还带来了一大帮人。他们一共开了四辆车,整整齐齐在老大和老三的禾场上码了一溜。

陈志国的勇气和情商,连见多识广的二哥志立都暗暗惊叹,尽管他从未明言过。

当年陈志立甘愿放弃省里的处长南下深圳当副处长,就已经是下了很大决心的,也搅动得朋友圈一池春水碧波荡漾,泛起了不小的涟漪。但不管怎么着,他还在体制内调动。已经是副局级干部的志国,却突然辞官回母校从教,却才是真真切切地让人们大跌了一回眼镜。要知道,他辞官的时候还只有四十五岁,风光无限,前程似锦!可他说辞就辞了,义无反顾。很快,陈志国教授就在经济学领域搞得风生水起,教出了他自己的一片天地。

志国刚参加工作不久,便很快聚起了一帮朋友,他们的关系二十多年如一日,一直好得不得了。这帮朋友陈家四兄弟都认识——岂止是认识,简直也熟得不能再熟了。他们早把自己当陈家兄弟,所以常来北村过周末。志国排行老四,他们便跟在他后面,甭管年龄大小,老五、老六、老七、老八依次排,见到陈家兄弟,也依陈家的排序,大哥、二哥、三哥亲热地叫。

他们从不讨论彼此工作上的事,更不像有些人,动辄"研究"时政,慷慨激昂地发表些对时局的见解。他们不做愤青,只聊些轻松的话题,有时也去钓钓鱼,或者踢场球,或者登个山,或者找块地劳动。甚至啥都不做,就是聚在谁家里喝餐酒,吹吹牛。就跟一帮无业游民似的,或者跟普通市民一样。

杜士忠夫妇在荒湖承包了那片鱼塘,他们便像发现了新大陆般兴奋,隔三差五跑去他的鱼塘劳动,到处捡死鱼死虾投给脚鱼吃,在塘坡上种菜、养鸡,甚至穿上水衣下到塘里清淤、为防脚鱼洞穿或者爬过堤坝而在四周围上石棉瓦。

他们的聚会，还有一个特别之处，这也跟许多人不同。有些人只顾自己逍遥，他们却是带着老婆孩子一起的。聚会的时候，他们忙他们的，老婆孩子做老婆孩子的，各取所乐，互不相扰。

最近这几年，他们周六周日去杜士忠的鱼塘，就都带着老婆孩子。他们乐呵呵地下塘劳动，老婆们做饭做菜，也让孩子亲近大自然，享受生活的乐趣。欢声笑语，其乐融融。

这些人毕业于不同院校，所学并非相同专业，也不来自一个地方，又没做过同事，学习和工作没有任何交集，真正的五湖四海，但他们就能这样聚到一起，且迅速志同道合，长期保持兄弟般的友情。这个不能按一般的物以类聚人以群分来理解的群体，本身就是个谜。连他们自己都说不清楚，只能用"缘分"来搪塞。这个本事，二哥陈志立也是万万没有的。

令陈志立惊奇的还不止这些。志国的这帮朋友，都是高学历人才，都有一份体面工作，事业也都做得风生水起，他们应该活跃于有知识有文化有体面职业的人聚集的圈子才对。但不全是。他们跟陈志立一样，也跟农民们打得火热。把荒湖承包了上万亩再转包给养鱼人的总承包人江少华，以及那些养鱼户，都是地地道道的农民，也都是他们的朋友，都能亲亲热热地跟他们称兄道弟，并坐在同一条板凳上神侃或者大碗喝酒。

这天来给妹妹志菊生产自救出主意的，居然除了陈家常见的几"兄弟"之外，又多了个渔业专家和农业科技专家，以及那片湖区的总承包人江少华。渔业专家是水产研究所的，农业科技专家是农科院的，都主攻水产养殖。

江少华是荒湖本地人，他的脾气性格，颇似杜士忠，都属于本分、爽快且憨厚一类，比杜士忠大不了几岁，所以两人很快就亲密无间，也给予了杜士忠这个外来户诸多关照。

他们的行动很有计划性。到北村之前，顺道去了荒湖，跟早在那里候着的士忠、志菊和江少华会合。尽管依然浊水连天、惊涛拍岸，他们还是站在堤岸上眺望了志菊鱼塘的那个方位。安顿好夫人和孩子，男人们便在陈家潭旁边的老柳树下，围坐在陈新桥从鱼棚子搬出来的桌子旁，吃着被水淹得寡淡的西瓜，热烈地讨论起来。

在这种场合，陈志立的一贯做法，是先当忠实的听众。今天更是如此，因为他基本外行。倾听是一种基本功。对于自己不懂的东西，只有把人家的发言吃透，把思路理清晰，才有开口的资格。

面对这么大的天灾,人类的任何努力都是徒劳的,已经造成的损失无法挽回。跟二哥志立一样,杜士忠夫妇虽然眼巴巴地盼望专家们能够从锦囊里掏出一二妙计,帮他们渡过眼前的困难,可慢慢他们便明白了,他们的希望正逐渐变得渺茫。

他们自始就没讨论如何挽回损失的问题,就讨论的是退水之后如何开展生产自救、如何尽快产生效益。这个面对现实的实用主义方式,从内心讲,陈志立是认同的。他们帮志菊梳理了一下,结论是他们现在最大的困难,是不知道该养什么,这个方向不定下来,接下来的事情都不好办。盲人骑瞎马,他们赌不起。脚鱼肯定是不能养了,至少不能拿全部的鱼塘去养。周期太长,风险太大,假如接二连三地来水扒堤呢?那就永无翻身之日了。

共识达成了,便都拿眼睛盯着水产专家和农业科技专家。水产专家倒是胸有成竹,慢条斯理地说只能养周期短见效快的。众人都笑了,说他这等于是没说,谁不知道要养周期短见效快的呀?水产专家思忖了一会儿,用不容置疑的口气说:"养虾,养小龙虾!这个东西贱,好养,不需要太多技术,还可以套种菱角,以及其他品种。"

"光养虾那要猴年马月才能把损失找回来呀?她可是已经损失了两百多万哩!"志国半信半疑,把西瓜皮扔进了垃圾篓子。

"只要找得到销路,这个东西来得也快。技术的事我包了,保证她比别人养的虾长得快、个头大、肉质好。"水产专家信誓旦旦,又从桌上抓过一瓣西瓜。

江少华介绍:"养虾确实销路好,那几家养虾的都赚到钱了。"

"逢俏不赶哩!那么多人养虾,你们还要她养虾呀?"老五是营销部经理,质疑道。

"依我观察,市场远没到饱和的程度。"

"再说了,只要他们的虾比别人的肉质好,销路也不成问题。酒香不怕巷子深哩!"水产专家依然信心满满地打着包票。

"那也不能一年四季养虾吧?再说了,三百亩水面哩,哪里搞得过来呀!"老八是金融专家,他质疑地摇了摇头,嘟哝道。

"当然,全部养虾也不现实。可以拿两口鱼塘继续养脚鱼,因为她已经有了养脚鱼的技术,或者再养些桂花鱼等其他优质品种。但一定要把养脚鱼当副业,再不能作主业。一是周期太长,资金周转会碰到困难;

二是在分洪区里养周期长的品种,风险太大;三是不能把鸡蛋放在一只篮子里。"农业科技专家指了指杜士忠跟陈志菊说,"他们犯的错误,就是这三个忌讳都占了。"

"这个倒可以试试。"陈志菊愁眉苦脸,说话没有底气。

"还可以养些海子①,但一定要搞优质品种。这个东西价格差异太大,低品质的就没必要了。"水产专家补充一句,指了指农业科技专家又说,"那么第二个问题,就是技术了。这个我跟老十包了,从选种到养殖全过程,我们都亲自指导。"

见农业科技专家点头,水产专家便笑着对金融家说:"第三个问题就是你的事了,老八。资金,你得保证资金到位。她要赶本,又是搞高科技养殖,得有大的投入才行。"

"这个包在我们身上。"老六、老七、老八都满口应承。

志菊说:"我再不敢借钱了,我还有一屁股债哩!也不晓得何日还得清。"

"我借的钱不是银行的,是我私人的。我现在也不急着用它,你什么时候翻过身来了什么时候还。出门前就跟你嫂子商量好了的。"老八解释完,像生怕她不信似的,把西瓜皮扔进垃圾篓,顺势抹了一把嘴角的西瓜渣,对坐在陈家潭边钓鱼的一个妇女叫道,"阿敏!借钱给志菊的事,是不是早晨你出的主意?"

阿敏是老八夫人。阿敏把钓竿往岸边一放,敏捷地从小板凳上起身,快步走过来对志菊说:"妹妹你就别客气了,跟我们还客气个么事咧?八哥说得没错,我们先借你二十万元开场。如果不够还可以加的,反正我们现在又不急用,放在银行也没两个利息。"

老六诚恳地说:"妹子你尽管放心,别的忙我们帮不上,但借些钱给你,都是做得到的。我们几个一起,先帮你凑五十万元。你现在是啥都没有,连棚子都给水冲跑了,两条渔船也不见了踪迹。这些基本的生产生活工具,还是要置的。跟我们,你就别客气了,都是你的哥。"老五、老七也附和说:"是哩!是哩!"

江少华接口说:"我的那个承包款,你也不用急着给。什么时候赚钱了,你加倍给我都行。"

---

① 江汉平原方言:"海子"即螃蟹。

"你的损失也大哩!总不至于把你也拖垮呀!"杜士忠说。

"我的损失就不劳你操心了,兄弟!再说了,你也不准备一直亏下去吧?你总有翻身的那一天哪!"江少华笑着说。

"谢谢几位哥,我暂时真的不需要钱。同秀姐答应借我十万元,我也没要。等我需要的时候再开口,好吗?但江哥!你的承包款,可能真得你先担待着了。"陈志菊激动得泪都要掉下来了。

"朱总的钱你可以不要,但我们的你必须要啊!"早就沉不住气的老七不失时机地大声嚷嚷,"不然,你拿什么生产自救啊?"

江少华又跟陈志菊说了一遍先不考虑给他承包款,一心一意搞好生产自救的话。

"谢谢江哥!"陈志菊感谢完江少华,又说,"想想借钱我就发怵。我真的是不知道什么时候能还你们!"

"你也别硬撑着!我还不知道呀?你还有三十万元高利贷没还哩!他们也不是外人,四哥为你担保,先把高利贷还了。"陈志国心疼妹妹,说话的语气不容置辩。

陈志立给几个热心肠的人上了一遍烟,说"大恩不言谢了"!几个人都说二哥这么说就见外了。陈志立也对妹妹和妹夫说:"既然几个哥哥都有这个心,你们再推就显得生分了。大不了再吃几年苦,你们就出头了。我相信老天爷会眷顾勤苦的人的。"

"也是,啊,大不了我晚几年脱贫呗。我不相信我会这么背,一直穷下去的。"志菊挤出一丝惨笑,附和道。

陈志民过来说饭熟了。

"听说老五、老六、老七、老八都回来啦?"两桌人刚刚上桌,王涛还没进门就大声嚷嚷,接过陈志立递的烟,对着满桌热气腾腾的菜,一边拿鼻子嗅,一边夸张地感叹,"哇!好香啊!"

陈志民说正好帮他陪客人。王涛也不客气,一把抓过那个十斤容量的塑料酒壶,顺手拧开壶盖,给大伙的塑料杯里斟酒。

# 53

暂时找到了解决困难的办法,志菊心里的疙瘩顿时便去掉了大半,几个哥哥的心里也有些许安慰。

这天没事，天气也晴好，陈志立开了车，载着田雨和思博，去县城看望岳父岳母。他如果老是躲着，敏感的老人肯定会东想西想，而且田雨也想多陪陪老人。说不定哪天就突然再没机会，她会遗憾一辈子的。舅爷就是个典型例子。舅爷的死，对她是个极大的警示，给她狠狠地敲了一记警钟。陈志立不想她落下个么遗憾。

车子开得不疾不徐，甚至有些慢慢悠悠，反正就是赶过去吃中饭的事，四十公里，一溜烟就到了。快进县城时，他们甚至拐进儿童游乐园，让思博在那些游乐设施上痛痛快快地过了把瘾。

一路上，两个人反复叮嘱外孙，跟太爷爷太奶奶千万别讲舅太爷爷死了的事。思博眨巴眨巴眼睛，仰着头，懵懵懂懂地问为什么。面对孩子天真无邪的眼神，田雨直白地告诉他，太爷爷太奶奶年纪大了。年纪大了的人，听不得人天天讲谁谁死了，会给他们增加心理负担。

对外孙，她讲话从来不隐瞒什么，而且现在的孩子聪明得很，想骗他们也是比登天还难。"怎么会有心理负担呢？"思博用手指捣了捣陈志立的后背问："爷爷你不是讲过四十不惑、五十知天命、六十就能耳顺吗？他们都那么大的人了，还会有不明白的事？"没想到小外孙硬是没转过那个弯来，一副打破砂锅问（焖）到底的神情。

"'老小老小'听说过没有？"田雨依然很有耐心，启发道。思博把头摇得像货郎鼓，说"没有"！"老小老小，就是说人活到一定的岁数，因为大脑萎缩，以及身体的各种机能退化，所以就跟孩子一样敏感，跟孩子一样不讲道理，跟孩子一样要依赖人要人照顾了。"田雨发挥老师的专长，把小外孙搂在怀里，慢声细语地循循善诱。

"哦！"思博依然仰着头，若有所思地发了声感叹。又问，"那你老了会不会也像个孩子呢？"两个人扑哧一声笑了，说当然会呀！田雨说到那时候，爷爷奶奶就该你照顾了。"我不要你们老！"思博脱口而出。"生老病死是自然规律，思博，谁都抗拒不了的。"田雨又说。

"死了就是死了。为什么要跟太爷爷太奶奶撒谎呢？你不是一直都告诉我要做诚实的人吗？"两个人都没想到，小外孙又绕了回去。

田雨想了想说，人活在世上，善意的谎言也是需要的。"谎言就是谎言。谎言还有善意的？你骗人吧！"思博从她怀里挣脱出来，像个大人一样坐直了身子，盯着田雨的脸。"这些道理你现在不懂，长大了就懂了。善意和恶意，主要看说谎者的出发点，以及谎言所带来的后果。从善意出发并且不会带来恶果的谎言,就是善意的谎言;从恶意出发,或者产生恶果的谎言,就是恶意的谎言。"田雨摩挲着小外孙的头,解释道。

"这么复杂!"思博刚嘟哝一句,紧接着又问,"那你说舅太爷爷这个事,我要说他还活着,就算是善意的谎言了?""你可以不主动讲啊!"陈志立启发道。"那他们要是问起来了呢?每次我看了舅太爷爷回去,他们都要问他还好不好的。"思博又担起心来。

这倒是个难题!因为两个老人有过一段共事的经历。那是耿春生大队书记被撸了之后,乡领导头疼他老是上访,又碍于他的特殊身份也不敢把他怎么样,便让他到乡工交办干过一段,反正他办集体企业有经验,而他又是个把事业看得高于生命的人,成天在外面跑业务,也就无心再去上访了。田达德那时是工交办主任。两人过去就熟,有许多共同语言,再加上陈志立跟田雨正在处对象,此刻就更能谈到一处了。后来岳父岳母年纪大了,搬到县城跟田地住一起,双方的走动才减少,但彼此的牵挂却与日俱增,常常互相打探。每次陈志立回来,岳父都催他去看舅爷,还时不时让他捎点东西过去。

"反正你又没去,说不知道也可以呀!他们要问,就让他们问爷爷奶奶。而且,也不是什么事情都要跟别人讲的,有些事情是一直埋在自己心里的。"陈志立想了想,又说。

"嗯!好吧!"思博像下了好大决心似的,使劲地点了下头。

"真乖!"田雨又摩挲着小外孙的头,慈爱的眼里充满笑意。

车子停在田地家门口的时候,快十二点了。车刚停稳,思博就跳将下去,推开虚掩着的大门,望了望正在打麻将的四个老人,太爷爷太奶奶地叫了一遍,也顾不得等回答,便嚷嚷肚子饿了,连忙跑进厨房。但他很快又出来了,对刚刚进门的陈志立和田雨说:"舅奶奶没做中饭。爷爷,奶奶,我肚子饿了。"

在一旁看牌的田达德老伴郑美珍一把揽过重外孙,连忙说:"哎呀!我伢饿了,我去跟你找点吃的去。"牵了他的手就起身。田达德歉意地跟重外孙解释:"不晓得你们回来,舅奶奶单位又有事,所以中午不回来。稍等一下,这盘打完了就去外面吃。好不好?"田达德一边说,一边随手扔了一粒麻将出去,不承想对家把麻将一倒,喜笑颜开地说:"双龙抱柱,老田!"

陈志立把两只皮箱推进来,问:"那几个小家伙呢?叫上一块去吃,我请客。"又对正在数钱的三个老人说,"三个爹爹一起去吧?"三个人数完钱,一边往兜里装,一边起身应道:"不了,就住隔壁,回家吃还快哩!"

田雨也说把几个小家伙叫回来,一块去吃。

"叫不回来了的。不晓得你们回,都被向荣带到单位去了,既有空调,中午还管饭,说不定现在都吃上了哩!"田达德说完,牵了思博的手就往外走,果然一低头就问,"舅太爷爷好不好啊?"

思博怔了一下,扭头望望外公,又望望外婆,这才说:"我不晓得,你问他们。""怎么你们没去看舅爷?"田达德扭头问田雨,语气里带着责备。陈志立忙说:"他们回去的时候我刚看过,加上天气也热,所以就没带他们去。但舅爷好好的,还让我代问您好哩!""老伙计这一辈子不简单啦!"田达德叹了口气。"您也不简单,大家都不简单,人活在世谁简单呢?"陈志立又跟岳父打马虎眼。

田达德虽然八十好几了,但身板硬朗,去年做手术的影响好像不复存在,身体又复原了,走路也如过去带起一阵风。

老岳父生活一直很有规律,这是陈志立很佩服的。他每天早上六点起床,出门晨练一小时,吃完晚饭也出去锻炼一小时,雷打不动。走路、拍掌、踢腿、下蹲、后退、大声喊叫,甚至还来个八段锦。这些运动,有的是他自己长年养成的习惯,有的则是在深圳跟他们生活的时候瞟学别人的。

田雨搀着母亲,紧跟在后面,连忙岔开话题,叫陈志立通知几个孩子晚上都回来吃,他们下午去买菜。陈志立却说:"这天也太热了,干脆晚上也到外面去吃,我请客。省事!"田达德先是嘟哝了一句钱多了烧的,然后俯下身子,慢声细语地对思博说:"我们就在家里吃,让舅奶奶回来烧,好不好?"思博当然高兴,一连声说:"好,好!我最喜欢吃舅奶奶烧的菜了。"陈志立扭过头去,咋了下舌头,对跟在身后的田雨和岳母作了个怪相。田雨笑嘻嘻地说:"老陈!少数服从多数,就在家里吃。"田达德回过头去,不满地瞪了女儿一眼,教训道:"哪来的个老陈哪?志立他老吗?我跟你讲,在我们闭眼之前,他们都不准叫老。没那个资格!等我们两眼一闭两腿一蹬,你们想咋叫咋叫去。"郑美珍小声对田雨说:"今天输了钱,别惹他。他说怎么搞就怎么搞。"

田雨也是在家里叫惯了,顺口就溜了出来,之前当着二老的面从不敢如此放肆的,于是这回轮到她咋舌头了,不再吱声,专心致志地双手搀扶着母亲。不想郑美珍的话让耳聪的思博听到了,他停止脚步,一脸天真地对陈志立说:"爷爷!太爷爷没钱了,你给他钱。"听得众人哈哈大笑。

说话间就进了一家餐馆。思博高兴得不得了,这家的柳县三蒸做得很地道,很对他的胃口。

吃完了一起去菜场。菜贩们都认识两个老人,路过他们的摊子时,一个个满脸堆笑,热情地打招呼,如数家珍般推介自己摊子上的菜。两个老人一边嘴里应着,一边轻车熟路地在摊子前面穿梭,很快就把菜买齐了。田雨很是惊讶,问:"价都不问的?"一个摊贩笑着说:"大姐!给田爹的是实价,没敢多要的,他郎们心里明白着哩,还问个么价呀?"田达德没回答,只得意地嘿嘿笑了几声。

回到家里,田雨跟陈志立把该洗的菜洗了,把排骨莲藕汤也煲上了。他们做这些时,田达德一直在旁边嘀咕,说就放那边,等向荣回来了做。她动作利索,一会儿就做完了。

这让陈志立觉得有把柄可抓,就笑嘻嘻地跟岳父打趣,说:"原来不打算自己做的?还是准备盘整①人家的?这大热的天,真是一点都不心疼儿媳妇,难怪人家说儿媳妇是外人哩!"田达德慢条斯理地回敬道:"要是你做的伢们喜欢吃么,还不就不用盘整向荣了!"

"我是说了下馆子的啊!"陈志立继续逗岳父。"天天下馆子,你吃不腻呀?"田达德一点也不示弱。"哪里天天下馆子了?真是冤枉死我了。我这一个多月天天萝卜腌菜,胃都吃小了,肠子都榨干了。"陈志立叫苦连天,显出一脸苦相。郑美珍把嘴一撇,说:"你大嫂会虐待你?鬼信!"田达德又说:"就算是吃了些苦,但今天买了这么多鱼呀肉啊,还有新鲜蔬菜,哪样不是你喜欢的?你弟媳妇的水平难道不比馆子里的那些厨子强?"陈志立说:"爹爹,您郎扯远了!我这说的不是好吃不好吃的问题,而是您郎既然说到家里吃,就得您郎自己下厨,不要盘整人家向荣。""自己做就自己做,我年轻的时候又不是没做过,你还吃少了?"田达德又回了他一句。

在旁边看两人打嘴仗的田雨扑哧一声笑,说:"你要八十几的老父亲

---

① 江汉平原方言:"盘整"含有欺负、麻烦的意思。

做饭给你吃,我看你是活腻歪了。"思博也嚷嚷:"要吃舅奶奶做的,不要吃爷爷做的。舅奶奶比爷爷做的好吃!"

田达德懒得再跟陈志立打嘴皮架,一把牵起思博的手,说:"还是我重孙乖!走,我们睡觉去,让他一个人在那里鬼吵二百五。"

这个家庭的氛围就是这样,子女们都喜欢跟父亲打嘴皮架,而性格开朗的父亲却从来不气不恼,还顺着他们,故意跟他们拌几句嘴。而让陈志立惊奇的是,尽管八十好几了,岳父却依旧思维敏捷,不仅说话跟得上节奏,而且语言的逻辑性,一点不比他们这些晚辈差,从来不会处于下风。这可能跟他性情开朗、坚持运动,以及他们老拿这种话题逗他开心有关吧!而这种其乐融融的氛围,也是岳父那帮朋友或者牌友们羡慕他羡慕得要死的地方。有些人可没他这么好福气,虽然他们的孩子可能也如此这般说,但那意思是完全不同的,听了教人怄死,根本不敢还嘴,只得忍气吞声。

田达德年轻的时候可没这好的脾气,发起火来能把一桌子的菜都掀了。掀桌子基本在晚上,因为白天都上班,在单位吃食堂,所以掀了桌子,全家人只有空着肚子熬一宵。田地不仅是独子,还是个幺把子,这要换个人了还不宝贝得跟啥似的,但他小的时候父亲从不拿正眼瞧他,每次见到父亲都像老鼠见了猫,吓得腿肚子簌簌直抖。就是田天、田雨、田蕊和田穗四个姑娘,也是大气都不敢出的。而街上几个谁都治不了的牛打鬼[①],倘若碰到田达德了,只得暗暗叫苦,自叹倒霉。能逃则迅速逃之夭夭,实在躲不开的,便立在一旁恭恭敬敬喊他一声大伯,然后等他走远了,才敢蹑手蹑脚一步三回头地离开。

岳父的脾气是啥时候变好的,陈志立没印象。自打他踏进田家的门槛起,就感到岳父一直是这样的好脾气。而有关他脾气不好的传说,都是田地几个人在逗老人开心的时候"揭发"出来的,其中也不乏夸张的成分。比如掀桌子一类,甚至子虚乌有也未可知。

想到这里,陈志立望着已经上了楼梯的岳父后背,又大喊了一声:"大伯,当逃兵不是您郎的风格啊!"

田达德懒得理他,头也不回地推开房门进去了。郑美珍和田雨母女俩则在客厅里笑得眼泪都出来了。

---

[①] 江汉平原方言:"牛打鬼"的含义比较宽泛,这里指调皮捣蛋的孩子。

## 54

楼下吵吵嚷嚷，陈志立睡不成了。他也不知道自己睡了多久，好像也差不多该醒了。随着年纪增大，瞌睡越来越少，午觉更是打个盹就完事。

仔细一听，是被向荣带到单位去的孩子们回来了，吵吵嚷嚷要把思博弄醒了跟他们玩，岳父岳母正在跟他们讲道理。

掐指一算，这个午觉睡得真是够长，竟然差不多用了整个下午。正在陈志立暗暗惊奇这个午觉何以睡了这么长时间时，田雨也醒了。她一边起床一边说，也不能真的躺在床上装客人，等人家向荣做熟了喊吃饭。虽说向荣脾气好，从来不计较，但也没义务侍候他们的。而且，人家还累死累活地上了一天班哩！陈志立附和说是，他去给她打个下手。

二人下得楼来，发现除了三个孩子和岳父岳母之外，向荣也在客厅，正择着菜。田雨紧走几步，说今天的晚饭他们来做，她休息一下。陈志立也说，上了一天的班，还有一帮小家伙淘气，肯定累得很，今天就他们两口子承包了。

"我这都是搞惯了的，哪里会累呢？你郎们是客，再去躺会儿，饭熟了叫你郎们。"向荣笑呵呵地说。

向荣话音未落，田达德就抢过话头，说陈志立一口的假话："你说你做你就真动手！你看你叉着双手，板起个腰，你哪是真做呀？你那是做样子哩！"

陈志立没想到岳父一开口就跟他杠，反问了一句："您郎自己说，是谁坚持要在家里请客的？"

"看来这爷父子今天是真杠上了，一碰面就掐！"郑美珍说。

田雨笑着对向荣说："舅妈！陈哥这次怕是真心实意的，就让我们两口子做吧！不然，大伯拣过还不要把你郎陈哥拣死啊！"

"大伯跟他郎开玩笑的，你郎还当真了？是陈哥开得起玩笑大伯才开的，一般人大伯都不屑于跟他开玩笑。"向荣又扭头问公爹，"是吧，大伯？"

田达德脸上露出胜利的得意神情，嘴巴却没回答。不承想郑美珍看戏不怕台子高，又激将了陈志立一回："他郎当官做老爷的人，闹码子[①]！

---

① 江汉平原方言："闹码子"含有捣乱、砸场子的意思。

哪里是真心想做饭我们吃呢!"

大人说笑间,孩子们一窝蜂地上二楼,把思博摇醒,吵吵闹闹地玩他们自个的去了。

"田总,田总!请问田总在家吗?"屋里的气氛正热烈的时候,随着拍门声,门外响起了李想的叫喊。郑美珍瞅一眼老伴,幸灾乐祸地说:"完了啦,爹爹!这回是真搞不赢了,门外来了个更狠的。"说罢把门开开。李想一进门就说:"田总的架子是越来越大了啊!外面有人'田总''田总'使劲地喊,理都不理了啊!"

田达德退休前担任过乡农工商联合公司的总经理,女婿李想便没大没小,每次"爹爹""大伯"都不喊,见面直嚷"田总"。见岳父不吱声,转身问陈志立:"你怎么又得罪田总了,害得连我都像不认得了?"陈志立递一支烟过去,笑着应道:"大伯刚刚还跟我们聊得亲热得很咧,你一来就不吭声了,你说问题出在哪里呀?肯定是你伤了大伯的心,大伯不想理你了呗!没找你算账就算了,你却倒打一耙,往我头上扣屎盆子。你要自己找毛病,然后跟全家人作深刻检讨。不然,罚你五粮液一瓶。"郑美珍嘴巴一瘪说:"罚他么事不好?罚五粮液!那他还不是瞌睡碰到了枕头,肉包子打狗有去无回?"

"啊!还有五粮液呀?"李想也不计较"肉包子打狗"对他的伤害了。这要是在以往,肯定又跟岳母理论一番。只见他两眼放光,满脸堆笑地催岳母快去拿。郑美珍刚说了句不晓得爹爹藏哪里了,田达德就粗声粗气地说:"没得了!"

"我印象中应该还有。春节的时候陈哥送了两瓶,当时只喝了一瓶,应该还有一瓶。"李想说完,再催岳母快点拿出来。"真的没得了!"田达德重复了一遍。"自己又不喝,藏着搞么事哒!小心长蛆吧!给我们喝了还是个人情。"李想不依不饶。"长蛆就长蛆,长蛆也不给你喝。"田达德说。"酒又不是您郎的,是陈哥送的。"李想说。"他送给我了就是我的,他没说送给你呀!"田达德反问道。

"我又不是他丈老头①,他当然不送我哩!"李想这家伙越说越没个大小了。接着又挖苦道,"再说了,您郎不喝酒,他却偏偏送酒。这其中的奥妙您郎猜过没有?他是让您郎给他当保管员咧,他想喝了随时有得喝

---

① 江汉平原方言:"丈老头"即岳父。

咧！您郎真以为自己还是田总啊？被人当了使唤丫头您郎晓不晓得哦？"

嘴皮官司正打得热闹，田蕊、田地和田穗夫妇也都到了。一时间就更热闹了，你一嘴我一舌地围攻，处于劣势的田达德老人慢慢只有招架之势，再无还手之力，最后缴械投降，亲自去床底下摸出一瓶五粮液来，往桌子上一顿说，"给你郎们喝！"

李想却得理不饶人，说："这么多人喝，一瓶也不够啊。我记得还有！"田达德反问："还有是你送的？"李想说："我送不起这高档的，我只能送柳县大曲。但我记得去年大姐买了几瓶的。""早就被你们喝光了，好吃的楝树籽你们还安它过冬啊？还不天天惦记着？"田达德又说。

李想嘻皮笑脸地说："要不我帮您郎去找。"又问是不是也藏在床底下，说罢跫身进房间。田达德被逼得无可奈何，终于说："还有最后一瓶，你要喝我去拿，你找不到地方的。"不一会儿便变戏法一样又摸出了一瓶来。把几个男士美得手舞足蹈，连忙去摆桌椅板凳。

李想回来，陈志立便自然退居二线，他既没李想犀利，也没李想胆大，什么话都敢讲，田穗的爱人周大斌跟田地也只能偶尔打下勾锣子①，所以对垒嘴皮官司的主角，一直由李想担纲。三姐妹和弟媳妇向荣早就钻进厨房，把锅碗瓢盆捣得一阵乱响，时不时也进到客厅插句把嘴。郑美珍则始终窝在沙发里，以欣赏的目光，乐不可支地时而瞅瞅舌战群儒的老头子，时而瞅瞅穷追猛打的儿子跟三个女婿，像观赏一场喜剧。反正谁负都跟她没关系，谁胜了都有她的份，她都哈哈大笑，任喜泪在眼角滚落。

酒摆到桌子上，向荣的蒸笼也上汽了，几个男士盯着桌上的酒瓶，正讨论怎么个喝法时，陈志立的手机响了。

电话是县政协主席胡勇打来的，让他去县招待所吃饭。田家有这么好的氛围这么好的酒菜，陈志立当然不肯去，但他撒了个谎，说他在丰泽垸，赶不过去。没想到胡勇哈哈大笑，问："丰泽垸的改造完成了，也学县城盖了个蓝桥花园？"

蓝桥花园是田地住的这个小区。既然胡勇能准确说出蓝桥花园的名字，说明他的侦察工作早就结束了。

陈志立知道瞒不住，便说他好不容易回来陪回老人，今天就不去

---

① 江汉平原方言："打勾锣子"，这里是插话、敲边鼓的意思。

了。胡勇笑嘻嘻地说:"陈老你今天是来也得来,不来也得来。难不成省里的厅长就不是厅长,就比你官小啊?难不成每回都要人家到丰泽垸去看你,你就不能来招待所看人家一回?"他这么一说,陈志立知道李得水回来了,而且他这个军将得有些水平,顿时噎住了。

胡勇叮嘱他别开车,他让人来接,老哥几个正好喝两盅。"公务接待不是不准喝酒吗?你可别晚节不保,快退休了再犯个啥错误啊!"陈志立提醒道。"放心,酒是我自己带的,没花公家的钱。"胡勇说。"那也不行,你在招待所请客,人家咋晓得是你自己带的?一举报,就查你,虽说后来会弄清,但总归是影响不好。要不,你们来我小舅子家里?"陈志立又说。"嗯!你提醒得也对,不过家里就不去了,老是去你家里吃也不好,何况又不是你的家。嗯!这样,我们不在招待所,我到柳县一条街找家小馆子,我自个掏腰包,咱哥仨喝两盅。""那就不用你派车来接了,从蓝桥花园到柳县一条街,十来分钟路程,我走过去得了,你记得把地址发我。"陈志立说完,挂断了电话。

"唉!吵吵嚷嚷了老半天哪,到头来却是竹篮打水一场空呃!吵什么吵呀?都好事旁的人了!真是命里只有八角米呀,走遍天下不满升喽!"田达德早就等得不耐烦了,陈志立电话一挂断,就迫不及待地挤兑了一句,然后拿幸灾乐祸的眼神瞅着他。

李想一听又兴奋了,立马接上火:"难道就陈哥是您郎屋里的,我们都是旁的人啦?"

"这两瓶好酒,给志立带过去算了。人家是私人买单,他不好空手去的。"不料郑美珍横插一杠子。

另外三个人当然不干了,说他们费了老鼻子劲,好不容易敲竹杠敲出来的,味都不让闻一下就又拿走,难道真的只有陈哥是他郎屋里的?李想指着周大斌说:"我们两杠子就算了,顶多半个儿子。难不成田地真是拣来的?"说罢连忙跑过去,把两瓶酒紧紧地搂在怀里,拿鼻子可着劲地在外包装上猛嗅,一副依依不舍的神情,惹得众人哈哈大笑。

陈志立笑够了,说他空手去,应该没啥问题的。说罢打开大门,李想连忙跑过来,把两瓶酒往他怀里一塞,说:"逗田总玩的,你还是带走吧。不然,我们这些旁的人,往后的日子怎么过呀?说不定门都不让进饭都混不上一口了哩!"陈志立用手拦住了,说真不带!迈出门槛,复又把门带上。身后又传来一阵欢笑。

陈志立答应赴胡勇的饭局，还出于另外的考量：他得跟李得水讨论一下丰泽垸的改造。丰泽垸的改造，农业仍是主打，定位于现代观光农业。不管是现代农业还是观光农业，当然都离不开科技。他是科技厅副厅长，应该有资源，而且也许会有些好的建议。

丰泽垸的改造虽不是他主导的，但至少起了些推波助澜的作用。舅爷死的那个晚上担心朱同民遭遇"家乡投资滑铁卢"的忧虑，已经跟朱同民沟通过，应该不会发生。尽管这样，他还是觉得自己不能做泡皮事，既不能害得朱同民赚不到钱，也不能害丰泽垸百姓空欢喜一场，甚至把好端端的一片良田挖得千疮百孔，成为一个烂摊子。而于他自己，也是开弓没有回头箭，他必须尽其所能地再做点啥。所以，只要有合适的机会，碰到了合适的人，他都会不遗余力地为丰泽垸的改造奔走，喋喋不休地推介。

太阳已经西斜，却依然热得人透不过气来，动一下就流汗。从田地住的蓝桥花园到柳县一条街，虽说只有十多分钟路程，陈志立进到胡勇说的那家馆子时，还是满头汗淙淙的，背心都湿了，短袖衬衣也印出一片汗湿来。然而，陈志立依然兴致勃勃。

## 55

这一顿酒，陈志立觉得喝得非常值。

李得水是带着任务来的，而且最近一段时间已经来过三次了。前两次因为任务紧迫，便没跟陈志立联系。

遭了这么大的灾，省委省政府自然高度重视，领导们一头扎进了抗洪救灾前线，前期指挥抗洪，后期组织救灾。

柳县及周边的两个县市是重灾区，且邻县的荒湖还分了洪，自然也是领导们关注的重点。李得水前两次是随分管农业的副省长来的，这次是按省政府统一部署，带着相关单位和几个专家来了解生产自救情况，并提供帮助的。既定的任务已经完成，柳县是他的最后一站，明天就回城。

陈志立主动跟他提丰泽垸改造，希望帮忙找几个专家，一是在规划上把把关，二是以后在生产技术上给予指导。李得水大腿一拍，满口应承："这个太容易了！"

原来，他的队伍里，就既有规划院、农科所的专家，也有农业厅、财政厅、水利厅、城乡建设厅等部门的人员。他们下来的任务之一，就是结合抗洪救灾，为县市提供这方面帮助的。

"这么好的项目县里汇报的时候居然能漏掉，真是信了邪①！"李得水跟胡勇抱怨。胡勇笑着解释，可能因为跟救灾没直接关系，所以就没讲。既然他这么关心，那就让他们抓紧准备材料，找时间作一次专题汇报。李得水说还找什么时间哪，"择日不如撞日。明天是周六，让他们连夜准备，我们推迟两天返城，就明天，最迟后天上午听汇报。"

看来他是带队的，不然哪儿来这么大的口气。陈志立想了想，问："是否太急了？汇报会最好投资方也参加，也把他们的想法一并汇报才好。不然，一方面专家们不能知晓全貌，就可能误判；另一方面也方便投资方对接，省得以后的工作变形走样。"

李得水说："那就一并通知呗！准备了这么长时间，想必想法都是现成的了。"他继而解释，新农村建设和农业综合开发，也在调研的范围。一些好的项目建议，是可以顺理成章地写进报告里的。不然，城乡建设厅的人和规划专家吃了饭没事干来瞧风景了？

"这样当然是好哩！"陈志立脱口而出。

"专家们当面出些主意，也帮你们省了咨询费不是？再者说了，另找时间把这些人拢到一起，谈何容易！"李得水喝了一口酒，兴奋地接着介绍，"省里对新农村建设和小城镇建设，振兴乡村经济，以及发展现代农业和搞农业综合开发，都有专门政策，而且已经在一些地方搞乡村振兴的试点了。丰泽垸改造项目如果能够纳入试点的盘子，那些政策都可以一并享受。而这次来的这些人，也可以起到推动的作用。机会难得，不抓住实在太可惜了。"

陈志立和胡勇也觉得是个机会，只是时间太紧了。

"嗯！那就先试试呗，实在不行的话也只能表示遗憾了。"李得水的态度退了一步，叹了口气，又说。

"那就试试？"胡勇瞅瞅李得水，又瞅瞅陈志立。

"试啊！为什么不试呢？"李得水毫不犹豫，然后跟两个人碰了碰酒杯，一饮而尽。

胡勇不敢当家，先跟王大成打电话汇报。王大成自是一百个高兴，

---

① 武汉方言："信了邪"是一句俏皮话，意思是说话办事不按套路出牌，言谈举止出人意料。

感激感谢的话说了一箩筐,然后说落实的事就不劳胡主席操心了,他让县委办公室去办。既然这边没问题了,陈志立赶紧打电话给朱同民,他也说没问题,明天一早就从深圳飞回来。李得水得意地说:"我说没问题吧?你们两个还不信。"接着继续喝酒。

额外增加的这场丰泽垸改造项目专题汇报会,是周六晚上开的。陈志立死活没参加,尽管李得水说就算是陪他坐坐,他也没答应,他说这是正式的地方政府向省里的汇报,而他既不是地方政府的人,又不是投资方,他去了人家位置都不好摆。但各个方面的人会后都跟他讲,效果非常好。而且这从他们接下来的安排也可以看得出来。

与其坐而论道,莫若起而行之。规划专家建议去现场调查。这个提议立即得到响应,都说既然项目这么好,而他们正好在柳县,明天又是周末,干脆趁热打铁,再去丰泽垸看看现场,把报告的一些细节敲定。主持会议的李得水更是求之不得,像说书人拍惊堂木一般,兴奋地把拳头往桌子上一擂,说:"好啊!明天一早就去。"

周浩他们已经将捐款发放完毕,也想陪着会长去见识见识他即将开发的新项目,而朱同秀也赶回来参加了汇报会,所以各方面的人一拍即合,第二天一早便在县政协主席胡勇及有关部门负责人的陪同下,兴致勃勃地坐了满一辆中巴车,向丰泽垸进发。

到丰泽北村时,初升的太阳比村子东头的电线杆高不了多少。知了那两片薄膜可能被露水打湿了,还无法开口聒噪。然而天气依然炎热,二十多人刚一下车,就被热浪裹挟得透不过气来。比空气热度更高的,是人们的热情。乡里、村里的领导在陈新桥的鱼塘边等着,许多村民也在村头翘首以盼。此时蜂拥而上,一下子就把他们团团围住了,密不透风。这种场景,在陈志立的记忆里,好像只有过去运送赈灾物资的卡车来了,才出现过那么两三回。

自己不是主角,加上热得不行,陈志立先是往边上靠,后来干脆挤出人群,站在大哥的禾场上瞧热闹。两三个省里来的年轻干部,估计也没见过这阵仗,加上前不久发生过一次因南村项目建设引起的自"文革"结束后柳县历史上规模空前的群体性事件,心里面有些胆怯,也脸色略显凝重地陪陈志立站在圈外。

瞧见他们紧张的神情,陈志立也不点破,一边跟他们闲聊,一边用手势安抚兴奋地在身旁蹿上跳下的黄毛和黑皮,同时掏出烟来点上。一支烟还没抽完,就见人群朝着丰泽垸方向移动。陈志立知道,他们的实地考察正式开始了,他不知道该不该跟上去。

"老陈,老陈!走啦!"正在他犹豫不决时,李得水的一声招呼,又迫使他不得不迈开脚步。有一些群众散了,但还有一些人跟着,然而却自然地跟上面来的人拉开了一段距离。

露水很充足,很快就把人们的鞋和裤管打湿了,可人们像没感觉到一般,兴致勃勃地行走在机耕路上,热烈地规划着这片土地,展望它的美好未来。

不知不觉,人们已经在垸子的沟沟壑壑间穿行了两个多小时,太阳也快蹿到当顶了。尽管都戴着草帽,可根本就禁不住毒辣太阳的照射,加上稻田里蒸腾起来的水蒸气铺天盖地,人们像在蒸笼里闷热难耐,衬衣背心都能拧得出水来。

眼看着考察差不多了,大伙肚子也真是饿了,李得水恰到好处地宣布收工,然后突然问了一句午饭在哪儿吃。乡里的张书记连忙应道,县委刘秘书长昨天专门打电话,说王书记吩咐既要严格执行标准,又要热情周到接待,所以在乡里的食堂安排了便餐。"从北村去乡里,也得差不多半小时,我马上打电话让他们下锅。"说着张书记掏出手机来。

王大成和代理县长今天要到省里跑一个项目,没空陪他们来,昨晚参加完情况汇报会,便把一切活动都亲自作了安排。

李得水一把按住张书记的手问,乡里有柴火灶吗?张书记不知他是何意,老实回答农民都很少烧柴了,乡里的食堂更是早就改烧天然气。胡勇揩了一把脸上的汗,笑着说人家小张是老实人,没他那么多花花肠子,他就别打哑谜,直说在陈老大家里吃不就得了!李得水不失时机接过话头,笑嘻嘻地说:"这可是你说的啊,老胡!在陈志民同志家里吃农家乐。"然后把手一挥:"吃农家乐去!"

胡勇扭头问陈志立:"大哥今天准备了饭菜没有啊?不然这二三十口人呼啦啦涌去,还不忙死你家大嫂了!"

"应该差不多了吧!我早晨讲过,要他们准备的。"陈志立胸有成竹地应道。以他和李得水的交情,料到他会来这一手,所以索性来的时候就征得了他的同意。而李得水开头的那一问,也是故意活跃气氛的。

"那就跟上次一样,把乡里准备的送过来。"胡勇吩咐张书记。

"乡里的菜就不用送了吧!你们不是要吃农家乐吗?吃完了交伙食

费。"李得水抢在张书记前面,哈哈一笑说,"这也是考察的项目之一。丰泽垸改造之后,会有许多城里人来体验生活,当然也少不了体验富有浓郁水乡风味的农家乐了。"

一个简单的吃饭问题,被李得水提到如此高度,众人都乐了。但张书记有些为难,说怎么跟王书记交代呀!李得水胸有成竹地教他,将在外君令有所不受!又笑嘻嘻地补充,如果他真要怪罪,就把责任推到胡主席身上,是他说要吃农家乐的。胡勇笑话李得水倒打一耙,敢做不敢当,哪像个厅长。

王涛喜不自胜,吩咐会计记得跟陈志民结账。陈志立说客是他请的,不要村里结。王涛粗声大嗓地说:"那哪儿行呢?老要你贴,你那点退休工资贴得几回呀?你又没抱根杨树棍子去拦路打劫!"陈志立反问道,他家兄弟带朋友回家吃饭,难道还要他交伙食费不成?李得水打断两人的争吵,说他早就想好了,按人头收伙食费。

一行人兴高采烈地说话间,就到了陈志民的禾场。陈志民指着一排装满了清水的脸盆,吩咐大家抓紧把脸洗了吃饭。

李得水歉意地说:"打扰大哥大嫂了,又来蹭饭吃。"

"兄弟这说的是哪里话?请都请不来的贵客哩!就是没啥好东西,都是些家常菜。"陈志民话刚说完,胡勇接着说:"就怕老这么吃,你有一座金山也会吃空的哟!"

"只要上面政策不变,只要胡主席不点着山珍海味,像这样的粗茶淡饭,我一年还能管几次。"陈志民笑着应道。

众人洗好了脸手,被陈志民请到了文化室。来的客人多,他请了几个乡亲帮忙。堂屋坐不下,就把文化室的麻将停了,麻将桌顺到一边,摆了四张餐桌。空调也早就开着了。

进到文化室,大伙立即就有回到酒店了的感觉,加上确实饿了,连忙找桌子坐下。他们急着赶回省城,酒也没喝,李得水也没有慷慨激昂地吟诗诵词,只听见碗筷碰撞的声音和吧唧吧唧嚼饭的声音。

李得水让陈志民核算一下四桌饭菜的成本。他笑嘻嘻地说他工资没老二高,人家是深圳的领导嘛!所以去不了太贵的农家乐,但也不能让陈志民这农家乐赔本赚吆喝呀!陈志民啐了他一口,骂他尽胡说八道,说他这是家宴,不是农家乐。李得水要交伙食费,到别处去吃。李得水这才正经八百地说,他要看看假如真开农家乐,一桌到底能赚多少钱。或者说,他们这些老在外面吃的人,每餐饭到底被人家盘剥了多大个比例,下次讨价还价心里好有个底。陈志民没辙,只得去跟刘彩霞合计。有些菜是自家大棚的,鱼也是自家鱼塘网的,所以便只能估个大概。

　　李得水放下碗筷,把板凳往后挪了挪,这才点上一支烟。接过陈志民手中那张画得乱七八糟的计价纸,又抓起一支笔仔细核算。算完了,起身站在桌旁,用抓笔的手在桌面上乱晃,问大伙:"如果这真是农家乐,你们觉得一桌出多少钱合适?"

　　"五百。"有人想了想,说。

　　"五百哪吃得这么好?还有脚鱼。至少六百。"有人提出异议。

　　"八百吧!"又有人发言。

　　不等众人都回答,李得水眼睛里放着光芒,对大伙说:"照大哥算的成本,是一桌两百多,再加上大嫂几个人的劳务,那么一桌的成本往泡①了算是四百。也就是说,大哥!你如果开农家乐,就这一顿,按大家刚才最保守的报价五百,是百分之二十五的毛利润,你这一餐四桌,每桌一百,至少可以赚到四百,比你去跟人家栽秧打田划算多了。"

　　"哇!有这么大赚头?"刘彩霞跟两个帮厨的妇女不知李得水算账何意,所以跟老头陈志民合计完了,也来到文化室。听李得水这一讲,顿时都惊讶得目瞪口呆。

　　李得水讲到这里,陈志立突然明白了他的用意。他也是在帮省里来的这些干部和乡亲们打消顾虑哩!他这种润物细无声的工作方式,立即便赢得了陈志立赞许的目光。

　　不承想,李得水算完了账,就真到每桌去收钱。他说一桌五百,那么每人交五十。气得陈志民恨不得跟他打架。然而李得水一本正经地说,这是中央八项规定要求的,你也不希望我们犯错误,也盼着我跟老二一样清清爽爽地回来养老吧?一句话噎得陈志民又无言以对,只得任由他收钱,嘴里嘀咕道:"这成什么样子呢?"

# 56

　　虽然夏季受了灾,但老天爷并未绝情到把人逼得无路可走,加上抗灾救灾的措施及时、正确,所以作物长势和农业收成也还算说得过去。

---

① 江汉平原方言:"泡"在柳县语境里有多重含义。这里是"放大"的意思。

从中秋节开始,名目繁多的好事喜事逐渐多了起来。去年回来跟大伙不太熟,所以只有少数亲戚家里有好事喜事才来接陈志立。今年就不同了,亲戚都来接他喝酒,旁姓乡邻做好事有喜事也来接。讲礼性的,像模像样发个请帖,或者专门来家里接一次。有些不太讲究的,只托人捎个口信,说明天我嫁姑娘,或者我孙子做十岁,或者我六十大寿——也有过散生①的,就算是接过他了。对于所有邀请,即便是捎来的口信,陈志立一律当作对他的认可,当作对他的接纳与尊重,欣然前往。于是,他便不断地奔波于各类酒席上。

去年他赶的人情一律三百,加上两百点歌或者茶钱,所以基本按五百出手。当时大哥提醒他,手面太宽了,后面会挺不住的。他不以为然,还说这么多年在外,好不容易碰到人家做好事有喜事,太少了拿不出手。今年的情况一出来,他就感觉到不妙,因为手头开始吃紧。他隔几天去乡里的银行储蓄所取一回钱,回来几天就没了,又去取,不几天又没了。

大哥大嫂替他着急,说像他这样搞,他那点退休工资哪里管得到过年哪!再不能做甩花榔头②。要他跟着他们,他们赶一百他赶一百,他们赶两百他赶两百。陈志立虽然觉得面皮上不好看,见到东家了也有些羞愧,吃饭喝酒嗓门也不敢太大,但毕竟囊中已经羞涩,只得依哥哥嫂子的。陈志立没想到农村的人情这么重,怎么说他一个月也有一万多退休工资!他都不够赶情③的,那些劳扒苦做的乡亲哪里背得起呀!

不久,有流言蜚语传出,说陈志立懂得抠门了,或者说他还是分亲疏的,害得刘彩霞有次听到了,跟人吵了一架,骂讲这种话的人没良心。

刘彩霞气咻咻地说:"你们天天做这事做那事,无非就是收钱。我家二爷做过一桩事吗?收过你们一分钱的礼没有?他不还是硬着头皮赶情哪?要依我,屁都不给你们吃一个。再说了,分亲疏又怎么啦?难道没有亲疏吗?既然有亲疏,为什么就不能分呢?"

她果真不让陈志立再赶情了,拦了他好几次:"跟他们又没客情往来。你郎就是不赶情,他们还把你郎吃了?"

陈志立总觉得乡里乡亲的,低头不见抬头见,既然请到了,随个份子也应该,不然再见到了怪难为情。所以不管人家怎么议论,不管大嫂怎

---

① 柳县把不是整数生日叫"散生"。
② 江汉平原方言:"甩花榔头"即大手大脚的意思。
③ 江汉平原方言:"赶情"即随份子、送人情。

么拦,依然跟着他们,按他们的标准赶情,把刘彩霞气得差点吐血,但也拿他没辙,毕竟钱是他的。

有时两家甚至几家做好事,看的是同一个黄道吉日,他会一家去吃一餐,甚至都不去吃,免得人家说他分亲疏。但情他一家都不拉下,照赶不误。东家只要你情钱到了,人来不来,倒也不太计较,不会说人没到退你的情钱,或者再补请你一餐,更不会怪你有失礼节。陈志立清楚地记得,过去情钱到人不到,东家是要怪罪的。特别是两家拼到一起,你去了一家忽略另一家,被忽略的那家会老大不高兴,甚至气呼呼地把情钱退回来。所以有时候大人实在分不开身,也得想方设法派个老人或者孩子去。有人去总比没人去的好。否则,会让东家感觉没得到应有的尊重,失了面子,甚至犹如被人打了脸。如今这种薄情义重情钱的现状,让陈志立甚是叹嘁。

"十一"期间做好事有喜事的多,便有应付不来的感觉。堂叔陈想林大孙子娶媳妇,事前就打过招呼,要他全天候陪客,一餐都不准拉下。这下子,陈志立反倒是解脱了,给其他亲朋和乡邻的情钱托人带过去,再不用跟人费口舌去解释,一心一意帮陈想林家里陪客。

乡里很多规矩都改了,有的是整个地消失了。比如大年初一,媳妇是要早起做过早①,然后把一碗热气腾腾的荷包蛋恭恭敬敬端到婆婆床前,请婆婆偎在床上热热乎乎吃了再起床。这是做媳妇的本分。如果婆婆起床了媳妇还在睡懒觉,那便是大不敬,是要遭鄙视甚至惩罚的。现在哪有媳妇做了过早还恭恭敬敬端到婆婆床前的?不给脸色看就烧高香了。

有的是保留了瓜皮,但瓤子却换了新的。比如儿子娶媳妇一般有三道程序,分别是杀猪陪媒、过礼、正期。三天都要请客。这个形式还和过去一样,但内容却发生了很大变化——

媒人过去的地位可高了,第一天就是专门请媒人的。这从"杀猪陪媒"的叫法就可以看出来。男方家里兴高采烈地杀猪,备好酒席,请媒人在首席坐了,嫡亲姑爷舅爷和族姓里德高望重的长辈陪着,好吃好喝地款待,生怕有丁点怠慢。媒人吃饱喝足了,第二天过礼的时候,也把男方的托付记牢了,一早便引着一帮男青年,抬着大箱小箱的礼物和办酒席必备的鸡鸭鱼肉送去女方家里。鸡鸭是象征性的,鱼肉却货真价实,肉

---

① 江汉平原方言:"过早"即吃早餐。

是头天杀的猪从中间劈了一半抬过去,鱼少说也得几十斤。

陈志立还记得,当年给大嫂家过礼,正碰上鹅毛大雪漫天飞舞。他跟一个堂兄抬着半边猪,随众人行走在溜溜滑滑的土路上,七八里路程他们摔了好几跤,把半边鲜红的猪肉摔得泥巴雪碴糊了个遍,上面贴的那些象征喜庆吉祥的花花绿绿纸条早不知去向,惹得大嫂的姆妈把个嘴巴噘得老高,一百个不高兴。

人家不高兴可以理解,因为客人已经坐满了屋子,本来是满怀期待等着看男方送去的彩礼是何等光亮的,可他们却把一堆辨不出本色的像从泥巴里抠出来的东西抬进了屋。搁谁都不会高兴哩!当然啦,或许是人家嫁女儿心里难受也未可知。总之给他们的印象是她不高兴,以至于在她家里噤若寒蝉,那餐饭吃得惶惶的,媒人也不停地赔笑脸做解释。

在女方家里吃过午饭,送礼的这帮青年再由媒人引着,把女方的嫁奁抬到男方家里来,箱子里则装了女方的细软,其中的一只还装了长辈们送给女儿的"压箱钱"和首饰……

这些传统,现在还保留着,只是被简化,而且也方便了。比如送的礼物一车拉过去,再把女方的细软一车接回来。而且送钱就行了,办酒席用的鸡鸭鱼肉到处都有得买。

实事求是讲,简化也是对的。媒人两边跑的一个重要任务,是有关嫁娶的细节,包括送亲和接亲的队伍到什么地方碰面、送亲的人到了男方村子在谁家里歇脚,双方都不好意思当面锣对面鼓地摊在桌面坐下来谈,而是由媒人传来传去,俗称"过话"。媒人都有成人之美,都伶牙俐齿,都能把死人说成活人,何况到了这个节骨眼上,亲戚朋友都坐在家里等着喝喜酒了,生米马上煮成熟饭了,所以往往能互相妥协,最终哭哭啼啼把女儿嫁出去,或者熙熙攘攘把媳妇娶进门。没听说谁到这个时候了还悔婚,而最终分道扬镳的。现在的男女自由恋爱,有什么事,两个人当面就讲清楚了,不需要第三者传来传去,而且第三者传来传去,有可能把话传岔了,惹出些不必要的矛盾和是非来。所以媒人的地位大不如从前。但杀猪陪媒的习俗,在一些有老人的家庭却依然保留着,且是必经程序。

陈想林大孙子和即将过门的孙媳妇,都是乡里中学的老师,典型的自由恋爱。但陈想林还是依老规矩,帮他们请了媒人,是两个孩子的校长。

说是陪一天,其实就陪着吃了两餐饭。因为其他的时间,两个媒人都泡在陈志民家的文化室里,由新郎官的几个姑爷舅爷陪着打了一整天

"晃晃"，饭都不顾得过来吃，酒也不敢多喝。

瞧他们只差把麻将煮了当酒喝的样子，陈志立的心里，就暗暗为求学的孩子们叹息。

过礼这天，两个媒人只带了陈想林孙子一个人，一早就坐车去了女方家里，吃过中饭又一溜烟回来了。在天棚下的一张桌子旁甫一落座，接过陈想林大儿子陈志荣递的烟，自己点着了，又接过知命奉上的茶，两个媒人这才说万事俱备，只待明天接亲了。

陈家人刚把心放回肚里，一个媒人又突然说"不过……"，然后望了陈志立一眼，却又不讲了，闭住了嘴巴。陈想林一急，连忙问还有什么，直说不妨。另外一个媒人也望了陈志立一眼，欲言又止。看得出来，他们心里有些寒他。陈志立吸了一口烟，大度地说，两位媒人但说无妨，只要陈家做得到，一定不会耍赖。

"娘家要陈老背……媳妇。"先前讲话的那个媒人终于没憋住，随即又脸一红连忙补充了一句，"不过我们也讲了，陈老这样的身份，恐怕是不合适。"

哪有女方家里主动提背媳妇这样要求的，而且还指定要谁背？真是天下奇闻！大家目瞪口呆，面面相觑，然后拿眼睛盯着陈志立看。

"什么？要我六十几的老头去背一个二十几岁的姑娘吔？亏他们想得出来呀！"陈志立没想到女方家里会提这么个荒浑要求，诧异地盯着那个媒人的脸，"莫不是你们听错了吧？"

"背，肯定背！听没听错都背。"陈想林却一口应允，笑着对陈志立说，"你六十几又么样？六十几就不是吔的伯啊？叔伯、哥哥，甭管亲疏，都要背。这是规矩。不然，那帮家伙会不让吔进屋的。"

"这是个什么狗屁规矩呀！"陈志立在心里骂了一句。

"我看大爹是背媳妇有瘾嘞！儿子的媳妇要背，孙子的媳妇也背，也不怕把腰闪了，把一把老骨头背散架了。二爷！跟您郎讲，大爹不仅自己背，还逼着人家背。"在刘市镇当镇委书记的侄子陈新文笑嘻嘻地说。

"你小子别当了个破镇委书记，就自以为是个神仙，不食人间烟火了。镇委书记也是爹娘养的，也不能忘了本。怎么着你也是陈家的子孙，也还得听陈家长辈的话。乡下的这个规矩，你就是当了天王老子，也照样管得住你。"陈想林笑嘻嘻地教训陈新文。

"他郎家里娶孙媳妇要我背，这还说得过去，毕竟我是大的。那年幺叔娶婶娘,他郎除了自己背得鬼大的劲,也要我这个晚辈背。二爷,您郎说哪有晚辈背婶娘的道理?"陈新文不理陈想林的茬,对陈志立解释完,又跟陈想林说,"喂,大爷!干脆把老妈休了再娶一个,我祖孙三代都帮您郎背了得了!"

一桌子人哈哈地狂笑不止。不想陈想林老婆子刚巧路过,喜滋滋的脸当即就变了色,啐了他一口,笑着骂道:"放你娘的狗屁,你个混账东西!有你这样糟蹋长辈的?"

"二叔,背咧!麦林子里躲雨,您郎躲得过去呀?您郎要是不背,大爷会从村头骂到村尾,从年头骂到年尾,骂得您郎一年都不得安生。反正陈家够资格背的人多,我们多背几步,您郎象征性地背几步,算是那个意思。"陈新桥也劝道。

"喂,大爷!我解个跤。如果二爷答应背,您郎要先背,好不好?"看陈志立脸色不好看,陈新文笑嘻嘻地跟陈想林说。

"背就背!"不承想,陈想林满口答应了。

"这是什么狗屁风俗!"陈志立又在心里暗暗骂了一句,也不说背,也不说不背,借口还有其他的事,一个人离开了。

# 57

农村娶媳妇,最核心的环节,当然是婚礼。其他的一切忙活,都是为婚礼做的铺垫。这跟城里是一样的。

十月三日是陈想林长孙大婚的正期,也就是接亲的日子。一对新人是受人尊敬的人民教师,所以陈想林和他的长子陈志荣自然竭尽所能地谋划这场婚礼。

一大早,陈志荣禾场上的天棚下,便笙箫鼓乐喧天,忙进忙出的人们脸上都挂着喜庆。

陈志立洗漱完毕,也不管志荣家里如何喜庆和忙碌,又心情愉悦地去丰泽垸子里遛弯。身旁照例有黄毛和黑皮欢快地跟着。突然想起昨天说要他背媳妇的话,觉得既荒唐又好笑。他不晓得何年起了"背媳妇"的陋习,过去他在家里的时候是没有的。

那时娶媳妇也闹,"热闹""热闹",讲的就是个闹字,闹里透着喜庆和吉祥。不闹不喜庆哩!但那时候的闹比现在文明多了,也节制多了,顶多只是把新婚夫妇围在堂屋或者洞房中间,逼男的含一颗糖送进女的嘴里,或者让两个人嘴对嘴啃西红柿。如果大大方方、老老实实照做,便没事了,一哄而散。倘若两个人扭扭捏捏,或者一方不配合,大伙便站在边上起哄,逼他们完成仪式。但除了新郎官,其他人绝不跟新娘有肢体上的接触,更不会伸出咸猪手,生怕别人骂他耍流氓。倘若背上个流氓的名声,便一辈子就等于画上句号了。

闹洞房时,羞于目睹的长辈们,生怕被人抓去现场出洋相,早就不晓得躲哪里去了,任一帮年轻人从堂屋闹到洞房,眼不见心不烦。送亲的人也不在现场。不仅闹洞房的时候不在现场,甚至连婚礼都不参加。丰泽垸的做法,是进了村子,只把新娘接到婚礼现场,送亲的人暂且安置在别人家里喝茶吃点心,婚礼结束了,再敲锣打鼓地接他们去吃酒席。

如今闹洞房的内涵与方式,大不同从前了,早无文明可言,不仅花样越来越多,尺度越来越大,动作越来越野蛮,甚至有些做法越来越不堪入目。以至于老有新闻冒出,说是哪里闹洞房闹过火,咸猪手揩新娘的油了,摸了不该摸的地方,甚至于撕破新娘的衣裳,骇人听闻地把新娘强暴了,更大的则是闹出人命了。丰泽垸虽然还不至于闹到强暴新娘甚至出人命的程度,但有些做法绝对是过火的,咸猪手趁机摸摸新娘的敏感部位也时有耳闻。

背媳妇,也不清楚是当地人的"发明创造",还是舶来品,好像没人考证过,也没人申请过发明专利或者创新奖。

背媳妇、闹洞房这类活动,女方家里多采取不闻不问的态度。嫁出去的女儿泼出去的水,跨出了门槛就是人家的人,要怎么闹,都跟女方家里没关系了。可陈想林孙媳妇的家里却奇葩得很,生怕女儿没人背、没人闹,指名道姓要一个六十多岁的老叔背。也不知道这是一家啥样的人,怎么着女儿还是个人民教师,村里还有她的学生哩!陈志立觉得不可思议。找个理由出村?这个完全做得到,但是很窝囊。又转念一想,虽然跟大伙的关系很融洽了,但却也未必真有人敢逼他。毕竟身份摆在那里,平日也并未跟人们嘻嘻哈哈,让人感觉他不稳重,是个随便的人。再者说了,他昨天拂袖而去的态度,众人应该也明显地感受到了。这样一想,他便释然,胸有成竹地去陈想林家里喝酒。催他的电话也来过几遍了。下午两点整要举行婚礼,这是算好了的时辰,接亲的队伍必须早些出发,所以早饭安排得也相对早些。

从垸子里回来,远远地就听得见锣鼓喇叭唢呐笙箫山响。夹杂在这些喧闹的乐器声中间的,是一对男女如诉如泣不停歇的高声歌唱,男的音域宽厚雄浑,女的音色纯正清澈。

陈志立顿生感叹,年轻就是资本!他们已经在陈志荣禾场上搭起的天棚下唱了两天两晚,声音依旧如初。然而他们这帮老家伙唱柳县花鼓,唱一天却要歇两天,且一天也唱不了太长时间。

正好第二轮要开席。知命如遇救星般一把扯住,嘴里说了声:"我的个好二爹,您郎终于是来了哟!"连忙安排他入座。

在乡里待了差不多一年,吃了那么多酒席,陈志立知道这个时候客套不得。假如他一客套,便没地方坐了,只得等下一轮。这跟过去岂止大相径庭,简直是南辕北辙。过去请客,客人——尤其是长辈——的座位早就排好了,没人敢去抢,即便是吃了熊心豹子胆也不敢。现在却是见了空位就有人占,阎王老子来了也不相让。于是听从知命的指挥,赶紧跟本家的几个人坐在一桌。

他们还没吃完哩,锣鼓喇叭唢呐突然又响了起来。随着一阵碗筷的慌乱声响,有人嘴里嚼着东西含混不清地骂骂咧咧:"你姆妈像催命嘞,饭都不让人吃完!"

陈志立倒是吃完了。他不习惯喝早酒,一上来就盛了碗米饭,当那些人还在推杯换盏,他已经掏出烟来点上了。

陈想林家里请客,热闹了陈志民的文化室。除了吃饭,客人们成天泡在文化室里搓麻将,稍稍去晚点连配角都当不上。所以陈志立回大哥家时,便像被人簇拥着,一群急着去打麻将的人跟他有说有笑,嘻嘻哈哈。

鞭炮声骤然响起,十几辆汽车喇叭齐鸣,迎亲的队伍浩浩荡荡出发,并迅速出村口,拐上了村子后面窄窄的水泥路。陈志立的车也被征用了,他此刻即便是想逃,也逃不远了。没打上麻将的人们无所事事,拉着他聊天,所以他实际上也走不脱身。不过,闲聊也挺好打发时间的,不知不觉就快正午了。

突然来了三个人,喊他有事情商量。陈志立不知有诈,也怨他太过自信,没瞧出他们脸上不怀好意的奸诈怪笑。待走近陈志荣禾场,发觉情况不妙时,再想逃就彻底来不及了。

原来,那里围了两桌脸上用墨汁、油彩涂得乱七八糟的本家兄弟、侄子,正以各种各样怪异的表情向着他笑,包括大哥陈志民,也包括堂叔陈想林等好几个六十多岁的老人。

喊他的三个人立即露出本性，左右一拥，虽笑嘻嘻却不由分说地把他架到王涛面前，按到一条板凳上，再站立两旁牢牢抓住他的胳膊，犹如日本鬼子用诱骗手段抓住了地下共产党然后按进老虎凳，任王涛在他脸上乱涂乱画，他却挣他们不脱。见他满脸涨得通红，一副很生气要发作的样子，王涛丝毫不悚惧，一边认真地乱涂乱画，一边笑嘻嘻地小声警告他不准发火啊，新婚三天无大小！再说了，人家家里做喜事，就是天王老子来也不敢发火的。又提醒别乱动，小心把衣裳弄脏了！

陈想林不失时机，幸灾乐祸地嚷嚷："找块镜子让老二照照！"

陈志立不用他找镜子，他们就是镜子，知道自己的脸上肯定也跟他们一样，涂得乱七八糟。

王涛说新婚三天无大小，就是闹的另外一种表达。而闹闹也是图个喜庆，如果娶媳妇没人去闹，便会被人指指点点，肯定是人缘不好。故但凡娶媳妇的人家，都放纵人们闹。陈志民的大毛、小毛当年结婚，都是在外面旅游了一圈才回来请客的，失去了闹的前提，陈志立也就躲过了被人在脸上乱涂乱画的厄运。所以，头次被人在脸上乱涂乱画终于没发火，只是心里窝囊和沮丧透了，直骂这是什么狗屁乡俗！

涂画完了，王涛一只手握着毛笔，退后一步端详了一会儿，俨然是画家欣赏自己的得意作品。然后再靠近，又在脸上添几笔，这才说了声"好了"！那三个人如得令一般，又把他架到桌旁，跟他的兄弟叔伯及侄子们坐到一起，笑嘻嘻地叮嘱他不准揩了啊！他就又有被日本鬼子动了刑后扔回牢房的感觉。

不断有人过来，嘻嘻哈哈地指指点点，像看西洋镜。他们点评说，二爷脸上画得最好看了，也有人说王书记画脸的水平越来越高了。坐在一起的陈家人，也相互戏谑和调侃。

陈志立不清楚他们的好看是什么标准，也可能最奇葩也未可知。但不管好看还是不好看，他都不喜欢人家在他脸上乱涂乱画。可是事已至此，他也只能强装笑脸。反观其他的人，虽然脸上都被涂得稀里哗啦，却一个个兴高采烈，没半点沮丧或者扭捏的意思。

不一会儿，便有探子来报，说接亲的队伍快到排灌渠泵站了，要家里的人抓紧动身去迎。也不知道那些家伙从哪里搞来了十几件演戏的朝服，脏兮兮的。陈志立本欲不换，但这个时候他根本身不由己，早被人挑了一件花花绿绿的朝服套上，还帮他系好带子。王涛将一顶纸糊的官帽戴在他头上，笑嘻嘻地说："大家看！我们的五品陈州官荣升三品道台了！"

都换上了朝服，又像被日本鬼子抓的苦力，由王涛们强迫着朝泵站走去。陈志立看得出来，大家其实是心甘情愿的，甚至还充满了某种期待，所以有说有笑。唯独遭强迫的他，表现得格格不入，露出一脸苦相。

车队停在泵站那里。围在汽车两边看热闹的人们，早把窄窄的公路壅塞得针插不进。"让一下！让一下！"王涛几个人大声吆喝，人们自觉往后挤了挤，给逶迤而来的陈家老少爷们让出了一条窄缝。

陈志立瞧见了一顶花轿，摆放在车队前面。陈新文告诉他，要先把新娘子用花轿抬到村口，再轮流背到陈想林的禾场上。

新娘子上轿，最先去抬的是陈新文几弟兄。闹的人不甘寂寞，嘻嘻哈哈，有的扒在杠上，有的往后拽，还有拿根竹条在身后抽的，根本挪不开步。所以很快就嚷嚷换人。王涛们又逼迫陈想林、陈志家、陈志民和陈志立去抬。面对几个六十多岁的老头，闹的人才稍稍收敛了一些，没用竹条抽，但扒的、拽的依然不停。闹的人多是旁姓，也有陈姓晚辈和一些媳妇跟着起哄。

一里多路，抬的人中间换了好几遍，硬是走了大半个钟，才把轿子抬到村口。王涛一声令下，轮流背新娘子。陈志立好像也适应被折磨了，就如日本鬼子抓去的苦力一般，任他们摆布。

到了陈志荣禾场上，陈志立觉得终于解脱了，准备扔了帽子脱了朝服去洗净脸上乱七八糟的东西。没想到帽子刚抓到手里，衣服还没脱掉，便被先前的三个小伙子一把揪住，然后不由分说，他们又把一块由纸箱剪下的硬纸板挂在他脖子上。疑惑间，三个小伙子说，"不好意思，二爷！您郎还得去台子上站一会儿"。边说边拽他上了刚才还唱着戏的台子。其他人比他自觉，是主动上去的，且迅速按辈分和长幼站了一长溜。

陈志立张望了一眼，只见除新郎新娘和张罗婚礼的几个外姓人，每个人脖子上都挂了一块跟他一样的纸板，或者白色泡沫板，陈志荣则在泡沫板之外，多挂了一把扫帚一把拖把，他老婆多挂了一个撮箕。再细瞧纸板或者泡沫板上写的字，虽五花八门，但均不雅，比如陈想林和陈志荣父子的牌子上写的是"扒灰佬"。再低头看自己胸前的，是"不甘寂寞"。

这不跟"文革"期间开批斗会一样吗？或者像当年开的公判大会，那些人就是胸前挂块牌子，上面随意地写着譬如"强奸犯×××"，如果判死刑还在名字上用红墨水打个"×"。陈志立顿觉人格受到了污辱。陈志民见他脸色铁青，轻轻扯了把他的衣袖，小声提醒他发不得火啊！也就是个热闹意思，一会儿就完了。

度日如年地熬过了这场陈志立感觉怪诞乡亲们却司空见惯的婚礼仪式，司仪宣布"礼成，新郎新娘入洞房"的尾音刚落，他便第一个跳下了舞台。

就在陈志立跳下舞台的瞬间，台上台下却"哄"的一声又热闹起来。陈志立扭头一看，原来人们把陈志荣推到了他刚过门的儿媳妇跟前，又乱糟糟地逼着两个人亲嘴。陈志立一阵恶心涌上心头，逃也似的回到了大哥家里。

陈志立怀着雪耻的心情，一边在脸盆里使劲搓洗脸上的污垢，一边在心里告诫自己，再碰到类似情况，哪怕是跟他们翻脸，也绝不屈服，被人当猴耍，去玩这丢人现眼的猴把戏。

# 58

"十一"刚过，好消息便纷至沓来。

先是县委书记王大成说，高铁在丰泽垸开口的事，铁总批了，取名"丰泽站"。接着还是王大成告诉他，丰泽垸的改造项目，已经纳入省新农村建设和农田水利开发示范工程，省里的规划部门不日将来柳县，跟地方部门和开发商一起，绘制详细的规划图。

还有两个好消息，是关于家庭的。田雨在电话里说，女婿邓辉年纪轻轻就晋升副高职称了，而女儿陈颖又怀上了二孩。附带的一个好消息，是妹妹志菊今年养的海子，实现了开门红，不仅大获丰收，品质确实优良，且迅速打开销路，求货的贩子络绎不绝。

前两个好消息，涉及公众利益，他称之谓大好消息；后面有关家庭的，他叫作小好消息。但甭管是大好消息还是小好消息，总之都是好消息。

人逢喜事精神爽。源源不断的好消息，让陈志立暂时忘记了"十一"期间的耻辱，成天又乐得屁颠屁颠的。

不几天，省里的规划专家就到了，由县里相关领导和部门的人陪着，在丰泽垸转了两天，然后跟县里、乡里、村里交换过意见，又回省城去了。他们在省里的时候，已经对着放大了的丰泽垸地图有了大致构想，这次下来就是实地勘察，把具体环节和关键布局敲扎实。规划专家们未曾料到——其实所有人都没料到，规划设计还没出来，问题却来了；专家们前脚刚走，矛盾后脚就产生了。

按专家们的总体设想，丰泽垸的改造分三期，由东往西梯次推进。这个设想，是打破了行政区划界线的，也是跟柳县原来的规划契合的。第一期以菜园村、南村和北村的大部分土地为主，因为丰泽垸东边的南村和北村跟杨镇街道近在咫尺，中间只隔一个菜园村，所以一并纳入小集镇整体规划。

具体设想，是在这片三村接壤的土地上新建一条具有柳县特色的商业文化街，包括一座综合游乐园，集饮食、文化、体育、集贸市场和住宿于一体，与杨镇街连为一体，或者说作为杨镇街道的扩充部分，使杨镇街道成为一个具有相当规模的小城镇，并尽可能重现被日本侵略者炸毁焚烧前的"小汉口"风貌，从而带动整个杨镇乡乃至周边乡镇的繁荣。商业文化街的两边，分别是菜园村和北村、南村的居民住宅区。这样就把小城镇建设、新农村建设和丰泽垸改造结合起来了。不然，在这片中间相隔了一个不大的菜园村，就会同时存在两个相邻的集镇，而把菜园村边缘化，甚至成为两个集镇中间的"插花地"。

这些设想确实宏伟远大，但也只是初步的，也只跟县里、乡里和村里的领导们讨论过，并没定论。可这样的事哪里瞒得住呢？很快便家喻户晓，甚至越传越是那么回事了。

虽说远亲不如近邻，下地劳动经常碰到，但菜园村的人们却不屑于跟近在咫尺的北村、南村人来往，老觉得自己是集镇上的——至少是集镇边缘。尽管他们跟北村、南村人一样是农村户口，计划经济时期也常受集镇上的商品粮户口们轻视与挤兑。如今听说三个村要并在一起改造，便一百个反对。

其实，菜园村早已名不符实，集镇上的人早就不再单纯依赖他们一个村子供应蔬菜了。但饿死的骆驼还比马大哩！再怎么不济，也不能归于北村之下，受北村人的恩惠，甚至将来还归北村的人统一管理呀！

这个设想也遭到南村和北村人们的一致反对。原来，专家们设想的这个接合部，有一片坟地，是三个村的先人们共同的家园，有近二百多亩。"文革"期间就有人想平掉了种粮食棉花,可惜没能成功。那时候抓阶级斗争抓得多严,破四旧立四新多么彻底,都没办法实现的事,放到现在还能做得到?那么多人的思想工作,谁有那个本事做得通?掀掉活人的房子,可能还省事些,但若要动祖先们的阴宅,可不就比登天还难?!

南村的村民反对,还有另外一个因素,就是还在年初事件的阴影里没出来。年初孙大海圈两百五十亩搞化学工业园的那场巨大风波,让南村的人心有余悸。他们说他们也想明白了,天上没有掉馅饼的事,穷就穷点,他们乐于受穷,乐于外出打工。

朱同民也不同意。君子爱财,取之有道。挖人祖坟的事,就是能换来一座金山,他也是断断不敢的。何况他的祖先也长眠于此,正庇佑他发大财哩!他说他只在北村现有的土地上搞投资,没准备弄那么大动静,而且也没那么大资本对整个丰泽垸搞开发。如果父母官们有这大的粑粑心,那就只有另请高明①。

王大成急如热锅上的蚂蚁,上上下下沟通,动员县里乡里的领导和部门工作人员反复跟群众做思想工作。但群众始终不为所动。这样一来,丰泽垸改造的事,一下子就卡在那片坟地上了。群众不同意,怎么再往下深入呢?当然,按照有些领导的想法,硬上也是一种选择,但王大成显然没准备做这种选择。

丰泽垸的改造能成不能成,本来都不是陈志立左右得了的,他只是觉得改革开放几十年了家乡还依旧如昨,乡亲们没享受多少改革开放的红利,便想着推动做点事情。如今事情做不成,那也只能顺其自然。

然而,乡亲们可不像他想的这么简单。一些人觉得所有事情的背后,都有他的一只手在推动,包括平祖坟的主意——他的祖先不在这片坟地里——只不过借了省里专家们的嘴巴而已。所以,总有人猜疑他背后有不可告人的秘密,且试图揭穿他的动机。甚至说他送春联,也是以小恩小惠笼络人心,为今天的事情做铺垫。俗语说,不想吃溜粑②,怎向锅边靠?

这么误解他,照乡亲们自己看来,是有理有据的。

陈志立回来这一年,也确实带来了一些新气息,比如他把花鼓戏班子组织起来,老人们便得以自娱自乐。也为乡亲们做了些排忧解难的事,介绍

---

① 江汉平原方言:"高明"即指"本领更强大的人"。
② 溜粑:富有地方特色的一种食品。

些人到深圳去打工。而且自从他回来，县里乡里的干部时不时光顾，就连省里的干部也来了好几起，都或多或少为村里解决了一些实际困难，至少出了一些不错的主意。比如说朱同民捐的那笔改造自来水管的款，肯定是看了他面子，或者是他背地里捣鼓的。而即将建设的高铁准备在丰泽垸开口子，也是跟他忽悠丰泽垸改造有关联。但是，他做的这些，人们现在视而不见了，或者将其视为小恩小惠，是为达到他那不可告人的目的所采取的一种怀柔甚至阴谋手段而已。城里的人，花花肠子多哩！

　　试想，在城里退休的人，有几个放着舒心的安逸日子不过，而心甘情愿跑回农村受苦，天天在泥里水里摸爬滚打？乡下的人是没办法了，想躲躲不开。回来养老？人们觉得不过是个借口。农村是养老的地方吗？养老就更应该在城里。大凡子女在城里有个窝的，都想办法往子女的窝里挤哩！村里也有几个跟他一样退休了的，也就逢年过节回来聚聚，没听说谁还向往回乡下养老的。

　　众多的疑惑累积到一起，人们便只记得被他把胃口吊起来了，好像是他把大家抬起来，然后又摔到地上，狠狠地跌了一跤，跌得鼻青脸肿，跌得在旁人面前抬不起头。于是，便对他再也热乎不起来了，一些戏迷参与戏班子的活动也不如过去积极主动，而那些曾经的动摇分子则干脆连面也不照了。更有直接的，骂他居然连老乡都骗，朱同民居然连老乡的钱都赚，真是跟孙大海一样的黑了良心！

　　就连大哥陈志民和大嫂刘彩霞，虽然知道他是好心，并不像外面传的那样龌龊，但也认为他总归是办了件不落听的泡皮事。这让他们脸面无光，在替他鸣不平的同时，也怨他一世英明一时糊涂，睡着不烧爬起来烧①。尽管碍于兄弟情面，嘴上没说出来，甚至还跟人家发生过争吵，但这个想法还是存在的。

　　朱同民来过几次电话，苦笑着解释他早先为什么只坚持在家乡做慈善而不愿搞投资的缘由。虽然话里话外没怪他，但陈志立从他那无奈的谈吐间，还是感觉到了些许另外的意思。

　　众叛亲离的境况，陈志立心里明镜似的，但依然固我，早晨起床了该遛弯还去遛弯，吃罢早饭该跟大哥下地还去下地。也懒得跟人解释。倒是黄毛和黑皮，仍一如既往地在他身前身后撒欢，丝毫没有嫌弃

―――――――
① 江汉平原方言："睡着不烧爬起来烧"指瞎折腾的意思。

他的意思。

跟黄毛和黑皮一样,一如既往待他,且付诸行动了的,至少还有两个人。一个是朱同秀,得知消息专程从广州回来,安慰了他一番,说其实帮助家乡的办法还有很多,也不是一条道走到黑的,而且他已经做了很多,做得很好了。她说"日久见人心,让时间去证明"。另一个更关心的,当然是老伴田雨。消息不知怎么地就传到了深圳,传到了田雨的耳朵里。田雨担心不过,专门打电话来,也不好讲别的,只说女儿陈颖有了身孕,她一个人忙不过来,让他回去帮忙。

陈志立想想,也觉得离开深圳太长时间,也该回去看看了。正在他准备动身时,王大成来电话,请他务必到县里一趟。陈志立想都没想,当即就同意了。回深圳前,他也得去县城跟岳父岳母道个别。

第二天吃早饭,他跟大哥大嫂讲要回一趟深圳,田雨催了好几回,家里她一个人忙不过来。陈志民挽留说,再过几天就是元旦,离过年也不到两个月了,而过年的时候他们也得回来。过完年了再一起回。刘彩霞说二老妈也确实辛苦,一个人拉扯个孙伢不说,还要照顾个孕妇,二爷回去帮帮也是应该。

吃罢早饭,陈志立把行李箱从三楼搬到车上,然后就把车发动了。天本就阴沉沉的,又忽然淅淅沥沥飘起雨来。大哥说人不留客天留客,天晴了再走。陈志立尴尬地笑了几下,说跟王书记约好了,哪能爽约呢?摇起玻璃窗,稍稍踩了下油门,汽车就缓缓地出了村口,然后头也没回地驶上那条窄窄的水泥路。

车子行驶到村子后边,陈志立停下来,也不打伞,径直去了那片坟地。默默伫立在父母的坟头良久,突然鼻子一酸,两行热泪刹那间便似丰泽北河开闸了的洪水,泄洪般奔涌而出。

参加工作三十多年,工作上压力再大、心里再憋屈,或者被误解而遭受到恶意攻击与强力打压,他都不知眼泪为何物,不知流泪是个什么样子,有什么益处。如今这个老男人却脆弱和敏感得似孩子,于父母的坟前任由泪水和着雨水在脸上恣意流淌。

哭够了,陈志立心里面也舒坦了许多,然后对着父母的墓碑,深深地鞠了三个躬。

## 59

事情闹到这个地步,也是王大成不愿看到的,而且应该说他是最不愿看到的。

王大成铁了心把丰泽垸开发改造作为柳县大发展的"引窝蛋"来安,并作为他履新的第一把火来烧。政绩当然是促使他作这个决策的因素。没有政绩,他对上对下对自己都不好交代。而且,没有哪位领导是不考虑政绩的。但他作这个决策,还不仅仅是因为政绩的问题。更多的,他是着眼于柳县经济长远发展。柳县的资源太丰富了,几十年来对国家的粮食和棉花贡献也大,但这么好的资源却开发利用得不够,经济发展不好,农民还是苦,外出打工的人太多。类似丰泽垸的情况,全县有几处,他要先在丰泽垸开发出一个成功的样板来,再推动其他的垸子也走上良性发展道路。试想,倘若丰泽垸开发成功了,还愁朱同民不扩大规模吗?还愁其他有实力的开发商不抢着来跟他王书记谈开发的事吗?

靠山吃山靠水吃水,靠不住山水活该你见鬼。这是挂在王大成嘴边的口头禅。但实现农民富裕和地方发展,传统意义上的"靠"还是不够的。山区的人,湖区的人,长期都"靠"着哩!然而他们虽说不至于饿肚皮,但也就是糊个嘴巴而已,发不了财的。

柳县的土地这么肥沃,却丝毫没有吸引力,除了"三八六零六一部队"①在田间粗放式劳作,大凡有点头脑的,身强力壮的,都外出打工去了,用智慧和体力为外地贡献GDP了。这是王大成不甘心的。所以,他要通过大力发展地方经济,把他们吸引回来,在自己的土地上发家致富,用自己的双手把家乡建设得更加美丽富饶。再者说了,柳县虽土地广袤,但也人口众多,平均下来,也就人平不到三亩农田。靠三亩农田,又是传统的粗放式生产方式,农民怎么可能富裕起来呢?神仙都没这个本事!

搞农业综合开发和集约式经营,把科技和农业捆绑到一起,在有限的土地上发展多种经济,便是他壮大地方实力、增强柳县吸引力的思路之一。

也就是说,跟所有地方主官一样,王大成也渴望政绩。但他绝不为取得政绩而搞"政绩工程",他的政绩观,是建立在地方经济发展和老百姓富裕之上的。戏剧《七品芝麻官》里唐成说"当家不为民做主,不如回

---

① 三八:妇女;六零:老人;六一:儿童。

家卖红薯",简直说到王大成心坎上去了,被他奉为至理名言。上级派他到柳县当书记,他觉得是对他的莫大期待,甚至是上天给予他的莫大恩赐,英雄有了用武之地。他要在柳县这片肥沃土地上大展拳脚,干出一番与前任们不同的业绩来。

但是事业刚开了个头,拳脚还没来得及伸展,引窝蛋还没安下去,便被兜头浇了盆凉水。纳入了省里的试点范围,有些事情县里便做不得主了,尤其是规划,得尊重规划部门和专家的意见。王大成带着代理县长、常务副县长和几个相关部门的头头,火烧火燎地去了几趟省里,跟主管部门领导和规划专家反复沟通,阐述他对丰泽坑改造的思路,也充分尊重专家们的意见,并尽量在二者间找寻共同点。

专家们关于丰泽坑整体开发的思路,其实跟他的想法不谋而合,但他还不敢和盘托出,也知道朱同民暂时没那么大实力全线铺开。至于那片坟地,他其实也有自己的想法,尽管纳入了改造的整体框架,但跟专家们的想法又有些区别。好在现在领导和专家们都很开明,能够听得进不同意见,何况王大成又不是胡搅蛮缠,讲得也有些道理。所以便改变初衷,同意充分考虑和吸纳县里的意见,那就是"整体规划、分片实施,一村一业、各具特色"。

把上边的事情办妥了,王大成这才转过身来,准备做开发商——朱同民的工作。但在跟朱同民做工作之前,他还是要先跟陈志立通个气。之所以要跟陈志立通气,一是陈志立的确是费了心血,又蒙受了不白之冤,二是跟朱同民做工作,还得依靠他的影响。所以他一出省国土规划部门的大门,便迫不及待地给陈志立打电话,请他务必来一趟县里。

刚回县城,还没进县委大院,王大成突然觉得自己行事有些唐突和莽撞。陈志立毕竟是个退休的老同志,级别也比自己高,又不是柳县的干部,把人家呼来唤去,实在有些不妥。这样一想,便暗暗骂自己忙昏头了,只想着工作,只顾自己高兴,竟然把礼节疏忽了。好在跟陈志立接触这么长时间,感觉他是个豁达大度的人,对这些细枝末节不怎么计较。这要换一个心思比较重的人,稍微使个态度,或者拿个架子,那根本也是不过分的。这样一想,便连忙掏出手机,再次打给陈志立,先是就礼节问题道歉,接着让他不去县城了,就在丰泽北村等他过来。

陈志立说已经动身了,都跑了一半的路。王大成又连忙道歉,请他务必体谅。陈志立果然大度,哈哈一笑说他想都没朝那个方面想,要跟他计较早就计较了。王大成也嘿嘿嘿地笑了几声,然后由衷地说了句"也是!我是小人之心度君子之腹了,谢陈老体恤"。

王大成的这个轻松态度,给陈志立传递了一个十分清晰的信号,他明显地感到事情或许有了转机,也顿时激动和兴奋起来。于是,踩在油门上的右脚稍稍用了点力,车子陡然加快了速度。

王大成放下电话,稍稍思索了一下,便让秘书把县委秘书长刘楠叫来,吩咐她安排一下,说这个周末,也就是后天,他要去一趟深圳和广州。然后,在等陈志立到来的间隙,又要秘书把需要处理的文件找来,把头埋进了文件里。

王大成并未把心思完全集中在文件处理上,而是分了一半来运筹丰泽垸的改造。

之所以要亲自去一趟深圳和广州,是受刚才跟陈志立通那个电话的启示。他早就计划去一趟的,因为事情多,便拖了下来。而刚才跟陈志立通的那个电话,使他觉得再不能拖了,于是把这个早该做而遗憾地拖了太久的事情,一下子就提上了日程。

在对待陈志立的态度上,他再次觉得自己处理得还是有些欠缺,考虑确实不够周全。即便是用了个"请"字,但跟"叫唤"又有何区别呢?这让他内心不安。虽说人熟了,陈志立不跟他计较,但不能保证其他的人也能同陈志立一样,不跟他计较,何况是县里急着要招商的,并不是人家找上门来要投资。

这么一想之后,他就在暗暗感叹深圳干部的境界就是不一样,崇敬陈志立不一般的人格魅力的同时,决定亲自登门跟朱同民、朱同秀解释,诚心诚意邀请他们回家乡投资。而且,他也想顺便再联系其他的开发商,看是否还有对农业综合开发或者其他投资有兴趣的。而在丰泽垸搞分片开发,也不是不可以。

王大成感觉,接下来的工作,因为陈志立的态度是明朗的,所以并不需要他费多少口舌去说服。相反,县里引朱同民回来投资这条线,是陈志立主动牵的,而且大半年来,他也是积极推动的,那么接下来还得仰仗他继续帮忙做工作。朱同民那边的问题也应该不会太大,他也是一心要为家乡建设和发展做贡献的,甚至为了配合丰泽垸的改造,已经在柳县专门注册了公司。至于后来出现的问题,主要原因也在县里这边,怪不得人家的。

现在的最大难题,在于如何争取村民的理解与支持。农民早已不那么好糊弄了——虽说他也没准备糊弄,一些干部的保票对他们丝毫不起作用。而且,干部们越是信誓旦旦,群众越是疑虑重重,越会用怀疑的眼神盯着干部的脸,看会不会露出个啥破绽来。这也难怪农民,他们在这方面吃了太多的苦头。人不可能被一块砖头绊倒两次的。苦头吃多了,傻瓜也变得精明起来。狼来了的故事谁都知道,信了牧童一次,信了牧童两次,谁还会信他第三次呢?尽管那只就藏在不远处某块草丛里的老狼后来果真来了,人们还是不愿相信牧童的。同样道理,一些干部跟农民红口白齿地许诺,说这个不会变那个不会变,可他们像得了健忘症,或者有选择性失忆症,转头便翻烧饼般老是在变。"你让农民怎么相信你哟!"王大成摇了摇头,自言自语地说。所以,农民觉得,干部们讲的那些话,有时是此地无银三百两,欲盖弥彰;而给农民的承诺,今天可以兑现,但保不齐明天就收回了,让农民有一种睡不踏实的感觉。谁也不愿意提心吊胆过日子。农民最有效的应对办法,就是不要你的承诺,不要你的馅饼,也就掉不进你的陷阱。但你最好也不来动我的奶酪。否则,就跟你拼命。当然啦,说拼命可能过了点,但至少会让你也不那么舒服,让你想干的事干不成。

怎么做群众工作,当然是一门学问。可惜许多干部没把它当学问,而是当成了儿戏,动辄用强迫、命令或者哄小孩的简单办法,只问结果不管过程。他们讲的那些道理,有时自己都是不信的。自己都不信的东西,老百姓能信?哄鬼哩!按照这种工作套路,轻者是上级的精神或者相关政策得不到很好贯彻落实,一些很好的想法也只能遗憾地付诸东流,重者当然是激化矛盾……

"书记!陈老到了!"

王大成的思绪,被秘书打断了。他连忙抬起头来,急促地说:"到了?快请!"

"是不是有什么好消息,这么急着找我来呀?"王大成话音刚落,就听到陈志立笑哈哈地问道。

## 60

王大成、陈志立一行六人,是坐周六的头趟高铁去的深圳。他执意邀请陈志立同行,陈志立便只得把车留在了田地家里。

朱同民是婉言谢绝的，说既然县里的方案不变，那他的投资也就照旧。何况要堂堂县委书记专程为这个事来深圳跟他解释，他也承受不起。王大成说有些细节还想跟他当面敲定，甚至开玩笑说他也想来南方开开眼界，并借这个机会躲两天清闲。既然父母官把话说到这个份上，朱同民当然再无话可说，只得悉心接待。朱同秀没让王大成专门跑广州，她一早就到了深圳。这样，有关丰泽垸改造的各相关方，便在下午齐聚朱同民公司的会议室了。

陈志立没参加，他由朱同民的司机送回了家里。一方面情况他都清楚，周四就听王大成介绍过了，还就一些细节进行过研究，另一方面他也离家几个月了，尤其牵挂着怀了孕的女儿陈颖，不知道现在的情况如何。何况王大成还想见几个老板，他也得帮他联系一下。再说了，此前的沟通应该讲是充分的，相信这次也会很愉快，并不会节外生枝地闹出个啥需要他调停的事情来，所以他也就能够放心地脱身。

"真是个既执着又和蔼的好老头啊！"看着陈志立疾步钻进车里，目送着缓缓驶出朱同民公司大门的汽车，王大成的眼睛有些湿润，由衷地感叹了一句。王大成的感叹，立即就引起一阵共鸣。大家知道他还是不愿掺和到具体的事情中来，于是连忙附和着发出了类似的感叹。

陈志立的预判非常准确，因为双方都有诚意，项目洽谈的确是顺利。他们还当场签了一份备忘录，相关方各留一份。

第二天上午，陈志立约了几个企业家，到朱同民公司的会议室跟王大成会见，讨论合作事项。王大成是有备而来的，那天他心急火燎地找陈志立去办公室，除了商量丰泽垸的改造，另外一件重要的事情，就是这个。陈志立请来的企业家，都是他筛选过的，具有相当的针对性，提前也打过招呼。所以今天的会见，也相当有成效。王大成和陈志立、朱同民作见证，由风姿绰约、浑身散发出青春气息的美女代县长周艳代表柳县人民政府，当即就和几个企业家签订了合作意向书，甚至有两个企业家为王大成的亲力亲为所感动，表示年前就去柳县考察。这个当然是王大成求之不得的，说他跟周代县长一定亲自接待，陪同考察。

下午到几家企业参观，现场考察，然后连晚餐都没吃，王大成一行就风尘仆仆坐最后一班高铁回柳县去了。

陈志立没急着跟他们回柳县。刚一落屋就又离开，他跟田雨开不了这个口。虽然没回柳县，但这段日子仍在为柳县的事情奔波。遭误解所带来的不快，早被他抛到爪哇国去了，甚至好像不记得还有被人误解这回事情，也好像忘记他已是六十多岁的老头了。

陈志立如拼命三郎般四处奔波，把田雨气得恨不得吐血。开始几天只是唠叨，说他不回来她还轻松些。他不回来她只要照顾一个淘气的小孩和一个正闹妊娠反应的孕妇，他回来了不仅不帮个忙，还得她多照顾一个不省事的老头，添了个活累赘。唠叨不管用，就加重了说话的语气，生气地说她就是个铁人也受不了啊！她就是畜生也要歇个脚啊！他是要把她累死啊！另一方面又心疼得不行，因为他比过去明显地瘦了，脸上的褶皱深了，原来只是鬓发斑白现在满头找不出几根黑丝了。

每到这个时候，陈志立总是嘿嘿一笑，跟老婆敷衍，弄得田雨一点脾气都没有，甚至赶他回丰泽垸去。唠叨归唠叨，生气归生气，回到日常生活，还是用尽心思地服侍他。

女儿陈颖也规劝了父亲多次，他却一反常态地当了耳旁风，嘴里应着"好，好，好"，可到了不该出门的时候还是出门，该归家的时候还是迟迟不落窝。陈颖的妊娠反应很强烈，常常自顾不暇，便也懒得管他了，只要他高兴，只要他身体吃得消，任凭他折腾去。

突然有一日，已经傍晚了，陈志立还在跟一个企业界朋友商量去柳县考察的具体细节。田雨带着哭腔的一个电话，把他惊得从朋友办公室的沙发上弹起，急忙要朋友派司机送他去儿童医院。

原来，外孙思博不知是病了，还是吃了什么不洁的东西，上吐下泻，高烧不止。

陈志立赶到医院时，思博正在挂点滴，医院的化验结果也出来了，是急性肠胃炎，可能跟吃了不洁的东西有关。对于外孙的饮食，田雨向来管得很严格，没经她许可，一般的食物是进不了思博嘴里的。那么这次到底是个什么情况呢？仔细询问，思博才吞吞吐吐地说出真相，原来他中午放学的时候路过烧烤摊，经不住几个小朋友的撺掇，买了两串羊肉串。

"路边烧烤摊的东西你也敢吃呀？"陈颖惊讶得嘴巴都合不拢，像不认识似的盯着儿子的红脸蛋。

田雨自责地说是她的责任，因为正在家里煲汤，不敢熄了灶上的火头，便没去学校接。田雨说这话时，拿眼睛斜睨了一下老头。陈志立回望一眼，发现她的眼睛里分明含有责怪的意思，连忙低下头去，拉着思博的小手，安慰道："肠胃炎没关系的，打完点滴就好了。"

"有关系没关系跟你有什么关系呀？你是站着说话不腰疼！"田雨一听，就气不打一处来，瞪着眼睛嚷了一句，吓得陈志立赶紧打住，生怕接下来的话招致更多的批评，只得用一只糙手握住外孙没打点滴的那只嫩手，不停地摩挲。

思博只在医院住了一宿，第二天打完点滴就回家静养。思博这一病虽无大碍，但也着实把陈志立吓得不轻，老老实实待在家里陪伴了两天，后来又早中晚按时接送上学放学的小外孙。

人是老实了，手机却不老实，不停地响。几个企业家跟他约定这几天要去柳县考察的，大家都忙，时间凑到一起不容易，加上快到元旦了，都想早去早回，了却一桩事情。见他每次接电话都像小媳妇，讲话声音不敢大，且时常溜进书房去讲，田雨的心又软了。田雨知道他做的是有益的事，也不是不支持他，只是觉得天下有益的事多了去了，他一个退休的人，操得过来那个心吗？也心疼他不爱惜身体，担心他把身体折腾垮了。他可是一辈子都没过几天舒心日子哩！

田雨已经知道他们后天去柳县的事情，这天吃过晚饭，叹了口气，说："你去忙你的吧！家里的事情，我一个人还对付得来。"

"答应了人家，不好爽约的。你放心，我只去几天就回，然后陪着你们到春节。"陈志立满怀歉意。

"哼！只怕这一去，就又忘了深圳的这个家。"田雨对他的保证嗤之以鼻，转身进厨房收拾碗筷。

这次陈志立没当说话不算话的"泡皮"。三天考察一结束，他就随大家回了深圳。晚上一家人其乐融融地一边吃着晚饭，一边听陈志立汇报岳父岳母的近况。

虽然通讯方便得很，电话、微信、视频时不时交叉进行，但他们还是相信眼见为实。尤其是舅爷耿春生去世之后，他们的问候与关心就更加频繁了，生怕哪一天不联系，就再也联系不上。所以田雨尽管忙得脚不沾地，屁股不落板凳，也不忘隔三差五地跟老人打个电话，有时老人讲话稍有迟疑，她转头就打给两个妹妹或者弟弟去核实，生怕老人隐瞒了真相。

这回是陈志立亲眼见了的——尽管跟他上次回来没隔几天时间，所以田雨和陈颖还是问得很细，女婿邓辉也偶尔插两句嘴。思博听话，埋头吃饭，任大人们谈论他们关心的事情。直到大人们谈论的话题结束，他才讲学校的见闻。

利用晚餐的时间沟通和交流,是这个家庭的保留节目。生活节奏太快,特别像深圳这样高速发展的城市,一家人虽然天天碰面,但聚少散多,交谈更是有限。陈志立开始还想秉承"吃不言睡不语"的祖训,但很快他就发现行不通。一家人每天也就吃晚饭可以有些交流的时间,此外好像都被工作和其他的事情占满了。

思博的急性肠胃炎,来得快,去得也快,已经完全恢复了。四个大人吃饭和交流,也不忘偶尔打住,津津有味地看着他那张小嘴巴快速地一张一合,饶有兴致地听着从他那张小嘴巴里蹦出来的话语,或者向他提个问,也或者启发他一下。

陈颖的妊娠反应还没过去,且正闹腾得厉害,往往吃着吃着就往卫生间跑,然后伏在马桶上"哇哇"地狂吐一通。这时全家人就都吃不成了。邓辉追进去,一手托着妻子的头,一手在她后背轻轻地由上往下撵。两个老人则放下碗筷,田雨去厨房帮女儿热汤,留下陈志立一个人哄思博吃饭,听他讲学校的新闻。

娇生惯养的陈颖表现出前所未有的坚强,吐完了漱个口,揩揩眼角溢出的泪水,稍事休息,回到桌上再吃。一餐饭有时要反复几次。

怀思博,陈颖也吐得厉害,是母亲不停地逼着她吃的。母亲说怀她时跟她现在一样,反应奇大。但早年条件不好,没多少东西可吃,所以吐了再想吃,锅里碗里却空了,能吃的东西都被她吐进马桶了,只得空着肚子干熬,闹得陈颖打娘胎就营养不良。她现在有这个条件,就必须坚持吃。即便是不为大人着想,也得为胎儿的营养着想,所以不想吃也得强咽下去。

"坚持就是胜利!总不至于吐得丁点不剩,胃里能留一点是一点,给胎儿补充多少算多少。"田雨最后鼓励道。

今天是个例外,陈颖居然不怕油腻味了,而且觉得曾经令她生厌和恐惧的油腻食物特香,吃得津津有味。这令一家人都很开心,尤其是田雨,觉得是个好兆头。

但是许多时候,结论真的是不能下太早了。

陈颖吃完,心满意足地起身,快走到沙发边上时,陈志立高兴地说了句:"颖颖的妊娠反应终于过去了,今天吃得这么好!"

父亲话音刚落,陈颖就一阵恶心涌上来,一股热乎乎的东西从胃里直往上翻,很快就翻到了喉咙口。她连忙改变挪步的方向,用一只手捂住嘴巴，快速跑向卫生间。邓辉一见大事不妙，连忙扔下筷子跟过去。田雨气得狠狠地剜了老伴一眼，生气地骂他是乌鸦嘴！"你不回来还好些，回来了净添乱。就没见你做一件对的事！"

陈志立也知道自己错了，连忙噤声。

陈颖吐完了，漱过口，一边揩着泪眼，一边走过来笑劝母亲："您不要怪爸爸。该吐的迟早要吐，我再吃就是了。"

陈颖再次坐上桌子，田雨问陈志立什么时候再回丰泽垸。这也是田雨想的一个招数。女儿吃饭的时候，她会尽量用别的话题分散她的注意力，省得她尽想吐的事。已经挨了批评，陈志立哪里还敢造次？老老实实回答暂时不回去，该牵的线牵上了，他的任务就算是完成了。

"鬼才信！"田雨嘴巴一瘪，满脸狐疑。

"真不去了。"陈志立又强调了一次。

提起回去，邓辉突然想到春运票马上开卖了，便希望岳父早点定下回去的时间，他好去抢票！陈志立瞅瞅女儿，又瞅瞅老伴，说这个春节就在深圳过，不回去了。

"真不回去了？为什么？"所有人都露出惊讶的神情。坐在沙发上看动画片的思博也跑过来，扯着外公的袖子问为什么，嚷嚷着要回去，说在江堤上玩得太开心了，而且雪景也美丽得令人"惊悚"。

"你还晓得说'惊悚'哪！'惊悚'是什么意思啊？"田雨扑哧一笑，拉过外孙。

"惊悚……"思博一脸天真地望外公，他还真被外婆问倒了。

"惊悚，一般理解为惊慌恐惧，这里用词不准确哦。"陈志立向外孙解释，接着说，"今年是暖冬，没雪看的。"

"暖冬就是不下雪。是吧，爷爷？"思博再次露出好学的神态，盯着外公的眼睛问。

"基本是吧！就是有雪也小得很，或者刚下下来，就融化了。"陈志立耐心地跟小外孙解释完，又对几个大人说，"深圳毕竟暖和些。颖颖今年这么个状况，在暖和的环境里比较好，而且也受不了奔波那个苦。"

"那你们两老回呀！我们可以去公公家里过年。"陈颖说完，又问邓辉，"是吧，老公？"

"一家人，还是在一起过年的好。再说了，你们回惠州，虽说近，也暖和，但不也还得奔波呀？"陈志立不容置疑，要邓辉跟他爸妈商量，一起来深圳过年。邓辉想了想,有些犹豫地说他们来不了的,姐姐和弟弟两家还要回去哩!

"那就一起请来!"出于对女儿和她腹中胎儿的保护,田雨的话说得很果断。她不再责怪老头,反而赞成他的想法,又说一大家子人过年,思博也就不寂寞了。又问思博好不好。思博也觉得不错,不再吵着要回柳县,转而高兴得直点头:"好,好!"

"外公外婆那边怎么解释呀?"陈颖还是有些担忧,停下筷子,瞪着一双疑惑的眼睛,在父母的脸上挨个睃巡。

"你放心!"陈志立大手一挥,乐呵呵地说,"这也是外公外婆的意见。"

田雨没想到老头居然会做出这么个正确的决策,对他投去感激的一瞥,总结道:"既然是这样,那就决定了。邓辉也不用再去网上抢票了。这个春节来得早,得抓紧备年货。邓辉你也抓紧跟父母和姐姐弟弟说一下,我们是诚心诚意的。"

田雨的话,在这个家里往往具有最高权威。于是乎,大家的心都安定了,为在深圳过春节做起了准备。

# 61

这天下午,商会会长朱同民和秘书长周浩来请陈志立出席商会年会。陈志立面有难色说:"我已退休了,也早就辞了顾问的职务,就不好再出席你们的正式活动了。反正县里主管部门领导要来的,他们讲话代表县委、县政府,比我讲分量还足些。"

商会成员都是柳县籍的,不仅跟陈志立是老乡,而且许多人还跟他成了朋友。过去商会的活动,陈志立不仅出席,每次还发表一通讲话,算是给他们鼓鼓劲,间或也把其他商会的做法,提供给柳县商会的领导们参考。其实回想起来,他这些年的讲话只围绕一个主题,即如何把柳县商会打造成柳商的摇篮,帮助更多的柳县籍商人发展壮大。早先他提出了柳商的概念,以后便每次围绕这个概念突出讲一个方面。商会秘书处把他的讲话进行了整理,就使得柳商的概念,以及将深圳柳县商会打造成柳商的摇篮这个理念逐渐丰满起来,为会员所接受,并被县委、县政府写入了相关报告里。

周浩诚恳地说:"您多虑了,陈老!其实在我们心里,您永远在位上。我们过去请您,大伙都想见您,并不是因为您在位上。在位上的柳县人还有几位哩!对他们我们也请,但来不来却自便。您就不一样了。不说您全力支持商会的工作,支持老乡们在深圳发展,就是您的讲话,每次都有新意,都能指条明路,都能给大家启发,让人受到教益,心里面敞亮。所以,为了商会更好地工作,为了老乡们在深圳更好地发展,请您务必拨冗出席。"

"是啊!您看我当会长您每年都去,除了去年您在柳县没回来。但我当了两届,不能再当了,章程有规定,我下届是名誉会长。您要是不去,人家还以为是对新会长曾涛不待见哩!或者以为我闹情绪,背地里鼓动您不去哩!所以就是为了我,也请您务必参加这一次。至于后面您还去不去,就是商会新班子——特别是曾涛的本事了,我绝不再为难您老。"朱同民不失时机地笑着将了他一军,又说,"要我们来请您,也是曾涛和即将产生的新班子成员们的一致意见。"

朱同民的这个激将法,还真发挥了作用。陈志立皱起眉头,思忖片刻才说:"容我想想,好吗?我会尽快答复你们。"

"还想个啥呢?这才不是您的风格!"朱同民穷追不舍,递过来一支烟,帮他点燃,又说,"您定下来,我们的议程就好安排了。"

"我总得想想讲些什么吧?不然,还不教你们失望啊?你们也不指望冤枉跑这一趟吧?"陈志立苦笑一声,说。

一听他答应了,二人连忙告辞。这时田雨从厨房出来,说晚饭快熟了,留他们喝两盅再走。二人谢绝了,因为还有好多的事情要安排。送走了朱同民和周浩,陈志立一看接思博的时间差不多了,稍稍拾掇了一下,也下楼去到思博的学校门口。

学校的大门还紧闭着。陈志立稍稍走远了一些,站在与校园隔一条人行道的高楼下面,掏出一支烟点上,思索起讲话的事来。

他们说得没错,陈志立的确为商会的发展倾注了一些心血,特别是刚成立那几年,帮着出了一些主意,给他们站台,提供支持。但他不能等到自己开始讲胡话的时候,等到别人厌烦甚至讨厌他的时候,等到见了他远远地躲开的时候,再去跟人家说拜拜。口香糖不能吃到如同嚼蜡了才吐掉,那不是他的性格。他不像有些人,出头露面的欲望一直旺盛。他必须适可而止。所以,商会的事情,确实不能再掺和了。陈志立想。

他虽分文未取,"亲""清"关系还是摆正了的,但中央一提出领导干部不能在企业兼职,便立即辞去了商会的顾问。去年退休前,他又把与业务工作有关的两个学会兼职一齐辞掉了。既然都退下来了,还在学会兼个啥职呢?既妨碍别人工作,又影响自己退休生活的质量。

既然决心以后不再掺和,他就想把这些年关于将商会办成柳商摇篮的想法梳理一下,再作一次系统阐述,也算是给大家一个交代。那么,在结尾处要不要讲点类似于告别的话呢?跟商会告别,并不妨碍跟他们个人的交往,以及给他们的发展出点主意。随即他又坚定地摇了摇头,对自己说,可千万别!切莫弄得自己好像要博同情似的。

陈志立的想法刚刚明朗,学校的大门就打开了,背着沉重书包的小学生们蜂拥而出。陈志立扔掉烟头,急忙穿过人行道,挤到了校园门口,接上了思博回家。

商会的年会,是在朱同民公司一楼的食堂召开的。上午开总结会,陈志立未到场;下午前面选举和修改章程等环节,他也没到场。他是在下午四点钟去的。

前面的程序走完了,大家正在休息,准备新一届商会领导的就职典礼。

陈志立刚把车停稳,正在广场上热烈交谈的人们顿时围过来,一边打招呼,一边伸出热情的双手。陈志立出驾驶室,嘴上、手上都忙着呼应,脑袋瓜子里也迅速思索着。看这热乎劲,会议应该开得很圆满,并且多数人的企业业绩今年也差不到哪里去。心里这么想着,跟大伙寒暄的时候便重点问了问各自企业的经营情况。这也是他做调查的一种方式,为一会儿的讲话收集素材。

果不其然,好多人说今年像没感受到经济寒冬的到来,也有的预测寒冬已经见底并开始回温了。从他们喜气洋洋的脸上和滔滔不绝的话语里,陈志立感到了欣慰,似有一张张不错的成绩单在眼前欢快地飘荡。尤其几个搞电商、科技、现代制造的老乡,甚至说他们的企业呈几何级数增长。其中一个后生,陈志立不太熟,他说企业的利润今年翻了五倍不止。

当然,也有几个愁眉苦脸不愿开口,站在一旁抽闷烟的。这是一些企业规模不大、生产方式陈旧、产品低端的搞实体经济的老乡。陈志立也挨个问他们那里今年情况如何。与前面的老乡们兴高采烈不同,这些老乡皱着眉头,有的苦笑着摇头不语,有的大倒苦水。

陈志立观察，这两类人群的明显差异，前者多数是年轻后生，后者以年长者居多。他在心里面唏嘘，年轻就是优势。这些愁眉苦脸的老乡，多是来深圳打拼多年的人，可能到底年纪大些，文化程度也低些，且守成有余创新不足，有些跟不上时代的趟了。

柳县虽然经济不怎么发达，但人们崇尚教育，头脑也还聪明活络，所以有点名堂的都出来闯了，从政、参军、做学问、经商办企业，甚至搞文学，好像没他们不会的，每个行当都能找得出些名人。比如法律界，据相关报道说，全国知名法学教授、法律专家、律师合伙人和在公检法系统担任高级职务的，柳县籍人士加起来有一百多号，已经形成了一个"柳县现象"，成了法律界的一道亮丽风景线。再比如在深圳经商办企业的，已经涌现出四家民企上市公司，最大的个人资产上千亿元，几百亿元的有几个，十亿元以上的几十个。至于千把万元的，柳县人都不好意思纳入统计范围。在他们中间，产生了几名深圳市、区两级的党代表、人大代表和政协委员。一个典型的例子，就是刚由秘书长升任常务副会长的周浩，十年前，不过开了家并不为人们看好的保安公司，如今分公司遍布几个省，甚至派员到东南亚的一些中资企业做保安。而刚当选的秘书长邓军，几年前还是个小学的校长，辞职后成立的星光教育集团公司，已经在业内排名前几位了。

陈志立发现，除了潮汕、温州等一些有经商传统的地方之外，柳县好像也算是个另类。何况柳县才百把万人口哩！而传统上商人扎堆涌现的地方，都是以地级市为计算单元的。

这些年在商会的帮助和扶持下，柳县出来的商人们抱团发展，不断有新的企业家成功，有新的企业获得长足进步。所以，每次听他们交流成功的喜悦和心得，陈志立就像自己也获得了成功，也满脸绽放出喜悦，笑靥如花。

就职典礼开始后，专程赶来指导换届的柳县工商联常务副主席魏理魁宣布选举结果。接着是新当选的会长曾涛讲话，也算是代表新一届商会领导班子发表施政纲领，然后给新当选的理事会成员颁发证书，当然也包括朱同民等名誉会长们。最后是柳县统战部部长丁文彬和陈志立分别讲话。这种场合的讲话，都简明扼要。

会议结束后，与会人员再次离开食堂，去到走廊甚至外边的广场上，由工作人员放置桌椅板凳和杯筷碗碟，准备晚餐。

重新回到食堂时，陈志立意外地碰到化了淡妆的堂姐陈志凤和朱同秀。望一眼重新布置得充满浓郁家乡风情的戏台，他忽然明白，为什么会议结束他要回家时，朱同民跟曾涛苦苦相留了。原来，他们专门请了柳县的花鼓戏班子。

跟堂姐简单寒暄了几句，又问朱同秀怎么也在现场。朱同秀莞尔一笑，说是特地为凤姐来站台跑龙套的。凤姐笑了，说："朱总过谦了！我现在的演技，早不如朱总，而且也人老珠黄了。这场演出，朱总为主，我只能当配角。"两个人都客客气气，搞得陈志立一头雾水。经朱同民解释，他才得知，原来朱同秀是听说深圳柳县商会请了凤姐来演出，特地从广州来捧场的。她一来，凤姐当然不放过，力邀同台。正在兴头上的朱同秀，麻溜答应了。刚才他们在一楼食堂开会，她们便在朱同民七楼的会议室里配戏。

三个人正说着话，凤姐的先生提着一把二胡从后台出来。陈志立一声"姐夫"的叫唤，把那位清瘦的文化局长吓了一跳，慌忙腾出一只瘦筋筋的手，紧紧地握着陈志立，满脸堆着笑意。

寒暄完毕，陈志立赶紧入座，然后新当选的秘书长邓军宣布晚宴开始。于是，凤姐和朱同秀几人在台上尽情唱，他们在台下边听边吃。唱到高潮处，几位年长者放下杯筷，也放下企业效益欠佳的郁闷，跟着"呀依哟——哟荷——哟荷——喂"地和，把演唱推向一个又一个高潮。

陈志立把注意力更多地给了他那年近七旬的姐夫。柳县花鼓戏今年申遗成功，听县政协主席胡勇讲，他这位姐夫是最大功臣。姐夫是柳县花鼓戏的全才，不仅吹拉弹唱样样精通，而且对花鼓腔调特色研究得深刻透彻，写过好几个剧本和一些研究论文，他的研究成果直接成了申遗的上报材料。现在姐夫和凤姐都有了"花鼓戏传人"的称号。

姐夫坐在简易舞台一隅的一张椅子上，稀疏的白发整理得恰到好处，旁若无人地躬着腰，微闭眼，搁着琴筒的左腿呈九十度直角纹丝不动，右脚则后收成一个锐角，脚尖点地随意晃动，左手五指在琴弦上灵巧地上下翻转，右手三指轻握琴弓上下左右恣意狂舞，把个二胡拉得悠扬婉转、激昂高亢，也把自己拉得如醉如痴，高潮处还浑身摆动——除了那条呈九十度的左腿之外。原来姐夫这个老文化局长，还真不是浪得虚名的，也难怪心高气傲的堂姐能心甘情愿地尽心服侍他。

陈志立不由自主地肃然起敬，暗自感叹："原来每个人都有自己的舞台,都有自己得意和擅长的东西。"

后来,朱同秀干脆走下台来,把陈志立扯上去唱了一段《站花墙》里杨玉春跟王美蓉的对唱。

这一晚,老乡们忘却一切烦恼,至晚上十点方才意犹未尽地散去。

# 62

家里的大小事情,一律以陈颖为中心,以在深圳过春节为主线,而最后的决定权,则一律收归田雨行使,不再经过漫无休止的讨论。田雨处理事情也史无前例地刚毅果断,何况中心明确,主次清晰,所以一切都有条不紊。

吸取一些家庭把主要精力放在孕妇和即将出生的二孩身上,而忽略了对大孩子的关心,致使大孩子产生性格缺陷和心理障碍的教训,陈志立这段时间重点陪伴思博。而且,除了每天田雨去菜场买菜帮忙提下环保袋之外,他也实在帮不上别的什么忙,所以也能够集中精力照看思博。他每天按时送小外孙上学,再按时接他回家,闲暇的时候陪他做游戏,也讲些童话或者励志故事,以及兄弟姐妹要团结和睦的道理。

柳县那边又有好消息传来。丰泽垸改造的规划图,省规划部门做出来了,正在征求县里和投资方的意见。

陈志立现在的生活特有规律。六点起床,去户外锻炼。他的锻炼项目极少,无非是先打一遍太极八段锦,然后在广场上遛圈。七点半送思博去学校。吃过早饭,跟田雨去菜场买菜,然后就在书房看书、写字,或者趴在电脑前看新闻、写些心得类散文和小说。十一点半准时出现在思博学校门口,爷孙俩一同回家午餐。下午一点四十送思博去学校,他会回来小眯一会儿,起床了帮田雨做些家务,或者又进书房。下午四点半,他再在学校门口接上思博。回来后给田雨在厨房打下手。吃罢晚饭,看一会儿电视,再出门,把早上的锻炼项目重温一遍。十一点钟上床睡觉。每天如此,虽然机械,却也充实,且有规律。

他的这个表现,常常得到老伴的表扬。田雨对老头,该表扬的时候及时表扬,该批评的时候直言不讳,态度鲜明得很。但已不像她年轻时候说话言简意赅,开始有些唠叨了。

田雨说他把思博的事情承包了,她便有足够的时间和精力照顾陈颖和她腹中的胎儿;他帮忙做些家务,她也就不那么累了;他的生活有规律,她也就不用天天为他提心吊胆了……总之是罗列了一大堆优点,好像她过去发现不够似的。在家里表扬,逢人也夸,有时都搞得陈志立不自在。

本来让邓辉跟他父母说,请他们带着孩子都来深圳,一大家子热热闹闹地过个年的。可客家人讲究多,新年不愿离家,死活不肯来。后来是陈志立亲自跟亲家打电话,才答应元旦过来看他们。

邓辉一家并非真正的客家人。他祖籍河南,兵荒马乱的年月他祖父去了新疆,生了大女儿和大儿子邓辉后,他父母为逃避计划生育又一路往南,辗转来到惠州。到了惠州便定居下来,因为再无法往南了,便从了客家人的规矩。既然人家有规矩,他们也不好强求,逼人家把规矩破了。他们也清楚,亲家还算是开明的,隔年还放长子长媳跟他们回一次柳县,没要求孩子们每个春节都去惠州。这要换一个不开明的,说不定每年回柳县的,就只剩他们两公婆了。这样一想,便对亲家充满了感激。亲家答应元旦来,他们便不敢敷衍,想着要把东做好,把亲家招呼好,等于是提前把春节过了。

再过两天就是元旦,田雨担心菜价大涨,而且准备也来不及,总不至于客人坐到桌上了才去匆忙杀鸡吧!于是就没图撩撒到小区的菜场,而是要老伴开了女婿的车,两个人直奔福田农批市场。

尽管入了冬季,深圳依然温润如春,今天的天气也晴好。天空一片湛蓝,初升的太阳似阳光男孩的笑脸,咧着嘴巴从东方冉冉升起,引得地上万物也咧开嘴巴,舒心地报以微笑。马路上的车明显少了许多,宽阔的道路前所未有地畅通。

尽管是正常上班时间,但快到农批市场的时候,车却陡然多了起来,跟前面的顺畅截然不同,甚至形成巨大反差。行驶到农批市场大门前,车子更是排成长龙走不动了,这让人立即便感受到了节日即将来临的气氛。田雨一看不是个事,她还得赶回去做午饭哩,哪里熬得起呀!便拿了两个环保购物袋,下车从小门先进了市场,嘱陈志立停好车了打她电话。

陈志立紧随车流,慢腾腾地挪进农批市场,只见左边广场清一色的深蓝色雨篷下人山人海,右边广场则停满了各种车辆,一如他过去周末跟田雨来买菜的繁华。他开着车,在右边广场转悠了两圈,希望寻找到一个车位。车位还没找到,连接到音响的蓝牙电话却响了起来,原来田雨已经把两个购物袋装满了,她要把买好的菜先放进车里。陈志立只得找了个不影响车辆通行的地方,告诉她周边的醒目标志,等她过来。

正在这时,前面不远处一辆车突然闪起了转向灯,陈志立知道那辆车要离开了,连忙把车开过去。那辆车刚离开,他的车正好到了那个车位。于是稍稍把方向盘往右打了一把,然后慢慢往后倒,不承想却有一辆跟在他后边的豪华宝马车,猛地一踩油门,把头直接斜插进了车位。从倒车镜里看到这个情景,惊得陈志立一身冷汗,连忙来了个急刹车。他想不到会有如此横蛮无理之人,且采取了如此危险的动作,心里面顿时便直冒火。

刚要下车理论,电话又响了,他只得再次按下接听键。田雨说在他说的那个地方没找到他的车。他让她在那里等着,便挂断了。再回头一看,只剩豪华宝马车半截身子斜在车位上,横蛮司机却不知去向。陈志立懊恼田雨的电话来得真不是时候。随即又转念一想,跟不讲道理之人是无法理论的。何况祸兮福所倚,说不定田雨的这个电话,是个福音呢?现在许多人太不理性,一言不合便拳脚相向。刚刚这么一想,便有一辆面包车从宝马的另一边开走了。他连忙把车倒进车位,生怕又来一个横蛮之人强占了去。

这天在农批市场,田雨负责采买,陈志立寻到田雨之后把购物袋拎到车上。这样重复了三四次,把后备箱装满了,也放了一些在车里,才心满意足地离开农批市场。

回到家里,就快十一点了。田雨连忙系了围裙进厨房,陈志立则把那条七斤多重的青鱼拎到阳台,专心致志地剖鱼、刮鱼、剁鱼,然后端到桌子上打鱼丸子。厨房的营生,陈志立别的都不怎么行,但打鱼丸子却是一把好手,他打的鱼丸子细嫩滑软,入口即化。然而他不经常打,只在关键的时刻露一手。小外孙思博上学之前就讲,他中午想吃爷爷亲手打的鱼丸子。

经过紧张而有条不紊的两天忙碌,加上又有陈志立帮她打下手,在亲家们进门的这一刻(十二月三十一日下午两点),田雨便把各种生菜熟菜都准备停当了。田雨准备的菜肴,既有柳县特色,也兼备了客家风味,毕竟她请来的那一大家子,都是客家人。

对于岳母岳父的忙碌,邓辉一直持不同意见,认为他们太过认真,直嚷嚷吃不了那么多的。田雨不管那么多,依照自己的想法,煎炒炸烧卤烩煲地弄了一大堆,必须放冰箱的放冰箱,不用冷藏的就都码在桌子上。

来的客人有上十口,家里当然住不下,但这个并不是什么难题,邓辉已经在小区旁边的连锁酒店提前预订了三个房间。

三十一日的晚饭,是在家里吃的,大人们在饭桌上,孩子们在茶几上。这也是田雨坚持的。她说只有在家里请客,才显得出对客人的尊重和自己的诚意。如果依邓辉的意见去酒店,当然既省事也吃得好,但总觉得缺少了亲近的氛围。

田雨既然坚持在家里请客,当然便使出浑身解数,既做了柳县三蒸,也煲了客家汤,直吃得孩子们大呼过瘾。

吃过饭,大人们坐在客厅聊天,孩子们聚到思博的房间里玩耍。其实大人们也没太多话题可聊,除了陈颖怀孕这个大家都关心的事情。然而这个话题,于男人们也没多大意思,何况邓辉父亲是公公,跟儿媳妇女儿们聊儿媳妇怀孕的事,他也不好意思,于是便听从亲家公的建议,两个人到楼下散步。

两个老男人一出门,客厅里立即就热闹起来,话题当然还是陈颖怀孕的事,不过大家再不用遮遮掩掩,而是想说啥说啥,想问啥问啥。两个老男人在广场上光散步,还是没太多话可说。因为身体和家庭的话题,讲几句就结束了。何况通过邓辉和陈颖这条渠道,相互也清楚,只不过无话找话而已。陈志立便提议早点送他们去酒店,养好精神了明天让邓辉陪他们到处去逛逛。

邓辉的担心并非多余,田雨的菜确实是备多了。

元旦这天,邓辉带着儿子思博,陪客人去了东部华侨城。因为客人多,一辆小车坐不下,而且凭经验预料去东部的人也多,路上肯定拥挤不堪,所以他们没开车,而是坐地铁再转公交。反正深圳的地铁和公交很发达,去哪里都方便。

去那么远的地方,便事先就约好,午饭在外面吃,只准备晚上一餐饭。到了下午四点多钟,正当田雨跟陈志立在家里忙碌时,却接到邓辉电话,说孩子们嚷嚷要去海边吃海鲜。田雨差点就晕了,她可是蒸菜都准备上蒸笼了哩!但她也毫无办法,只得满口答应"好好好"!叮嘱邓辉吃完了早点带客人回家。

第二天依然是邓辉和思博带客人们出去玩,目的地定在深圳湾。田雨说既然是在市区，离家又这么近，而且深圳湾也玩不了那么长时间，等他们回家吃中饭。出门时都满口应承，可快到中午的时候，邓辉又来电话，说孩子们要去欢乐海岸，中午就不回来了。田雨又晕了，她的饭菜都快做熟了！

好在两亲家没去，总算是给了她个机会。

晚饭，邓辉跟客人们又没回来吃。他们在欢乐海岸玩了一个下午，吃过晚饭，又看了场节目，十点多钟才回来。客人们都玩累了，甚至没跟他们一起回家里，直接去了酒店。

元月三日，邓辉的弟媳和姐姐要去逛商场，给家里的亲戚朋友带点礼物。中午倒是回家里吃了一餐，却是亲家们来深圳吃的最后一餐。因为吃过饭，他们下午就回惠州老家去了。

田雨甚感过意不去，送亲家们到地铁站去转动车时，一路还在讲都没在家里吃两餐饭，就又要回去了。亲家公却说了一堆感激亲家公亲家婆帮忙照顾儿子儿媳妇和孙子的话。亲家母也过意不去，甚至弄得泪眼婆娑，说害得他们可能要吃半个月的剩菜了。

# 63

丰泽垸的改造，现在被王大成放在了特别重要的位置，开口闭口安好"引窝蛋"，反复宣传他的"引窝蛋理论"，强调"引窝蛋经济学"的正确性与必要性。

从他把丰泽垸的改造作为样板工程算起，已经过去大半年了，可始终不见大的起色，甚至还差一点弄黄了。这让他出了一身冷汗。已经纳入了省里的乡村振兴试点范围，如果搞黄了，他不仅对上对下不好交代，而且对他自己的前程，就更不好交代了。所以，他不能让事情搞黄，他必须紧锣密鼓地推进，切切实实把"引窝蛋"安好。

回过头来仔细想，也是之前把事情想简单了。虽说是他挂帅，但其实只是"挂"了，并没真正去"帅"，他是交给政协主席胡勇跟常务副县长去"帅"的。平心而论，两个人也算是尽了心的，然而力度显然还是小了。如今看来，作为县委书记，他仅仅"挂"还是不行的，还必须把改造一事放到重要议事日程，亲力亲为地"帅"。

"十一"后去深圳，便是他决定亲自"帅"的开端，而且成效立即就显露了出来。不仅跟朱同民、朱同秀的合作再次得到确认，而且与陈志立帮忙牵线的几个投资人也有了实质性的接触，都在谈具体的项目了。如此一来，不仅过完春节丰泽垸的改造可以正式开工，而且引进的几个项目也能够在早已杂草丛生的开发区热热闹闹地摆开阵式。那个开发区都圈了好几年，可除了几个小打小闹半死不活的食品厂，也确实算不上真正的"开发区"。这几个项目一旦入驻，王大成甚至都考虑要扩展开发区的范围了。

　　节前要开"三会"——县委、人大和政协全会，何况还有代县长周艳必须依法定程序去掉"代"字，以及两个副县长的补选，人事安排不能有丝毫闪失。可以想见，一个县委书记，在这个时候是何等的忙碌。

　　王大成也是个拼命三郎，在确保"三会"顺利召开并圆满完成任务的同时，硬是挤出时间来处理丰泽垸改造的前期准备工作。

　　王大成没时间天天泡在省城，但他追在领导和专家们的屁股后头，一天两个电话、两天三个电话地催，催得省城乡建设厅和规划设计院的领导头皮发麻，催得专家们屁眼门子冒烟，但又不好发作，毕竟他也是为工作，是为了贯彻中央有关乡村振兴的战略决策和省委省政府的具体部署。于是，只得先把其他的规划往后压了压，集中优势兵力优先解决他的问题。规划方案出来之后，他也不找人论证了，开完县里的"三会"，直接拿到杨镇乡，亲自召开乡村干部和村民代表会议，让他们去论证，先看这样子行不行。反正专家和干部们说得再好，最后还得过村民这一关。村民们反对，专家和干部们讲得天花乱坠，也是枉然。上次专家们对那片坟地的想法，就是最好的例子。

　　这个会他只开了半天，是在春节前夕开的。

　　开会之前，他让人做了七八块大展板，把放大了的规划图钉在展板上面。然后把展板排列在杨镇乡政府的会议室里，把县里及相关部门和几个乡的领导召集起来，也让南村、北村和菜园村的干部与部分村民代表参加，亲自跟大家一张图一张图地讲解。他原本是要把展板放到北村陈新桥鱼塘边的那块空地上的，因为天气冷了，担心体弱的冻出病来，惹人怨恨，就改在了乡政府的会议室里。

　　王大成的这个做法，其实是有风险的。一个县委书记，直接面对那么多群众，又是一个比较敏感的话题，弄不好就会出洋相，甚至惹出一些不必要的麻烦。但王大成顾不了那么多了，他必须亲自出马，跟乡亲们面对面沟通。毛主席说过,只有落后的工作,没有落后的群众。所以他坚信,他坦诚地跟大伙掏心窝子,大伙也一定能够被他的坦诚所打动,跟他掏心窝子。

听说王书记要亲自跟群众沟通,许多领导干部纷纷劝他放弃,说这样的工作,交给乡里村里去做就可以了。实在要县里出面,相关部门的负责人去,足矣!但王大成态度非常明确,以不容置疑的语气说,他就是要真诚地跟群众沟通,把群众思想工作做通,让群众心甘情愿地参与到丰泽垸改造中来。

王大成执意如此,别人也拿他没辙,毕竟他是一把手,一言九鼎喽!但去年上半年刚刚发生过的那起震惊全国的数千人大集会,弄得原书记、县长等一堆人或降级、停职,或记过、警告,大伙还记忆犹新。切肤之痛啊!

前车之鉴。大家在为他捏着把冷汗的同时,便外松内紧,让乡里和派出所时刻准备着,以防万一。他们还得不显山不露水,不能让王大成知道,也不能让人明显地察觉出他们在王大成与群众间设置藩篱。这可把县委秘书长刘楠折腾得不轻。而开会前的惊险一幕,更是让刘楠脑袋瓜子里的神经都差点绷断了。

原来,通知里明确几个村只派代表的,不承想,离开会的时间还早得很,三个村的村民们便陆陆续续到了。而除三个村之外,一些旁不相干的人也觉得稀奇,便赶来探个消息,凑个热闹。

瞧见三五成群、脸色凝重的一大片农民聚在乡政府的院子里议论纷纷、交头接耳,刘楠就在心里暗暗叫苦,问乡党委张书记和三个村的支书是怎么落实的群众代表,怎么一下子来了这么多人。几个人哭丧着脸,张书记说只通知了三个村共二十几个表现好的村民,谁知大伙都拥来了呢?三个村的支书说因为快过春节,在外打工的农民都回来了。听说县委书记要亲自沟通丰泽垸改造的事,谁还在家里坐得住呢?刘楠说他们必须按照事先定好的人数,通知该到场的村民入场,其他的人先劝回去,会后传达精神。

也是巧得很。几个人只顾说自己的,不承想王大成正好路过,便明白了他们的意思。所以,刘楠的话音刚落,就被王大成打断了。王大成不满地瞪了刘楠一眼,说群众冒着天寒地冻自觉自愿地来了,怎么好意思赶人家回去呢?接着开导说,群众既然自觉自愿地来,就说明大家挺关心,这是好事啊!朝着理想的目标前进了一大步哩!他叮嘱大伙,送上门的工作,一定要做好。而且他相信,一定能够做好。刘楠觉得委屈,说会议室坐不下呀!"那就把中间的桌子撤了,多放些板凳。再不够坐,就都站着。总不至于把群众赶走啊!"

王大成在来的路上就说过,他不怕群众来,就怕群众不来,来的人越多越好。如果群众都不来,说明群众跟县委县政府尿不到一个壶里,那麻烦就大了。

刘楠没辙,只得依书记的话吩咐下去,重新布置会场。

刘楠的担心也不是多余,会议室果然坐不下。天冷风大,王大成又担心把露天的人冻病了,便把县里跟来的部门负责人赶到张书记办公室,对胡勇说,请胡主席组织一下,让他们讨论怎么配合的事。然后,他亲自招呼年长的人进会议室,这其中也包括陈志家、陈志民等一帮熟人。

然而,会议室外还是里三层外三层密密匝匝地围着人。王大成站在门口,歉意地说对不住啊乡亲们,这会议室也忒小了!然后让人把大门敞开,前后的窗户也推开了,以便外面的人也能听得见里面的讨论。

一切准备停当,早已把图纸烂熟于胸的王大成,站到展板前,手握话筒,口若悬河地跟大伙讲解起来。霎时,会议室内外便鸦雀无声。民众原以为丰泽垸改造只是说说而已的,或者还很遥远,就都没把它太当回事。然而,看今天这个架势,王书记不再是跟大伙空嚷"狼来了",这回是"狼"就要咬到后脖子了。瞎嚷嚷谁都不在意,但当"狼"真的来了,人们便紧张起来,认真思考如何应付这匹"狼"了。丰泽垸改造,可是关系到每个人切身利益的大事哩!所以,农民们都张大了耳朵仔细听,同时在心里默默盘算着。

王大成不希望会场鸦雀无声,只听他一个人讲。他要求大家踊跃提出问题,展开热烈讨论。

"虽然看不太懂,但画得还是蛮好看的,书记你讲得也还蛮动听的。就不晓得搞起来了是不是那回事哩!"得到王大成的启发,人群里就有人小声嘟哝了一句。

"这个请你放心,老乡!我们既然能画得这么好,讲得这么动听,就一定能将丰泽垸改造得跟这一样好!"王大成喝了口水,指着面前的一排展板,笑着答道。

"那我们是不是都得搬家呢?"又有人问。

"如果大家都愿意,当然可以。假如实在不舍得,我们就采取第二套方案,对现有的房屋外观统一装饰改造,体现丰泽垸的水乡特色。"王大成咧嘴一笑,紧接着又说,"不过,我相信不管是住新房,还是对旧房进行装饰改造,都一定比现在更好!"

"收入肯定比现在高吗?"

"那是自然的!如果比现在低,我们还要大伙折腾个鬼呀?我还要在这里跟大伙嚼得白沫乱飞呀?中央教我们不折腾哩!"

"那收入从哪里来?"

"当然是有几个来源。比如土地转包收入分成,比如成为股份公司的职工甚至股东,比如承包其中的某个具体项目,还比如租公司的房子搞经营,或者在自家屋里搞些特色项目,等等。再比如,陈老组织大家搞的花鼓,我觉得就是个很好的门路啊!所以我相信,只要大家伙动脑筋,发挥专长,收入肯定比现在高。"王大成掰着手指头,说得胸有成竹,信誓旦旦。

"干部的话有几回是真的?我算是看穿了。"一个不以为然的声音在人群里响起。

"我说这位老乡,你也别'一朝被蛇咬,十年怕井绳'嘛!糊弄老百姓的事,过去可能是有过,但现在肯定不会了。至少这回是不会。我以县委书记的名誉作担保,只要大家齐心协力,这回一定是真的。你要是不信,我们打个赌,你将来赚了钱要拿一部分出来搞公益。"王大成笑了笑,掷地有声地回答完,又绕回前面的话题,补充说,"其实这些也不是我们的发明创造,我看了许多成功的典型,比我说的这些还好。如有机会,也请大家去看看,开阔眼界。"

"那片坟地不会秋后算账,又去平了吧?"有人还是不放心,冷不丁又提出那片坟地来。

"这位老乡请放心!那片坟地,从来就没人想过要平。专家们当时的建议,也不是平,而是加以改造,好好利用。可能话一传就传变了。"这个话题的提出,于王大成是求之不得,他笑着解释道,"在这里搞个花园式公墓,其实还蛮好的。大家是不晓得,欧洲的一些城市,就在中心地带辟有公墓,还搞成花园,很多人在里面游玩的。现在北村、南村和菜园村三个村子七八千人哩!何况把丰泽垸开发了,将来的人会更多。要倡导殡葬改革,因为土地十分珍贵,但是,应分个先后区别。既然大家都觉得那是块风水宝地,那我们就好好利用,帮老坟修葺修葺,把坟整整,把环境也搞得像公园,让先人们也住得舒服些。大家说是不是这个理?"

那片坟地的存亡之争,是丰泽垸改造差一点搞不成的关键因素,也是横在大伙喉头的一根鱼刺。王大成如今已经找到了解决办法,所以他诙谐的解释和末尾的一句反问,不仅让大伙释然,而且逗得众人都乐了起来,赞同地说:"是啊!是啊!"

王大成接着又说:"但是,要把公墓搞好,就得纳入整体规划,就得适当地进行改造。而不能像现在这样,乱七八糟,杂草丛生,不成个看相。外地的人来看了,会骂我们没孝心哩!"

"唉!看来,我们还真是冤枉志立和同民了。"人群里突然冒出了一句不合时宜的感叹。

不承想,这句不合理的感叹,犹如空气中飘荡的感冒病毒,立即传染了一大片,大家纷纷说道:

"是啊!背地里那么鄙人家,真是要不得。"

"好心得不到好报,天理不容哩!"

"志立要是晓得了这些消息,肯定是高兴坏了!"

…………

大家的这些感叹,也出乎陈志民意料,当他明白过来,内心深处便泛起一阵复杂的情感来。别人不理解二弟,还说得过去,自己当初怎么就昏了头呢?陈家几兄弟都是心里藏不住事的人。陈志民悄悄挤出人群,寻一个僻静处,掏出手机给二弟打电话。

电话通了他又低不了下贱①讲道歉的话,便拐弯抹角地问他们什么时候回来,说去年的全家福没照成,今年一定要照一个。得知二弟一家人不回来过年,陈志民有些失落。略微想了一想,索性就把今天的好消息跟他分享,说大家都认为改造丰泽垸是好事,乡亲们没有不同意的。

这个消息,陈志立当然乐意听,陈志民听得出来,他讲话的声调都高了,甚至感觉得到他面部表情一片灿烂。明白他们是因为陈颖怀孕而不是兄弟隔阂不能回来时,陈志民悬着的心才放回肚里,叮嘱他们好好照顾陈颖,需要什么或者陈颖想吃什么家乡口味,就吭个声,他一定想办法弄了寄过去。

---

① 江汉平原方言:"低不了下贱"即放不下身段。

陈志民说得没错，县委书记亲自出面做工作，老百姓看到了美好的希望，的确再没有反对或者怀疑的声音。所以在快到午饭的时候，王大成恰到好处地结束了这次思想工作交流会，让大家回去好好琢磨琢磨，把准备工作尽量做充足，争取收了油菜小麦就开工。如果大家有什么建议或者想法，随时可以向乡里乃至县里反映。王大成甚至把自己的手机号码读了两遍，还让几个人加了他的微信号，说可以直接联系他的。

望着兴高采烈地离去的人群，站在乡政府办公楼大门口的王大成笑了，胡勇和几个在张书记办公室讨论的领导干部都跑出来，并排站在王大成身边，也笑了。他们心里，油然升起了对王大成的敬佩之情。

# 64

把群众的思想做通了，有些亢奋的王大成乘胜追击。

从深圳回来，他便立了个规矩，就是每个周六上午，召开县四大班子碰头会，集中研究重点工作和重大项目的进展情况，集中解决工作中碰到的难题，攻克一个又一个堡垒。他这一招果然灵验。

书记动了真格，而不再只"挂"不"帅"，所以县里其他领导和各部门的头头便再不敢拖延和懈怠，而是开动脑筋，想足办法，使出吃奶的力气，努力完成县委县政府布置的任务。都生怕落在别人后面，在周六领导们碰头研究问题的时候挨了批评。可以说，他只使出这一招，就把县直各部门和各乡镇党委政府都激活了，令人头疼的不作为现象一时消失得无影无踪。

他那个敢在杨镇乡面对广大基层群众做思想工作的气魄，也令全县的干部们佩服得五体投地，不由得都认真履行职责，把工作做好。其实，能够有一定职位和到一定级别的领导干部，谁也不是草包，谁都有几把刷子，所以都干得有模有样，各项工作有条不紊地向前推进。

看到你追我赶的崭新局面，王大成当然打心眼里高兴，批评人的时候越来越少，表扬和鼓励的话越讲越多。谁也不是生下来就爱教训人的，就喜欢把一张嘴巴搁在别人身上喋喋不休的。

春节前，把县里应急的事情处理完毕，把工作委托给刚刚去掉了"代"字的周艳县长之后，王大成一头扎进北村，硬是在陈志民家里住了两个晚上。白天走村串户，晚上在村部开会，既深入了解村里的情况，也进一步跟乡村干部和群众商量改造的细节问题。反正北村的男男女女老老少少都认识他,有什么事也能推心置腹跟他谈。

慰问完困难户,就已经是腊月廿四,农历过小年、敬灶神的日子。眼见家家户户忙得不亦乐乎,他才跟秘书一起返回县城。刚进办公室,满面春风的王大成又抄起电话,拨了陈志立的号码。

他现在老跟陈志立通电话,尽管他每次都说终于走上正轨,他的心愿也就了了,任务算是完成了,再不用他着急上火了。但是没有办法,他还是喜欢跟他打电话,喜欢听他那略显嘶哑但语速很快的柳县普通话,喜欢听他爽朗的笑声。他现在是越来越喜欢这个老头了。老头不仅满脑子是主意,而且好像从未有过烦恼,什么烦心恼人的事在他那里都不是事,他都能处理得妥妥帖帖,并很快调整好自己的心态。王大成有时暗发感叹,能够修炼到对待一切事物都举重若轻的程度,的确不是一般的人。更何况,他现在经常跟陈志立通电话,讲的还不是令他烦恼的事,而是让他高兴的事。王大成觉得,如果不跟他分享他的成功,就好像心里堵了团棉花似的。

这次跟陈志立讲的,是北村的村民全部签了土地转包协议,这个速度和效率出乎他意料。而纳入一期改造的菜园村与南村,也再没反对的声音。甚至有些尚不在一期改造范围的村民,也提出要参加一期改造。总之是群众动起来了,是群众在推动丰泽垸的改造了。说到这里,他很自豪地开了个玩笑:"陈老!这不亚于当年三天一层楼的深圳速度吧?"

陈志立由衷地说:"毛主席讲,群众是真正的英雄,是推动历史前进的真正动力。只要群众动起来,后面的事情就好办了。"

"是啊,是啊!丰泽垸改造现在是天时地利人和,是箭在弦上不得不发。"王大成又兴奋地讲,向省相关部门的申报,口头沟通已经完成,正式材料已经行文。只待省里的批文一下,丰泽垸改造便可轰轰烈烈地展开,这片革命老区也可以焕发青春了。

杨镇乡除了不是少数民族地区,老、边、穷都沾上边了。头次革命时期,这里就是红色苏区,产生过短暂的苏维埃政权,参加革命的人也不少,抗战时期又长期有游击队跟小鬼子和伪军周旋,当然算是革命老区;从柳县的角度讲,它的确是边远地带,三县交界处;穷就不用说了,它是全县拖后腿的少数几个乡镇之一,老百姓穷,集体也穷,因为乡里村里都没啥企业,劳力大多远走他乡打工。所以,王大成就有一种强烈的愿望,有一种强烈的使命感和责任感,要为改变杨镇乡的落后面貌,尽自己的力量。而作为县委书记,他也有一些手段,来践行自己的心愿。

陈志立也是真心佩服王大成,一辈子都没拍过马屁的人,脱口而出了一句外人听来像是拍马屁的话:"王书记呀!有你这么一股闯劲和干劲,相信柳县很快会改变面貌的。"

"嘿嘿,这里面也凝结着深圳干部的精神哩!您就是我们最好的师傅。"王大成朗声大笑。

两个惺惺相惜的人,硬是讲了大半个钟头,直到周艳县长推门进来。

王大成讲的这些情况,有些陈志立早知道了。他的消息来源,既有朱同秀、朱同民姐弟俩,也有胡勇,还有大哥陈志民,以及乡里的那帮老哥们。当大家纷纷给你打电话、通报情况的时候,那肯定是好消息,值得庆贺。而大家都不理你的时候,要么是当你不存在,或者如局外人,要么就是坏消息,不好跟你讲,或者不知怎么跟你讲才能让你明白。

老哥们打电话,更多的是打听他什么时候回,花鼓戏班子什么时候再开锣,倒并不是存心要跟他通报个么消息。但从他们着急上火的语气和打电话的频率,他就猜到事情进展顺利。不然,大家是不会关心他么时候回,以及戏班子何时开锣的。

陈志立乐呵呵地跟田雨讲,今天多炒两个菜。虽然要过年了,田雨每天做菜还跟平时一样,五口人刚好吃完,不留剩菜。加上陈颖的妊娠反应也慢慢过了,再不用准备她吃了吐、吐了再吃的菜肴。田雨知道他心里高兴,他高兴她当然也跟着高兴,所以是乐意为满足他而多炒两个菜给他下酒的,然而还是提醒说:"医生让你少喝酒的,别动不动拿酒出气。"

"少喝又不是不喝?"陈志立乐呵呵地辩解。

"你过去从不一个人在家里喝的。但这一个多月,你动不动就在家里喝。加起来,也不算少了。"

"让邓辉陪,不就不是一个人喝了吗?"陈志立耍起了无赖。

"邓辉要照顾颖颖,哪能陪你喝?何况他那个酒量,能陪得了你?"田雨提醒道。

"哎呀!少喝一点不就是了?"陈志立不依不饶,跟个孩子一般。

思博放了假,坐在沙发上,手中抱着电动玩具,玩也不玩了,饶有兴味地听外公外婆打嘴皮官司。见外婆进了厨房,他竖起大拇指,满眼崇拜地对陈志立说:"爷爷真棒!我发现你越来越牛了,奶奶老是在你面前打败仗。"陈志立一把搂过小外孙,得意洋洋地嘿嘿直笑。手机又唱起歌来。陈志立一看是朱同民的,便放在耳边接听。刚听了两句,就高兴得差点跳起来,连忙说:"不用找地方了,就到家里来,就到家里来!你师娘正在炒菜哩!"

原来,朱同民说他酒虫子都爬到喉咙口了,想找个地方跟老师痛痛快快喝一场。陈志立正愁没人陪哩!这可不是想瞌睡就有人送上枕头了?挂断电话,扯着嗓子冲厨房嚷:"田老师!麻烦再加两个菜,同民要来。"

朱同民虽长得五大三粗,一脸憨厚,然而这家伙却鬼精鬼精的,兴奋了也孩子般搞点恶作剧,给老师一个惊喜。今天他跟陈志立打电话时,其实已经在路上了。而且,他不是一个人,与他同往的还有堂姐朱同秀。

好事多磨的丰泽垸改造,过完年就终于可以开工了。两个人商量完前期准备工作,就差不多到了吃晚饭的时间。大餐馆吃腻了,便想着换个家乡口味,朱同民从家乡请来的厨师又回去了,朱同秀便提议找家有家乡味的小餐馆,叫上陈志立一家一块吃,也顺便再听听他的建议。朱同民胸有成竹地说这事好办,就去吃师娘的手艺①,而且今天过小年,也顺便拜个早年。朱同秀当即举双手赞成,还擂了堂弟的肩膀一把,笑说:"你真是姐姐肚里的蛔虫!"

朱同民在楼下揿响门铃,陈志立从家装对讲机视频里看到他不是一个人,他身后还跟着个朱同秀时,着实吃了一惊,叫苦连天。但人都到楼下了,也只能揿下对讲机上的"开"键。他这个惊讶的表情,站在楼下对讲机面前的两个人,当然也瞧了个仔仔细细,乐得合不拢嘴。

陈志立连忙跑进厨房,讲朱同秀也来了,把田雨也骇了一跳。稍稍愣怔了一下,又扫一眼已经做熟和正准备下锅的菜,感觉确实寒碜了点,埋怨他早先没问清楚,又皱着眉头说冰箱里菜倒是蛮多,就不晓得来得及来不及。想了一想,果断地说:"干脆带他们外面去吃算了,已经做好的这些够邓辉他们三个人吃的。"

"到外面去,人家肯让我们埋单?再说了,到外面的餐馆,人家不会自己去呀?单单点着要来家里?"

"呼,呼,呼!"

---

① 江汉平原方言:"吃师娘的手艺"即品尝师娘亲手做的饭菜。

他们的讨论还没结束,敲门声就响了起来,陈志立只得打住去开门。待两个人笑嘻嘻地进屋,田雨也从厨房出来,热情地引他们在沙发上就座。下班刚到家的陈颖,转身进厨房沏了两杯茶,端出来递到他们手上。

接过陈颖手中的茶,朱同秀连忙放到茶几上,站起来拉着她的手,欣喜地说:"哟!已经出怀了呀!真是快!"拉她挨自己坐下,把她的一双手放在手中摩挲,"你这怀身大肚①的,就别乱动了。还跟我们沏茶,真是难为你!"

陈颖顺从地坐下,腼腆一笑说:"没事!劳动一下有好处!"

朱同秀拉起陈颖,一边朝她的房间走,一边爱怜地说:"他们爷们讲他们爷们的正事,我们娘俩说我们娘俩的悄悄话。"

陈志立笑着拦住了,说她们的悄悄话有时间说,这会是先填肚子。田雨接过话头说:"我和老陈商量了一下,我们去外边吃。小区旁边有家土菜馆,味道还不错的。"朱同秀站住脚,果然不同意,笑着说餐馆她吃腻了,就想着吃嫂子的手艺。田雨也笑了,歉意地说真不晓得朱总要来,要早晓得怎么着也得上个蒸笼的。

"随菜便饭最好了,嫂子的手艺我的胃又不是没领教过。"朱同秀放开陈颖的手,转身进了厨房。随即便像个孩子夸张地大呼小叫,"哇塞!腌菜炒腊肉、红烧鳊鱼、醉胡椒、凉拌红菜苔……"

一扭头,发现田雨跟在身后,一把抱住,又兴奋地说:"这都是我的最爱呀,嫂子!哎呀,我口水都流出来了。今天就在家里吃,你赶我都赶不走的。"

朱同民也来到厨房,眼光在正冒着热气的大碗小碟上睃巡,也叫道:"田老师!这也都是我喜欢的,今天哪里也不去了。"

既然两个人都这么说,陈志立跟田雨交换了一下眼神,只得依他们,吩咐刚刚进门的邓辉收拾餐桌,摆杯筷碗碟。朱同秀取下一条围裙,扭头跟在客厅里满脸荡漾着幸福的陈颖说:"你先去休息,我给你妈打个下手。咱娘俩的悄悄话,一会儿再说。"

田雨这一次却没有依她,硬是把她推出了厨房,说:"那万万使不得的,朱总!别把嫩手弄脏了。你跟颖颖聊天去,很快就熟了。"

---

① 江汉平原方言:"怀身大肚"指出了怀的孕妇。

田雨真心实意不让她帮忙，朱同秀只得解了围裙，依旧放回原处，拉了陈颖去她房间。

陈志立跟朱同民回到沙发上，听他讲丰泽垸开发的具体想法，不时也插句把话。一会儿，邓辉就喊："妈妈说天冷了，让大家边喝边出菜。"

朱同民、朱同秀坚持做好了一起吃，不肯先入席。田雨只得走出厨房，一边在围裙上揩手上的水珠，一边催大家赶紧趁热吃，说她的手艺是要趁热吃的。一热带三鲜哩！大家方才围坐在方桌边，边喝边聊。

听朱同民说完计划，陈志立呷了一口酒，说："对现代农业，讲实话，我也不懂。所以，你们的想法，我认为是对的。就是花点本钱，聘请有经验的专家去管理和经营。我回去体验和观察的结果，就是发现现在种田的方式，早已经不是我们在家的时候那个样子，肩挑背驮、面朝黄土背朝天已经成历史了。而且，你们也不能照他们的套路去经营那片土地。否则，你们还没开始，就得准备亏本。因为你们比农民多转包了一次，成本比他们又高了一截。"

朱同秀说他们也是这样想的。丰泽垸改造完成后，肯定是委托有经验的专家去管理和经营。不仅是农业，其他方面譬如物业、酒店等等，他们都既没有经验，也没有精力。但问题是，这样的人蛮不好找的。陈志立鼓励说，舍不得孩子套不住狼……当然啦！犹豫了一下，继续说道，他还是想提醒他们一句。

朱同民一边往几个人的杯子里斟酒，一边说："您郎讲！"

陈志立拖过自己的酒杯，笑着说："就是不要把丰泽垸改造弄成简单的房地产项目。倘若那样，老百姓会跟着受苦，你们也最终赚不到钱。因为那个地方还比较穷，搞房地产，肯定得不偿失。"

"我们也没准备在这个项目上赚钱，老师！不亏就算是烧高香了。这个想法您是知道的。但事到临头了，我们还是心里没底。毕竟从未做过。"朱同民憨厚一笑，实话实说。

"你这个想法可能要转变，同民！"陈志立呷了一口酒，放下酒杯，"我的看法，你们既然是投资，又是一个样板项目，是柳县的引窝蛋，所以不仅要做好，而且必须取得效益。千万不能搞成个臭蛋，把准备来下蛋的鸡母吓跑了。不然，人家柳县也不会花这么大精力陪你们玩了。这个思想准备必须要有。"

"唉！难哩，老师！"朱同民也抿了一口酒，苦笑一声。

"有什么顾虑，建议直接跟王书记去讨论。据我的观察，他是个明白人，相信会给你们一些主意的。"陈志立开导道。

这餐饭，一直是三个人在讨论，其他人极少插嘴，思博也是闷头吃自己的。这也是他们家的规矩，就是陈志立跟人讨论事情的时候，他们一般不开言。即便是要说点啥，也是劝客人吃菜，或者给客人斟酒。吃完了，客客气气地跟客人打声招呼，然后自动离席，该干吗干吗去。

其实也没喝多少酒，嘴巴都用在了讨论事情上。

结束时，朱同民又邀陈志立回柳县帮他们坐镇，被陈志立再次一口回绝。他把个脑袋摇得像货郎鼓，直说使不得使不得。陈志立掰着指头，笑着说："这第一，别人早就猜疑我在里面有什么利益，我要真的去帮你坐镇，那不就坐实了？第二，我作为局外人，关键的时候帮你们讲句把话，也方便得多。第三，我年纪的确是大了，操了一辈子的心，也想歇歇了。第四，也是最关键的，中央有规定，我不能老了搞得晚节不保。所以，你还是饶了老师吧，让老师爽爽快快地多逍遥两年。"

他态度如此决绝，两个人也不好再说什么。朱同秀说既然他们春节不回家，到广州或者周边去转转如何呢。田雨解释说，之所以不回去，就是因为陈颖有了身孕，受不得颠簸，所以谢谢她的好意。

送他们下楼之后，陈志立跟田雨一起，照例在小区里散了会步，才回家休息。

# 65

这个春节，是顺着暖冬一溜滑过来的。

白天阳光明媚，微风拂面，白云如轻烟般悠闲地嬉戏于苍穹。夜晚虽无皓月当空，却被城市的各种灯光照耀得如同白昼。气温也比往年高出二三摄氏度。

本就美轮美奂的城市，又被人们精心装点，鲜艳的国旗和红色的灯笼挂在灯杆之上，远处的高楼大厦霓虹闪烁，流光溢彩，充满了节日的喜庆。公园、街道、马路隔离带及原先的各空闲处花团锦簇，市貌就更加鲜艳亮丽了。道路上车辆明显减少，往日拥挤的商场、街面也沉寂下来，甚至是门可罗雀，清静异常。

因为陈颖怀孕的缘故，一家人跟平常过周末没啥区别，照常起床，按时睡觉。陈志立跟田雨也该散步散步,该打拳、跳舞就去打拳、跳舞。与一般周末不同的,是要照顾思博的情绪,而且也免得他在家里吵闹得陈颖无法好好休息,吃罢早饭,便由邓辉开车,带着思博出门,在市内的一些景点转转,悠闲而惬意。

这样的春节,在外人看来毫无生机和涟漪,但沉浸在即将增丁添口喜悦里的陈家,却似乎过得有滋有味。比如,田雨依然照老家的习俗,在年三十做了一桌丰盛的年饭,一家人欢欢乐乐地大快朵颐,享受着天下太平、万家团圆的节日气氛和天伦之乐。吃过团年饭,陈志立和田雨收拾完碗筷,净了手,寻到小区外的一个僻静处,给已在天国的父母和其他先辈们化了一堆纸钱。虽然知道他们享受不了,但心意到了。回到家里,中央台的春节晚会已经开始,他们跟女儿女婿外孙一起,坐在沙发上看直播。子时了,先跟远在家乡的亲人和身在德国的田天视频聊天,在陈家、田家微信群里发了几个红包,给老领导们发祝福短信,这一天就算是过去了。

随后的几天,接待了几个来访的客人,也去看了几个朋友。所以,他们很快就把宝贵的几天节日划拉过去了。

他们的春节,照例是由女婿邓辉宣告结束的,因为他初六就去医院上班了。虽然节日期间他也去上过班,但那不是正式上班,是节日排班,或者叫值班。初六起,他的班就改称上班了。

初七陈颖也去上班,家里白天就又只剩祖孙三人了。

一眨眼,正月十五也滑过去了,思博开始做上学的准备,这个春节就算是彻底过完了。自此,便一切复归平常日子。

陈志立再次感叹现在的日子过得真是太快了,刚刚伸出手,还没抓住哩,就又从指头缝隙溜走了。过去他也感叹时光荏苒,仔细想想,现在的这种日月如梭,跟过去又有所不同,尽管都是日子不经过①的意思。

过去的日子不经过,是一种时不我待的感觉,成天忙于会议、活动和文稿,总觉得,一天没做两件事,甚至一件事情还没做完,就没了。现在的日子不经过,是早晨起来在广场上旋两圈,就该吃早饭了;把思博送到学校,去菜场旋两圈,就该接思博回家吃午饭了;下午小憩片刻,在房子里旋两圈,就该吃晚饭了;最后再去广场上旋两圈,就该洗澡睡觉了。

---

① 江汉平原方言:"日子不经过"的意思是日子过得太快,时间不够用。

就是说，一天才旋几个圈，吃三餐饭，突然就没了。

这让他对古人说的白驹过隙，有了更加深切的体会。都不用屈指，他就能一口报出，他退休已经有十六个月，近五百天了。这要放在过去，五百天，该做多少事呀！

这种虽毫无意义，却又束手无策的生活，让陈志立惶恐。而且，人的各种生理机能，也明显地衰退了。他现在对医生和科学家们关于人的生理机能是慢慢衰退的说法，产生了怀疑。以他的切身体验，衰退是断崖式的，并非循序渐进。有些得心应手的事，现在突然做不了了，或者做起来笨手笨脚。人的反应也不如过去敏捷，思维有时好像突然停顿，精力也不如过去旺盛。凡此种种，又在生理和心理上给他以打击，使生理和心理雪上加霜，更加不如从前。

这种生理和心理的骤然变化，让陈志立更加坚信，原来自己就是个勤扒苦做的鸡爪命，就像小时候被他不断用桑树皮做的鞭子抽打的陀螺，死命抽打，它反而充满生机，孜孜不倦地快速旋转，陀螺的表面用色彩画的歪歪扭扭的线条，也变成一圈圈可爱的规整小圆。可一旦鞭子停住，陀螺也就放慢转速，最终停顿下来，倒在地上一动不动，那些线条也如蚯蚓般难看死了。

过去工作上的事情多，他整天忙得脚不沾地，连放屁的时间都要去挤才有，可他始终保持着旺盛精力和勃勃朝气，身体撞得倒牯牛，一年也就闹两次感冒。他感冒了也从不去医院，不吃药不打针，挺挺也就过去了。现在，工作这根鞭子丢掉了，他的压力骤然释放得一干二净，人生的旋转好像也霎时停顿。那么，是顺其自然地就此停顿下去，还是再找根鞭子抽抽呢？陈志立有些迷惑。

倘若果真是个鸡爪命，那就认命，找些事情做吧！总不至于真的让自己的人生就此停止。陈志立又想，丰泽垸改造和帮助柳县招商的事，他该做的已经做了，再做就是画蛇添足，惹人嫌弃了。何况女儿怀孕几个月了，这个时候他也不愿意离开深圳。所以他把自己的天地局限在了家庭里面。

在家里能做的事，无非两桩，陈志立认为，一是伏在桌上写写字，二是帮田雨料理下家务。但他也不能成天伏在桌上呀！伏案一辈子了哩！而家务事也就那么多，田雨又能干，也不需要他太劳累，所以他其实并帮不上太多的忙。

想来想去无聊，就拿地板出气。写一会儿字，帮田雨做完家务，就伏在房间的地板上用抹布抹，客厅厨房卫生间的瓷砖用拖把拖，搞得家里纤尘不染，贼亮的地板照出来的人影，比玻璃还清晰。这种既锻炼了身体，也清洁了房间的举动，乐得田雨直表扬。

可是不久，陈志立就不敢再擦地板，田雨也不让他擦了。因为回南天的季节到了。

深圳啥都好，就这回南天让人搔头，没有任何应对之策。到了回南天的季节，空气里到处飘荡着水分子，不说洗好了的衣服久久不干，就是地板和墙上也突然冒出水来，怎么擦也擦不掉，刚刚用干抹布——其实也是湿漉漉的——擦完，那地板和水泥墙以及墙上贴的瓷片又冒出水来。虽不是下雨，却比下雨天还让人难受。下雨天只是外面湿，房子里面怎么着也是干的。回南天却到处是湿的，甚至房子里比外面湿得更厉害。

陈志立又如失业了一般，成天搓脚捻手。也像没发现引窝蛋却到处找窝下蛋的鸡母，躁动不安。田雨建议他把几十年写的东西整理一下，出个集子。她甚至调侃："说不定还能成个名人，捞笔版权费哩！"

他眼睛一亮，尽管自己没奢望再成个啥名人，但也觉得是个消磨时光的好办法。而他憋在心里好长时间的困惑，也顿时有解了，悟出为何许多朋友退休之后自费印了影集、出了文集了。他们应该也跟他现在一样闲得无聊，才想起这种消磨时光的法子吧！

几十年来，他除了给组织和领导写过不计其数的文件材料，也在不同场合有许多讲话，给全国各地的同仁讲了上百次业务培训课，还发表过几十篇理论文章，甚至工作之余在报刊上发些小说、散文、诗歌。过去忙于工作，无暇归类整理，现在退休了，他多的就是时间，就是怎么去消磨这既无穷无尽又无比宝贵稍纵即逝的时间。一寸光阴一寸金哪！他不能就这样把比金子还宝贵的时光白白浪费掉。能不能出集子，倒在其次，关键是自己几十年的心血，怎么着也得有个交代的。

事不宜迟。陈志立当即从柜子里倒腾出尘封了不知道多少年的磁盘、光盘、U盘和移动硬盘。望着一大堆装载他心血的存储介质，陈志立未免有些许的激动。他掏出烟来，点燃，又深深地吸了一口。心情平复了，他才决定依时间顺序，从早期的那些开始。

早期的文稿，都在磁盘里，于是又决定先从磁盘整理起。

当他把一大袋子的磁盘摆在桌面之后,却猛地记起,现在的电脑连磁盘的插口都没有了。早年找机关自动化办公室的工程师倒腾过,说是版本太旧,磁盘里的文档导不出来。工程师说导不出来,当时他不着急,便放下了,没寻找更有本事的人。如今要整理这些磁盘里的资料了,陈志立便不死心,吃罢中饭,午休也取消了,拎着一袋子磁盘坐地铁去了华强北。

华强北是全国闻名的电子一条街,什么样的高手都有,应该有办法解决他这个难题。他一厢情愿地想,他这个外行碰到的难题,到了专家手里可不就分分钟的事?当他跑了半条街之后,才明白工程师没有糊弄他,人家说的是真的。那些门店的店员都拿看外星人的眼神盯着他,然后才把头摇得像货郎鼓,直说没那个本事。

这个打击,弄得陈志立无比沮丧,也心痛不已,甚至都想放弃算了。田雨又提醒他:"那就抓紧整理U盘、光盘和移动硬盘里的资料。不然,再过几年那里面的东西都倒腾不出来,那才是彻底没戏了。"

她这个提醒,听得陈志立又一激灵。照科技发展的速度,她讲的也不是没有可能,说不定到时候就真的都倒腾不出来了。于是,他满含惋惜,小心翼翼地把磁盘再装进袋子,又塞进了柜子里。虽然在工程师们的嘴里,这些东西没用了,过时了,但他实在舍不得就这样扔进垃圾桶。毕竟凝结着他的心血哩!

陈志立坐到电脑桌前,心无旁骛地一个盘子一个盘子分门别类倒腾起自己的文章和资料来。

# 66

坐在电脑桌前整理资料,陈志立果真又有了青春焕发的感觉,甚至到了物我两忘、废寝忘食的地步。正如那只在鞭子的猛抽之下,呼呼旋转的陀螺。这却不是田雨的初衷,田雨担心他的身体吃不消,于是便又唠叨个没完没了。

过去有位领导,在他当面跟一个副市长"理论"之后,曾经把手指头点着他的鼻子,笑嘻嘻地说:"你呀!优点是认真,缺点是太认真。"

这个半开玩笑半认真的话,的确是对他工作态度的高度概括。陈志立做事情,总是追求完美,要么不做,要做就做到极致。他现在整理起这些资料来,就好像又回到了从前,既继续发扬了优点,也把自己的缺点暴露无遗。

重新归类整理这么多年的历史资料,其实是一个浩大的系统工程。好在他从来就不是一个杂乱无章的人,就不是一个没有规矩的人。过去形成资料时,他都按照工作项目进行了分类,一类文档有一个文件夹,文件夹中又有子文件夹,子文件夹里还有孙文件夹。当然,他也不会如愚公讲的:"子子孙孙无穷匮也!"每到春节,他会挤出时间,把上年U盘里的资料拷贝到一个光盘,几年的光盘再拷贝到一个硬盘里。

这也是他当年对机关人员要求的,这个要求源于他调整了工作部门。那年他到了新的工作部门,便要求工作人员提供一份完整的工作资料给他熟悉情况。然而,他们却只能够支离破碎地提供一些近几年的资料。工作人员苦着脸说,人员变动太频繁,早期的资料都找不到了。他当即就要求机关所有人每完成一个项目,就把与这个项目有关的资料,包括活动方案、领导批示、会议记录和纪要、领导讲话、给市委市政府的报告和市领导的批示,以及最后的落实情况等等,及时归结到一个文件夹里。在本处人手一份的同时,要求秘书处收集存档。一年下来,再把所有的文件夹进行归类整理,形成一个完整的电子档案。这样,将来不管是谁轮到了这个岗位,都能及时了解过去的情况,从而迅速接手,不至于断档,影响工作的正常推进。当然,这些资料都要送他一份。

现在的问题是,要从众多的硬盘里把同类文件归结到一起,还是得费相当的时间和精力。因为那些硬盘里,大部分不是他现在所需要的文稿。打开一个文件夹,他得从中搜索出他所需要的文件。

对于田雨的唠叨,他往往嘻皮笑脸:"这不是你布置的任务吗?书记布置的任务哪敢让它过夜呀!懈怠和不作为是要挨批评的哟!何况明天还等着它们变成钱了买菜哩!"

有时夜的确是深了,睡过一觉的田雨也不管三七二十一,进到书房就强行按下保存键,然后再按关闭,直接把电脑关掉。

经过差不多一个月的辛苦整理,陈志立总算是把能够倒腾出来的文章,分门别类地倒腾到了一起,也按照文章分类形成了目录。他回过头再来看那些文章时,却又泄了气。原来,那些理论文章和讲稿,大多带有浓厚的时代印记,随着形势发展,早已没多少可读性了。失去了价值的东西,还不等同于垃圾呀?而那些小说、诗歌、散文之类,重新读来虽有些趣味，也能唤起一些或甜或酸或苦或涩的回忆，但语言显然不合时宜了，有的还要再提炼修改，如果汇编成集，这提炼修改的工作量也比重新写少不了多少。

想想辛苦了一个月，原来做的都是无用功，他的沮丧与懊恼，当然不亚于当初被人宣判那些磁盘"死刑"。由此，他又反思自己的大半辈子人生，是否也如这些文档一样，可以归入"废品"一类呢？这个念头一出，陈志立吓出了一身冷汗。后来一想，人生没有"如果"，不可能重新来过，他又释然了。毕竟把几十年的心血整理了一回，也回顾了一遍过去做过的工作、走过的路，以及所思所虑。而在重温过去时，一些或温馨或烦恼或受表扬或挨批评或走好运或败麦城的情节，伴随着与此相关的各色人物的表演，像电影一样，把几十年的光景在脑子里又重新回放了一遍。从这点上讲，也不是完全没意义的。

上了年纪的人，重温过去的点点滴滴，对走过的人生进行系统梳理，不仅是一种嗜好，也是一种享受。这种重温和梳理，陈志立过去没时间，现在他退休了，便有大把的时间甚至倾其余生来做。

陈志立再次想起人们常说的往事如烟。而他的切身感受，却反复验证了这话的谬误，或者说并不准确。说往事如烟的人，要么是得了健忘症，要么是自欺欺人，要么是教人们往前看，别总是沉浸在过去的辉煌或者痛楚里。正如揭开伤疤都是痛一般。既然揭开伤疤都是痛，那就不揭它好了，由它慢慢自愈，痛楚便也渐渐忘却了。也就是人们常说的时间是一剂良药，时间可以抹平一切。说到底，其实是阿Q式的精神麻醉，是蒙住眼睛哄嘴巴式的自我安慰。

以这些文稿为线索勾引出来的往事，鲜活地展现在陈志立面前，历历在目，顿时便有时光倒回的错觉。所以，他的感受是往事并不如烟。遥想当年，恰同学少年风华正茂，虽不具指点江山、粪土当年万户侯的豪迈气概，却也曾激扬文字，也是有过一些远大抱负的，也是满怀理想的。这么一想，他又觉得自己的人生没有白过，还是有些价值的。

回忆往事，也是件痛苦不堪的事。往事里，并不都是值得骄傲的，并不都是辉煌，也曾有落寞和迷惘，也曾有些痛楚不堪的经历，是清甜与苦涩并存，或者说酸甜苦辣俱有。比如，陈志立现在就对一些事情的处理有些懊恼与后悔。当年遇到的有些事情，如果放到现在的环境，他相信可以处理得更好，当年的一些工作构想，也可以实施得更加完美，而当年遭遇一点打击竟然会耿耿于怀,现在回想起来更觉得荒唐滑稽与可笑。

由对往事的回忆,陈志立意识到,自己的确是步入老年,是一个名符其实的老人了。风华正茂的年代不再属于他。

人的衰老始于心态,并不是生理年龄,这是一个研究心理学的朋友告诉他的。朋友还骇人听闻地说,心态老了,各种疾病便趁虚而入,身体自然步入衰老。陈志立想,生理年龄自己控制不了,那是老天决定的,但是心理年龄却是可以掌控的,是可以适时调节的。他暗暗告诫自己,一定要始终保持良好心态,不为烦事琐事所扰,不受环境变化影响。

保持良好的心态,便不能老是沉浸在往事的回忆里。这也是那个朋友告诉他的,说一个人长期沉浸在往事的回忆里,就说明他心态开始变老了。而别老让往事所扰,最有效的办法,就是始终让自己有事情可做,逼迫自己往前走,让大脑没时间回忆往事。从这点上讲,想方设法让往事如烟,其实也没什么不对。

陈志立把自己关在书房,就这样任思绪飞扬,凭空胡思乱想。

那么,问题就又回到了原点——做点什么好呢?总不能还像年轻的时候,懵闯瞎撞吧?

整理文稿没多大意思,已经被他放弃了。而他原本要一心一意归隐乡野,心无旁骛地在北村安静养老的,可前些时乡亲们在丰泽垸改造上对他的误解,弄得他再不敢回了。何况改造已经走上正轨,启动仪式邀请过他,他也婉言谢绝没有出席。

当然,那帮老伙伴还在翘首以盼,希望他早点回去把花鼓戏再搞起来,给改造后的丰泽垸旅游增添些文化元素,大伙也能挣些养老的本钱。这件事可以做,而且也还有些意义。然而,一是女儿快临盆了,他不想在这个节骨眼上只身离开,怎么着他也是一个劳力,也是可以做做后勤打打酱油的,至少可以照顾下思博。二是假如再因一些意想不到的事情又被人误解呢?三是丰泽垸改造正酣,虽说县里跟朱同民都希望他能够再出点力,但他果真回去了,会不会给双方的合作带去不良影响?

陈志立其实并不知道,优柔寡断,犹豫不决,貌似想得很周全,其实也是心理衰老的表现。

常言道好汉不提当年勇。然而他还是时不时回忆起年轻时的情景。

他年轻的时候可不是这样的,他年轻的时候雷厉风行,果敢果断。就像那位领导评价他的,优点是认真,缺点是太认真。认真的人,做什事都追求完美、刚毅果断。而追求完美、刚毅果断的人就有个缺点,有时犯主观主义错误,想做的事情硬要去做,没有条件创造条件也做,一根筋地做到底,一条道走到黑,扛着南竹不转弯,碰到南墙也不回头。

这种认真,有时便被人误解为较真;而这种果断,在另外一些人眼里,就叫武断。认真与较真,果断与武断,从性格上讲,陈志立觉得其实差不多,但程度上却大有不同,意境也截然相反,褒贬更是跃然纸上。认真与果断是褒,较真与武断是贬。

他当年力推那些改革和创新措施,一些人开始不理解,便把他跟较真与武断相关联。而当改革和创新举措产生了效果,又反过来赞美他的认真与果断。所以他在人们的评价里,老是徘徊于认真与较真、果断与武断间。

既然整理过去的资料意义不大,那就坚决放弃。陈志立想。那么写写回忆录如何呢?一些人退休了,便开始写回忆录,陈志立也收到过好几本。这于陈志立,的确也不失为一个选项。然而仔细再想,他又有多少回忆值得给人看呢?他没干啥惊天动地的大事,没啥值得后人铭记的丰功伟绩。何况写回忆录,又会牵扯出许多的人和事,弄不好会惹出一些不必要的嘴皮官司。而且写回忆录,从文体就可以看出,是追忆往事的。他不想老在往事间纠缠。

原本设计的退休了和田雨一起,开着车一个县一个县去旅游的想法,随着女儿预产期的临近,目前看是太过理想主义了,浪漫得不切实际。何况田雨现在一门心思在家里,也不会答应。

那么,还是默守现在的生活方式,打打太极、写写大字、在电脑上敲点心得,或者有感悟了再敲点自娱自乐的所谓"作品"吧!何况还担负着接送思博和陪田雨采买的重任哩!而且,这种打发退休日子的方式也挺好,很多朋友也是这么做的。

尚未适应退休生活的陈志立,只得将就着先这么安排自己的退休日程。

# 67

如火如荼的丰泽垸改造,进展十分顺利。也就是说,王大成的"引窝蛋",正在稳妥安放。

农民们留恋自己一手打造的这个家，大多不希望拆了旧房搬新房，觉得只有这样心里才踏实。县里同意了，请规划专家们依据现有村落，设计了具有江汉平原水乡特色的改造方案，且正在对现有村落的所有房屋进行外观改造。

与此同时，其他项目也都紧张而有条不紊地推进着。比如，准备建商业休闲文化街的土地平整出来了，与高铁丰泽站出口连接的公路开始修建了，大型养猪场和奶牛场的棚舍及加工厂就要封顶了，一千多亩高质果园的树苗栽上了，环绕丰泽湖的自行车绿道按正规自行车赛场的标准在铺沥青了，为适应机械化操作而进行的道路拓宽与农田网格化观光农业格局也见雏形了……

朱同民对未来的经营模式作了微调。主要是利用规划中的那片种植优质高产农作物的土地，跟研究培育和种植优质高产农作物的一家农业公司成立联合公司，不再单纯依靠自己的力量。合同已经签订，只待把那些沟壑整治完毕，把土地规整得适宜大型机械操作，农业管理团队就可以进场了。丰泽垸富硒资源丰富，那家公司不仅兴趣十足，而且也信心满满。

基本建设完全按照省里试点要求——甚至高于省里的标准，依照法定图则实施。朱同民自豪地说，他虽然只签了三十年承包合同，但完全是按照五十年标准建设的。对这一点，坐镇丰泽垸指挥工程建设的县政协主席胡勇也信誓旦旦地跟陈志立讲，他可以作证。

所以，于陈志立而言，虽然他没回丰泽垸，但丰泽垸的改造进展，还是了如指掌。王大成、胡勇、朱同民，以及丰泽北村的人，经常通过电话跟他报告喜讯。他们在电话的末尾，都不忘邀请他抽空回去看看。陈志立自然十分高兴，也很想亲身去感受一番，但他这段时间既抽不开身子，也担心回去了引发其他的事情，所以婉言谢绝了他们的好意。

天气已经很热了，女儿陈颖的预产期，按照田雨的说法，也很近了。田雨更加忙碌，拆了许多旧衣服准备作尿布，田穗、田蕊和向荣准备的一大堆婴儿衣服及相关用品——全是不含一丝化纤的棉制品，也陆陆续续寄到了家里。田雨把她准备的尿布，以及老家寄来的花花绿绿婴儿衣服和相关用品，小心翼翼地用清水再洗一遍，抱上楼顶拉了绳子晒干，软绵绵热乎乎的，然后叠好了放进专门的抽屉里。过几天，她怕受潮了婴儿穿着用着不舒服，又不厌其烦地从抽屉里取出，小心翼翼地抱上天台再晾晒一遍。陈志立把全部身心放在思博身上，除了按时送接他上学放学,还辅导他作业,照顾他的饮食起居。

这个忙碌的家庭有个人例外,那就是邓辉。除了晚饭后坚持陪肚子日益隆起且不再呕吐的妻子到户外散步,再就是看他的医学书,好像除此之外他就无所事事了。他们做的一切准备,都与他无关。他还嘀咕尿布、婴儿衣服和用品太多了,说一个小毛孩,哪里穿得完用得了这么多呢?还没等他穿旧用破,就长身体穿不得用不得了。再说了,现在的小孩都用尿不湿,谁还用尿布?

田雨懒得跟他解释,叫他别瞎操心,一门心思陪陈颖散步去,然后又忙自己的。

田雨的准备工作,正如邓辉所言,的确是早了些。离预产期还有两个月哩!但田雨对她生陈颖前准备不足一直心生愧疚。她说当年怀陈颖,既没条件,要吃的没吃的,要喝的没喝的;又没人照顾,婆婆去世早,陈志立三天两头出差在外,自己姐妹多又只身在省城亲娘也照顾不来。她吐得一塌糊涂之后,就不想吃了,也没力气再去做点啥吃的给女儿增加营养了。所以,她要把对陈颖的亏欠,统统弥补到陈颖孩子的身上。只要陈颖肯生,陈颖生几个,她就弥补几回。而且,现在也有这个条件。她反驳邓辉说,准备工作还怕早啊?当然是越早越好。她很反对婴儿用尿不湿,总觉得不如纯棉的舒服和安全。

就在他们紧张而有序地做着这些准备时,田天的一个电话,还是把陈志立夫妇召回了柳县。

农历四月廿六,是老父亲的八十八岁生日。一个散生,依父亲的意思,随便过过得了,没必要大张旗鼓的。可是,田天却不依,她说去年父亲得的那场大病,把她吓了个半死,坚持要搞得隆重些,过一个算一个。她买好了回国的机票,便分别给弟弟妹妹打电话。远在德国的大姐都要绕半个地球飞回来,田雨当然不能缺席,何况跟大姐见面的机会也是难得,见一回少一回。于是让邓辉叫他母亲赶过来,毕竟陈颖和思博都要人照顾。

父亲的生日过完,田雨便想着该回深圳了。但在回深圳之前,要不要去一趟北村呢?田雨有些踌躇。

这次是大姐突然要跟老父亲过生日,才慌毛火急[①]赶回来的,现在

---

[①] 江汉平原方言:"慌毛火急",形容事情来得突然,慌里慌张。

老父亲生日过了，她就只能对还准备住一段时间的大姐表示歉意，想要尽快赶回深圳。这一是亲家母放下家里的事情到深圳照顾陈颖和思博，本身就令她心存不安；二是担心自己那个宝贝女儿嘴巴刁得很，不知道亲家母的照顾是否让她满意，婆媳间会不会闹得不愉快；三也是更主要的，老头是受了窝囊气灰溜溜回深圳的，担心他受到刺激。但另一方面，她又知道老头是希望回乡下看看的。

　　老父亲过生日，本来是家里人热闹热闹，没打算告诉外人的。但哪里瞒得住呢？很快就被人知晓了。

　　陈志立口风紧得很，每每接到操心丰泽垸改造的人打来的电话，都从不透露他回柳县了。可是有一次他在冲凉，放在客厅里的手机响了，不明就里的老岳母郑美珍抓起手机，就跟朱同秀对上了话。朱同秀大吃一惊，问："志立哥回来了吗？"郑美珍不会编瞎话，就老老实实说回来两天了。她又问因何事回来的，说她昨天打电话他都没讲哩！郑美珍这才知道自己讲敞了，又不得不实情相告。

　　朱同秀刚好在柳县，放下电话就到蓝桥花园，敲开了田地家的门。既然被人捂在了屋里，陈志立还有什么好讲的呢？只好赔礼道歉。本来嘱她不要外传的，但她还是告诉了朱同民和王书记、胡主席。他们除邀请他一定去北村看看，也都怪他把他们当外人。

　　这样，田雨便有些为难了。不去吧，对不住人家的一片盛情；去吧，时间又的确是有些紧。后来看老头子的脸色，虽然嘴巴没说，但知道他一定想去。一年多跑前跑后，这段时间接听电话眉飞色舞，都把丰泽垸的改造当幺儿子了，不让他看一眼，还不像断了他的烟啦！晚上休息之前，田雨跟陈志立说："我让李想帮忙买了后天回深圳的高铁票，我们该回去了。"

　　陈志立面无表情地"哦"了一声，随即关灯。

　　田雨又说："明天是周六，我们回一趟北村吧！"

　　"啊？！"陈志立立即来了精神，惊叫一声，又把灯打开，盯着田雨的脸看。

　　"没听明白呀？"田雨淡淡地一笑，又重复了一遍，"明天陪你回趟北村。"

　　第二天一早，开着田地刚刚上牌的新越野车，陈志立心花怒放。越野车不仅视野特好，而且坐在驾驶室里四肢舒展，比窝在小轿车里舒坦多了。他一路感叹，后悔当初怎么就买了个小轿车呢？

听着老头的絮叨，田雨就在心里暗暗好笑。人说老小老小，这老头真跟个孩子似的了。车好当然是他嘀咕的一个原因，但田雨知道，心情好才是更主要的。

本来就个把小时的路程，走得早，路上车不太多，陈志立又归心似箭，所以他们很快就到了熟悉的杨镇街。

出了杨镇街，穿过菜园村，顺着蓬勃朝阳照射的方向，远远地就望见了一大片工地。大概有几百亩吧！

陈志立显得有些激动。他打了一把方向盘，越野车便从一条新修的碎石路拐进去，没走多久就停在了工地入口旁边的一处空地上。直接去工地，也是田雨的主意，她知道这是陈志立最想去的地方。

把车熄了火，陈志立推开车门刚要下车，不承想过来一老头，问他是谁，提醒他这里不能停车，以免影响施工车辆进出。陈志立笑笑，说他是停在旁边哩，不影响施工车辆进出的。再说了，他就是参观参观。老头一听"参观"两个字，就更急了，紧张地回瞥一眼身后的简易房子，回答他没经指挥部容许，外人不能参观。陈志立开玩笑说，这里是军事禁地呀？老头解释说如果不小心把他砸伤了，他们可负不起责任。

老头催他们赶快走，假若让领导看见，要扣他工资了。老头说这话的时候显得很焦急，回望了身后的简易房子好几眼。陈志立望着从大门进入工地的人们，问指挥部都有谁在，去叫领导来，他当面跟领导讲。老头哪敢去叫领导啊，只是更加固执地赶他们快些离开。

六月初，虽说是上午，初升的太阳还是有些火辣，天气也开始热了，站在太阳底下，两人的额头沁出了一层细汗。陈志立四处张望，心想这是在他老家，又不是旁的什么地方，难不成都是生面孔？这熙熙攘攘的人流里怎么着也有个认识他的。所以仍然没离开的意思，把个老头急得火烧眉毛，不断催赶。

正在老头赶他们走赶得猴急的时候，戴着安全帽的王涛和陈志祥猛然间从一间门里出来。一见是陈志立夫妇，着实吃了一惊，连忙跑过来问他们怎么回来了，责怪也不提前打个招呼！王涛叱责老头眼头子不亮，连深圳的陈主任都不认识！老头一听傻了眼，怔怔地立在一旁好像还没反应过来。

王涛让他们等一下，然后走到边上去打电话。趁这个空当，感觉蹊跷的陈志立问堂弟陈志祥怎么也在这里，没出去打工。志祥嘿嘿一笑说他现在帮他们管点事哩!""你真的找了同民?"陈志立又问。去年春节志祥找他,希望引荐给朱同民,他没答应。"我没找他,是他找的我。村里好多人都没出去打工了。朱总说我在外面混过经理,见过些世面,就让我帮他管点具体的事。"陈志祥解释说。

王涛打完电话回来,邀请陈志立进去喝茶。陈志立笑着说茶就不喝了,参观一下吧!老头回过神来了,从门旁边取来两个头盔递给他们。陈志立戴上头盔,拍了拍老头的肩膀,赞扬他责任心真强,又竖起大拇指,笑着连说了两声"好"!然后四个人进大门,把个诚惶诚恐的老头丢在门边继续发呆。

然而老头并没发太长时间的呆,转身去门卫室拿了个登记簿,一路小跑跟上来要陈志立登记。王涛气得鼻子都歪到一边去了,一只手乱挥,嘴里骂道:"去去去!你怎么一根筋哪!登个啥的记啊登!跟你说了是深圳的陈主任,难道我还骗你不成?要不是陈主任做工作搞开发,你有机会在这里看门?"陈志祥连忙打圆场,笑嘻嘻地说:"甭管谁来,这规矩还是要讲的嘛!是吧,小哥?"

陈志立瞧着正在忙碌的工人,笑呵呵地接过登记簿,说志祥说得对,规矩还是要遵守的。陈志立签上自己和田雨的姓名,把登记簿还给老头,又称赞他敢于坚持原则,说现在就缺铁面无私的黑包公。

四个人一边走,一边听王涛滔滔不绝、眉飞色舞地介绍,"这里是办公楼……这里是医院……这里是学校……这里是运动场……这里是酒店……这里是你们将来唱花鼓戏的露天剧场……"

心花怒放的陈志立,暗暗惊叹他们的速度。这才小半年,王涛所说楼宇的地基已经挖好了,另有机械正在其他地方开挖。挖好的地基里,像蜘蛛网一样的钢筋密密麻麻又整整齐齐地盘着。竖起的水泥柱上,各有几根粗壮的钢筋直指天空。工地一角的天棚下,堆满了待用的钢筋水泥和各种构件。工人们像没看见他们似的,旁若无人地各自忙碌,真正一幅热火朝天的繁忙景象。

# 68

他们在工地转了一个多小时,然后去果园。

陈志立望一下不断升高的太阳,又看一眼汗水涔涔的田雨,担心她晒不得，提议分头行动，让田雨去看大哥大嫂。田雨答应一声，准备离开，王涛让志祥去叫一个人来送田雨。田雨笑笑说："不了！我走过去就是。"王涛笑着说还有两三里地哩！

趁志祥去叫人的当口，陈志立仍然不放心，问王涛："志祥怎么会在指挥部呢？"

王涛说他现在是丰泽垸农业综合开发公司的职工，专管安全保卫。"他管得了吗？"陈志立满脸狐疑。"老头不让你进门的事，能不能说明问题？"王涛没直说，反问了一句。见陈志立若有所思，王涛又说："别尽拿老眼光看人。而且朱总也不是看你的面子，志祥是竞争上岗。他现在把安全保卫工作管得挺好，那个老头就是他从外地招来的，说是村里的人太熟了，撕不开面皮，不敢大胆放心地管。而且，这规矩也是他一条条亲自定的。朱总对他定的规矩很满意哩！"

王涛听志祥说过求陈志立引荐的事，为打消他的疑虑，便讲起来滔滔不绝。

年轻人开着田地的车送走了田雨，王涛和志祥在首期五百亩果园里，给陈志立详细介绍果树的品种。这时，胡勇跟乡里的张书记来了。原来，王涛走到一边打的那个电话，是给张书记的，而正好副总指挥长胡勇今天来检查进度，得知陈志立到了，便心急火燎地结伴赶来。在他们身边，不知何时也聚集了一些闻讯而来的乡亲。

眼看着日头快当顶了，胡勇望望天空，说这天也太热了，提议去指挥部休息，顺便给他作个全面汇报。陈志立笑呵呵地说他又不是个么领导，听啥汇报啊！汇报是他们在位的人听的。胡勇笑嘻嘻地说，那就他听汇报，陈志立在旁边旁听。陈志立还是不肯，指着刚刚到来的陈志民说："大哥我是看到了，但大嫂还没看哩。看完大嫂，我就得回城里去了。"胡勇又说："今天不能走，王书记说他晚上要来的。"继而解释，"市里的巡视组来了，他下午要汇报，让我务必留您老在杨镇住一宿，晚上他要跟您老再好好叨叨。""不行哩！明天回深圳的票都买好了，今天晚上还得回去收拾收拾。"陈志立只得如实告知。

还有一点心事陈志立没跟他们讲，就是还牵挂着妹妹志菊，回县城的时候，他得绕道去趟荒湖，到她的鱼塘看看。志菊的损失太惨重了，上面原本说要给的补偿也是杯水车薪，且至今没到位。她婉拒了朱同秀等人的好意，把房子作抵押贷了笔款，再次白手起家，含辛茹苦地养起了螃蟹和小龙虾。每次联系，她总是咬着牙关说没事了。妹妹坚强不屈的倔脾气他清楚，总是不愿意给人添麻烦，包括她的亲哥。既不愿欠别人的情，又担心压哥哥们的脚。所以，天大的困难，她都默默无声地自己扛。但情况到底如何，他只有亲眼看了才知道。

听陈志立说只是来瞧瞧，并不打算长住，老乡们都吃了一惊，随即露出失望的眼神，继而加入到挽留的行列。特别是唱花鼓戏的一班老哥们，还等着他一起排节目哩！不然，那露天剧场不是白盖了，或者好事别人了？

王涛和张书记说已经到了该吃中饭的时间，即使不听汇报，喝口水、吃个中饭总是应该的吧！陈志立笑着说午饭他就更不能在这里吃了。他回来了不去大哥家里吃，嫂子还不骂他忘本了呀？陈志民接过话头说，老婆子正在准备，这会怕是也熟了。又邀胡勇和张书记一起。胡勇说老是去叨扰他也不是个事啊！何况指挥部就是安排个便饭，也没别的。

陈志立一边跟他们握手，一边笑呵呵地说那就各吃各的，谁也不扰谁了。胡勇哪里肯依，但也没办法阻止，转头对陈志民说，那我再去骚扰一次？陈志民笑呵呵地说，求之不得哩！于是都跟在陈志立左右，加上乡亲们簇拥着，一起朝湾子里走。

果如志祥所言，陈志立发现了几个长期外出打工的乡亲，便问："没出去呀？"几个人争先恐后地说家里有事做，有钱挣，还出去搞么事，除非是疯了！"不是还在搞基建吗？"陈志立又问。"我们就在工地做小工，或者帮忙修路、河渠裁弯取直。虽说钱少点，但总归是有钱赚，而一家人又窝窝软软在一起，就蛮知足了。"那些人又说。

陈志家显然着急，说："那剧场下半年就盖好了，你么时候再回来领着我们排节目呀？"陈志立解释说陈颖快落月了，他这时候走不开。众人虽然内心失落，但也不好再提这事，毕竟那也是人家家里的大事。几个老哥们还是不死心，说："那就等陈颖落月了，你抓紧回来。现在我们田没了，别的也做不动了，新的又不会做，就指着这个门路哩！不然，这改造项目一结束，你让我们喝西北风啊！"

听他们这么一说，陈志立觉得还真是个事。稍稍想想，便对胡勇说："麻烦你给王书记带个信。他讲过让县剧团跟北村的花鼓戏班子联姻，实现双赢的，看现在有什么具体想法没有了。希望能够抓紧推进。"又对一帮老哥们说："你们也不要等，既不要等我和同秀回来，也不要等县剧团找上门。你们把本事练好了,还愁到时候没有舞台?"

听了他这个话,众人才喜笑颜开,似乎卸下了千斤重担。

工地上一切正常,整个开发按规划好的图纸有条不紊地进行,外出谋生的乡亲也选择留在家乡,让陈志立内心无比宽慰,也兴奋不已。照这个发展势头,他相信,用不了太久,丰泽垸的面貌一定能发生翻天覆地的变化。而这颗"引窝蛋"的妥帖安放,一定会吸引大批的鸡母争相在柳县下出一枚枚金蛋来。再把党的建设、法制建设、社会建设和精神文明建设抓上去,到那时,他所担心的环境问题、黑恶势力问题、社会风气和社会道德问题,以及其他的一切问题,都会迎刃而解。

带着兴奋与激动回到大哥家里,陈志立没听到往昔的麻将声,心生诧异,便踱进了文化室。一进门便眼前一亮,只见略显粗糙的书架还算整齐地沿墙而立,里面摆放了许多或新或旧的书籍杂志。原来的麻将桌盖上了盖板,不见一枚麻将在上面。坐在桌旁看书的几个人一见他进来,连忙放下手中的书起身,亲热地打招呼。

"二伯!"循着叫声望过去,只见屋子一隅的两张桌子旁,老三志兵的二女儿陈芳,正在照护一群写作业的孩子。

陈志立有些诧异,问陈芳怎么没去城里上班。陈芳说综合开发公司办了个免费的学生托管中心,朱总委托有教学经验的她回来管理,便辞了城里的学校。

跟在他身后的大哥嘿嘿地笑,得意地问:"现在算是个真正的文化室了吧?"

陈志立当即说家里还有些文学书籍,闲着也是闲着,回深圳了便都寄回来。

在大哥家里吃过饭,也没休息,就车身①回县城。没想到,送行的乡亲挤满了禾场,有的还提了鸡蛋和一些土特产。这让陈志立立即回忆起了当年进城上大学的情景,他和田雨激动得眼睛有些潮湿,却执意不肯收。乡亲们诚心诚意地说,不值钱的,给陈颖补补身子。两个人拗不过,最终收了两百个土鸡蛋。

一上路,田雨都在感叹北村的人太讲感情了,其实也没帮到他们个什么。陈志立说:"谁说不是呢?但这就是北村的乡亲,朴实、憨厚、讲

---

① 江汉平原方言:"车身"即"转身"的意思。

感情！这也是我要回来养老的一个原因。我的根在北村哩，心还是跟北村的人连在一起哩！"

陈志立嘴上这么说，心里却是五味杂陈，去年下半年憋屈得落荒而逃的情景，老是在眼前晃悠。那份憋屈又差点从嘴巴里蹦出来，但陈志立稍稍犹豫了一下，硬是把它咽了回去，没讲。

事情过去大半年了，他心里的憋屈，除了在父母的坟头哭诉过，再没跟任何人讲。包括老伴田雨。既然过去都没讲，现在更没必要讲了。而且，他打算埋在心里一辈子，即便是烂掉了做肥料，也绝不吐露。

很快，乡亲们的盛情挽留，特别是老哥们眼巴巴期盼的神情，再次浮上脑际。那么，深圳的事情忙完了，还要不要再回北村呢？陈志立陷入了两难抉择的苦恼之中。

前面好像出了状况，公路上一长溜的车先是突然放慢了速度，随后便停住不走了。路旁有些人却拼了命地往前奔跑。

尽管着急赶路，陈志立也只得停下来，静静地坐在车里等。

太阳火辣辣地挂在天空，像是要把大地烤焦似的。他下意识地抬了下头，就望见太阳下，一缕云彩正变换着姿势，悠闲地飘荡。

看到这朵缓慢而悠闲飘荡的云彩，陈志立的心像被马蜂蜇了一下，猛地一阵战栗。于渐行渐远的丰泽垸，他又何曾不是一朵飘浮的云呢？除了他的出生跟早年生活，除了亲人间的彼此牵挂，丰泽垸跟他有半毛钱的瓜葛呀？

他突然有些惶恐，望着身后丰泽垸的方向自问："家乡在哪里？那里是我的家乡吗？"

从地理学的角度讲，丰泽垸是他的故乡，或者说只是一片故土。同样是从丰泽垸走出去的，打工的老乡可以理直气壮地把丰泽垸叫家乡，因为除了亲情这条纽带，那里还有他们赖以生存的物质基础。而他，却啥都没有，没有立锥之地、没有只砖片瓦。他变得沮丧起来，原来他是个没有家乡的人，就像眼前的这朵云彩，只能悬在空中，随风飘荡。

望着纹丝不动的车龙和疯狂奔跑的人群，陈志立又叹了口气。丰泽垸虽不是他地理学上的家乡了，但是没有办法，犹如眼前的云彩离不开地球、离不开地球庞大的水循环一样，生了他养了他的这片肥田沃土，已经在他的人生烙上了深刻印记。甚至他的思维逻辑、处事方式、生活习性，都跟长年累月在这片肥田沃土上摸爬滚打的人们并无二致，都镌刻着深深的丰泽垸标记。丰泽垸用一根隐形的细线把他紧紧地拴在她的掌心上,让他一辈子不管走到哪里、飘向何方,都离不开对她的思念和牵挂,都挣脱不开她的羁绊。这也正如孙悟空无论怎么折腾,也始终跳不出如来佛的手掌心。

故土难离呀!丰泽垸可以没有他,他却须臾离不开丰泽垸。

这么一解,陈志立就又释然了,原来无论他置身何处,故乡一直就在他的心田,是他心底深处的那根定海神针。

# 后 记

继2016年华夏出版社出版我的四卷本《余立功文学作品选》(分别是《破格》《闯荡》《纠结》《引姑》)之后两年多,《人生归途》又由深圳出版集团海天出版社出版发行了。

本书的责编要求我再写几句话,以便给读者一个交待。

文学作品的创作,是件痛苦并快乐着的事情,痛苦与快乐交织。痛苦的过程就是快乐的过程,而痛苦过后尽是创作快乐。创作快乐建立在痛苦之上。所以,数年耕耘终有一得,这份喜悦是少不了的。

第一部长篇小说《破格》,从构思到出版整整花了七个年头。而萌生写小说的念头,又岂止七年呢?早记不起是哪年起的意了。我在湖北省政协和深圳市政协机关工作,加起来有33年,我切身感受到了改革开放事业的发展与辉煌,也耳闻目睹了太多感人之事,亦有幸结识了众多优秀品质的普通人。置身于这个伟大时代,置身于这个英雄群体,本人深感自豪,颇为骄傲,亦不自量力地想把他们介绍给读者,推荐给社会,但迟迟未敢动笔。其原因,一是担心描述不准,反映不出全貌,辱没了他们;二是公务确实繁忙,担心半途而废,不能最终成稿。随着时间的推移和素材的丰富,把他们完整地呈现给社会的愿望日趋强烈,以至寝食难安,坐卧不宁。

从2010年春节起,便正式开始写作的艰难历程。《余立功文学作品选》后记里提到过,我的工作性质使我不能保证每天有足够的时间搞文学创作,更不能占用工作时间,或者影响到正常工作。好在我有个优点,就是认准了的事,便义无反顾地去做;开了头的事,断没有半途而废的道理。于是,我每天六点起床,在六平方米的书斋里写上一个多小时,然后再去上班。下班之后,如果没有公文起草或者其他任务,也以电脑为媒,和作品中的人物进行心灵的交流与沟通,直至夜深。这个作息时间表,寒暑如常,雷打不动。出差在外,也常带上电脑,每天敲上几百上千字。这些年,我基本放弃了节假日,也放弃了与朋友的很多聚会。其间也有彷徨,甚至几度搁笔,然而作品中的诸多人物不断地提醒我,拼命地催赶我,反复地鞭策我，迫使我不得不继续坚持下去。

　　此前摆在读者面前的《余立功文学作品选》，由四个长篇和两个中篇小说组成。其中，《破格》讲述了政协机关普通文秘工作者酸甜苦辣的故事；《闯荡》讲述了一个有理想、有抱负的外来工艰难求职，有志者事竟成的故事；《纠结》《引姑》与《鸡骨架》（中篇），都是以农村背景为主的小说，选取的时代和题材迥异于上述两篇，但都围绕着人性这个主题来展开；《装修得找陌生人》（中篇），则是一篇透过主人公在房子装修过程中的亲身感受，反映普通人城市生活的作品。这些作品的题材不同，本身逻辑关系不强，并不能构成严格意义上的丛书系列。华夏出版社用"作品选"丛书名，是对作者的一种鞭策和鼓励。正如编辑期盼的那样，我并未止步不前，终于把第五部小说《人生归途》呈现给读者。

　　同创作《破格》的初衷一样，在深圳工作的17年，我不仅亲身参与了特区的建设与改革实践，而且耳闻目睹了许多优秀干部以及一大批优秀企业家和广大来深建设者富而思源、不忘共同富裕初心的感人事迹，便萌生了把他们介绍给读者的强烈愿望，并通过自己力所能及的文字表述方式，向广大拓荒牛和来深建设者致敬。几番思量之后，终于将作品定名为《人生归途》，并再次踏上痛苦与快乐交织的创作征程。

　　《人生归途》通过已经退休的主人公陈志立的大胆作为，引来众多回乡建设者在家乡那片热土上再建功立业。与前几部作品一样，我始终以敬畏之心，在创作过程中和书中的人物融为一体，组成一个命运共同体，同悲戚、诉衷肠，他们哭时我亦哭，他们笑时我亦笑，他们悲时我亦悲，他们喜时我亦喜。但是，读者诸君掩卷之后，勿要对号入座，因为所有的人物和情节，绝无真实原型，纯属作者虚构。

　　今天，《人生归途》虽有幸付梓，但我仍心怀忐忑，意甚惶恐。在此，衷心感谢深圳出版集团总经理尹昌龙、海天出版社社长聂雄前及社总编室主任陈丹等同志的关心和支持。最后，我还想补充一句话：如果小说没能把主人公们的精神世界真实、完整、准确地呈现给大家！我只能遗憾地说一声对不起，我已经尽力了！

余立功<br>2019年4月21日